PATRICIA WALTER

Dunkle Vergangenheit

Weitere Titel der Autorin:

Kalte Erinnerung
Tote Asche

Über die Autorin

Patricia Walter, geboren 1974, studierte in München Statistik und arbeitet in der Versicherungsbranche. In ihrer Freizeit betreibt sie neben dem Schreiben Kampfsport, insbesondere Judo und Kung Fu. In Judo hat sie den zweiten Schwarzgurt und ist ehrenamtlich als Trainerin tätig. Sie lebt in München.

Patricia Walter

Dunkle Vergangenheit

lübbe

Vollständige Taschenbuchausgabe
der bei beTHRILLED erschienenen E-Book-Ausgabe

Copyright © 2017 by Bastei Lübbe AG, Köln

Für diese Ausgabe:
Copyright © 2020 by Bastei Lübbe AG, Köln
Umschlaggestaltung: Massimo Peter-Bille
Unter Verwendung von Motiven von ©Anna Nahabed / shutterstock und
©ehrlif / shutterstock
Satz: 3w+p GmbH, Rimpar (www.3wplusp.de)
Druck und Verarbeitung: Book on Demand GmbH, Norderstedt
Printed in Germany
ISBN 978-3-404-17957-2

Sie finden uns im Internet unter luebbe.de
Bitte beachten Sie auch: lesejury.de

MIX
Papier aus verantwortungsvollen Quellen
Paper from responsible sources
FSC® C105338

Für meine Eltern

Prolog

Kim Jansen beschlich ein ungutes Gefühl. Sie konnte nicht sagen, warum, aber irgendetwas stimmte nicht.

Die Hände tief in den Manteltaschen vergraben folgte sie den beiden Männern. Sie verließen den Trampelpfad um den See und gingen auf den schmalen Holzsteg zu.

Hatte er sie erkannt?

Kurz geriet sie ins Grübeln. Es konnte unmöglich sein. Ihre braune modische Kurzhaarfrisur war unter einer schwarzen Langhaarperücke versteckt, die grünen Augen wurden von blauen Kontaktlinsen überdeckt, und die Maskenbildnerin hatte gute Arbeit geleistet: Kim sah um einige Jahre älter aus, als sie in Wirklichkeit war.

Sie ignorierte ihr dumpfes Bauchgefühl und konzentrierte sich auf ihre Aufgabe.

»Es sind wirklich harte Zeiten«, sagte sie, schloss zu den beiden Männern auf und ergriff Michaels Hand, die sich eiskalt anfühlte und kaum merklich zitterte. Wahrscheinlich war er genauso nervös wie sie. Mittlerweile hatte sie eine gewisse Routine, doch eine leichte Grundanspannung ließ sich nicht vermeiden. Ein Restrisiko bestand trotz der gründlichen Vorbereitung immer. »Die Konkurrenz und die Finanzkrise machen uns sehr zu schaffen. Wir haben einfach keine Lust mehr, dass am Ende kaum was übrig bleibt.« Sie seufzte theatralisch und ergänzte mit gesenkter Stimme: »Deshalb suchen wir nach neuen Geschäftsmöglichkeiten.«

»Ich weiß«, antwortete der Mann, der sich ihnen als

Berger vorgestellt hatte, obwohl sein Aussehen osteuropäische Züge aufwies. Seine hohe Stimme passte nicht zu seinem bulligen Erscheinungsbild, und er betonte das ß übermäßig stark. »Aus diesem Grund haben Sie sich an uns gewandt.«

Sie hatten das Ende des Holzstegs erreicht und blieben stehen.

Das Schilf am Ufer des Sees bog sich im auffrischenden Novemberwind, und eine Ente zog laut schnatternd ihre Bahn auf dem sich kräuselnden Wasser. Vom gegenüberliegenden Ufer drang Kinderlachen durch den Nebel zu ihnen, ansonsten war zu dieser frühen Morgenstunde keine Menschenseele unterwegs.

Kim fröstelte und schlang ihre Arme um den Oberkörper, wobei sie darauf achtete, die versteckte Kamera und das Mikrofon nicht zu verdecken.

»Wissen Sie«, sagte Michael und legte seinen Arm um Kims Schultern, »meine Frau und ich haben schon immer davon geträumt, eines Tages nach Thailand auszuwandern und das Leben zu genießen. Aber dafür brauchen wir Geld. Unser regulärer Geschäftsbetrieb gibt das leider nicht mehr her.«

Er spielte den Ehemann wirklich überzeugend.

Berger musterte mit seinen raubtierhaften Augen zuerst Michael und dann sie. Erneut überkam Kim dieses mulmige Gefühl.

Irgendetwas stimmt hier nicht.

Vor einigen Monaten hatten sie verdeckt an Schulen über die dortige Drogenproblematik recherchiert, bis sie per Zufall an den Namen eines Hintermannes gekommen waren. Ein ehemaliger Schüler, der für ihn gearbeitet hatte und ausgestiegen war, nachdem sein Bruder eine Überdosis genommen hatte, stellte den Kontakt her. Unter der Voraussetzung, dass sein Gesicht und seine

Stimme später im Fernsehen unkenntlich gemacht würden, war er bereit, über die Machenschaften der Drogendealer auszupacken.

In den folgenden Wochen bauten sie sich eine Tarnidentität auf und kamen über weitere Mittelsmänner schließlich mit Berger in Kontakt. Zunächst telefonisch, schließlich persönlich.

»Wie sieht's aus, haben Sie Interesse an einer Zusammenarbeit?«, fragte Kim so forsch wie möglich.

»Was können Sie uns denn konkret anbieten?«

»Wir wissen, dass Sie expandieren wollen und dafür geeignete Transportmöglichkeiten suchen. Unser Familienunternehmen produziert Mineralwasser und Multivitamingetränke und füllt sie in einer Anlage nahe der polnischen Grenze ab. Wir haben die technischen Möglichkeiten, Kokain und Crack zu verflüssigen. Abgefüllt in Flaschen können Sie sie getarnt zwischen normalen Getränken problemlos nach ganz Deutschland oder Europa ausliefern.«

Berger zündete sich eine Zigarette an. Sein Blick verlor sich am diesigen Horizont, während er einen tiefen Zug nahm.

»Welche Menge ist möglich?«, wollte er wissen.

»Fünfhundert Flaschen pro Tag«, antwortete Kim. »Sofern sie uns die notwendigen Rohstoffe zur Verfügung stellen.«

Berger schwieg, zog seelenruhig an seiner Zigarette.

Eine Windböe kam auf und trieb vom See den Geruch von vermodernden Algen zu ihnen hinüber. Kim rümpfte die Nase.

Mit jeder Sekunde, die verstrich, wurde sie nervöser, wenngleich sie sich nach außen hin nichts anmerken ließ. Ihr Herz pochte, und trotz der morgendlichen Kälte legte sich ein feiner Schweißfilm auf ihre Stirn. Hoffentlich bemerkte Berger nichts davon.

Komm schon, sag endlich zu und nenn uns einen Termin für konkrete Gespräche.

Mehr wollte sie gar nicht. Die Formalitäten abklären und anschließend wieder nach Hause fahren. Um den Rest konnte sich dann irgendwann die Polizei kümmern. Sie hatten sich ohnehin schon viel zu weit vorgewagt.

Nach einer gefühlten Ewigkeit schnippte Berger die Zigarette ins Wasser und wandte sich zu ihnen.

»Wir brauchen einen Vertrauensvorschuss. Fünfzigtausend Euro in bar und im Voraus, dann bekommen sie ein Kilo Rohstoff. Sollte uns das ganze Paket überzeugen, sind wir im Geschäft. Alles Weitere besprechen wir dann.«

Kim triumphierte innerlich.

Hoffentlich war das Bild scharf und der Ton gut zu hören.

»In Ordnung«, antwortete sie, bemüht, sich ihre Erleichterung nicht allzu sehr anmerken zu lassen. »Wir besorgen das Geld. Wie setzen wir uns mit Ihnen in Verbindung?«

»Wir werden Sie kontaktieren. In einer Woche …«, begann er, wurde jedoch vom Klingeln seines Handys unterbrochen. Er warf einen Blick aufs Display, entfernte sich ein paar Meter und nahm das Gespräch an. Kim versuchte zu verstehen, was er sagte, doch er redete in einer ihr fremden Sprache. Vermutlich Tschechisch.

Sie sah zu Michael, der nur mit den Schultern zuckte.

Nach einer Minute beendete Berger das Telefonat und kehrte zu ihnen zurück.

»Tut mir leid für die Unterbrechung. Wo waren wir stehen geblieben? Ach ja, in einer Woche …«

Im nächsten Moment schnellte seine Faust vor und traf Michael völlig unvermittelt an der Schläfe. Es geschah so schnell, dass dieser nicht den Hauch einer

Chance hatte, den Schlag abzuwehren. Er wurde nach hinten geschleudert und kippte wortlos über den Rand des Stegs. Mit einem lauten Platschen schlug er auf dem Wasser auf und versank in der Tiefe.

Kim benötigte eine Sekunde, bis sie begriff, was passiert war.

Verfluchte Scheiße!

Berger kam auf sie zu. Er schäumte vor Wut, das Gesicht zu einer Fratze verzerrt.

»Großer Fehler«, schnaubte er. »Wen glauben Sie eigentlich, hier zu verarschen?«

Erschrocken wich Kim zurück. Ihr Puls raste, und ihr keuchender Atem kondensierte in der kalten Luft. Der nächste Schritt ging ins Leere. Sie taumelte, fand erst im letzten Moment ihr Gleichgewicht wieder. Voller Angst warf sie einen Blick nach hinten über den Stegrand. Die Nebelschwaden wirkten wie die Vorboten eines Geisterheeres. Von Michael war nichts zu sehen.

Darauf waren sie nicht vorbereitet gewesen.

Berger kam näher.

Kim schluckte schwer. Ihr Blick verengte sich, sie blendete alles andere aus. Sie nahm nur noch den Mann vor ihr wahr, der mit geballter Faust ausholte. Automatisch nahm sie zum Schutz die Arme hoch.

Plötzlich zerriss ein schriller Schrei die Stille.

Berger hielt inne und wirbelte herum. Kim folgte seiner Bewegung.

Am Ufer stand eine junge Frau und sah mit vor Entsetzen geweiteten Augen zu ihnen herüber. Der Schäferhund an ihrer Seite fletschte bedrohlich die Zähne.

Berger schien kurzzeitig irritiert. Sein Blick wanderte zwischen Kim, der Frau und ihrem Hund hin und her, als wäge er seine Optionen ab. Dann rannte er den Steg zurück.

Die Frau schrie noch lauter, als der Mann auf sie zustürmte, und der Schäferhund begann, gefährlich zu knurren. Berger stieß die Frau brutal zur Seite, bog auf den Trampelpfad ab und verschwand zwischen den Bäumen. Der Hund bellte ihm lautstark hinterher.

Erleichtert atmete Kim auf. Das war verdammt knapp gewesen.

Sie fuhr herum und starrte angestrengt auf den See. Vergeblich versuchte sie, Michaels Umrisse unter der kräuselnden Wasseroberfläche auszumachen.

»Einen Krankenwagen!«, rief sie in das am Mantelkragen versteckte Mikrofon, obwohl sie sicher war, dass ihre Leute bereits den Notruf wählten. Damit Berger sie nicht bemerkte, hatten sie sich mit starken Kameraobjektiven in einiger Entfernung postiert.

Zu weit weg für Michael.

Kim zögerte nicht länger. In Windeseile schlüpfte sie aus Mantel, Pullover und Stiefeln und sprang.

Die eisige Kälte raubte ihr im ersten Moment den Atem. Reflexartig öffnete sie den Mund und schluckte Wasser. Panik übermannte sie. Ihre mit Wasser vollgesogene Jeans zog sie in die Tiefe. Sie schlug mit Armen und Beinen um sich, ein unangenehmer Druck legte sich auf ihre Ohren. Schließlich gewann ihr Überlebenswille die Oberhand und zwang sie zur Ruhe. Nach ein paar schnellen Schwimmbewegungen gelangte sie zum schlammigen Seegrund. Ihr Instinkt riet ihr, sofort wieder nach oben zu tauchen, doch das würde Michaels sicheren Tod bedeuten.

Kim sah sich um. Das Gewässer war so trüb, dass die Sicht gleich null war. Sie tastete ihre Umgebung ab.

Die Kälte kroch immer stärker in ihre Glieder. Kim begann zu zittern und musste all ihren Willen aufbringen, in dem eisigen Wasser ihre Suche fortzusetzen. Sie schluckte einige Male, um den Unterdruck in ihren Ohren auszugleichen. Ihre Lungen ächzten nach Sauerstoff.

Sie spürte Schlamm und Steine unter ihren Fingern, aus denen jegliches Gefühl wich. Taubheit machte sich im gesamten Körper breit.

Er musste hier irgendwo sein.

Ihre Lungen brannten wie Feuer. Lange würde sie ihren Atemreflex nicht mehr unterdrücken können.

Und genau in dem Moment, als sie das Gefühl hatte, es nicht länger auszuhalten, berührten ihre Hände eine Lederjacke.

Gott sei Dank, sie hatte ihn gefunden!

Michael lag reglos im Schlamm. Sie umklammerte seinen Oberkörper und drückte sich vom Boden ab. Wegen seiner nassen Kleidung schien er eine Tonne zu wiegen, Kim hatte das Gefühl, sich keinen Zentimeter vom Fleck zu bewegen. Als ob eine unsichtbare Hand sie mit eisernem Griff festhielt und zurück auf den Grund des Sees zog. Wild paddelte sie mit den Beinen.

Sie blickte nach oben und sah das fahle Licht, das durch das Wasser schimmerte.

Weiter! Du hast es fast geschafft.

Verzweifelt kämpfte sie sich voran und durchbrach die Wasseroberfläche. Gierig japste sie nach Luft. Mehrmals atmete sie tief ein und aus, bevor sie sich orientierte.

Der Steg war viel zu hoch, sie würde ihn niemals erreichen. Blieb nur das Schilfufer.

Mit letzter Kraft schwamm sie rückwärts darauf zu. Ihren Körper spürte sie längst nicht mehr. Die Finger waren so taub, dass ihr Michael beinahe entglitten wäre.

Aus schier unendlicher Entfernung drangen Rufe und lautes Hundegebell in ihr Bewusstsein.

Etwas berührte sie am Kopf. Schilf. Sie streckte ihre

Beine aus und trat auf schlammigen Untergrund. Mehr stolpernd als gehend näherte sie sich dem Ufer, während sie Michael durch das dichte Schilf schleifte.

Sie vernahm Stimmen hinter sich. Jemand packte sie unter den Achseln und zerrte sie aus dem Wasser. Ihr Griff um Michael löste sich. Kraftlos sank sie ins Gras. Der Wind strich mit eisigem Hauch über sie hinweg, während ein Mann aus ihrem Team seine Jacke um sie wickelte.

Erschöpft drehte Kim den Kopf zur Seite. Zwei weitere Männer hatten mittlerweile Michael aus dem Wasser geholt und knieten neben ihm. Gerade begannen sie mit der Reanimation.

Atme, Michael! Verdammt! Atme!

Es war ihr letzter Gedanke, dann fielen ihr völlig entkräftet die Augen zu.

Kapitel 1

»Ich sterbe.«

»Schon wieder?« Kim zog die Augenbrauen hoch und räumte das Geschirr zusammen. »Bist du nicht erst letzte Woche gestorben?«

»Dieses Mal wirklich.« Lilly folgte ihrer Mutter in die Küche. »Komm schon, Mami! Ich muss auf Mias Party.«

»Mia ist sechzehn«, sagte Kim und stellte die Teller in die Spülmaschine. »Du bist acht. Also nein, du wirst da nicht hingehen.«

»Linda darf aber«, protestierte sie und stemmte die Hände in die Hüften.

»Weil sie Mias Schwester ist. Und ich bin mir sicher, dass ihre Mutter sie nach spätestens einer Stunde ins Bett schickt.«

Kim ließ den Rollladen in der Küche runter und ging in den Flur hinaus.

»Gar nicht wahr. Sie darf länger.«

»Lilly, ich hab Nein gesagt, und dabei bleibt es.«

Ihre Tochter drängte sich an ihr vorbei. »Aber ...«

»Vorsicht! Die Giraffe!«

Lilly stieß gegen die hüfthohe Steinfigur, die an der Wand stand – ein Geschenk von Julian zu Kims letztem Geburtstag. Die Skulptur wackelte bedrohlich, blieb jedoch stehen.

»Ups.« Lilly schnitt eine entschuldigende Grimasse und entblößte dabei eine Zahnlücke.

Kim atmete tief durch. Sie musste die Giraffe endlich woanders hinstellen. Ein Wunder, dass sie noch heil war, so oft, wie Lilly schon dagegengestoßen war. Vielleicht war sie im Wohnzimmer zwischen Fernseher und Yuccapalme besser aufgehoben.

»Bitte, Mami. Ich versprech dir auch, dass ich mein Zimmer aufräume und jeden Tag um sieben im Bett bin.«

»Wirklich?«

»Hoch und heilig.«

Kim neigte den Kopf und strich ihrer Tochter über die braunen, zu zwei Zöpfen gebundenen Haare, die ihr bis über die Schultern reichten und ihr freches Gesicht mit den rehbraunen Augen betonten.

»Und warum überkreuzt du dann die Finger hinter deinem Rücken?«

»Ach menno. Das kannst du doch gar nicht sehen.« Ertappt zupfte sie ihr blaues Kleidchen mit den weißen Rüschen und der großen Schleife zurecht und zog einen Schmollmund.

Kim sah auf ihre Armbanduhr, das einzige Schmuckstück, das sie trug. »In einer Stunde ist Bettgehzeit. Was ist, wollen wir noch eine Runde Hexentanz spielen?«

Lillys Lieblingsbrettspiel.

»Au ja. Aber wehe du beschwerst dich wieder, dass du verlierst.«

»Niemals.«

Sie gingen ins Wohnzimmer, und Lilly holte das Spiel aus dem Schrank. Im nächsten Moment klingelte Kims Handy.

Julian.

»Bau schon mal auf«, sagte sie, und Lilly hüpfte auf die blaue Alcantaracouch. »Und nicht schummeln!«

»Hey, Kimmi«, begrüßte Julian sie, nachdem sie das Gespräch angenommen hatte.

»Ich hasse es, wenn du mich so nennst.«

16

»Ich weiß«, antwortete er lachend. »Aber du regst dich jedes Mal so herrlich auf, und das mag ich an dir.«

»Du bist ein Kindskopf.«

»Ach, nicht mehr dein Toyboy?«

Sie seufzte. Es war jetzt zwei Wochen her, seit die Bild-Zeitung ihn so tituliert hatte, aber offenbar nagte es noch immer an ihm. Kim hatte den Artikel erst gar nicht gelesen, schließlich betrug ihr Altersunterschied gerade einmal vier Jahre.

»Vergiss das endlich. Seit wann gibst du etwas auf solch einen Blödsinn?«

»Du weißt, dass ich nicht mit dir zusammen bin, weil du berühmt bist, oder?«

»Natürlich weiß ich das. Hätte ich dir sonst meinen Haustürschlüssel gegeben?«

Für einen kurzen Moment legte sich ein Schweigen zwischen sie.

Julian war Schauspieler und Model, der nach dem Ausstieg aus einer Vorabendserie kürzlich seinen ersten Erfolg im Kino feiern konnte. Eigentlich müsste er den Umgang mit den Medien gewohnt sein.

Kim hatte ihn vor einigen Monaten auf einer Gala kennengelernt. Sie hatte gerade – wohl etwas zu gründlich – das Buffet inspiziert, als er neben ihr aufgetaucht war und sie angesprochen hatte.

»Suchst du die Schnecke im Salat, oder überlegst du, wie du möglichst viel davon in Tupperdosen einpacken und mit nach Hause nehmen kannst?«

Seine ungezwungene Art war ihr sofort sympathisch gewesen. Mit den schulterlangen blonden Haaren und dem sonnengebrannten Teint erinnerte er sie an einen dieser Surfertypen aus Kalifornien – wild, frei und abenteuerlustig.

Genau das Gegenteil von Oliver.

In Julians Gegenwart fühlte sie sich wieder wie Anfang zwanzig und nicht wie eine Frau, die auf die vierzig zuging. Er störte sich nicht an den Falten um ihre Augen, die in den letzten Jahren immer tiefer geworden waren und sich allmählich nicht mehr überschminken ließen. Und es war ihm egal, dass sie sich die Haare färbte, weil sie frühzeitig ergrauten. Sie konnte nicht sagen, wohin sich ihre Beziehung entwickeln würde, sie wollte es einfach auf sich zukommen lassen.

»Tut mir leid, ich hab das nicht so gemeint«, brach Julian das Schweigen wieder. »Wie geht's meiner Prinzessin?«, wechselte er das Thema. »Hat sie sich schon auf die Pariser Fashion Week nächstes Wochenende vorbereitet?«

Kim schmunzelte und schielte zu ihrer Tochter, die, ganz in Gedanken versunken, das Brettspiel auf dem Glastisch aufbaute. Sie senkte ihre Stimme, damit Lilly sie nicht hören konnte. »Sie übt heimlich und meint, dass ich es nicht bemerke.«

Lillys Lieblingsbeschäftigung mit Julian war, im Flur eine Modenschau zu veranstalten. Sie zog dafür Kims Kleider an, die ihr viel zu groß waren, stolzierte über die weißen Fliesen und posierte, als hätte sie ihr Leben lang nichts anderes gemacht. Genau so, wie Julian es ihr beigebracht hatte. Kim musste dabei auf der untersten Treppenstufe Platz nehmen, sozusagen in der ersten Reihe. Julian moderierte und spielte gleichzeitig den Fotografen, indem er mit seinem Handy Fotos schoss. Wenn sie sich diese anschließend gemeinsam am großen Fernsehbildschirm anschauten, quiekte Lilly jedes Mal vor Begeisterung.

»Sie wird mal ein erfolgreiches Model werden«, sagte Julian, und Kim konnte förmlich sehen, wie er grinste. Er wusste, sie würde keinesfalls zulassen, dass ihre lebens-

lustige Tochter am harten und oberflächlichen Modelge-
schäft zerbrach.

»Oder wäre es dir lieber, wenn sie in deine Fußstap-
fen tritt und Enthüllungsjournalistin wird?«

»Um Gottes willen!« Der Gedanke daran versetzte sie
in noch größere Panik.

Sie fragte sich, wie wohl die Reaktion ihres Vaters auf
ihre Berufswahl ausgefallen wäre, hätte er damals noch
gelebt.

Ihr Blick fiel auf die goldene Trophäe, die auf einer
Kommode neben der Urkunde über die erfolgreiche Teil-
nahme am München-Marathon mit knapp fünf Stunden
stand. Vor vier Jahren hatte ihre Sendung *Kim undercover*
den Deutschen Fernsehpreis gewonnen – für Kim der
Höhepunkt in ihrer beispiellosen Karriere. Bestimmt
wäre ihr Vater stolz auf sie gewesen.

Die Auszeichnung hatte sie für ihren bisher gefährlichsten Einsatz erhalten: die Aushebung eines Drogenschmugglerrings, der sich in Bayern ein Netz an Ver-
triebskanälen über Schulen, Autowerkstätten und
Essenslieferanten aufgebaut hatte. Kim und ihre Familie
mussten für einige Zeit unter Polizeischutz gestellt werden, bis diese den Drogenring zerschlagen und die
Drahtzieher verhaftet hatte.

Die Sendung erreichte damals Rekordeinschaltquo-
ten, und es erfüllte Kim auch heute noch mit Stolz, dass
sie in den eiskalten See gesprungen und Michaels Leben
gerettet hatte, wenngleich sie anschließend zwei Wochen
lang krank gewesen war. Und alles nur, weil ihr Kontaktmann, ein ehemaliger Schüler und Kleindealer,
Angst bekommen und sie verraten hatte.

»Bis Lilly erwachsen ist, dauert es zum Glück noch einige Jahre«, sagte Kim. »Wie schaut's bei dir aus? Wann
gehen die Dreharbeiten los?«

»In einer Stunde muss ich in der Maske sein. Und ich muss davor unbedingt noch was essen. Ich fürchte, das wird heute eine lange Nacht werden.«

»Mami«, ertönte es hinter ihr. »Wir wollen doch spielen.«

»Gleich, mein Schatz«, sagte sie und wieder an Julian gewandt: »Dann lass es dir schmecken. Nicht dass du verhungerst und wir uns am Wochenende nicht sehen. Ich vermisse dich nämlich schon.«

»Dann werd ich zur Sicherheit die doppelte Portion essen. Vermiss dich auch. Und gib meiner Prinzessin einen Kuss, ja?«

»Mach ich.«

Sie verabschiedeten sich, und Kim nahm neben ihrer Tochter auf der Couch Platz. »Bereit zu verlieren?«

Die Frage entlockte Lilly nur ein müdes Lächeln.

Kaum hatten sie die Startplätze ihrer Spielfiguren ausgewürfelt, klingelte Kims Handy erneut. Auf dem Display wurde keine Nummer angezeigt.

»Hallo?«

»Sprech ich mit Kim Jansen?«, fragte eine ihr unbekannte Männerstimme.

»Wer will das wissen?«

»Ich möchte anonym bleiben. Aber ich biete *Kim undercover* ein Thema an, das Sie interessieren wird.«

Kim zögerte. Es war keine Seltenheit, dass derartige Anrufe beim Sender eingingen, und einige hatten sich in der Vergangenheit tatsächlich als interessant herausgestellt.

Doch woher hatte dieser Mann ihre private Handynummer?

»Schießen Sie los.«

»Ich stehe auf dem Dach eines Hochhauses an der Kreuzung Landsberger und Fürstenrieder Straße. In genau einer halben Stunde werde ich von dort hinunterspringen. Wenn Sie bis dahin bei mir sind, verspreche ich Ihnen die Story Ihres Lebens. Ansonsten werde ich den größten Skandal der letzten Jahre mit ins Grab nehmen.«

Mit diesen Worten legte er auf.

Kapitel 2

Kim nahm das Handy vom Ohr, blieb jedoch reglos und mit zusammengepressten Lippen sitzen. Ihre Gedanken überschlugen sich.

Ich verspreche Ihnen die Story Ihres Lebens.

Von welchem Skandal hatte er gesprochen? Oder war der Mann nur ein Spinner, jemand, der sich wichtig machen wollte?

Ich stehe auf dem Dach eines Hochhauses. In genau einer halben Stunde werde ich von dort hinunterspringen.

Seine Worte gingen ihr nicht aus dem Kopf. Würde er wirklich springen?

»Mami?«

Sie wohnte im Münchner Westen. Bis nach Laim würde sie mit dem Auto um diese Uhrzeit etwa zwanzig Minuten brauchen.

»Mami? Spielen wir jetzt?«

Lilly hielt ihr erwartungsvoll den Würfel hin. Kim zögerte noch immer.

Ihr Instinkt sagte ihr, dass der Unbekannte kein Wichtigtuer war.

»Schatz, es tut mir wahnsinnig leid, aber ich muss noch mal los.«

Der enttäuschte Gesichtsausdruck ihrer Tochter versetzte ihr einen Stich. Erneut haderte sie mit sich. Doch ihr Bauchgefühl riet ihr, sich die Geschichte des Mannes anzuhören.

Und ihn davon abzuhalten zu springen.

Sie konnte ein Leben retten.

Wie das von Michael.

Sie nahm das Handy und wählte die Nummer ihrer Babysitterin. Das Freizeichen ertönte, während Kim mit den Fingern auf ihren Oberschenkel trommelte.

Komm schon, geh ran.

Endlich wurde abgehoben.

»Hi Kim.«

Im Hintergrund war eine laute Geräuschkulisse zu hören.

»Hallo, Pia. Ich hab einen Notfall. Könntest du spontan kommen?«

»Ja klar«, antwortete Pia zu Kims Erleichterung. »Ich bin grad auf dem Heimweg vom Sport und sitz noch in der S-Bahn. In einer Viertelstunde kann ich bei dir sein. Reicht das? Allerdings hab ich noch nicht geduscht.«

Kim überlegte. Dann blieben ihr weniger als fünfzehn Minuten, um nach Laim zu kommen. Das war unmöglich zu schaffen.

»Ja«, meinte sie nach einer Weile. »Ich muss zwar jetzt sofort los, aber Lilly macht dir auf. Und duschen kannst du bei mir. Danke dir. Was würde ich nur ohne dich tun?«

Auf Pia war einfach Verlass. Im Gegensatz zu den beiden Babysitterinnen vor ihr. Die eine hatte heimlich ihren Freund mitgebracht, die andere Horrorfilme angeschaut, woraufhin Lilly monatelang mit Albträumen zu kämpfen gehabt hatte. Selbst wenn Kim wie jetzt spontan losmusste, war Pia immer zur Stelle. Was vermutlich auch daran lag, dass Kim ihr das Doppelte des üblichen Stundenlohns zahlte. Ein guter Zusatzverdienst für eine knapp Sechzehnjährige.

»Hör zu, Lilly. Ich muss los. Pia ist in einer Viertelstunde hier. Kann ich dich in der Zeit alleine lassen, ohne dass du was anstellst?«

Lilly verschränkte die Arme vor der Brust und sah sie mit ernster Miene an. »Ich fürchte nicht, Mami. Du weißt ja, ich bin erst acht. Und wenn ich zu jung für Mias Party bin, dann kann ich leider auch nicht allein zu Hause bleiben.«

Kim stutzte und konnte sich nur mit Mühe ein Schmunzeln verkneifen.

Das war ihre Tochter!

»Eine Stunde«, sagte sie schließlich. »Du darfst eine Stunde lang auf die Party.«

»Zwei«, pokerte Lilly, doch Kim schüttelte den Kopf.

»Eine oder gar nicht. Also, was ist?«

Lilly wollte protestieren, überlegte es sich aber doch anders. »Okay«, antwortete sie übers ganze Gesicht strahlend.

Kim stand auf und reichte ihrer Tochter die Fernbedienung. »Im DVD-Player ist Arielle, die Meerjungfrau. Schau dir das an, bis Pia da ist, dann kannst du mit ihr Hexentanz spielen. Ich sperr die Haustür von außen ab und lass den Zweitschlüssel innen stecken. Und mach keinen Blödsinn. Verstanden?«

»Ja, Mama. Ich bin doch kein kleines Kind mehr.«

Kim lächelte und drückte sie an sich.

Nein, das war sie wirklich nicht mehr. Sie wuchs so schnell. Nicht mehr lange und …

Kim wagte gar nicht, daran zu denken.

Sie stieß einen tiefen Seufzer aus und gab Lilly einen Kuss auf die Stirn. »Ich hab dich lieb.«

»Ich dich auch«, sagte Lilly und schaltete den Fernseher ein.

Bevor Kim die Haustür hinter sich schloss, hörte sie noch das Anfangslied von Lillys Lieblingsfilm.

Draußen empfing sie eine ungewöhnlich kalte Oktobernacht.

Kapitel 3

Kim eilte zur Garage, die direkt an das Einfamilienhaus angrenzte. Unterwegs rief sie ihren Sender an und orderte ein Kamerateam zur angegebenen Adresse. Sie hatte nicht vor, einen möglichen Selbstmord im Fernsehen zu zeigen, vielmehr wollte sie den Unbekannten davon überzeugen, vom Dach zu steigen und mit ihr zu sprechen. Die Entscheidung, ob vor laufender Kamera oder nicht, würde sie ihm überlassen. Hauptsache, er beging nicht Selbstmord, davon musste ihn Kim unbedingt abhalten.

Sie steckte das Handy in die Innentasche ihrer Jacke und fuhr los.

In Laim angekommen bog sie an der großen Kreuzung in die Fürstenrieder Straße und stellte ihren VW Golf vor einer Metzgerei im Halteverbot ab. Einen Strafzettel nahm sie gern in Kauf, wenn sie dafür ein Menschenleben retten konnte.

Sie zog ihre Jacke zu und sah zur gegenüberliegenden Straßenseite. Das Hochhaus ragte wie ein grauer Betonriese in die Nacht empor. Davor hatte sich eine Menschentraube gebildet. Einige hatten ihre Smartphones gezückt und richteten sie gen Himmel. Andere deuteten nach oben und tuschelten aufgeregt miteinander. Der Schein der Straßenlaternen reichte gerade so weit, dass der obere Teil des Hochhauses nicht völlig im Dunkeln lag. Schemenhaft konnte Kim die Umrisse eines Menschen erkennen, der auf dem Dach auf und ab ging.

Das musste der Mann sein, der sie angerufen hatte.

Sie lief über die mehrspurige Straße, obwohl die Fußgängerampel rot war. Neben ihr quietschten Reifen. Ein Auto legte eine Vollbremsung hin, und der Fahrer hupte wild. Sie warf ihm eine entschuldigende Geste zu und erreichte die andere Seite.

Die ersten Kamerawagen trafen ein, aber das Team von TV4 war nirgends zu sehen. Hoffentlich standen sie nicht im Stau. Sie bahnte sich einen Weg durch die Schaulustigen, nur um festzustellen, dass die Polizei den unmittelbaren Bereich vor dem Hochhaus bereits abgeriegelt hatte. Das rot-weiße Absperrband flatterte im Wind. Mehrere Polizisten, teils in Zivil, bewachten den Eingang, daneben parkten drei Einsatzfahrzeuge und ein Krankenwagen. Feuerwehrmänner waren damit beschäftigt, einen Sichtschutz zwischen dem Haus und den gaffenden Menschen zu errichten, für den Fall, dass der Unbekannte seine Drohung wahr machte und sprang.

Kim fluchte innerlich. Wie sollte sie in das Gebäude kommen? Ihr blieben noch sieben Minuten.

Vielleicht gab es einen Hintereingang?

Sie wollte gerade um das Gebäude herumlaufen, als sie eine vertraute Stimme hinter sich vernahm.

»Na sieh mal einer an. Unsere Starreporterin höchstpersönlich.«

Kim verdrehte die Augen. Nicht die auch noch! Betont langsam drehte sie sich um und setzte ein übertriebenes Grinsen auf.

»Nur kein Neid, Anna.«

Anna Matuschek erwiderte ihr falsches Lächeln und strich mit einer anmutigen Bewegung die schulterlangen honigblonden Haare aus ihrem hübschen Gesicht mit dem spitz zulaufenden Kinn. Wie immer trug sie einen knallroten Lippenstift, und die enge Jeans betonte ihre schlanken Beine.

Kim sah sich um. »Wo hast du denn dein Schoßhündchen gelassen?«

»Wenn du meinen Kameramann Manuel meinst«, antwortete Anna weiterhin lächelnd, »der steht auf dem Mittleren Ring im Stau. Die viel interessantere Frage ist, was *dich* hierher treibt.« Sie zückte ein Diktiergerät und hielt es Kim vor die Nase.

»Ein vermeintlicher Selbstmörder steht auf dem Dach des Hochhauses, vor dem wir uns gerade befinden. Kim Jansen von *Kim undercover* ist soeben am Ort des Geschehens eingetroffen. Kim, erzähl unseren Zuschauern doch, was du über diesen Mann weißt.«

Kim atmete tief durch und zählte innerlich bis drei. Annas Diktiergerät hatte sie damals schon zur Weißglut getrieben, als sie beide noch für TV4 arbeiteten. Seitdem waren viele Jahre vergangen, doch zwischen ihnen hatte sich nichts geändert.

Sie beugte sich vor und antwortete: »Ich glaube, was die Zuschauer wesentlich mehr interessieren dürfte, ist die Frage, ob du das Diktiergerät auch beim Sex laufen lässt.«

Für einen kurzen Moment entgleisten Anna die Gesichtszüge. Sie schaltete das Aufnahmegerät aus.

»Du Miststück«, fauchte sie mit gesenkter Stimme, damit es die Menschen um sie herum nicht mitbekamen. »Du mobbst mich aus dem Sender und kannst es immer noch nicht lassen, mich bei jeder Gelegenheit zu schikanieren.«

Kim lachte belustigt auf. »Soweit ich mich erinnern kann, warst du diejenige, die Gerüchte über mich verbreitet hat, um aus *Kim undercover* ein Anna undercover zu machen.«

»Was auch das bessere Format gewesen wäre. Ohne Behrendts Rückendeckung hättest du die Sendung ohnehin nie bekommen.«

Kim blieb gelassen.

»Aber hier hast du Pech«, sagte Anna und deutete zum Hauseingang. »Die lassen selbst eine …« Sie malte mit den Fingern zwei imaginäre Anführungsstriche in die Luft. »… Starreporterin nicht durch.«

Womit sie leider recht hatte.

Kim schielte auf ihre Uhr.

Noch fünf Minuten.

Sie musste in das Gebäude, und zwar sofort. Oder der Mann auf dem Dach würde sein Geheimnis mit ins Grab nehmen.

Ich verspreche Ihnen die Story Ihres Lebens.

Vielleicht konnte sie die Polizei überzeugen, dass er sie angerufen und explizit nach ihr verlangt hatte. Dass sie ihn von seinem Vorhaben abbringen konnte, wenn sie sie nur zu ihm ließen.

Aus der Gruppe der Polizisten löste sich ein Mann mit stämmiger Statur und kam direkt auf sie zu. Als Kim ihn erkannte, schwand ihre Hoffnung.

»Ich kann nicht behaupten, dass ich mich freue, Sie zu sehen, Frau Jansen«, sagte er, nachdem er sie erreicht hatte, und fixierte sie mit einem stechenden Blick.

»Kommissar Neumann«, erwiderte Kim und schien augenblicklich ein paar Zentimeter zu schrumpfen. Es kostete sie jedes Mal Mühe, seinem Blick standzuhalten, bei dem sie das Gefühl hatte, er könnte bis in die dunkelsten Tiefen ihrer Seele vordringen.

»Aber Sie kommen genau zum richtigen Zeitpunkt«, fuhr er fort und hob das Absperrband. »Los, beeilen wir uns.«

Verblüfft öffnete Kim den Mund und schlüpfte unter dem Plastikband hindurch, bevor er es sich anders überlegte.

»Moment mal«, protestierte Anna hinter ihr. »Ich bin ebenfalls von der Presse. Wenn sie hineindarf, dann fordere ich ...«

»Sie bleiben, wo Sie sind!«, unterbrach Neumann sie in solch scharfem Tonfall, dass sie erschrocken zusammenzuckte. Die Aufmerksamkeit der umstehenden Menge richtete sich auf sie, was ihr sichtlich unangenehm war.

Kim folgte Neumann, der zum Hauseingang lief, und spürte dabei noch immer Annas hasserfüllten Blick im Nacken.

»Der Mann hat mich angerufen«, sagte sie.

»Ich weiß«, antwortete Neumann zu ihrer Überraschung. »Vor zwanzig Minuten hat er den Notruf gewählt und seinen Selbstmord angekündigt.«

Kim runzelte die Stirn. Er hat die Polizei informiert?

»Wir haben versucht, mit ihm zu reden. Aber sobald wir uns ihm nähern, steigt er auf die Mauer und droht zu springen. Er beharrt stur darauf, nur mit Ihnen zu sprechen. Und dass Sie bereits hierher unterwegs seien.«

»Wer ist er?«

»Wissen wir noch nicht.«

Sie erreichten den Eingang, und einer der Polizisten gab Kim eine schusssichere Weste. Irritiert sah sie Neumann an. »Ist der Mann bewaffnet?«

»Unserer Einschätzung nach nicht, aber wir können es nicht mit Sicherheit ausschließen. Und wir wollen doch nicht, dass Ihnen etwas passiert. Wer sollte sonst in Zukunft unsere Arbeit übernehmen?« Der Sarkasmus in seiner Stimme war nicht zu überhören.

Sie betraten das Haus und gingen zum Fahrstuhl. Kim legte währenddessen die Weste unter ihrer Jacke an. Neumann drückte den Knopf für das neunte Stockwerk, und der Aufzug setzte sich ruckelnd in Bewegung. Es roch muffig in der engen Kabine, und die matte Aluminiumverkleidung war an mehreren Stellen zerkratzt.

»Ich habe keine Ahnung, warum der Mann ausgerechnet mit Ihnen reden möchte. Normalerweise würden wir nicht darauf eingehen, aber er will in drei Minuten springen. Und das muss um jeden Preis verhindert werden.«

Neumann strich sich über den Kopf, den nur noch vereinzelt Haare bedeckten. Seine Nase sah aus, als sei sie ihm schon mindestens ein halbes Dutzend Mal im Laufe seines Lebens gebrochen worden. »Ich warne Sie, Frau Jansen, sollten Sie das in Ihrer Sendung ausschlachten, dann lernen Sie mich kennen.«

»Sie können ganz unbesorgt sein«, versicherte ihm Kim. »Ich werde einem Selbstmörder garantiert keine Plattform für potenzielle Nachahmungstäter liefern. Außerdem decken wir Skandale auf und senden keine Dramen.«

Dafür war Anna zuständig.

»Das scheint in Ihren Augen ein dehnbarer Begriff zu sein«, entgegnete Neumann. »Missstände in Pflegeheimen, Ekelessen auf Deutschlands Autobahnraststätten oder Hygienemängel in Krankenhäusern – alles Themen, deren Aufklärung ich unterstütze. Meine Mutter ist an Alzheimer erkrankt und in einem Pflegeheim untergebracht, und ich möchte, dass sie dort gut behandelt wird. Aber sobald es um gefährlichere Delikte wie Drogen oder illegale Adoptionen geht, ist das Aufgabe der Polizei.«

Mag sein, dachte Kim. Aber sie brachten auch die höheren Einschaltquoten.

Sie erreichten das oberste Stockwerk, und die Fahrstuhltür öffnete sich scheppernd. Im Flur hielt ein Polizist die Stellung, vermutlich um neugierige Nachbarn abzuhalten. Kim stieg nach Neumann die Treppe zum Dach hinauf.

»Wie ist er überhaupt dort hochgekommen?«, wunderte sie sich. Normalerweise waren die Ausgänge von Hochhäusern verriegelt.

»Er hat die Tür gewaltsam geöffnet. Ein Brecheisen lag auf dem Boden.«

Sie traten ins Freie, und die Temperatur schien schlagartig um mehrere Grad gefallen zu sein. Der Wind blies ihr scharf ins Gesicht.

Es war ziemlich dunkel, das wenige Licht kam von der Straße. Auf der gegenüberliegenden Seite des Dachs konnte sie einen Mann erkennen, der auf der kniehohen Umrandung stand. Zwei Polizisten redeten in einiger Entfernung auf ihn ein, doch Kim hatte den Eindruck, dass er ihnen gar nicht zuhörte.

»Sie nähern sich ihm maximal auf zwei Meter«, sagte Neumann. »Falls er wider Erwarten doch eine Waffe ziehen und Sie angreifen sollte, werden wir sofort eingreifen. Achten Sie also darauf, dass Sie nicht in die Schusslinie der beiden Beamten geraten. Verstanden?«

Kim nickte.

»Überreden Sie ihn, von der Mauer zu steigen, und locken Sie ihn von dort weg. Fünf, sechs Meter sollten reichen, damit meine Kollegen ihn erreichen und sichern können. Schaffen Sie das?«

»Ich werde mein Bestes geben.«

»Viel Glück.«

Kim atmete einmal tief durch, dann überquerte sie das mit Betonplatten ausgelegte Dach. Neumann blieb am Eingang zurück.

Eine leichte Anspannung machte sich in ihr breit und vermischte sich mit dem prickelnden Gefühl, einer großen Sache auf der Spur zu sein.

Wer war der Mann, und welches Geheimnis hütete er?

Ansonsten werde ich den größten Skandal der letzten Jahre mit ins Grab nehmen.

In wenigen Augenblicken würde sie es erfahren.

Noch immer war er nur unscharf in der Dunkelheit auszumachen. Ruhig stand er auf der Mauer, kratzte sich kurz an den Armen. Die zwei Polizisten verstummten, als sie sich dem Selbstmörder näherte.

Im nächsten Moment riss die Wolkendecke auf, und der Mond tauchte das Dach in bleiches Licht. Kim konnte den Mann nun klar und deutlich erkennen.

Er war etwa Anfang dreißig und nicht sehr groß. Dünnes, stoppeliges Haar bedeckte seinen Kopf mit den abstehenden Ohren und den eingefallenen Wangen. Die olivgrüne Jacke mit den Buchstaben T und S auf der Brust hing wie ein Sack an seinem Oberkörper, die schwarze Hose schlackerte im Wind um seine Beine.

Er sieht krank aus, war ihr erster Gedanke. Sie war sich sicher, ihn noch nie zuvor gesehen zu haben.

Wie vereinbart blieb sie in zwei Meter Entfernung vor ihm stehen. Ihre Blicke trafen sich, und Kim spürte einen kalten Schauer über ihren Rücken jagen.

»Hallo«, sagte sie und versuchte dabei, möglichst unverkrampft zu klingen. »Ich bin Kim Jansen von *Kim undercover*. Wir haben telefoniert.«

»Ich weiß.«

Ein Lächeln legte sich über sein Gesicht.

Seine nächsten Worte trafen sie mit der Wucht eines Vorschlaghammers und hallten dumpf in ihren Ohren wider.

»Tut mir leid um Ihre Tochter.«

Dann ließ er sich rückwärts in die Tiefe fallen.

Kapitel 4

Kim stand starr vor Schreck da. Wie in Zeitlupe sah sie den Mann fallen, bis er aus ihrem Sichtfeld verschwunden war. Den Aufschrei, der von der Straße kam, nahm sie nur entfernt wahr. In ihrem Kopf dröhnte es plötzlich, als stünde sie neben einem startenden Düsenjet.

Tut mir leid um Ihre Tochter.

Die beiden Polizisten, die einige Meter entfernt gewartet hatten, stürzten herbei und beugten sich über die Mauer, um sich im nächsten Moment würgend abzuwenden.

Lilly.

Kim wirbelte herum und stieß beinahe mit Kommissar Neumann zusammen. Sie wollte an ihm vorbei, doch er hielt sie zurück.

»Wer war der Mann?«, fragte er.

»Ich weiß es nicht. Lassen Sie mich durch.«

Doch Neumann hielt sie fest.

»Was hat er gesagt?«

Kim schluckte schwer. Mit tonloser Stimme antwortete sie: »Tut mir leid um Ihre Tochter.«

Neumann runzelte die Stirn. Er benötigte einen Moment, um zu begreifen.

»Wo ist Ihre Tochter?«

»Zu Hause. Meine Babysitterin passt auf sie auf.«

»Können Sie sie anrufen?«

Kim nickte und zog mit zitternder Hand ihr Handy aus der Innentasche ihrer Jacke. Das Display zeigte einen Anruf in Abwesenheit an.

Sie spürte, wie sich ihre Kehle zuschnürte.

Pia hatte vor zehn Minuten versucht, sie zu erreichen, doch Kim hatte das Klingeln nicht gehört. Sie lauschte der Nachricht, die Pia auf der Mailbox hinterlassen hatte.

»Hi, ich bin's, Pia. Ich stehe seit fünf Minuten vor deiner Haustür, aber Lilly macht nicht auf. Es scheint gar keiner da zu sein. Hast du es dir anders überlegt und sie mitgenommen?«

Kims Hand zitterte so stark, dass ihr beinahe das Handy entglitten wäre. Ein dumpfer Schmerz pochte in ihren Schläfen. Sie drückte den Rückruf, das Freizeichen ertönte, doch niemand hob ab. Nach einer Weile sprang der Anrufbeantworter an. Kim legte auf und versuchte es erneut erfolglos, bevor sie bei ihr zu Hause auf dem Festnetz anrief.

Geh ran, Lilly, bitte geh ran, flehte sie innerlich.

Neumann beobachtete sie stumm.

Kim hatte das Gefühl, es läutete eine Ewigkeit, dann vernahm sie ihre eigene Stimme: »Hallo, wir sind momentan nicht da, aber wenn Sie uns eine Nachricht hinterlassen, rufen wir schnellstmöglich zurück.«

Der Piepton ertönte. Kim presste die Lippen zusammen und beendete die Verbindung. Ihr Atem ging nur noch flach. Eine nicht gekannte Kälte breitete sich in ihrem Inneren aus. Krampfhaft versuchte sie, sich einzureden, dass alles in bester Ordnung war und nur deshalb keiner ans Telefon ging, weil Pia und Lilly in Hexentanz vertieft waren.

Ihr Bauchgefühl sagte ihr, dass sie sich irrte.

In ihrer Verzweiflung wählte sie die Nummer von Lillys Handy, das sie ihr zum achten Geburtstag geschenkt hatte. Kim wusste, dass sie nicht rangehen würde, noch bevor auch hier die Mobilbox ansprang. Sie konnte die Schreckensszenarien in ihrem Kopf nicht länger mit eingeredeter Hoffnung zurückhalten. Übelkeit überkam sie, und ihr Magen verkrampfte sich. Wenn Lilly etwas passiert sein sollte, würde sie sich das niemals verzeihen.

Neumann schien ihre Panik richtig zu deuten, denn er zückte sein eigenes Handy und orderte einen Streifenwagen zu Kims Adresse, die sie ihm angab.

Während sie zum Aufzug eilten, setzte Kim ihn mit knappen Sätzen ins Bild. Ihre Stimme zitterte.

»Und auf diese Pia ist Verlass?«, wollte er wissen.

Kim bejahte und hämmerte im Fahrstuhl auf die Taste für das Erdgeschoss. Die Tür schloss sich quälend langsam.

»Wie lange ist sie bereits Lillys Babysitterin?«

»Seit einem Jahr.«

Unruhig trat sie von einem Bein auf das andere. War der Aufzug vorhin auch schon im Schneckentempo gefahren?

»Der Mann, der gerade vom Dach gesprungen ist, war derselbe, der mich angerufen hat. Ich habe seine Stimme erkannt.«

»Kannten Sie ihn?«

Sie schüttelte den Kopf.

»Kam er Ihnen denn irgendwie bekannt vor? Sind Sie ihm schon mal begegnet?«

Angestrengt dachte sie nach, doch sosehr sie sich auch bemühte, irgendeine Verbindung zu dem Unbekannten herzustellen, es gelang ihr nicht. Sie war sich sicher, ihn noch nie in ihrem Leben gesehen zu haben.

Endlich erreichten sie das Erdgeschoss und liefen zum Ausgang. Vor dem Hochhaus war hektischer Betrieb ausgebrochen. Der Sichtschutz, den die Feuerwehr errichtet hatte, schirmte den Toten von der gaffenden

Menschenmenge ab, dennoch vernahm Kim Schluchzen und lautes Gemurmel. Zwei Sanitäter packten ihre Ausrüstung zusammen und verstauten sie im Krankenwagen. Für sie gab es hier nichts mehr zu tun. Die Polizisten, einige von ihnen kreidebleich im Gesicht, begannen mit der Tatortsicherung.

Kim sah nach rechts und wünschte sich im selben Augenblick, sie hätte es nicht getan.

Der zerschmetterte Körper des Mannes lag keine sieben Meter von ihr entfernt. Der Schädel war aufgeplatzt, Hirnmasse hatte sich in einem größeren Umkreis auf dem Asphalt verteilt. Die Unterarme standen in einem unnatürlichen Winkel ab, als hätte der Mann noch versucht, seinen Sturz abzufangen.

»Sehen Sie nicht hin«, mahnte Neumann.

Kim würgte heftig und wandte rasch ihren Blick ab.

Der Kommissar verzog keine Miene. Offenbar waren ihm derartige Bilder vertraut. Er gab seinen Kollegen Anweisungen, dann schlüpfte er, gefolgt von Kim, durch einen Spalt im Sichtschutz.

»Wir nehmen meinen Wagen«, sagte er und steuerte auf einen dunklen BMW zu. Er schaltete das Blaulicht ein und raste los.

Unterwegs versuchte es Kim noch einmal bei Pia und auf ihrem Festnetz. Die Ungewissheit, warum niemand ans Telefon ging, war kaum auszuhalten.

Neumann fragte sie immer wieder zu dem Selbstmörder aus. Es waren dieselben Fragen, die er ihr schon auf dem Dach gestellt hatte. Wer war er? Was hat er gesagt? Kam er ihr bekannt vor?

Sie wiederholte ihre Antworten.

Für die Strecke zu ihrem Haus benötigten sie dreizehn Minuten. Kim konnte es auf die Sekunde genau sagen, so oft hatte sie während der Fahrt auf ihre Uhr geschaut.

Neumann parkte hinter dem Streifenwagen, der am Straßenrand stand, und Kim sprang noch bei laufendem Motor aus dem Auto.

Es gab keine Straßenlaternen, nur die Scheinwerfer der beiden Polizeiwagen spendeten Licht.

Ihr Grundstück war von einem mannshohen schmiedeeisernen Zaun umgeben, dessen Oberseite in kunstvoll geformten und gezackten Spitzen zulief. Das Eingangstor, das in ein breites Gatter für die Garagenausfahrt eingelassen war, stand offen. Zwei uniformierte Beamte durchstreiften den Vorgarten und versuchten vergeblich, einen Blick ins Haus zu werfen. Die Rollläden waren überall heruntergelassen.

Kim rannte den gepflasterten Weg entlang, vorbei an dichtem Buschwerk und zwei riesigen Tannen, die von der Straße aus die Sicht auf die Eingangstür versperrten. Sie bog um die Ecke und fischte den Schlüssel aus ihrer Hosentasche. Vor lauter Aufregung entglitt er ihren Händen und fiel zu Boden. Die über einen Bewegungsmelder gesteuerte Beleuchtung über der Tür brannte.

Hinter ihr hörte sie Neumann, der die beiden Streifenbeamten um einen kurzen Lagebericht bat.

»Es macht niemand auf«, antwortete der Größere der beiden. »Durch die Ritzen der Jalousien dringt Licht, aber es scheint keiner zu Hause zu sein.«

Kim spürte, wie sich ihr Magen umdrehte, während sie den Schlüssel aufhob und nur mit Mühe ins Schloss brachte. Die Tür öffnete sich bei der ersten Umdrehung.

Ihr Herz stockte. Sie hatte ganz sicher abgesperrt.

Der Flur war dunkel, doch im Wohnzimmer brannte Licht.

»Lilly!«, schrie sie und stürmte in den Raum.

Es war niemand da.

Auf dem Fernsehbildschirm war ein Standbild eingefroren: Sebastian, die Krabbe, der von zwei Fischen in einer Muschelschale durchs Wasser gezogen wurde. Die Fernbedienung lag auf dem Tisch, gleich neben Hexentanz. Kim erkannte sofort, dass sich die Position der Spielfiguren nicht verändert hatte.

»Lilly«, rief sie erneut und lief mehrere Stufen auf einmal nehmend in den ersten Stock hinauf. Das Zimmer ihrer Tochter grenzte direkt an Kims Schlafzimmer.

Sie riss die Tür auf und schaltete das Licht an. Chaotische Unordnung empfing sie. Bücher, Stofftiere und Spielsachen lagen auf dem Boden verteilt, ihr Schulranzen neben dem Schreibtisch in der Ecke. Die Wände zierten Poster von Arielle und Marc Jonas, ihrem Lieblingssänger, dessen Tanzchoreografien Lilly und Linda eifrig einstudierten. Das Bett war wie üblich ungemacht. Auf dem Nachtkästchen lag ihr Handy, ein billiges Smartphone, das Kim kindersicher eingerichtet hatte. Sie griff danach. Zwei Anrufe in Abwesenheit. Ihre.

In panischer Angst durchsuchte Kim ihr Schlaf- und Arbeitszimmer sowie das Bad, bevor sie zurück ins Erdgeschoss und weiter in den Keller lief. Immer wieder rief sie Lillys Namen, jedes Mal lauter, doch diese blieb unauffindbar.

Tut mir leid um Ihre Tochter.

Kim war so schlecht, dass sie sich fast übergeben musste.

Neumann stand im Gang und telefonierte. Er beendete das Gespräch, als Kim aus dem Keller kam.

»Ich finde sie nicht«, sagte sie mit tränenerstickter Stimme. Nach wie vor weigerte sie sich, die schlimmste aller Möglichkeit zu akzeptieren. Es durfte einfach nicht sein.

»Ihr Handy lag neben dem Bett.«

Neumann nahm das Smartphone an sich und deutete auf die Garderobe, an der mehrere Jacken und ein rosafarbener Schal hingen.

»Sind das die Sachen Ihrer Tochter? Fehlt etwas?«

Kim schüttelte den Kopf. Es war alles da. Selbst Lillys Stiefel lagen übereinander am Boden.

»Haben Sie die Haustür abgeschlossen, als Sie losgefahren sind?«, wollte er wissen, und Kim bejahte. Das tat sie immer, sobald sie das Haus verließ, und konnte selbst dann aufsperren, wenn innen der Schlüssel steckte.

»Nur das Tor draußen hab ich nicht abgesperrt, damit Pia reinkonnte.«

Neumann nahm das Sicherheitsschloss näher in Augenschein. Der Schlüssel steckte nach wie vor im Schloss.

»Keine gewaltsamen Einbruchsspuren«, murmelte er. »Entweder hat Lilly selbst geöffnet, oder jemand hat einfach aufgesperrt. Wer hat einen Schlüssel für das Haus, Frau Jansen?«

»Kerstin Uhl, meine Assistentin. Und meinem Freund hab ich vor vier Wochen einen gegeben. Er heißt Julian Tiersch.«

Er notierte sich die Namen. »Was ist mit Lillys Vater?«

»Ich habe ihm den Schlüssel seinerzeit abgenommen.«

Ein beängstigender Gedanke schoss ihr durch den Kopf. Was, wenn er einen hatte nachmachen lassen? Sie hätte das Schloss zur Sicherheit längst austauschen sollen.

Andererseits lag es nahe, dass Lilly selbst die Tür aufgemacht hatte, in der Annahme, dass es Pia war.

»Sie sind geschieden, oder?«, hakte Neumann weiter nach.

Es wunderte Kim nicht, dass er das wusste, schließlich war es damals durch die Presse gegangen.

»Ja. Die Scheidung ist vor Kurzem rechtskräftig geworden.«

»Rufen Sie ihn bitte an«, forderte Neumann sie auf.

»Glauben Sie, dass er Lilly ...?« Sie beendete die Frage nicht. Es war vollkommen absurd. Trotz allem, was zwischen ihnen vorgefallen war, Oliver liebte Lilly.

Liebte er sie vielleicht so sehr, dass er sie zu sich geholt hatte?

Kim schluckte und wählte die Nummer ihres Exmannes. Nach viermal Läuten wurde abgehoben.

»Was willst du?«, wollte er statt einer Begrüßung wissen. Kein »Hallo Schatz« oder »Na, Häschen«, wie er sie noch vor einem Jahr genannt hatte. Aus seiner Stimme war jegliche Liebe gewichen, sie klang kalt und voller Hass.

»Ist Lilly bei dir?«

»Was soll die blöde Frage? Als ob du das zulassen würdest.«

Im Hintergrund vernahm sie Hupen. Offenbar war er mit dem Auto unterwegs und telefonierte über die Freisprecheinrichtung.

Kims Lippen bebten. Neumann deutete ihr an, ihm das Gespräch zu überlassen, und sie reichte ihm das Handy.

»Herr Jansen«, sagte er, »Kommissar Neumann hier. Ist Lilly bei Ihnen?«

Es entstand eine kurze Pause.

»Bitte beantworten Sie meine Frage.«

Kim knete ihre Hände. Sie hatte das alleinige Sorgerecht bekommen, und doch wünschte sie sich im Moment nichts sehnlicher, als dass Lilly bei Oliver und damit in Sicherheit war.

»Ihre Tochter wird momentan vermisst«, erklärte Neumann nüchtern. »Wo sind Sie gerade?« Er wartete die Antwort ab. »Ich möchte Sie bitten, sofort zur Polizeiinspektion Pasing zu fahren.«

Kim schloss die Augen. Ihre letzte Hoffnung löste sich auf wie Rauch im Wind.

»Das war nicht als Bitte zu verstehen, sondern eine Anordnung«, sagte Neumann in einem Tonfall, der Kim erschaudern ließ. »Wenn Sie sich nicht spätestens in zwanzig Minuten bei den wachhabenden Kollegen am Eingang gemeldet haben, lass ich Sie zur Fahndung ausschreiben, haben Sie das verstanden?«

Kim konnte Olivers Antwort nicht hören, aber sie wusste auch so, dass er gerade kleinlaut beigab.

Der Kommissar verabschiedete sich und gab Kim ihr Handy zurück.

Mehrere Autos hielten vor dem Haus. Neumann blockierte die offene Eingangstür mit dem schweren Schirmständer und deutete auf ein Foto an der Wand, gleich neben einem dunklen Rechteck, wo früher ein Familienfoto gehangen hatte.

»Ist das ein aktuelles Bild von Lilly?«

»Ja.«

Sechs oder sieben Männer betraten das Haus, Kim war nicht mehr in der Lage, sie zu zählen. Einige waren in Uniform, andere in Zivil. Neumann nahm das Foto von der Wand und reichte es einem der Polizisten.

»Wir suchen Lilly Jansen, acht Jahre alt und seit …«, er sah auf seine Uhr, »… fünfundvierzig bis sechzig Minuten verschwunden. Es ist nicht ausgeschlossen, dass sie entführt worden ist.«

Kim zuckte bei seinen Worten zusammen. Ihr Magen rebellierte erneut.

Es waren doch nur fünfzehn Minuten gewesen, die ich sie allein gelassen habe, dachte sie und spürte, wie ihr die Tränen in die Augen schossen. *Nur fünfzehn Minuten.*

Das Hämmern in ihrem Kopf wurde allmählich unerträglich.

Warum war sie nur gefahren?

Ich verspreche Ihnen die Story Ihres Lebens.

Neumann riss sie aus ihren Gedanken. »Wie groß ist Lilly, und was hat sie zuletzt angehabt?«

»Knapp einen Meter dreißig«, antwortete sie, und ihre Kehle schnürte sich immer weiter zu. Sie hatte das Gefühl, nur noch zu krächzen. »Sie trug ein knielanges Kleid, blau, mit weißen Rüschen und einer weißen Schleife. Und weiße Turnschuhe mit rosa Schnürsenkeln. Das sind ihre Hausschuhe.«

»Geben Sie die Beschreibung und das Foto an alle Einheiten weiter«, wies Neumann seine Kollegen an. »Möglicherweise wird noch eine zweite Person vermisst, das kläre ich gleich. Sichern Sie etwaige Spuren, vor allem an der Haustür und im Vorgarten. Befragen Sie die Nachbarn, ob ihnen innerhalb der letzten ein bis drei Stunden etwas Verdächtiges aufgefallen ist. Ein Auto, eine Person, die hier auf dem Grundstück war, das Übliche. Hier ist das Handy der Gesuchten. Checken Sie es gründlich durch.«

Die Beamten nickten und machten sich an die Arbeit.

»Wo wohnt Pia?«, wollte Neumann von Kim wissen.

»Keine zwei Minuten von hier.«

»Wir fahren zu ihr«, entschied er, und sie liefen zu seinem Auto. Währenddessen trafen weitere Streifenwagen ein.

Kim nahm auf dem Beifahrersitz Platz und beschrieb Neumann den Weg. Er fuhr los.

Als sie um die Ecke bogen, streifte der Scheinwerfer ein Auto am Straßenrand, in dem zwei Personen saßen. Kim fuhr bei deren Anblick erschrocken zusammen.

Was hatten Anna und ihr Kameramann Manuel hier zu suchen?

Kapitel 5

Keine zwei Minuten später hielt Neumann in einer ruhigen Wohngegend vor einem vierstöckigen Mehrfamilienhaus. Das Gebäude war erst kürzlich gestrichen worden, die schneeweiße Fassade reflektierte das grelle Licht der Scheinwerfer. Die Bäume, die den Weg säumten, wiegten sanft im Wind hin und her. Gelb-braune Blätter lagen auf dem gepflegten Grünstreifen.

Kim eilte zum Hauseingang und drückte die Klingel mit dem Schild »Schäfer«. Es dauerte einige Sekunden, dann knackte die Freisprechanlage und eine freundliche Stimme meldete sich: »Ja bitte?«

»Frau Schäfer, Kim Jansen hier.«

Der Türöffner summte. Kim und Neumann betraten das Treppenhaus, in dem ein leichter Duft nach Zitrone und Putzmitteln hing. Sie liefen in den zweiten Stock, wo sie von einer Frau Anfang vierzig in einer Kochschürze erwartet wurden. Ihr dickes, lockiges braunes Haar reichte ihr knapp bis zu den Schultern, und um ihren Hals trug sie an einem Lederband ein rundes Medaillon mit weißen Punkten auf schwarzem Hintergrund. Pia hatte das Schmuckstück vor vielen Jahren als Geschenk für ihre Mutter gebastelt, seitdem hatte Kim sie nie ohne ihren Glücksbringer gesehen.

Kim hatte Claudia Schäfer vor zwei Jahren im Schwabinger Krankenhaus kennengelernt, als Oliver am Meniskus operiert werden musste. Claudia war die diensthabende Krankenschwester gewesen. Im Rahmen einer Kim-undercover-Sendung sowie einer Blutspendeaktion waren sie einige Monate später erneut in Kontakt gekommen, und als Kim ihr von den Problemen mit ihren Babysittern erzählte, hatte Claudia ihre Tochter empfohlen.

Neumann zückte seine Dienstmarke und stellte sich vor. Claudias Lächeln gefror, und irritiert blickte sie über den Rand ihrer Brille zu Kim. »Ist was passiert?«

»Ist Pia da?«, wollte diese statt einer Antwort wissen. Ihr Herz pochte wie wild.

»Ja«, sagte Claudia und bat die beiden in die Wohnung. »Sie ist allerdings noch im Bad. Wenn sie vom Sport kommt, duscht sie immer eine halbe Ewigkeit.« Sie rollte mit den Augen und klopfte an die Badtür. Von innen war ein Föhn zu hören.

»Pia, beeil dich bitte. Frau Jansen ist hier und will mit dir sprechen.«

»Kleinen Moment«, drang es durch die geschlossene Tür. Der Föhn verstummte. »Ich zieh mir nur schnell was an.«

»Wann ist Ihre Tochter nach Hause gekommen?«, erkundigte sich Neumann.

Claudia sah auf ihre Armbanduhr. »Vor etwa fünfunddreißig Minuten. Um kurz vor acht.«

Die Leere in Kim wurde größer. Demnach hatte Pia vergeblich vor ihrem Haus gewartet, bis sie ihr schließlich auf die Mailbox gesprochen hatte und heimgefahren war.

Im nächsten Moment rümpfte sie die Nase. Irgendetwas roch hier verbrannt.

»Ach du liebe Zeit!« Claudia wirbelte herum und lief in die Küche. Auf dem Herd kochten in einem Topf Spaghetti, in der Pfanne daneben brutzelte Hackfleisch. Sie schüttete ein Glas Wasser zu dem Fleisch, das lautstark zischte, und rührte ein Pulver hinein. Dann kippte sie das Fenster und zog den Rollladen hoch, damit der Geruch abziehen konnte.

Kim sah sich um. Die Küche war aufgeräumt und sauber. Auf dem für zwei Personen gedeckten Tisch stand eine Vase mit einer roten Rose, die weiße Tischdecke war faltenfrei gebügelt. Sie dachte daran, wie schnell Lilly diese mit Bolognesesoße bekleckern würde, und der Gedanke daran versetzte ihr einen Stich.

»Hallo, Kim«, sagte eine Stimme hinter ihr.

Kim drehte sich um. In der Tür stand Pia, barfuß und nur mit Jeans und T-Shirt bekleidet. Ihre langen blonden Haare waren noch feucht und fielen ihr strähnig in das Gesicht mit den roten Pausbacken. Sie bemerkte den ihr unbekannten Mann und zog die Stirn kraus.

Neumann stellte sich auch ihr vor.

»Polizei?« Pia riss die Augen auf. »Ist was mit Lilly?«

»Sie ist verschwunden«, antwortete Kim mit brüchiger Stimme.

»Was?« Pia sah sie entsetzt an. »Aber … Also ich war, wie verabredet, da, aber niemand hat mir aufgemacht.«

»Wann genau waren Sie da?«, hakte Neumann nach.

»Um Viertel vor acht.«

Kim biss sich auf die Unterlippe. Sie war wie immer pünktlich gewesen.

»Ich hab mehrmals geklingelt«, fuhr Pia an Kim gewandt fort. »Im Haus war es still. Ich dachte, du hättest deine Pläne kurzfristig geändert und Lilly doch mitgenommen. Deshalb hab ich dich angerufen. Hast du meine Nachricht bekommen?«

Kim nickte.

»Und was ist jetzt mit Lilly?«, fragte Pia. »Wo ist sie?«

»Das versuchen wir gerade herauszufinden«, antwortete Neumann. Er machte eine kurze Pause, ehe er ergänzte: »Leider müssen wir zum gegenwärtigen Stand die Möglichkeit in Betracht ziehen, dass sie entführt worden ist.«

Pia schlug die Hände vor dem Mund zusammen, und Claudia entfuhr ein Stöhnen.

»Was sagen Sie da?« Sie ging zu ihrer Tochter, die kreidebleich im Gesicht geworden war, und legte ihr den Arm um die Schultern. »Entführt?«

Kim spürte, wie ihre Knie weich wurden. Sie lehnte sich mit dem Rücken gegen die Wand und atmete tief durch. Sie konnte und wollte dieses Schreckensszenario noch immer nicht akzeptieren.

»Oh Gott«, flüsterte Pia. Ihre Hände zitterten.

»Wir sind auf Ihre Hilfe angewiesen«, sagte Neumann. »Versuchen Sie sich bitte zu erinnern. Als Sie bei Frau Jansen angekommen sind, ist Ihnen da irgendetwas aufgefallen? Ein Auto? Eine oder mehrere Personen, die unterwegs waren oder rumstanden?«

Pia dachte angestrengt nach, schüttelte jedoch nach einer Weile den Kopf. »Nein, da war niemand. Am Straßenrand parkten einige Autos, aber nicht direkt vor dem Haus von Frau Jansen.«

»Konnten Sie erkennen, ob jemand drinnen saß?«

»Ich glaube nicht. Allerdings war es bereits dunkel. Also in den Autos, wo ich vorbeigegangen bin, war niemand drin. Das hätte ich doch bemerken müssen.«

Nervös wickelte sie sich eine Haarsträhne um ihren Finger.

»Was war mit dem Grundstück von Frau Jansen? War da irgendetwas ungewöhnlich?«

Erneut dachte sie konzentriert nach, sodass sich eine Falte zwischen ihren Augen bildete. »Nein. Das Eingangstor war nicht abgesperrt, aber das hat Kim mit Sicherheit offen gelassen, damit ich reinkann. Oder?«

Kim nickte zur Bestätigung.

»Wie lange sind Sie dageblieben?«

»Fast zehn Minuten. Nachdem ich Kim angerufen habe, hab ich noch mal fünf Minuten gewartet. Dann bin ich heimgegangen.«

»Dann beträgt das fragliche Zeitfenster fünfzehn Minuten«, fasste Neumann zusammen. »Vermutlich lagen der oder die Täter bereits auf der Lauer und haben nur darauf gewartet, dass Sie das Haus verlassen.«

Kim fuhr sich durch ihre kurzen Haare. »Ich hätte nicht fahren sollen. Ich hätte Lilly nicht allein lassen dürfen. Nicht einmal für eine Viertelstunde.«

»Beruhigen Sie sich«, sagte Claudia. »Sie können doch nichts dafür.«

»Sie ist erst acht«, entgegnete Kim und bereute sogleich ihren Tonfall.

»Machen Sie sich keine Vorwürfe. Als Pia acht war, hab ich sie viel länger allein gelassen.«

Ja, Mama. Ich bin doch kein kleines Kind mehr.

Bei der Erinnerung an Lillys Worte krümmte sich Kim. Claudia hatte recht, aber trotzdem fühlte sie sich schuldig.

»Sie kamen vom Sport?«, fuhr Neumann mit der Befragung fort, und Pia bejahte.

»Jeden Dienstag und Donnerstag. Ich lasse kein Training aus. In vier Wochen sind die bayerischen Gerätemeisterschaften, da will ich fit sein.«

»Wer weiß davon?«

»Dass ich dienstags beim Sport bin?« Sie zuckte mit den Schultern. »Keine Ahnung. Es ist kein großes Geheimnis, dass ich turne. Ich mache das seit meiner Kindheit. Ich poste regelmäßig darüber auf Facebook, und das kann jeder lesen.« Sie zwirbelte noch immer ihre Haare. »Wäre ich doch nur früher da gewesen.«

»Das hätte nichts geändert«, entgegnete Neumann mit sanfter Stimme.

Kim presste die Lippen zusammen. Es war alles geplant gewesen. Der Anrufer, der sie mit der vermeintlichen Story ihres Lebens von zu Hause weggelockt hatte. Pia, die noch unterwegs war. Der Selbstmord.

Tut mir leid um Ihre Tochter.

Ihre Kehle schnürte sich zu. Sie wagte gar nicht daran zu denken, was der Entführer alles mit Lilly anstellen konnte. Wie es ihr wohl gerade erging? Bestimmt stand sie Todesängste aus.

Erneut schossen ihr Tränen in die Augen. Sie würde alles dafür geben, nur um Lilly in Sicherheit zu wissen.

Neumann holte eine Visitenkarte aus der Innentasche seiner Jacke und reichte sie Pia. »Sollte Ihnen noch irgendetwas einfallen, und wenn es Ihnen noch so unwichtig erscheint, dann rufen Sie mich bitte sofort an. Egal zu welcher Uhrzeit.«

»Mach ich. Ich hoffe, Sie finden Lilly.« Sie wandte sich an Kim. »Es tut mir so leid.«

Kim rang sich ein Lächeln ab, nahm ihre Hand und drückte sie sanft. »Danke, Pia.«

Sie verabschiedeten sich und gingen zum Auto zurück. Kim zog ihre Jacke zu, doch die Kälte der Nacht war nichts im Vergleich zu der Kälte in ihrem Inneren.

Was, wenn Lilly längst tot war?

Kapitel 6

Es war bereits nach Mitternacht, als Kim völlig erschöpft die Polizeiinspektion in Pasing verließ. Fast drei Stunden lang hatte Neumann ihr Fragen gestellt, die sich hauptsächlich um ihr privates und berufliches Umfeld drehten. Wie war das Verhältnis zu Lillys Vater? Verstand sich Lilly mit Julian? Was waren die letzten Themen von *Kim undercover*? Gab es Drohungen gegen sie oder ihren Sender?

Die Ermittlungen konzentrierten sich auf eine Entführung. Wäre Lilly von zu Hause davongelaufen, hätte sie zumindest Jacke und Stiefel angezogen. So war sie trotz der Temperaturen lediglich in Turnschuhen und ihrem dünnen Kleidchen unterwegs.

Kim trat in die kalte Nacht hinaus und blieb unter dem beleuchteten Eingang stehen. Tausend Gedanken schwirrten ihr durch den Kopf, der sich dumpf und leer anfühlte.

Neumann hatte ihr angeboten, sie zu ihrem Auto zu fahren, das noch immer im Halteverbot vor der Metzgerei in Laim stand. Doch Kim wollte sich lieber ein Taxi nehmen.

Neumann würde alles tun, um ihre Tochter zu finden, aber dass sie in der Zwischenzeit untätig warten sollte, raubte Kim fast den Verstand.

»Gehen Sie nach Hause, und schlafen Sie«, waren seine Worte. »Mehr können Sie momentan nicht machen. Überlassen Sie uns die Arbeit.«

Den letzten Satz hatte er übermäßig stark betont.

Kim atmete tief durch. Dann zog sie ihr Handy aus der Jackentasche, um die Taxizentrale anzurufen. Im nächsten Moment hörte sie, wie ganz in der Nähe eine Autotür zugeschlagen wurde, und hielt inne. Von der gegenüberliegenden Straßenseite kam jemand auf sie zu.

Statur und Gangart waren ihr nur allzu vertraut.

»Oliver«, sagte sie tonlos.

»Was zum Teufel ist hier los?«, schrie er, kaum dass er sie erreicht hatte. Seine eisblauen Augen, in die sie sich damals sofort verliebt hatte, sprühten vor Zorn. »Die Polizei hat mich gerade zwei Stunden lang vernommen, weil Lilly entführt worden ist. Sag mir, dass das nicht wahr ist.«

Ihre Schultern sackten nach unten. »Ja, sie ist verschwunden.«

»Oh Gott!« Er verzog schmerzverzerrt das Gesicht und fuhr sich durch seine silbergrauen Haare. Nur vereinzelte schwarze Strähnen zeugten noch von der ursprünglichen Farbe. »Wie konnte das passieren?«

Kim überlegte, ob sie ihm die Wahrheit sagen sollte. Sie wusste, wie er reagieren würde, aber sie wollte sich nicht mit ihm streiten. Dazu fehlte ihr die Kraft. Andererseits hatte ihn die Polizei bestimmt über das meiste in Kenntnis gesetzt.

»Ich musste noch mal los«, antwortete sie. »Pia war bereits unterwegs, also hab ich Lilly kurz allein gelassen.«

Die Geschichte von dem Selbstmörder und der Story ihres Lebens verschwieg sie.

»Wie konntest du das tun? Sie ist noch ein Kind.«

Kim spürte, wie Wut in ihr aufstieg. Er schaffte es jedes Mal wieder.

»Jetzt tu doch nicht so, als wärst du immer ein verantwortungsvoller Vater gewesen!«

»Es geht hier nicht um mich, sondern um meine Tochter.« Er baute sich in seiner vollen Größe vor ihr auf. »Ich schwöre dir, wenn Lilly irgendetwas passieren sollte, dann lernst du mich kennen.«

»Meinst du, ich hab das gewollt?« Ihre Stimme überschlug sich fast.

»Lass mich raten, du musstest wegen deines Jobs noch mal los, oder?« Er neigte seinen Kopf und sah sie mit einem durchdringenden Blick an.

Kim schwieg.

»Wusste ich's doch«, schnaubte er verächtlich. »Dein verdammter Job ist dir wichtiger als Lilly.«

»Das ist Blödsinn! Lilly steht für mich immer an erster Stelle.«

»Aber sicher doch.«

»Oliver, ich bin müde. Ich will mich nicht mit dir streiten.«

Er beugte sich so nahe zu ihr vor, dass sie seinen warmen Atem auf ihrer Haut spürte.

»Lilly ist bestimmt auch müde. Aber wahrscheinlich kann sie vor lauter Angst nicht schlafen. Und du bist schuld daran.«

Kim explodierte. »Und wo warst du die letzten Jahre? Du hast uns beide im Stich gelassen, und jetzt führst du dich plötzlich auf, als wärst du der treusorgendste Vater der Welt. Du verlogener Mistkerl!«

Wütend stieß sie ihn mit beiden Händen von sich.

Für mehrere Sekunden standen sie sich schweigend gegenüber. Nur ihre Blicke fochten einen stummen Kampf aus.

»Und wie geht es nun weiter?«, wollte er schließlich mit ruhiger Stimme wissen.

»Ich weiß es nicht. Neumann hat mich nach Hause geschickt.«

»Hat sich der Entführer bei dir gemeldet?«

Sie schüttelte den Kopf. »Nein. Neumann sagt, ich soll mein Handy angeschaltet lassen, aber … Keine Ahnung, ob sich überhaupt jemand meldet.«

Oliver legte ihr beruhigend die Hand auf die Schulter. »Keine Sorge, die Polizei weiß, was sie tut. Sie werden Lilly finden.«

Kim war überrascht über seinen Stimmungswechsel und sah auf. Meinte er das ernst, oder spielte er ihr gerade etwas vor?

»Wie lange wartest du hier schon?«, fragte sie.

»Seit eineinhalb Stunden. Ich hatte schon befürchtet, dass du die Nacht hier verbringst. Was ist, soll ich dich heimfahren?«

»Du könntest mich nach Laim bringen, dort steht mein Auto.«

Er nickte in die Richtung seines Autos. »Steig ein.«

Sie war dankbar, dass er nicht weiter nachhakte. Erschöpft ließ sie sich auf den Beifahrersitz fallen. Der Innenraum verströmte den typischen Geruch eines Neuwagens von Leder und Politur.

»Die haben mich ganz schön in die Mangel genommen«, sagte er, während er den Blinker setzte und abbog. »Als ob ich meine eigene Tochter entführen würde.«

Kim antwortete nicht. Sie hatte Neumann von ihrem Sorgerechtsstreit erzählt, den sie gewonnen hatte. Er musste dieser Möglichkeit nachgehen.

»Sie haben sogar mein Auto durchsucht. Die meinten wohl, ich hätte Lilly im Kofferraum versteckt.«

»Tut mir leid«, sagte Kim und meinte es so.

»Hast du schon ihre Freundinnen angerufen?«, wollte er wissen. »Ich meine, vielleicht hat sie nur die Gunst der Stunde für einen späten Besuch genutzt.«

»Ich hab mit ihrer halben Schulklasse telefoniert, während wir ins Präsidium gefahren sind. Nichts.«

»Das heißt, wir können nur abwarten und hoffen, dass die Polizei möglichst bald eine Spur findet?«

Kim bohrte den rechten Daumen in ihre linke Handfläche und verzog zerknirscht das Gesicht. »Ja.«

Die restliche Fahrt verbrachten sie schweigend. In Laim angekommen hielt Oliver hinter ihrem VW Golf. Er ließ den Motor laufen, schaltete die Innenbeleuchtung an und drehte sich zu ihr.

»Bist du sicher, dass du noch fahren kannst? Du siehst ehrlich gesagt ziemlich fertig aus. Soll ich dich nicht lieber heimbringen, und du holst dein Auto morgen ab?«

Er sah sie mit einem warmherzigen Blick an, und Kim musste unwillkürlich lächeln. Das war der Mann, den sie vor zwölf Jahren kennengelernt hatte, als seine auf IT-Sicherheit spezialisierte Firma das interne Netzwerk von TV4 auf den neuesten Stand gebracht hatte. Bevor ihre Liebe in einen erbitterten Streit umgeschlagen war.

»Keine Sorge, ich kann noch fahren.«

»Okay.« Er machte eine kurze Pause. »Hör zu, Kim, egal, was momentan zwischen uns ist, es geht jetzt nicht um uns, sondern um das Leben von Lilly. Sie ist auch meine Tochter. Wir sollten alles dafür tun, dass wir sie heil wiederbekommen.«

Sie hielt seinem Blick stand, während in ihrem Inneren ein Wechselbad der Gefühle tobte. Die letzten Monate hatten sie hauptsächlich über ihre Anwälte kommuniziert.

Oliver hatte recht, es war an der Zeit, dass sie ihren Streit vergaßen.

Sie nickte.

»Du meldest dich sofort bei mir, falls du etwas Neues erfährst. Versprochen?«

»Mach ich.«

Sie berührte seinen Arm, dann stieg sie aus und ging zu ihrem Auto. Oliver fuhr weiter, und sie sah ihm nach, bis er in der Dunkelheit verschwunden war.

So ruhig und freundlich hatten sie schon lange nicht mehr miteinander gesprochen.

Kim fragte sich, ob Oliver nicht mehr im Schilde führte.

Kapitel 7

Kim fuhr rückwärts in ihre Garage und stellte den Motor ab. Sie ließ den Kopf gegen die Nackenlehne fallen und schloss für einen Moment die Augen.

Was für ein Albtraum!

Sie dachte an Lilly, betete, dass es ihr gut ging und sie noch lebte. Schnell verwarf sie diesen schrecklichen Gedanken wieder.

Lilly ist bestimmt auch müde. Aber wahrscheinlich kann sie vor lauter Angst nicht schlafen. Und du bist schuld daran.

Olivers Worte hallten noch immer in ihrem Kopf wider. Die Schuldgefühle nagten an ihr.

Es war doch nur eine Viertelstunde gewesen.

Tief in ihrem Unterbewusstsein meldete sich Claudias Stimme, die ihr sagte, dass sie sich keine Vorwürfe machen sollte und eine Achtjährige für kurze Zeit allein bleiben konnte. Sie wusste, dass Claudia recht hatte, trotzdem würde sie sich das nie verzeihen.

Kim öffnete die Augen und starrte in die Dunkelheit.

Warum meldete sich der Entführer nicht endlich und stellte seine Forderung? Ging es um Geld? Sie würde ihm ohne Zögern alles geben, was sie besaß.

Neumann bezweifelte, dass es sich um eine klassische Entführung mit einer Lösegeldforderung handelte. Normalerweise erfolgte in solch einem Fall eine sehr schnelle Kontaktaufnahme mit den Angehörigen, um zu verhindern, dass diese die Polizei einschalteten. Doch die hatte der unbekannte Mann auf dem Hochhaus selbst angerufen. Neumann rechnete ebenfalls nicht damit, dass der Entführer Kim anrief, sondern seine Forderung auf anderem Weg überbrachte. Nichtsdestotrotz hatte er ihr genaue Anweisungen gegeben, falls sich doch jemand telefonisch melden sollte.

Kim biss sich auf die Lippe. Sie war die letzten Stunden zu sehr damit beschäftigt gewesen, Neumanns Fragen zu beantworten, als dass sie das Geschehene hätte begreifen und verarbeiten können. Doch nun, allein im Auto und in der Stille der Nacht, konnte sie die Tränen nicht länger zurückhalten. Unkontrolliert liefen sie ihr übers Gesicht. Am liebsten hätte sie ihre Angst laut hinausgeschrien. Sie weinte, bis sie nicht mehr konnte.

Neumann hatte ihr die Nummer eines Notfallseelsorgers gegeben, doch sie würde ihre Gefühle garantiert keinem Fremden anvertrauen.

Schließlich kramte sie ein Taschentuch aus dem Handschuhfach, trocknete sich das Gesicht und stieg aus.

Auf dem Weg zur Haustür hatte sie plötzlich das Gefühl, beobachtet zu werden. Ihre Nackenhaare stellten sich auf, und sie wirbelte herum.

War da jemand? Vergeblich versuchte sie, in der Finsternis etwas auszumachen.

Sie lauschte. Doch nur der Wind und das leise Rascheln der Blätter waren zu hören.

Ob Anna noch in der Nähe war?

Sie fragte sich, ob ihre Konkurrentin ihr heimlich von Laim hierher gefolgt war oder ob sie andere Gründe gehabt hatte.

Nachdenklich stand Kim da, bis die Kälte in ihre Glieder kroch, sie kehrtmachte und ins Haus ging.

Ungewöhnliche Stille empfing sie. Zwar würde Lilly um diese Uhrzeit schon längst schlafen, doch heute war es noch ruhiger. Als ob jegliches Leben aus den vier Wänden gewichen war. Sie legte den Schlüssel in die kleine Schale auf dem Schuhschrank, hängte ihre Jacke an die Garderobe, und ihr Blick fiel in den Spiegel daneben. Ihre müden Augen waren vom Weinen verquollen, die Wangen eingefallen und blass. Ihr wurde klar, warum Neumann sie nach Hause geschickt hatte.

Kim schleppte sich in den ersten Stock hinauf und betrat Lillys Zimmer. Dort ließ sie sich auf das ungemachte Bett fallen und blieb für einen Augenblick sitzen, ehe sie ihr Handy aus der Hosentasche holte und Julians Nummer wählte. Bereits auf der Fahrt zur Polizeidienststelle hatte sie versucht, ihn zu erreichen, doch sein Telefon war ausgeschaltet. Auch jetzt sprang sofort die Mobilbox an. Sie fluchte innerlich und beendete die Verbindung.

Was hätte sie nicht dafür gegeben, seine beruhigende Stimme zu hören. Und noch mehr, von ihm in den Arm genommen und getröstet zu werden.

Sie seufzte und griff nach dem großen Stoffhasen, der auf dem Kopfkissen lag. Ein Geschenk von Julian.

»Für meine kleine Prinzessin.«

Lilly hatte ihn freudestrahlend und verwundert zugleich angesehen.

»Wofür? Ich hab doch gar nicht Geburtstag.«

»Seit wann muss es einen Grund geben, dir eine Freude zu bereiten?«

Lilly liebte Bunny, wie sie ihn nannte, und schlief jede Nacht mit ihm im Arm ein. Kim drückte den Hasen eng an ihre Brust und legte sich hin. Sie musste die Füße anziehen, damit sie ins Bett passte. Erneut spürte sie das Bedürfnis zu weinen, aber sie hatte bereits im Auto alle Tränen vergossen.

Ich liebe dich so sehr, Lilly, dachte sie, dann fielen ihr die Augen zu, und sie sank in einen unruhigen Schlaf.

Kapitel 8

Als Kim am nächsten Morgen aufwachte, wusste sie im ersten Moment nicht, wo sie war. Sie fühlte sich gerädert und hatte leichte Kopfschmerzen. Wirre Träume hatten sie heimgesucht, an die sie sich nur noch schemenhaft erinnern konnte. Reglos und noch immer halb im Dämmerschlaf lag sie da. Erst als sie sich streckte und gegen den Bettrahmen stieß, wurde ihr bewusst, dass sie in Lillys Bett lag. Mit einem Schlag war sie hellwach.

Die Sonne war bereits aufgegangen, durch die Ritzen der Jalousie fiel Licht.

Wie lange hatte sie geschlafen?

Sie schaltete die Nachttischlampe ein und warf einen Blick auf den Wecker mit den lilafarbenen Zeigern vor einem rosa Pony als Hintergrundbild. Es war kurz nach halb acht.

Hektisch griff sie nach dem Handy auf dem Nachtkästchen und stellte enttäuscht fest, dass niemand angerufen hatte – weder Neumann noch Julian oder der Entführer.

Ich hoffe, es geht dir gut, mein Liebling, dachte sie wehmütig und konnte nur mit Mühe die Tränen zurückhalten.

Sie wartete, bis sie sich wieder beruhigt hatte, dann rief sie Neumann an. Hoffentlich war er schon wach.

Nach nur zweimal Läuten wurde abgehoben. »Kriminalhauptkommissar Neumann.«

»Haben Sie Lilly gefunden?« Die Frage schoss aus ihr heraus, kaum dass er seinen Namen ausgesprochen hatte.

»Guten Morgen, Frau Jansen. Leider haben wir noch immer keine Spur von ihr«, antwortete er zu ihrer Enttäuschung, wenngleich sie mit dieser Antwort gerechnet hatte. Hätten sie Lilly aufgespürt, hätte er sie längst angerufen.

»Wir haben die ganze Nacht nach ihr gesucht und sind allen möglichen Spuren nachgegangen, aber bis jetzt haben wir keine konkreten Anhaltspunkte. Tut mir leid, dass ich keine besseren Nachrichten habe.«

»Hat denn niemand etwas gesehen?« Sie konnte nicht glauben, dass jemand Lilly einfach so hatte mitnehmen können. Lilly hätte sich mit Sicherheit gewehrt und laut um Hilfe geschrien. Außer sie wäre zuvor betäubt worden. Eine schreckliche Vorstellung.

»Ihre Nachbarn leider nicht.« Neumanns Stimme riss sie aus ihren Gedanken. »Die meisten saßen um die Uhrzeit beim Abendessen oder vor dem Fernseher. Verwertbare Fingerabdrücke von Ihrer Haustür konnten wir ebenfalls nicht sicherstellen. Allerdings hätte mich das auch gewundert. Der Entführer war gut vorbereitet gewesen, er hat mit Sicherheit Handschuhe getragen.«

»Ich verstehe das nicht. Warum kontaktiert er mich nicht? Er muss doch eine Forderung stellen.«

»Ich vermute noch immer, dass es ihm nicht um Geld geht.«

»Um was dann?«

Rache?

Sie schauderte bei dem Gedanken daran.

»Da kann ich zum gegenwärtigen Zeitpunkt nur spekulieren.« Er machte eine kurze Pause. »Hat sich Julian Tiersch in der Zwischenzeit bei Ihnen gemeldet?«

Sie verneinte. In der Befragung am Vortag hatte sie ihm gesagt, dass Julian bei Dreharbeiten war, wusste jedoch nicht, wo.

»Wir versuchen weiterhin, ihn zu erreichen, aber sein Handy ist nach wie vor ausgeschaltet.«

»Vermutlich ist er noch gar nicht zu Hause.«

»Wenn er Sie anruft, geben Sie uns bitte sofort Bescheid.«

»Was ist mit dem Selbstmörder?«, fragte sie. »Wer ist er?«

»Wissen wir noch nicht. Er hatte keine Ausweispapiere bei sich und ist noch nicht erkennungsdienstlich behandelt worden. Der Abgleich mit seinen Fingerabdrücken hat zu keinem Treffer geführt. Wir haben die Kennzeichen der geparkten Autos in der Nähe des Hochhauses überprüft und die Besitzer kontaktiert. Fehlanzeige.«

Kim schlug mit der Faust auf die Matratze. Das durfte doch nicht wahr sein.

Sie schloss die Augen und rief sich die gestrige Szene auf dem Dach des Hochhauses ins Gedächtnis. Der Mann stand klar und deutlich vor ihr auf der Mauer. Nie würde sie jemals wieder sein Gesicht vergessen.

»Auf seiner Jacke waren die Buchstaben T und S abgebildet«, sagte sie schließlich. »Thor Steinar.«

»Eine beliebte Kleidungsmarke der Rechten«, bestätigte Neumann. »Unsere Kontaktmänner hören sich bereits in der Szene um.«

»Sein Handy«, kam Kim ein weiterer Gedanke. »Er hat mich mit unterdrückter Nummer angerufen, aber es muss sich doch herausfinden lassen, wem der Anschluss gehört.«

»Sicher. Das Handy war in seiner Hosentasche und wurde beim Aufprall zerschmettert. Wir haben die SIM-Karte überprüft. Es handelt sich um ein nicht registriertes Prepaidhandy, vermutlich auf dem Schwarzmarkt besorgt. Er hat damit nur zwei Nummern gewählt: Ihre sowie den Notruf.«

»Und was jetzt?« Sie wollte nicht schroff klingen, konnte es jedoch nicht verhindern.

Neumann ließ sich nichts anmerken. »Wir werden die Bevölkerung um Mithilfe bitten. In den nächsten Minuten veröffentlichen wir eine entsprechende Suchmeldung auf unserer Internetseite und geben sie auch ans Radio und Fernsehen weiter.«

Kim nickte. Bereits gestern hatten sie über diese Maßnahme gesprochen, und sie hatte ihr Einverständnis gegeben. Und gleichzeitig gehofft, dass es nicht so weit kommen würde.

»Ebenso machen wir das Foto des Selbstmörders publik, das wir von ihm auf dem Dach des Hochhauses geschossen haben.«

Kim schöpfte neue Hoffnung. Irgendjemand musste ihn kennen.

»Versuchen Sie, ruhig zu bleiben, Frau Jansen. Ich verspreche Ihnen, wir finden Ihre Tochter.«

Seine Worte beruhigten sie etwas. Nach wie vor machte sie die Angst um Lilly fast verrückt, aber seine Überzeugung, sie wiederzufinden, bewahrte sie davor, in Panik auszubrechen.

Kim kannte Neumann und den Spitznamen, den ihm seine Kollegen verpasst hatten: Dobermann. Weil er sich in seine Fälle regelrecht verbiss und nicht eher losließ, bis er sie aufgeklärt hatte. Wenn einer Lilly finden konnte, dann er.

»Sollte der Entführer Sie zwischenzeitlich kontaktieren, informieren Sie mich bitte umgehend. Wir halten Sie auf dem Laufenden.«

Kim beendete das Gespräch und atmete tief durch. Sie nahm eine kurze heiße Dusche, ehe sie in frische Kleidung schlüpfte und ins Erdgeschoss ging. Im Wohnzimmer zog sie den Rollladen hoch.

Graue Wolken bedeckten den Himmel, und die hohe Thujenhecke, die ihren Garten umgab, bog sich wellenförmig unter dem Wind.

Kim wollte sich gerade umdrehen, als sie aus den Augenwinkeln etwas auf der Terrasse sah. Ein weißer Briefumschlag lag auf den terracottafarbenen Steinplatten und wurde an einer Ecke von einem Blumentopf beschwert.

Sie kniff die Augen zusammen. Gestern war das Kuvert sicher noch nicht da gewesen. Die Polizei hatte den Garten durchsucht, jedoch nichts gefunden.

Ihr Herz schlug schneller. War das etwa eine Nachricht des Entführers?

Kim lief hinaus, griff nach dem Umschlag und betrachtete ihn von allen Seiten. Doch es stand weder ein Absender noch ein Adressat darauf. Es war kalt, und so ging sie ins Haus zurück, ehe sie mit zitternden Händen das Kuvert aufriss und ein Foto sowie einen schwarzen USB-Stick herauszog. Sie drehte das Foto um und stieß einen schrillen Schrei aus. Ihre Knie wurden weich, und sie ließ sich in den Sessel neben ihr fallen.

Das Bild zeigte in Großaufnahme Lilly, die auf einer Matratze auf dem Boden lag. Im ersten Schreckmoment dachte Kim, sie wäre tot, doch sie schien lediglich zu schlafen. Sie hatte sich auf die Seite gedreht und wie ein Igel in eine braune Wolldecke eingerollt. Ihr blaues Kleid lugte an einer Stelle unter der Decke hervor. Die Wand, an der die Matratze lag, war mit schwarzem Schaumstoff verkleidet. Kim erkannte sofort, dass es sich um einen Schallschutz handelte. Ein befreundeter Kollege vom Sender, bei dem sie vor einiger Zeit auf einer Party gewesen war, spielte Schlagzeug, und aus Rücksicht auf die Nachbarn hatte er seinen Kellerraum mit solchen Schaumstoffmatten ausgekleidet.

Kims Atem ging nur noch stoßweise. Der Anblick ihrer Tochter brach ihr fast das Herz, doch immerhin war sie noch am Leben.

Die Rückseite des Fotos war unbeschrieben, daher wandte sie sich dem USB-Stick zu. Kim eilte in ihr Arbeitszimmer im ersten Stock und klappte den Laptop auf. Sie fuhr ihn nie runter, sodass er sofort betriebsbereit war. Ihre Finger zitterten so stark, dass sie den USB-Stick nur mit Mühe hineinstecken konnte. Sie öffnete den Explorer. Auf dem Datenträger befand sich eine Videodatei.

Kurz zögerte sie, aus Angst, was sie zu sehen bekommen würde. Dann spielte sie das Video ab.

Sie erschrak, als auf dem Bildschirm eine schwarz gekleidete und vermummte Gestalt auftauchte. Sie stand vor einer weißen Wand, nur der Oberkörper war zu sehen. Die Sehschlitze der Sturmhaube waren so schmal, dass die Augen nicht zu erkennen waren. Die Person hatte die Arme vor dem Oberkörper verschränkt und trug Handschuhe.

Nach ein paar Sekunden ertönte aus dem Lautsprecher eine metallisch verzerrte Stimme und versetzte Kim in blankes Entsetzen.

»Ihre Tochter ist in meiner Gewalt. Wenn Sie sie lebend wiedersehen wollen, dann tun Sie genau das, was ich Ihnen sage.«

Der Entführer ließ einen Moment verstreichen, um seine Worte wirken zu lassen. Kim wagte kaum mehr zu atmen.

Schließlich fuhr er fort: »Ich kenne Ihr dunkles Geheimnis. Ich weiß, was Sie vor neun Jahren getan haben, und ich will, dass Sie das öffentlich gestehen. Sie haben genau drei Tage Zeit. Sollten Sie bis Freitag um Mitternacht meine Forderung nicht erfüllt haben, ist Ihre Tochter tot.«

Kapitel 9

Kim saß regungslos da. Obwohl das Video längst zu Ende war, konnte sie ihren Blick nicht vom Bildschirm wenden. Ihr Atem ging schwer, und ihre Hände zitterten. Kälte breitete sich in ihr aus.

Ich kenne Ihr dunkles Geheimnis.

Die Worte hallten dumpf in ihrem Schädel wider, während ihr Gehirn gleichzeitig dagegen ankämpfte. Tief in ihrem Inneren begann sich etwas zu regen.

Ich weiß, was Sie vor neun Jahren getan haben.

Das Zittern wurde stärker und übertrug sich auf den ganzen Körper. Sie fror. Ihr Mund fühlte sich auf einmal staubtrocken an.

Die metallisch verzerrte Stimme des Entführers bombardierte sie in einer Endlosschleife. Immer und immer wieder hörte sie in Gedanken seine Sätze.

Ich kenne Ihr dunkles Geheimnis. Ich weiß, was Sie vor neun Jahren getan haben.

Kim wurde schwindelig. Sie presste die Hände gegen die Schläfen, als könnte sie damit stoppen, was nicht mehr zu stoppen war. Sie schloss die Augen und versuchte, mit aller Gewalt zu verhindern, dass sie mit tief verborgenen Erinnerungen konfrontiert wurde. Doch es war zu spät. Die Bilder, die sich unaufhaltsam aus den Tiefen ihres Unterbewusstseins einen Weg nach oben bahnten, trafen sie mit voller Wucht. Sie stürzten so heftig auf sie ein, dass Kim sich zusammenkrümmte und aufstöhnte.

Nein. Nein. Nein.

Sie zitterte unkontrolliert. Übelkeit überkam sie.

Ich will, dass Sie öffentlich gestehen.

Sie würgte. Angst erfasste sie und steigerte sich zu lähmendem Entsetzen.

Der Würgereiz wurde stärker.

Das Bild ihrer entführten und auf der Matratze liegenden Tochter mischte sich unter die Erinnerungen, und Kim konnte sich nicht länger beherrschen. Sie sprang vom Stuhl auf und stürzte ins Bad. Im letzten Moment schaffte sie es, den Klodeckel zu öffnen, bevor sie sich erbrach. Zitternd und frierend kniete sie auf den kalten Fliesen, während sich alles um sie herum drehte.

Es war genau wie damals.

Kim erbrach sich stoßweise. Ihr Schädel hämmerte und schien mit jedem Würgen zu explodieren. Jedes Mal, wenn sie versuchte aufzustehen, wurde ihr schwindelig, und sie sank kraftlos auf den Boden zurück.

Wie lange kauerte sie schon im Bad? Zwei Stunden? Drei?

Sie hatte jegliches Zeitgefühl verloren. Fühlte nur noch unsäglichen Schmerz und Leere.

Wie konnte das nur passieren?

Sie stand noch immer unter Schock und konnte nicht begreifen, was vorgefallen war. Wollte es nicht wahrhaben.

Erneut musste sie sich übergeben. Es kam nur noch Galle, die in ihrer Kehle brannte, und deren bitterer Geschmack die Übelkeit weiter verstärkte.

Kim schloss die Augen. Sofort tauchten die schrecklichen Bilder auf, und sie öffnete sie wieder. Tränen rannen ihr über die Wangen.

Warum?, fragte sie sich zum gefühlt tausendsten Mal. Warum?

Kim kniete noch immer vor der Kloschüssel. Nur langsam ließ der Brechreiz nach. Sie griff nach dem Handtuch und wischte sich den Mund ab, bevor sie die Spülung betätigte und sich mit dem Rücken gegen die Wand lehnte. Sie versuchte, sich zu beruhigen, konnte jedoch kaum einen klaren Gedanken fassen. Zu viele Fragen schwirrten in ihrem Kopf herum.

All die Jahre hatte sie es geschafft, die Erinnerung in den hintersten Winkel ihres Gedächtnisses zu verbannen, verborgen hinter einem undurchdringlichen Schutzwall.

Ich kenne Ihr dunkles Geheimnis.

Das war unmöglich!

Kim schüttelte den Kopf und bereute es im nächsten Moment, als die Konturen des Bades verschwammen. Es dauerte einige Sekunden, bis der Schwindelanfall wieder nachließ.

Es hatte keine Zeugen gegeben. Woher wusste der Entführer davon?

Vergeblich zermarterte sie sich das Gehirn. Rasende Kopfschmerzen setzten ein und machten die Gedanken zu einem wahren Kraftakt.

Und wenn es nur ein Bluff war?

Kurz geriet sie ins Grübeln, wünschte sich nichts mehr, als dass es das war.

Ich weiß, was Sie vor neun Jahren getan haben.

Es war keine leere Drohung. Er kannte den Zeitpunkt. Aber woher?

Angestrengt dachte sie darüber nach und ging im Geiste verschiedene Möglichkeiten durch. Keine davon ergab einen Sinn.

Sie massierte ihre Schläfen, bis die Kopfschmerzen erträglicher wurden. Nach ein paar Minuten zog sie sich am Waschbecken hoch und spritzte sich kaltes Wasser ins Gesicht. Die Kälte traf sie wie ein Schock, ließ sie jedoch wieder klar denken.

Ihre Gedanken kehrten zu ihrer Tochter zurück, die

noch immer in der Hand des Entführers war. Würde er wirklich seine Drohung wahrmachen und Lilly töten, wenn sie seine Forderung nicht erfüllte? Ein unschuldiges Kind?

Nur mit Mühe konnte sie den erneuten Brechreiz unterdrücken. Sie durfte jetzt nicht die Nerven verlieren, Lillys Leben hing davon ab.

Mehrere Male atmete sie tief ein und aus.

Das Ganze war neun Jahre her, und sie hatte es bis zum heutigen Tage erfolgreich verdrängt. Weshalb tauchte der Unbekannte ausgerechnet nach so langer Zeit damit auf? Wenn er von ihrem Geheimnis wusste, warum hatte er sie nicht schon vor Jahren damit konfrontiert? Und was wollte er? Rache?

Die Vorstellung, damit an die Öffentlichkeit zu gehen, erfüllte sie mit Panik. Es würde alles zerstören. Ihre Karriere, ihr Leben, und – was noch viel schlimmer war – auch das ihrer Tochter. Die Folgen für Lilly wären nicht absehbar.

Tränen der Verzweiflung rannen ihr über die Wangen. Sie fühlte sich so hilflos, dass sie am liebsten laut geschrien hätte.

Vor ihrem geistigen Auge tauchte Lilly auf, wie sie in ihrem Bett lag und schlief. Kim strich ihr liebevoll über den Kopf. Sie hatte ihr gerade etwas vorgelesen, und Lilly war mit einem zufriedenen Lächeln eingeschlafen.

Nein, dachte Kim und ballte die Fäuste. Sie durfte nicht zulassen, dass das Leben eines unschuldigen Kindes ruiniert wurde. Sie hatte Lilly all die Jahre beschützt und würde es auch weiterhin tun. Selbst wenn es sie das eigene Leben kostete.

Je länger sie darüber nachdachte, desto mehr sah sie nur eine Möglichkeit, ihr Geheimnis zu wahren: Sie musste Lilly finden. Und den Entführer irgendwie zum Schweigen bringen.

In ihrem Inneren tobte ein Kampf mit ihrem Gewissen, doch die Angst um Lilly war stärker. Ihre Tochter war alles, das für Kim zählte.

Sie überlegte. Bis jetzt wusste nur sie von der Erpressung, und sie musste dafür sorgen, dass das so blieb. Keinesfalls durfte Neumann davon erfahren. Mit Schaudern dachte sie daran, was passieren würde, sollte er davon Wind bekommen. Er würde nicht eher ruhen, bis er die Wahrheit kannte. Und damit zwei Leben zerstören.

Ihre Kehle war so trocken, dass ihr das Schlucken schwerfiel. Sie drehte den Hahn auf und spülte den Mund aus, um den bitteren Geschmack nach Erbrochenem loszuwerden. Anschließend trank sie einige Schlucke aus der hohlen Hand.

Noch war nichts verloren, versuchte sie sich einzureden. Ihr blieben drei Tage, um die Katastrophe abzuwenden. Sie musste den Entführer aufspüren, bevor Neumann ihn in die Hände bekam und so lange verhörte, bis er alles gestand.

Sie dachte an gestern Abend, als Neumann sie vor dem Hochhaus mit seinem durchdringenden Blick fixiert hatte. Sie hatte keine andere Wahl. Nicht, wenn sie ihres und Lillys Leben retten wollte.

Sie atmete tief durch und richtete sich auf. Beim Anblick ihres Spiegelbildes erschrak sie. Die kurzen braunen Haare, die sie normalerweise mit Gel nach oben stylte, standen in alle Richtungen. Unter ihren Augen zeichneten sich dunkle Ringe ab, die Pupillen wirkten glanzlos, und die Wangen waren blass und eingefallen.

Es war dasselbe Spiegelbild wie damals.

Angewidert schüttelte sie sich bei der Erinnerung.

Hoffentlich ging es nicht wieder los.

Kapitel 10

Auf dem Weg zurück ins Arbeitszimmer klingelte Kims Handy. Ihr erster Gedanke galt dem Entführer oder Neumann, und sie hielt erschrocken den Atem an. Hektisch zog sie das Handy aus ihrer Tasche und atmete erleichtert auf, als sie den Namen auf dem Display sah.

Es war Volker Behrendt, der Programmdirektor von TV4.

»Hallo, Volker.« Sie war bemüht, ruhig zu klingen.

»Das ist nicht wahr, oder?«, wollte er sofort wissen. »Lilly ist verschwunden?«

Kim blieb im Türrahmen zum Arbeitszimmer stehen und schluckte, um den Kloß in ihrem Hals loszuwerden.

»Ja«, antwortete sie schließlich. Sie hatte das Gefühl zu krächzen. »Die Polizei geht von einer Entführung aus.«

Dass sie das aufgrund des Erpresservideos mittlerweile sicher wusste, verschwieg sie.

»Mein Gott. Das ist ja schrecklich. Ich … Ich weiß gar nicht, was ich sagen soll. Das tut mir so leid.«

Er rang sichtlich nach Worten.

Kim hatte ihn selten so erlebt. Für gewöhnlich war er einer der eloquentesten Menschen, die sie kannte. Eine Eigenschaft, die ihm in seiner Position bereits viele Türen geöffnet und noch mehr erfolgreiche Verhandlungsabschlüsse eingebracht hatte.

Für einen Moment herrschte Stille in der Leitung. Kim lehnte sich gegen den Türrahmen und starrte zur Decke.

»Was ist passiert?«, fragte Volker nach einer Weile.

Kim berichtete ihm von dem gestrigen Anruf, der sie aus dem Haus gelockt hatte, und von dem unbekannten Mann, der vor ihren Augen in den Tod gesprungen war.

»Das Foto zeigt also den Selbstmörder?«, hakte er nach.

»Welches Foto?«

»Die Polizei hat vorhin eine Pressemeldung an alle Fernsehsender rausgegeben. Neben Lillys Foto haben sie noch eines von einem Mann in einer grünen Jacke veröffentlicht. Das Foto ist nicht besonders scharf und sieht aus, als wäre es mit einer Handykamera im Dämmerlicht aufgenommen worden.«

Im Mondlicht, um genau zu sein, ergänzte sie in Gedanken.

»Ja, das ist er.«

»Und wer genau ist er?«

»Ich hab keine Ahnung. Ich habe den Mann noch nie zuvor gesehen.«

»Um was geht es? Lösegeld?«

»Ich weiß es nicht. Der Entführer hat sich noch nicht gemeldet und eine Forderung gestellt.«

Sie betete, dass er das Zittern in ihrer Stimme nicht bemerkte.

»Hat die Polizei schon eine Spur?«

»Nein. Bis jetzt noch nicht.«

Was ihr Glück war. Und ihre einzige Chance, Lillys und ihr eigenes Leben zu retten.

»Und … Wie geht's jetzt weiter?«

»Wir müssen abwarten, bis sich der Entführer meldet«, antwortete sie ausweichend. Was sie zu tun hatte, war ihr längst klar.

Am anderen Ende der Leitung atmete Volker hörbar aus. »Was kann ich für dich tun, Kim?«

Sie musste unwillkürlich lächeln. Seine Frage war die einzig richtige, und trotz der Ausweglosigkeit tat es gut, sie zu hören.

Kim hatte Volker schon immer für seine besonnene Ruhe geschätzt. Er verfiel nie in Nervosität oder Hektik, zumindest ließ er es sich anderen gegenüber nicht anmerken. Wenn es im Sender aufgrund von knappen Deadlines stressig zuging, Sendungen unter dem Druck von Einschaltquoten standen oder die Konkurrenz ihnen die Filmrechte vor der Nase wegschnappte, Volker war derjenige, der alles zusammenhielt. Die Ruhe, die er ausstrahlte, übertrug sich auf die Mitarbeiter, und die gaben für ihn ihr Bestes. Nie baute er zusätzlichen Druck auf, sondern stellte stets die richtige Frage: »Was können wir tun, um die Situation zu retten?« Und sorgte anschließend dafür, dass ihnen die entsprechenden Mittel zur Verfügung standen.

Doch in ihrem Fall gab es nichts, was er tun konnte.

»Gute Frage.« Erneut wich sie ihm aus.

»Du bleibst auf alle Fälle zu Hause, bis Lilly wieder da ist«, meinte er nach einer kurzen Pause. »Das Meeting heute Nachmittag werde ich verschieben.«

Das Meeting. Daran hatte sie in der ganzen Aufregung gar nicht mehr gedacht. In vier Wochen liefen die neuen Folgen von *Kim undercover* an, und es gab noch einiges zu tun, was das Marketing betraf.

»Ich werde mich darum kümmern, dass die Fotos von Lilly und dem Unbekannten in jeder unserer Nachrichtensendungen gezeigt und ebenfalls auf unserer Homepage sowie über die sozialen Netzwerke verbreitet werden.«

Kim biss sich auf die Lippe. Normalerweise wäre sie ihm für seine Hilfe mehr als dankbar gewesen, doch bei ihrem Wettlauf gegen die Zeit konnte ihr sein Engagement zum Verhängnis werden. Was, wenn einer der Zuschauer den Selbstmörder erkannte und die Polizei deshalb vor ihr auf die Spur des Entführers kam? Sie durfte gar nicht daran denken.

»Alles in Ordnung, Kim?«, riss Volker sie aus ihrer Grübelei.

»Was?«

»Ich hab dich gefragt, ob wir noch ein Statement von dir aufnehmen und senden sollen? Ein Appell an den Entführer zum Beispiel.«

Kim spürte, wie ihr heiß wurde.

Würde sie sich verdächtig machen, wenn sie das nicht tat?

»Okay, Kim, was ist los?«

»Was meinst du?«

Volker seufzte. »Wie lange kennen wir uns jetzt schon? Zehn Jahre? Elf?« Seine Frage blieb unbeantwortet im Raum stehen, und so fuhr er fort: »Irgendwas bedrückt dich. Und es hat nichts damit zu tun, dass Lilly entführt worden ist.«

Schweißperlen bildeten sich auf ihrer Stirn. Genau davor hatte sie sich gefürchtet.

Sie kannten sich seit vielen Jahren, und es gab nicht viele Menschen, denen Kim so vertraut war wie Volker. Er war damals auf sie aufmerksam geworden, als sie nach ihrem Journalistikstudium als Außenreporterin für die TV4 Nachrichten angefangen hatte und bei einigen spektakulären Einsätzen als Erste vor Ort gewesen war. Nachdem er wenig später zum Programmdirektor ernannt worden war, setzte er das undercover-Format um, das er zuvor jahrelang als Idee mit sich herumgetragen hatte. Er machte Kim zum Aushängeschild der Sendung und legte damit den Grundstein für ihre beispiellose Karriere. Sehr zum Ärger von Anna, die er aufgrund ihrer Intrigen schließlich hochkant feuerte. Im Laufe der Jahre wurde Volker, der Mitte fünfzig war, immer mehr zu einem väterlichen Freund – wenn nicht sogar zu einem Ersatz für ihren Vater, der viel zu früh bei einem Verkehrsunfall ums Leben gekommen war.

Volker hielt ihr den Rücken im Sender frei, als Lilly geboren wurde und der Start von *Kim undercover* um ein Jahr verschoben werden musste. Er half ihr bei wichtigen Entscheidungen und hatte bei der Trennung von Oliver stets ein offenes Ohr und eine Schulter zum Ausweinen für sie gehabt. Wenn es einen gab, der sie und ihre Lüge durchschauen konnte, dann er.

Nicht auszudenken, wenn sie sich statt eines Telefonats jetzt persönlich gegenüberstünden.

»Es ist nichts. Ich bin nur ziemlich durcheinander wegen der ganzen Sache und mache mir große Sorgen um Lilly.«

»Die mache ich mir auch. Und wir werden alles in unserer Macht Stehende tun, um die Polizei zu unterstützen. TV4 hat eine enorme Reichweite, die werden wir nutzen.«

»Danke, das weiß ich sehr zu schätzen«, sagte sie und sah sich im Geiste bereits Neumann gegenübersitzen, der sie mit seinem stechenden Blick durchbohrte und immer wieder fragte, was sie vor neun Jahren getan hatte.

Oh Gott, Lilly, es tut mir so leid. Das hab ich nie gewollt.

Reiß dich gefälligst zusammen!, ermahnte sie sich im nächsten Moment selbst.

»Ich gebe Frau Uhl Bescheid, damit sie sich um alle deine Termine kümmert.«

Kim nickte. Auf ihre Assistentin konnte sie sich blind verlassen.

»Wenn du etwas Neues weißt, gib mir bitte sofort Bescheid, ja?«

»Mach ich. Danke für deine Unterstützung, Volker!«

»Ist doch selbstverständlich. Mach dir keine Sorgen, Kim, wir werden Lilly finden. Unversehrt.«

Sie verabschiedeten sich, und Kim steckte das Handy in ihre Hosentasche.

Es hatte gutgetan, Volkers Stimme zu hören. Zu wissen, dass er für sie und Lilly da war, beruhigte sie. Andererseits setzte er sie damit noch mehr unter Druck. Sie musste handeln, und zwar schnell.

Kim nahm an ihrem Schreibtisch Platz und spielte das Erpresservideo erneut ab. Konzentriert starrte sie auf das Bild und lauschte den Worten des Unbekannten, suchte nach irgendeinem Anhaltspunkt. Doch die vermummte Gestalt ließ keine Rückschlüsse zu, und ihre Stimme war zu verzerrt, um etwas heraushören zu können, das Kim weitergeholfen hätte.

Wer bist du?

Sie sah sich das Video insgesamt zehnmal an, und jedes Mal krümmte sie sich bei den Worten des Entführers zusammen.

Ich weiß, was Sie vor neun Jahren getan haben, und ich will, dass Sie das öffentlich gestehen.

Schließlich gab sie es auf und nahm sich stattdessen das mitgeschickte Foto vor. Bei Lillys Anblick schossen ihr Tränen in die Augen.

Konzentrier dich!

Mit dem Ärmel ihres Pullis wischte sie die Tränen weg und richtete ihre Aufmerksamkeit auf das Foto. Sie betrachtete jeden Zentimeter der Aufnahme, jeden einzelnen Gegenstand, suchte nach irgendetwas, das ihr bekannt vorkam und einen Hinweis auf Lillys Aufenthaltsort lieferte.

Vergeblich.

Sie entfernte den USB-Stick vom Laptop und verstaute ihn zusammen mit dem Foto und dem Umschlag in ihrem

Safe, der neben dem Bücherregal in die Wand eingelassen war. Niemand durfte diese Sachen jemals zu Gesicht bekommen.

Anschließend rief sie im Internet die Seite der Münchner Polizei auf. Schnell stieß sie auf die Suchmeldung.

Volker hatte recht gehabt. Das Foto des Selbstmörders sah aus, als wäre es mit dem Handy aufgenommen worden. Vermutlich von einem der beiden Polizisten, die in seiner Nähe gestanden und auf ihn eingeredet hatten. Trotz des spärlichen Lichts war der Mann gut zu erkennen.

Kim betrachtete ihn lange und überlegte, ob sie ihm nicht doch schon irgendwann einmal begegnet war. Doch sosehr sie sich auch den Kopf zerbrach, der Mann blieb ihr fremd.

Wie lange es wohl dauert, bis die Polizei seine Identität herausfindet?

Kim fragte sich, warum der Mann überhaupt gesprungen war. Mit seinem Anruf und der vermeintlichen Story ihres Lebens hatte er sie von zu Hause weggelockt und damit sein Ziel erreicht. Er hätte einfach unerkannt verschwinden können. Weshalb hatte er sich selbst getötet? Eine Frage, auf die auch Neumann gestern keine Antwort gehabt hatte.

Sie druckte das Foto aus.

Es war Kims einzige Spur. Sie musste unbedingt herausfinden, wer der Selbstmörder war, in der Hoffnung, über ihn eine Verbindung zu dem Entführer herstellen zu können.

Sie stieß einen tiefen Seufzer aus.

Es gab nur eine einzige Person, die ihr dabei helfen konnte. Und die war garantiert die letzte, die ihr helfen würde.

Kapitel 11

Ein frischer Wind schlug Kim entgegen, als sie aus dem Haus trat. Sie legte den Kopf in den Nacken und blickte in den wolkenverhangenen dunklen Himmel hoch. Der Wetterbericht hatte für den nächsten Tag schwere Unwetter vorhergesagt, und es sah so aus, als würde es bald regnen.

Kim ging auf die Garage zu und blieb im nächsten Moment erschrocken stehen, als sie die Menschen erblickte, die vor ihrem Zaun standen und zu ihr herübersahen. Sie zählte insgesamt sechs, zwei von ihnen hatten Kameras dabei. Am Straßenrand parkte ein Übertragungswagen.

Na wunderbar, dachte sie und zog die Mütze tiefer ins Gesicht. *Kaum ist die Meldung der Polizei draußen, schon sind die Hyänen da.*

Anna und Manuel standen direkt am Eingangstor, und Kim konnte selbst aus der Entfernung erkennen, dass ihre Augen vor Sensationsgier blitzten.

Manuel, ein Mann um die dreißig mit braunen, zu einem Pferdeschwanz zusammengebunden Haaren und einer auffälligen Narbe quer über die linke Gesichtshälfte, hatte seine Kamera geschultert. Das rote Licht signalisierte Kim, dass er filmte.

»Frau Jansen«, rief Anna, und Kim musste aufgrund ihrer übertrieben förmlichen Anrede fast lachen. »Dürfen wir Ihnen kurz ein paar Fragen stellen?«

Die anderen stimmten ihr zu und baten ebenfalls um Antworten.

Kim überlegte, ob sie die Reporter einfach nicht beachten sollte. Andererseits würde sie sich damit nur verdächtig machen, und ewig würde sie ihnen ohnehin nicht aus dem Weg gehen können.

Sie gab sich einen Ruck, setzte einen neutralen Gesichtsausdruck auf und trat vor die wartenden Journalisten, die sofort näher an den schmiedeeisernen Zaun drängten. Mikrofone wurden Kim entgegengestreckt, und die Reporter stellten alle gleichzeitig ihre Fragen.

Kim hob abwehrend die Hände. »Bitte … Ich beantworte gerne Ihre Fragen, aber stellen Sie sie nacheinander.«

»Stimmt es, dass Ihre Tochter entführt worden ist?«, wollte eine rothaarige Frau wissen. Ihr Atem kondensierte in der kalten Morgenluft.

Typisch. Die Polizei hatte nur davon gesprochen, dass Lilly verschwunden war, aber nicht von einer Entführung. Kim vermied es, diese Suggestivfrage mit einem Ja zu beantworten.

»Es ist richtig, dass meine Tochter verschwunden ist, aber die Polizei kann noch nicht mit Sicherheit sagen, ob wirklich eine Entführung dahintersteckt.«

Die Rothaarige ignorierte ihre Erklärung.

»Hat sich der Entführer schon gemeldet?«

Kim mahnte sich zur Ruhe. Als Enthüllungsjournalistin würde sie in dieser Situation auch nicht anders handeln. Nur dass sie dieses Mal auf der anderen Seite stand.

»Wie ich gerade gesagt habe, es steht noch gar nicht fest, dass Lilly wirklich entführt worden ist.«

»Aber es liegt nahe«, wandte ein glatzköpfiger Mann ein. Das Logo auf seinem Mikrofon wies ihn als Reporter vom Bayerischen Fernsehen aus.

»Es gibt Anzeichen, die dafür sprechen«, antwortete sie. Lange konnte sie es sowieso nicht verheimlichen, zumal TV4 vermutlich selbst mit dieser Version an die Öffentlichkeit gehen würde.

Eine blonde Frau, die ihre Winterjacke so hochgezogen hatte, dass der Kragen ihr Kinn bedeckte, ergriff das Wort: »Wie fühlen Sie sich?«

Na wie wohl? Beschissen!

»Haben Sie Kinder?«, wollte Kim stattdessen mit ruhiger Stimme wissen.

Die Frau nickte.

»Dann werden Sie vermutlich nachvollziehen können, was gerade in mir vorgeht.«

Die Reporterin senkte beschämt den Kopf.

»Ich bin krank vor Sorge um Lilly. Letzte Nacht war die schlimmste meines Lebens. Ich weiß nicht, wo meine Tochter ist und wie es ihr geht. Ich kann nur hoffen und beten, dass die Polizei sie schnellstmöglich findet.«

Es fiel ihr schwer, diesen Satz zu sagen, doch es war genau das, was die Menschen im Moment von ihr hören wollten.

»Wenn Sie so in Sorge um Ihre Tochter sind, warum haben Sie sie dann gestern Abend allein gelassen?«

Annas Frage schnitt wie ein scharfes Messer durch die Luft und ließ ihre Konkurrenten zu ihr herumfahren.

Kim spürte, wie ihr Herzschlag sich beschleunigte und es in ihr zu brodeln begann. Langsam drehte sie den Kopf in Annas Richtung. Ein spöttisches Lächeln lag auf deren Lippen, und aus ihren Augen schlug Kim derselbe blanke Hass entgegen wie gestern vor dem Hochhaus.

Und alles nur, weil Behrendt Kim für das undercover-Format ausgewählt hatte.

Nachdem Anna gefeuert worden war, hatte sie zum Konkurrenzsender Tele1 gewechselt. Dort hatte man vergeblich versucht, eine ähnliche Sendung aufzuziehen. Die Einschaltquoten blieben weit hinter denen von TV4 zurück, sodass »Anna deckt auf« vorzeitig eingestellt wurde. Seitdem war sie wieder als Außenreporterin im Einsatz. Ihr knallhartes und teilweise rücksichtsloses Vorgehen kam beim Publikum an, denn sie sprach offen aus, was viele nur dachten. Anna nahm kein Blatt vor den Mund, vor allem wenn sie mit Politikern, hochrangigen Wirtschaftsbossen oder Vertretern des öffentlichen Dienstes sprach. Kim hatte bereits vor einiger Zeit munkeln gehört, dass Anna für eine neue Diskussionssendung zur Primetime im Gespräch war, doch bis jetzt war nichts dergleichen umgesetzt worden.

Kim war klar, dass Anna die jetzige Situation gnadenlos ausnutzte, um auf ihre Kosten ins Rampenlicht zu kommen.

Schweigend starrten sich die beiden Frauen an, als fochten sie ein stummes Duell aus.

Annas Mundwinkel zuckten. Es war ihr deutlich anzusehen, dass sie sich nur mit Mühe ein Grinsen verkneifen konnte.

»Warum haben Sie Lilly gestern Abend allein gelassen?«, wiederholte sie nach einiger Zeit ihre Frage.

Die Blicke der anderen wanderten von Anna zurück zu Kim.

Unbewusst ballte sie die Fäuste.

»Lilly ist kein kleines Kind mehr. Sie ist acht und kann durchaus für kurze Zeit allein bleiben. Außerdem war die Babysitterin bereits hierher unterwegs.«

Kaum hatte sie geantwortet, bereute sie, sich gerechtfertigt zu haben. Anna hatte sie mit ihrer provokativen Frage in die Defensive gedrängt, und Kim war darauf reingefallen.

»Ach tatsächlich? Die Story von einem Selbstmörder war Ihnen also wichtiger als die Sicherheit Ihres eigenen Kindes?«

Kim mahlte mit den Zähnen und schielte zu Manuel, der reglos und mit stoischer Miene die Kamera auf sie gerichtet hielt. Anna schmunzelte, was Kim noch mehr zur Weißglut trieb.

Verdammtes Miststück!

Sie zählte innerlich bis fünf, um sich zu beruhigen. Keinesfalls durfte sie sich auf Annas Spiel einlassen.

Bewusst an die anderen Reporter gewandt sagte sie: »Ich bitte Sie um Verständnis, dass ich keine weiteren Fragen beantworten werde, solange die Ermittlungen der Polizei andauern. Und ich hoffe, dass Sie meine Privatsphäre und die meiner Tochter respektieren.«

Mit diesen Worten drehte sie sich um und ging zu ihrer Garage. Die Reporter riefen ihr wild durcheinander Fragen hinterher, doch sie ignorierte sie.

Am Garagentor angekommen bemerkte sie ihre Nachbarin Petra Schrader, die am Zaun stand und den Journalisten einen verächtlichen Blick zuwarf.

»Was für eine sensationsgierige Meute«, schnaubte sie.

Kim zuckte nur mit den Schultern.

»Was ist mit Lilly?«, fragte sie Kim. Sie sprach leise, damit die Reporter sie nicht hören konnten. Ihr Gesicht spiegelte ehrliche Sorge wider. »Ist sie tatsächlich entführt worden?«

Kim trat näher an den Zaun heran. Ihre Nachbarin stand in einem Businesskostüm und ohne Jacke da, in der Hand hielt sie eine Mülltüte. Wahrscheinlich hatte sie nur schnell den Abfall rausbringen wollen, bevor sie zur Arbeit fuhr, und war wegen der Reporter stehen geblieben.

Kim mochte Frau Schrader. Sie war Anfang fünfzig und hatte bereits hier gewohnt, als Kim und Oliver vor neun Jahren das Haus nebenan gekauft hatten. Seit ihr

Mann vor drei Jahren überraschend gestorben war, lebte sie sehr zurückgezogen. Kim wusste, dass sie ihre Frage ernst meinte und nicht lediglich ihre Neugierde stillen wollte.

»Es deutet alles darauf hin«, antwortete Kim.

»Oh mein Gott! Das arme Kind.« Sie sah Kim entsetzt an. »Die Polizei war gestern noch bei mir, aber ich habe leider nichts mitbekommen, weil ich erst sehr spät heimgekommen bin. Es tut mir so leid. Kann ich irgendetwas für Sie tun?«

»Das ist sehr lieb von Ihnen, Frau Schrader, aber momentan kann ich leider nur abwarten.«

Sie verkniff sich, auf die Uhr zu schauen. Allmählich musste sie los.

Petra Schrader stellte die Mülltüte ab, langte durch die Stäbe des Zauns und legte ihre Hände auf Kims Schultern. »Ich bin jederzeit für Sie da. Wenn Sie jemanden zum Reden brauchen, dann kommen Sie einfach bei mir vorbei, ja?«

Kim lächelte. »Danke.«

Ihre Nachbarin warf ihr ein aufmunterndes Nicken zu, dann drehte sie sich um und ging ins Haus zurück. Die Mülltüte hatte sie vollkommen vergessen.

Kim öffnete die Garage und stieg in ihr Auto. Sie betätigte die Fernbedienung für die Garagenausfahrt, und das Tor schwang nach innen auf. Kurz befürchtete sie, die Reporter würden nun auf ihr Grundstück stürzen, doch sie machten ihr Platz. Kim fuhr auf die Straße hinaus, wobei die Kameras sie weiterhin verfolgten. Manuel trat so nahe an ihr Auto heran, dass das Objektiv fast die Scheibe auf der Fahrerseite berührte. Anna stand neben ihm und bedeutete Kim die Scheibe herunterzulassen.

Kim versuchte, sich nicht provozieren zu lassen. Sie wartete, bis sich das Tor hinter ihr wieder geschlossen hatte, dann fuhr sie los. Im Rückspiegel sah sie, wie Anna zu ihrem Auto lief. Manuel ließ die Kamera sinken und eilte ihr nach.

Kim trat aufs Gaspedal und raste mit deutlich mehr als den erlaubten dreißig Kilometer je Stunde die Straße entlang. Mit quietschenden Reifen bog sie um die Ecke.

Sie musste so schnell wie möglich aus der Siedlung verschwinden.

Wenn Anna ihr folgte und herausfand, wohin sie unterwegs war, war alles verloren.

Kapitel 12

Kim kämpfte sich auf der A99 durch den morgendlichen Berufsverkehr. Sie hatte die Siedlung auf einem Umweg verlassen und Anna damit abgehängt. Trotzdem warf sie immer wieder einen Blick in den Rückspiegel und vergewisserte sich, dass ihr niemand folgte.

An der Ausfahrt München-Ludwigsfeld verließ sie die Autobahn und fuhr weiter in den Münchner Norden. Einfamilienhäuser und Reihenhaussiedlungen verschwanden und machten Wohnblöcken Platz. Wenig später erreichte sie eine triste Plattenbausiedlung. Sie fand einen Parkplatz in der Nähe und stieg aus.

Tief atmete sie die frische Luft ein und sah zu dem grauen sechsstöckigen Haus hinüber, von dessen Fassade der Putz bröckelte. Eine türkische Fahne hing über einem Balkon im obersten Stockwerk und flatterte im Wind. Mehrere Graffiti zierten die Wand, darunter das in großen schwarzen Buchstaben gesprühte Wort »Wut«.

Das könnte glatt von *ihm* sein. Wütend genug war er. Auf sie.

Mit gemischten Gefühlen ging sie auf das Haus zu.

Sie dachte daran zurück, als er noch im Münchner Osten gewohnt hatte, in einer Gegend, wo Kinder sorglos im Freien herumtoben konnten, es gepflegte Vorgärten gab und man die Nachbarn alle beim Namen kannte.

Sie bezweifelte, dass er sich hier in dieser Plattenbausiedlung wohlfühlte.

Kim suchte die Namensschilder ab. Er wohnte im dritten Stock.

Es war fast drei Jahre her, seit sie ihn zuletzt gesehen hatte. Nie würde sie seinen Blick vergessen, den er ihr zugeworfen hatte, als sie den Gerichtssaal verließ. Eine Mischung aus Wut, Enttäuschung und Hass lag in seinen Augen.

Kim verzog das Gesicht. Ausgerechnet auf seine Hilfe war sie nun angewiesen.

Ein paar Sekunden zögerte sie noch, dann drückte sie die Klingel. Kurz darauf knackte die Gegensprechanlage, und eine mürrische Stimme fragte: »Ja?«

Oje, der hatte eine Laune.

Kim hielt sich die Hand vor den Mund und nuschelte: »Einschreiben für Sie.«

Hoffentlich erkannte er sie nicht.

Es kam keine Reaktion.

Komm schon, mach auf!

Als sie schon dachte, er würde sie ignorieren, summte der Türöffner, und sie trat ein. Abgestandener Zigarettenqualm empfing sie im Treppenhaus und begleitete sie bis in die dritte Etage hinauf.

Der Flur war schmal und der helle Linoleumboden mit schwarzen Schlieren überzogen. Die trübe Neonröhre an der Decke flackerte.

Kim fand seine Wohnung am Ende des Flurs. »Peters« stand in verblichenen Buchstaben auf dem kleinen Schild.

Sie blieb neben der Tür stehen, damit er sie nicht durch den Türspion sehen konnte. Aus der Wohnung gegenüber wummerten die Bässe von Heavy Metal Musik, nebenan schrie ein Baby.

Sie atmete einmal tief durch und betätigte die Klingel. Es dauerte nicht lange, bis die Tür geöffnet wurde. Ein Mann Mitte vierzig sah in den Flur hinaus. Er entdeckte Kim, und die Gesichtszüge entgleisten ihm.

Wortlos schlug er ihr die Tür vor der Nase zu.

Kapitel 13

Kim seufzte. Nichts anderes hatte sie erwartet.

»Machen Sie bitte auf, Lars«, sagte sie und klopfte. »Ich muss mit Ihnen reden.«

Sie erhielt keine Antwort.

Dieser verdammte Sturkopf!

Sie presste das Ohr gegen die Tür und lauschte. Von drinnen war kein Geräusch zu hören.

Er stand mit Sicherheit hinter der Tür.

»Kommen Sie schon.«

Wieder keine Reaktion.

Sie klopfte erneut, dieses Mal lauter.

»Verschwinden Sie!« Seine Stimme klang schroff.

»Können Sie bitte aufmachen?«

»Nein.«

»Durch die Tür redet es sich so schlecht.«

»Umso besser. Ich rede sowieso nicht mit Ihnen.«

Kim überlegte. Mit freundlichen Worten kam sie hier nicht weiter. Sie musste ihre Taktik ändern. Sie brauchte ihn. Ohne seine Hilfe war sie aufgeschmissen.

»Wenn Sie mich nicht reinlassen, dann bin ich innerhalb von einer Stunde mit meinem gesamten Filmteam hier. Wir werden Sie auf Schritt und Tritt verfolgen. Können Sie es sich erlauben, die Wohnung nicht zu verlassen?«

Sie pokerte. Wenn er keine Aufträge mehr bekam, war es durchaus möglich, dass er die Wohnung nicht verlassen musste. Und was sie definitiv nicht hatte, war Zeit.

Für einen Moment herrschte Schweigen. Nur die wummernde Musik und das Babygeschrei waren zu hören.

»Das würden Sie wirklich tun, oder?«

Für meine Tochter würde ich noch ganz andere Dinge tun. Habe ich getan.

»Ja. Und ich mache Sie Teil meiner nächsten undercover-Sendung. Also was ist, machen Sie jetzt endlich auf?«

Kim konnte förmlich spüren, wie er mit sich rang. Sie war mit Sicherheit die Letzte, mit der er sprechen wollte, doch würde er dafür den Rest seines noch verbliebenen Rufs riskieren?

Eine Minute verstrich, ohne dass etwas passierte. Kim schwieg und wartete, ließ ihm die Zeit für seine Entscheidung.

Dann öffnete er die Tür.

»Was wollen Sie?«, knurrte er.

»Können wir das drinnen besprechen?«

Er zögerte, funkelte sie zornig an. Schließlich machte er einen Schritt zur Seite und ließ sie herein.

Kim betrat einen kleinen, quadratischen Flur mit weißen Fliesen, von dem drei Türen abgingen. An dem Garderobenständer hingen auf Kleiderbügeln einige Jacken, auf dem Boden standen fein säuberlich nebeneinander drei Paar Schuhe.

Lars ging wortlos an ihr vorbei in die Küche. Bevor Kim ihm folgte, warf sie einen raschen Blick ins Wohnzimmer, dessen Tür offen stand.

Eine schwarze, leicht zerschlissene Eckcouch dominierte den etwa zwanzig Quadratmeter großen Raum, der mit einem hellgrauen Teppich ausgelegt war und auf den ersten Blick sehr aufgeräumt wirkte. Die halb geöffnete Schiebetür auf der rechten Seite führte vermutlich ins Schlafzimmer. Auf dem Fensterbrett standen zahlreiche Orchideen in verschiedenen Farben. Ein großes Bücherregal nahm fast eine komplette Wandseite ein, und Kim fragte sich, welche Bücher sich dort wohl reihten. Romane oder eher Fachliteratur?

Fotos oder Bilder konnte Kim keine entdecken, dafür erspähte sie unter dem Schreibtisch in der Ecke zwei Alukoffer, in der Lars seine Ausrüstung aufbewahrte. Kim kannte sie noch von damals.

Sie folgte Lars in die Küche. Ein wohliger Duft von frisch gebrühtem Kaffee hing in der Luft. Lars schenkte sich eine Tasse ein, und Kim sah ihm sehnsüchtig dabei zu. Am liebsten hätte sie ihn nach einem Kaffee gefragt, aber die Frage konnte sie sich sparen.

Lars holte aus dem Kühlschrank eine Packung Milch und schüttete eine Unmenge davon in seine Tasse. Kim verzog angewidert das Gesicht. Früher hatte sie gern Milch getrunken, doch heute verursachte ihr allein der Geruch Übelkeit. Vor zwei Jahren hatten sie undercover in mehreren Massentierhaltungsanlagen recherchiert, und aus ihrem Team war sie nicht die Einzige, die anschließend sämtliche tierische Lebensmittel von ihrem Speiseplan gestrichen hatte.

Kim beobachtete Lars, wie er seelenruhig umrührte. Optisch hatte er sich kaum verändert. Seine kurzen braunen Haare wiesen einige graue Strähnen mehr auf, und er trug einen Dreitagebart, der ihm – wie Kim zugeben musste – durchaus stand. Die Furche zwischen seinen Augen war tiefer geworden. Lars hatte Kim einmal erzählt, dass er jeden Tag mit fünfzig Liegestützen und ebenso vielen Sit-ups begann, und offenbar hatte er diese Angewohnheit beibehalten. Er sah noch genauso sportlich aus.

Er räumte den Löffel in die Spülmaschine und nahm einen Schluck. Erst dann wandte er sich Kim zu und fixierte sie mit einem kalten Blick.

»Also was wollen Sie?«, fragte er und nippte erneut an seinem Kaffee.

»Ich brauche Ihre Hilfe«, antwortete sie geradeheraus, und Lars verschluckte sich. Er hustete und stellte die Tasse neben der Spüle ab.

»Ich glaub, ich muss dringend mal zum Ohrenarzt«, sagte er, nachdem er sich wieder gefangen hatte, und rieb sich seine Ohrmuscheln. »Mir war, als hätten Sie gerade gesagt, dass Sie meine Hilfe brauchen.«

Kim überging seinen bissigen Kommentar. »Meine Tochter ist verschwunden.«

»Ach? Hat sie genug von Ihnen und ist abgehauen?«

»Sie wurde entführt.«

Für einen kurzen Moment stockte er.

»Soll ich jetzt Mitleid haben?«

Kim spürte, wie Wut in ihr aufstieg. Sie zählte innerlich bis drei, um sich zu beruhigen.

»Ich glaube, Sie haben gerade nicht richtig zugehört. Meine Tochter wurde entführt.«

Er zuckte mit den Achseln. »Und? Meine wurde mir auch weggenommen.«

»Daran waren Sie ja wohl selber schuld.«

»Irrtum. Sie tragen die Verantwortung dafür.«

Kim konnte sich nicht länger beherrschen. Ohne über die Konsequenzen nachzudenken, schrie sie ihn an: »Was sind Sie nur für ein gefühlloses Arschloch? Ich erzähle Ihnen, dass meine Tochter entführt worden ist, und alles, was Sie darauf erwidern können, ist ein Rumgejammere über Ihre selbst verschuldete Misere. Soll das ein Witz sein? Ihre Tochter wurde Ihnen nicht weggenommen, sie will lediglich nichts mehr mit Ihnen zu tun haben. Und wissen Sie was? Ich kann sie voll und ganz verstehen.«

Sie keuchte schwer und bemerkte erst jetzt, dass sie ihre Hände zu Fäusten geballt hatte.

Lars stand regungslos da.

Die Sekunden verstrichen, ohne dass einer von ihnen etwas sagte. Ihr Schweigen lag bleiern im Raum.

Im nächsten Moment vernahm Kim ein Miauen und drehte sich irritiert um. Eine schwarze Katze mit einer weißen linken Vorderpfote kam in die Küche. Kim bemerkte, dass sie leicht hinkte.

Eine Katze? Lars hat eine Katze?

Für einen Augenblick war sie derart verwirrt, dass sie sogar ihren Wutausbruch vergaß.

Lars' Gesichtsausdruck hellte sich schlagartig auf. Er ging in die Hocke und streichelte dem Tier, das sich eng an sein Bein schmiegte, über den Kopf. »Na, Kamikatze«, meinte er. »Hast du Hunger?«

Kamikatze?

Wie auf das Stichwort marschierte die Katze zur Heizung, und erst jetzt fielen Kim die beiden Schälchen auf, die dort auf einer weißen Plastikunterlage am Boden standen. In einem von ihnen befand sich Wasser, in das andere füllte Lars gerade eine undefinierbare braune Masse, die nach Thunfisch roch. Gierig schmatzend machte sich das Tier über sein Futter her.

»Seit wann haben Sie eine Katze?«

»Seit wann interessiert Sie das?«

Kim war immer noch verwirrt. Lars hatte nie etwas für Tiere übriggehabt.

»Sie nennen sie Kamikatze?«

»Was dagegen?«

»Nein«, stotterte sie. »Es ist nur ein ungewöhnlicher Name.«

»Sie ist auch eine ungewöhnliche Katze«, antwortete er und strich ihr lächelnd über das seidige Fell, bevor er sich schließlich wieder Kim zuwandte und ernst wurde.

»Was ist jetzt mit Ihrer Tochter?«, wollte er wissen.

Seine Frage katapultierte sie in die Realität zurück.

»Sie wurde entführt«, sagte sie nun bereits zum dritten Mal.

»Ja, das haben Sie bereits erwähnt. Geht's ein bisschen konkreter?«

Kim berichtete ihm von den Ereignissen des Vortags und Lillys Verschwinden. Das Erpresservideo verschwieg sie. Stattdessen verkaufte sie ihm die Entführung als den wahrscheinlichsten Fall, von dem auch die Polizei ausging.

Lars hörte ihr mit steinerner Miene zu. Als sie geendet hatte, ließ er einige Sekunden verstreichen, ehe er tonlos, fast schon desinteressiert fragte: »Und was hab ich damit zu tun?«

»Die einzige Spur, die die Polizei hat, ist der Selbstmörder. Er hatte jedoch keine Ausweispapiere bei sich und ist zuvor auch nicht erkennungsdienstlich behandelt worden. Sie haben keine Ahnung, wer er ist.«

»So ein Pech aber auch.«

Sie ignorierte seine Bemerkung und fuhr fort: »Den einzigen Anhaltspunkt liefert seine olivgrüne Jacke mit den Buchstaben T und S.«

»Thor Steinar.«

»Richtig. Die Polizei hat die Bevölkerung um Mithilfe gebeten, aber bis jetzt scheint niemand diesen Mann zu kennen.«

Sie behielt es für sich, dass die Suchmeldung erst seit einer knappen Stunde draußen war, und hoffte, dass er nicht weiter nachfragte. Aber so wie er sie ansah, hatte er ohnehin kein Interesse, mehr darüber zu erfahren. Das Einzige, worüber er vermutlich nachdachte, war, wann sie endlich wieder aus seiner Wohnung verschwand.

»Ich kann nicht einfach tatenlos rumsitzen und warten.« Sie griff in ihre Jackentasche und holte das ausgedruckte Foto des Selbstmörders hervor. »Können Sie mir sagen, wer das ist?«

Sie streckte ihm den Ausdruck entgegen, doch Lars machte keinerlei Anstalten, auch nur einen Blick darauf zu werfen. Stumm starrte er sie an, dann verschränkte er die Arme vor der Brust und lehnte sich gegen die Spüle.

»Ich fasse das Ganze mal kurz zusammen«, sagte er. »Vor einigen Jahren zerstören Sie mein Leben, und jetzt kommen Sie angekrochen, weil Sie meine Hilfe brauchen?«

Kim ließ den Arm wieder sinken. »Ich habe Ihr Leben nicht zerstört«, erwiderte sie.

»Ach nein?«

»Können wir vielleicht die Vergangenheit mal für einen Moment ruhen lassen? Es geht hier um das Leben meiner Tochter. Und ja, ich brauche Ihre Hilfe.«

Lars lachte höhnisch auf und schüttelte den Kopf. »Ich fasse es nicht. Die Vergangenheit ruhen lassen?« Er kniff die Augen zusammen, bis nur noch ein winziger Schlitz zu sehen war. »Sehen Sie sich hier mal um. Sieht das so aus, als könnte ich die Vergangenheit ruhen lassen? Ich werde jeden verdammten Tag daran erinnert.«

»Lilly ist acht Jahre alt. Sie ist ein kleines Mädchen und seit gestern Abend in der Hand ihres Entführers. Ich weiß noch nicht einmal, ob sie überhaupt noch lebt. Das kann Sie doch nicht kaltlassen.«

Lars reagierte nicht, und so ergänzte sie: »Was, wenn es Ihre Tochter wäre?«

Äußerlich blieb Lars unbewegt, doch Kim bemerkte das kurze Flackern in seinen Augen.

»Bitte helfen Sie mir. Und wenn Sie mir nicht helfen wollen, dann zumindest Lilly.«

Erneut hielt sie ihm den Ausdruck entgegen und sah ihn flehend an.

Lars stand nach wie vor regungslos da. Nur sein Brustkorb hob und senkte sich. Ein wenig schneller, wie Kim den Eindruck hatte.

»Zeigen Sie her«, sagte er schließlich und nahm das Foto an sich. Konzentriert betrachtete er den Mann.

»Kennen Sie ihn?«, fragte Kim. Der hoffnungsvolle Unterton in ihrer Stimme war nicht zu überhören.

»Wo wurde das aufgenommen?«, wollte Lars statt einer Antwort wissen.

»Auf dem Hochhaus. Kurz bevor er gesprungen ist.«

Eine Weile konzentrierte er sich auf das Foto, dann gab er es Kim zurück. »Tut mir leid, aber ich kenne ihn nicht.«

Kim spürte, wie sie innerlich zusammenfiel. Ein unangenehmer Druck legte sich auf ihren Brustkorb. Er war ihre einzige Hoffnung. Ihre einzige Möglichkeit, Lilly zu finden und die drohende Katastrophe abzuwenden.

»Sind sie sicher? Ich meine, sehen Sie ihn sich noch mal genau an.«

»Das brauch ich nicht. Ich habe den Mann noch nie gesehen.«

»Aber Sie kennen bestimmt jemanden, der ihn kennt, nicht wahr?«

»Möglich.«

Natürlich tat er das. Er war der Beste gewesen und war es vermutlich immer noch. Selbst die Polizei hatte in einigen Fällen auf seine Expertise zurückgegriffen. Zumindest bevor er zu einem Jahr auf Bewährung und einer hohen Geldstrafe verurteilt worden war.

Lars Peters war Privatdetektiv, und seine Spezialität war die rechte Szene. In den vergangenen Jahren hatte TV4 mehrmals mit ihm zusammengearbeitet, unter anderem für zwei undercover-Sendungen. In einer hatten sie über aussteigewillige Rechtsradikale und das EXIT-Programm berichtet und mit welchen Mitteln die Szene versuchte, dies zu verhindern. Bei der zweiten Aktion hatte Lars sie und einen weiteren Mitarbeiter des Senders über mehrere Kontakte in eine Kameradschaft eingeschleust, die – wie sich später herausstellte – einen Anschlag auf eine Synagoge plante. Für Kim war es einer der gefährlichsten Einsätze gewesen, gleich nach dem Schlag gegen den Drogenring, wofür sie mit dem Deutschen Fernsehpreis ausgezeichnet worden war.

Lars blieb bei allen Aktionen im Hintergrund, schließlich durfte seine Tarnung als Privatdetektiv nicht auffliegen. Zumindest bis zu jenem Tag, als er sein wahres Gesicht zeigte und damit nicht nur Kim vor den Kopf stieß.

»Bitte«, sagte sie. »Bitte helfen Sie mir herauszufinden, wer der Mann ist.«

Lars schwieg und schien nachzudenken. Schließlich verschränkte er erneut die Arme und sagte: »Zehntausend.«

»Was?« Kim runzelte die Stirn.

»Ich will zehntausend Euro. Dann besorg ich Ihnen den Namen.«

Kim starrte ihn entgeistert an. »Sind Sie verrückt geworden? Es geht hier um Lillys Leben.«

»Und das sollte Ihnen ja wohl zehntausend wert sein, oder?«

Natürlich war es das. Aber darum ging es hier nicht.

»Zehntausend Euro für einen Namen? Finden Sie das nicht etwas übertrieben?«

»Nein.«

Kim hielt inne. Lars konnte herausfinden, wer der Selbstmörder war, so viel stand für sie fest. Und was dann? Sie musste an den Entführer herankommen. Er war das eigentliche Ziel.

»In Ordnung«, sagte sie nach einer Weile. »Zehntausend, wenn Sie mir helfen, den Entführer zu finden.«

»Davon war nicht die Rede. Sie wollten einen Namen, mehr nicht.«

»Ja, aber dafür zahle ich nicht so viel Geld. Dann kann ich genauso gut warten, bis die Polizei seine Identität herausfindet.«

Was natürlich schlichtweg gelogen war, aber das brauchte sie ihm nicht zu verraten.

Lars griff nach seiner Kaffeetasse und trank einen Schluck. Es war nur ein Vorwand, um nachdenken zu können, doch Kim ließ ihm die Zeit. Er brauchte das Geld, dessen war sie sich sicher. Und sie konnte seine Hilfe brauchen.

»Ich will das Geld in bar und sofort.«

»Das können Sie gleich mal vergessen. Erst wenn der Entführer gefasst und Lilly in Sicherheit ist.«

Lars wandte seinen Blick von ihr ab und beobachtete einige Sekunden lang Kamikatze, die bereits den halben Napf leer gefressen hatte.

»Ich kann mich darauf verlassen?«

»Sie haben mein Wort.«

Entweder sie fanden den Entführer, oder es war ohnehin alles vorbei.

»Abgemacht«, sagte er, und Kim fühlte, wie der Druck von ihrem Brustkorb genommen wurde. Es gab wieder Hoffnung.

Er streckte seine Hand nach dem Foto aus, und sie reichte es ihm.

»Wie lange brauchen Sie?«

»Geben Sie mir ein paar Stunden.«

Ein paar Stunden?

»Bitte beeilen Sie sich«, war alles, was sie sagte. Sie durfte ihn nicht misstrauisch machen.

»Haben Sie immer noch Ihre alte Handynummer?«, wollte er wissen, und sie nickte. »Gut. Ich melde mich bei Ihnen, sobald ich den Namen hab.«

Er sah wieder zu seiner Katze.

»Den Weg zur Haustür finden Sie hoffentlich allein.«

Kim verließ das Gebäude und ging zu ihrem Auto. Bevor sie einstieg, warf sie einen letzten Blick nach oben zum dritten Stock. Ein mulmiges Gefühl machte sich in ihr breit.

Konnte sie ihm wirklich trauen?

Kapitel 14

Kim ahnte, dass die Pressevertreter immer noch ihr Haus belagerten, und so stellte sie ihr Auto in einer Seitenstraße ab und ging das letzte Stück zu Fuß.

Sie hatte sich nicht geirrt. Weitere Journalisten waren eingetroffen, insgesamt waren es nun zehn. Anna und Manuel standen bei ihrem Auto, einem roten BMW, und unterhielten sich angeregt. Die Reporter kamen Kim entgegen, kaum dass sie sie erspäht hatten.

»Frau Jansen, gibt es schon Neuigkeiten zum Verschwinden Ihrer Tochter?«, wollte einer der Neuen wissen und hielt ihr das Mikrofon so nahe vors Gesicht, dass sie nach hinten ausweichen musste.

»Nein«, antwortete sie und versuchte, sich an dem Mann vorbeizudrängen, doch Manuel versperrte ihr den Weg. Mit regungsloser Miene hielt er die Kamera auf sie gerichtet. Sein Gesicht war vor Kälte leicht gerötet, und die weiße Narbe trat noch stärker hervor als sonst. Im Nu war sie von den anderen Journalisten umringt, die alle gleichzeitig ihre Fragen stellten.

Ganz ruhig, sagte sie zu sich selbst. *Sie machen nur ihren Job.*

»Es tut mir leid, aber ich kann Ihnen nichts anderes sagen als heute Morgen.«

»Hat die Polizei schon eine Spur?«, fragte jemand hinter ihr, und Kim drehte sich um.

»Leider nicht.«

»Sie sind Enthüllungsjournalistin«, sagte Anna und

setzte ihr übertriebenes Lächeln auf. »Wohin waren Sie vorhin unterwegs? Stellen Sie eigene Ermittlungen an?«

Kim verdrehte die Augen. »Das überlasse ich lieber der Polizei. Und nun lassen Sie mich bitte durch.«

Anna ließ sie nicht vorbei. »Sie haben Lilly gestern Abend allein gelassen, und das nicht zum ersten Mal. Wie gehen Sie damit um, an der Entführung schuld zu sein?«

Verlogenes Miststück!

»Ich habe Lilly noch nie zuvor allein gelassen. Was soll diese Unterstellung?«, blaffte sie Anna an und bereute im nächsten Moment, schon wieder auf sie hereingefallen zu sein. Es war heute bereits das zweite Mal, dass Anna sie in die Defensive gedrängt hatte. Waren das die ersten Anzeichen, dass sie die Nerven verlor?

Anna ließ nicht locker: »Haben Sie uns etwas zu sagen?«

Kim stutzte. Was meinte sie damit?

Ihr Herzschlag beschleunigte sich.

Wusste Anna mehr, als sie zugab? Oder bluffte sie nur?

Wie aus dem Nichts tauchten Bilder der Vergangenheit in ihrem Kopf auf.

Kim parkte ihr Auto unter den ausladenden Ästen einer Zierkirsche und stieg aus. Es war bereits dunkel. Ein kalter Aprilwind blies ihr um die Ohren, und in der Luft lag noch immer der Regen der letzten Tage. Nervös schaute sie sich um. Niemand war zu sehen.

Sie zog ihre Bluse zurecht und schlüpfte in ihre Jacke.

Für acht Uhr hatten sie sich verabredet. Ein Blick auf ihre Armbanduhr verriet ihr, dass sie fünf Minuten zu früh dran war, doch sie wollte nicht länger warten.

Kim schauderte innerlich. All die Jahre hatte sie nicht daran gedacht, wie alles angefangen hatte, und die Erinnerung daran weggesperrt, in der Hoffnung, dass es für immer war.

Es ging wieder los.

Sie befürchtete, Anna könnte in ihr wie in einem offenen Buch lesen, und dachte rasch an etwas anderes.

Anna sah sie weiterhin erwartungsvoll an, und Kim versuchte, ihr aufgesetztes Lächeln zu interpretieren. Doch es war wie eine festgefrorene Maske, die keinen Hinweis darauf zuließ, was sich dahinter verbarg.

Kim beschloss, nichts zu erwidern. Ein weiteres Mal würde sie sich nicht von ihr in die Ecke drängen lassen. Stattdessen fuhr sie ihren Ellenbogen aus, zwängte sich zwischen Anna und Manuel hindurch und ging auf ihr Haus zu. Eilig sperrte sie das Eingangstor auf und hielt inne, als sie hinter sich eine vertraute Stimme vernahm.

»Kim!«

Sie drehte sich um und sah Oliver, der aus seinem Auto ausstieg, das er mitten auf dem Gehweg abgestellt hatte.

Kim gab ihm mit einem Wink zu verstehen, dass er ihr folgen sollte, und ignorierte die Reporter, die sie unablässig mit Fragen bombardierten.

Oliver folgte Kim in den Garten und ließ das Tor hinter sich zufallen.

»Hast du schon was von Lilly gehört?«, fragte er mit gesenkter Stimme, während sie auf das Haus zugingen.

»Nein.«

»Die Suchmeldung der Polizei ist draußen.«

»Ich weiß. Neumann hat mich vorhin informiert.«

»Ich hab die ganze Nacht kein Auge zugetan«, sagte er. »Wenn Lilly irgendetwas passiert sein sollte …«

Kim blieb stehen und bemerkte erst jetzt seine dunklen Augenringe. Er sah tatsächlich so aus, als hätte er nicht geschlafen. Aber er hatte sich rasiert. Ein winziger Schnitt war über der Oberlippe zu sehen.

»Lilly wird nichts passieren«, erwiderte sie, hauptsächlich um sich selbst zu beruhigen.

»Was will der Entführer?«

Innerlich zuckte sie zusammen, doch äußerlich blieb sie ungerührt.

»Ich hab keine Ahnung. Er hat sich bis jetzt noch nicht gemeldet.«

Oliver deutete mit dem Daumen hinter sich. »Warum bitten wir die nicht um Mithilfe? Spiel die besorgte Mutter, drück auf die Tränendrüse und fleh darum, dass der Entführer Lilly freilässt. Du bist doch eine gute Schauspielerin.«

»Was bitte soll das jetzt heißen?«

Sie bemerkte zu spät, dass sie viel zu laut geworden war. Stumm standen die Reporter am Gartenzaun und beobachteten sie. Ihre Augen leuchteten vor Sensationsgier.

»Wollen wir nicht lieber reingehen?«, meinte er, doch Kim schüttelte den Kopf.

»Ich glaube, du gehst jetzt besser wieder.«

Oliver schielte zu den Journalisten und sagte für Kim einen Tick zu laut: »Lilly ist auch mein Kind. Ich würde alles für sie tun.«

Er wurde wieder leiser.

»Lass uns vor denen eine Show abziehen und an den Entführer appellieren.«

Eine Show abziehen. Das war mal wieder typisch Oliver.

»Was soll das bringen?«

»Was das bringen soll?«, wiederholte er unüberhörbar.

»Nicht so laut«, zischte sie.

»Wir müssen einfach jede Möglichkeit nutzen.«

»Lass Neumann seine Arbeit machen. Wenn er der Meinung ist, dass ich an den Entführer appellieren soll, dann werd ich es machen. Vorher nicht.«

»Und bis dahin soll ich einfach tatenlos rumsitzen und Däumchen drehen?«

»Was willst du denn sonst machen?«

Oliver öffnete den Mund, um etwas zu sagen, ließ es aber bleiben. Stattdessen ballte er die Fäuste und verzog gequält das Gesicht. »Verdammte Scheiße!«

»Hey! Lass sie in Ruhe!«

Julian.

Kim sah an Oliver vorbei und entdeckte Julian, der gewaltsam einen Reporter zur Seite schob und an den schmiedeeisernen Zaun herantrat.

Endlich war er da!

Kim spürte, wie eine Last von ihr abfiel. Die ganze Nacht hatte sie verzweifelt auf ihn gewartet und sich danach gesehnt, dass er sie in den Arm nahm und tröstete.

Sie eilte zum Eingang und ließ ihn herein. Anna versuchte, ihm zu folgen, doch Kim knallte das Tor vor ihrer Nase ins Schloss.

Unter den anderen Journalisten brach Gemurmel aus.

»Ist das nicht Julian Tiersch? Der Schauspieler?«

»Wer soll das sein?«

»Den hab ich kürzlich im Kino gesehen. ,Ihre letzte Reise'.«

Julian umarmte Kim und drückte sie eng an sich. Trotz des kalten Windes spürte sie die Wärme, die von ihm ausging, fühlte die Kraft, mit der er sie beschützend festhielt, und schmiegte sich mit geschlossenen Augen an ihn. Für einen Moment vergaß sie alles um sich herum.

»Es tut mir leid, dass ich jetzt erst da bin«, flüsterte er ihr ins Ohr. »Ich hab es gerade eben erfahren.«

Sie löste sich aus seiner Umarmung. »Lass uns drinnen reden.«

Er nickte und warf einen scharfen Blick zu Oliver hinüber. »Was will er hier?«

»Er wollte gerade gehen. Nicht wahr, Oliver?«

Oliver kam auf sie zu und blieb vor ihnen stehen. Die Luft schien sich mit einem Schlag aufgeladen zu haben.

»Heute mal mit Jacke?«, schnaubte er Julian an. »Sonst reißt du dir doch sofort immer das T-Shirt vom Leib, sobald eine Kamera auf dich gerichtet ist.«

»Nur kein Neid. Im Gegensatz zu dir kann ich mir das leisten.«

»Ein Wunder, dass die Frauen auf dein billiges Gehabe reinfallen.«

Kim wollte Julians Hand ergreifen und ihn von ihrem Exmann wegziehen, doch Julian machte einen Schritt nach vorn und baute sich drohend vor Oliver auf. »Was ist dein Problem?«

»Steht vor mir«, entgegnete er und richtete sich nun ebenfalls zu seiner vollen Größe auf. Sie standen so nahe beieinander, dass ihre Köpfe sich fast berührten.

Julian lachte verächtlich auf. »Nicht dein Ernst, oder? Lilly wurde entführt, und ich bin dein Problem?«

Olivers Gesicht verfinsterte sich bedrohlich. Ohne Vorwarnung stieß er mit beiden Händen gegen Julians Brustkorb. Julian taumelte nach hinten. Nur mit Mühe konnte er sein Gleichgewicht halten.

»Halt dich von meiner Familie fern!«, schrie Oliver und holte aus.

Julian riss seinen Arm hoch, blockte den Schlag ab und rammte ihm die Faust ins Gesicht.

Kim schrie im gleichen Moment auf wie Oliver, der stolperte und rückwärts zu Boden fiel. Er griff sich an die blutende Nase.

»Du verdammtes Arschloch!«, brüllte er mit schmerzverzerrtem Gesicht und rappelte sich wieder auf. »Ich mach dich fertig!«

Er taumelte auf Julian zu, doch im nächsten Moment drängte sich Kim zwischen die beiden Männer.

»Es reicht! Seid ihr vollkommen verrückt geworden?«

Sie schob Julian in Richtung Haus, dann packte sie Oliver und zerrte ihn zum Tor. Sie warf den Reportern, die weiterhin ihre Kameras auf sie gerichtet hatten, einen wütenden Blick zu.

Was für eine Sensationsstory, oder?

Anna lehnte am Zaun und lächelte süffisant. Am liebsten hätte Kim mit ihr dasselbe gemacht wie Julian bei Oliver.

»Er hat mich geschlagen«, näselte Oliver. »Ich glaube, meine Nase ist gebrochen.« Sein theatralischer Tonfall, der mit Sicherheit an die Journalisten gerichtet war, entging Kim nicht. Aber so war er schon immer gewesen. Er versuchte, aus jeder Situation das Maximum für sich herauszuziehen, selbst wenn er schon längst verloren hatte.

»Du hast ihn geschubst, also spiel jetzt nicht das Unschuldslamm. Und eine gebrochene Nase sieht anders aus.«

»Der gehört hinter Gitter.«

»Jaja.« Sie sperrte das Tor auf und bugsierte ihn auf die Straße. Für einen Augenblick blieb er stehen, als überlegte er, kehrtzumachen und sich erneut auf seinen Widersacher zu stürzen.

»Denk nicht mal dran«, fuhr sie ihn an.

Olivers eisblaue Augen blickten sie stechend an.

Kaum zu glauben, dass diese Augen sie damals sofort in ihren Bann gezogen hatten. Von der faszinierenden, unergründlichen Tiefe war nicht viel übrig geblieben.

Noch immer lief Oliver das Blut übers Kinn. Die Vorderseite seiner Jacke war bereits blutgetränkt.

Er ging zu seinem Auto und drehte sich dort noch einmal um. Mit geballter Faust schrie er in Julians Richtung: »Das wirst du noch bereuen!«

Kapitel 15

»Musste das sein?«

Kim ließ die Haustür ins Schloss fallen und fuhr zu Julian herum.

»Er hat angefangen.«

»Und deshalb musst du ihm fast die Nase brechen? Vor den Journalisten?«

»Ich hab mich bloß verteidigt. Er hat zuerst zugeschlagen.«

Sie zogen ihre Jacken aus und hängten sie an den Garderobenständer. Die Luft im Haus war warm und stickig.

»Ich wollte dich beschützen. Als er seine Fäuste geballt hat, dachte ich, er geht auf dich los.«

Er verzog die Mundwinkel und sah sie mit einer Unschuldsmiene an.

»Ich wollte dich wirklich nur beschützen.«

Kim verspürte ein schlechtes Gewissen. Es war gut möglich, dass es für einen Außenstehenden so ausgesehen hatte, als wollte Oliver sie angreifen.

Sie senkte ihren Blick und atmete tief durch. Innerlich war sie zum Zerreißen gespannt. Julian schien es zu bemerken. Er kam auf sie zu und nahm sie wortlos in die Arme.

Kim lehnte ihren Kopf gegen seinen Oberkörper, hörte seinen Herzschlag, der im selben Rhythmus hämmerte wie ihr eigener, und schloss die Augen. Sie versuchte zumindest für einen Augenblick, die Angst um Lilly auszuschalten, die Bilder aus der Vergangenheit, die immer wieder aufblitzten und sich mit der vermummten Gestalt vermischten, die drohte, ihre Tochter zu töten, wenn sie sich nicht der Öffentlichkeit stellte und gestand.

Im Haus wurde es auf einmal kalt. Als ob jetzt irgendwo zwei Fenster geöffnet waren und der eisige Wind durchzog. Kim fröstelte.

»Hey«, sagte Julian mit sanfter Stimme. »Du zitterst ja.«

»Mir ist kalt.«

Er drückte sie noch enger an sich und strich ihr beruhigend über den Rücken.

»Es tut mir leid, dass ich nicht früher kommen konnte.«

»Ich habe versucht, dich zu erreichen.«

Er löste die Umarmung und nahm ihren Kopf in seine Hände.

»Ich hatte mein Handy ausgeschaltet. Die Dreharbeiten gingen bis in die frühen Morgenstunden. Anschließend wollte ich nur noch nach Hause und ins Bett. Ich hab vergessen, das Handy wieder anzuschalten.«

Er fuhr mit seinem Finger die Konturen ihres Gesichts entlang.

»Vor meiner Haustür haben mich zwei Polizisten empfangen und mich mit aufs Revier genommen. Dort habe ich erst erfahren, was passiert ist. Es tut mir so leid.«

Er sah sie mitfühlend an.

»Die haben mir nicht alles erzählt. Was ist vorgefallen?«

Kim berichtete ihm dasselbe wie bereits den anderen.

»Ich hätte sie nicht allein lassen dürfen«, sagte sie, und Tränen schossen ihr in die Augen. Doch dieses Mal versuchte sie nicht, sie zurückzuhalten. Vor Julian musste sie ihre Gefühle nicht verbergen.

Nur ihre dunkle Vergangenheit.

Erneut überkam sie ein schlechtes Gewissen, weil sie so viele Menschen belogen hatte und noch immer belügen musste. Menschen, die sie liebten und ihr vertrauten.

»Du musst dich nicht schuldig fühlen«, sagte Julian. »Lilly ist kein kleines Kind mehr. Sie kann auch mal allein bleiben.«

»Aber …«

»Das Ganze war eine miese Falle«, unterbrach er sie. »Wenn du sie gestern nicht allein gelassen hättest, dann hätten sie es zu einem anderen Zeitpunkt erneut versucht.«

Kim nickte. Er hatte ja recht. Dennoch nagten die Schuldgefühle so stark an ihr, dass es ihr fast den Verstand raubte. Es kam ihr so vor, als könnte sie die Angst, die Lilly vermutlich gerade durchstand, selbst spüren. Die Angst, irgendwo eingesperrt zu sein, allein und ohne Bunny, ihren Stoffhasen.

Dass sie in dieser Situation ausgerechnet an den Hasen denken musste!

Hoffentlich tat ihr der Entführer nichts an. Nicht auszudenken, wenn er sich an ihr verging.

Bei dem Gedanken daran wurde ihr speiübel.

Du musst die Nerven behalten!

Sie biss sich auf die Lippe und zwang sich, diese Horrorvorstellung auszublenden.

»Mach dir keine Sorgen«, sagte Julian und sah ihr in die Augen. »Ich bin mir sicher, die Polizei wird Lilly bald finden. Und du musst das nicht allein durchstehen. Ich bin bei dir. Egal, was passiert. Okay?«

Sie stieß einen tiefen Seufzer aus und lächelte. »Danke.«

Er erwiderte ihr Lächeln und küsste sie sanft auf die Stirn.

»Lilly ist ein starkes Mädchen. Und du bist eine starke Frau.«

Seine Worte taten gut. Vor allem erinnerten sie sie daran, dass Lilly sich nicht so leicht unterkriegen ließ. Genau wie nach Kims Scheidung von Oliver. Lilly hatte sehr darunter gelitten, war aber trotzdem ein fröhliches und aufgewecktes Mädchen geblieben.

»Komm«, sagte Julian. »Ich mach dir erst mal einen heißen Tee.«

Sie gingen in die Küche. Kim nahm Platz, während Julian den Wasserkocher aufsetzte und eine Tasse aus dem Schrank holte.

Während das Wasser kochte, setzte sich Julian neben sie und ergriff ihre Hand. Er sah müde aus, auch wenn er versuchte, es sich nicht anmerken zu lassen. Sein Gesicht war mit hautfarbenem Puder bedeckt, und einige Stellen waren von der Maske nachkonturiert worden. Seine blonden Haare fielen ihm in die Stirn. Er strahlte eine Jugendlichkeit aus, die Kim jedes Mal ihr eigenes Alter vergessen ließ. Im Gegensatz zu Oliver war Julian ein spontaner und unbeschwerter Mensch. Es war gut möglich, dass sie sich nach der Trennung von Oliver mit jemandem hatte ablenken wollen, der das genaue Gegenteil von ihm war. Doch mittlerweile genoss sie es, dass nicht alles im Voraus geplant war, sondern sie auch mal überrascht wurde.

»Was wollte Oliver vorhin eigentlich?«, fragte Julian. *Eine Show abziehen.*

Sie rügte sich selbst für ihren Zynismus. Oliver konnte gar nicht anders. Er war es gewohnt, alle Fäden in der Hand zu haben. Vor einigen Monaten waren die ersten Stränge gerissen, als sie sich von ihm scheiden ließ und das alleinige Sorgerecht für Lilly bekam. Kim wusste, wie sehr er Lilly liebte. Er hatte lediglich ein Besuchsrecht, und die Vorstellung, dass er sie ganz verlieren könnte, war für ihn vermutlich nur schwer auszuhalten. Und nun wurde er mit einer Situation konfrontiert, die ihm endgültig die Kontrolle entzog. Er wollte nur tun, was noch in seiner Macht stand, selbst wenn es ein nutzloser Appell an den Entführer war.

»Er macht sich Sorgen um Lilly und wollte wissen, ob es schon was Neues gibt.«

»Ach, auf einmal ganz der besorgte Vater?«

»Dass er mich betrogen hat, hatte nichts mit Lilly zu tun.«

»Sondern?« Er sah sie mit hochgezogenen Brauen an. »Glaub mir, er hat mit Sicherheit keinen einzigen Gedanken an seine Familie verschwendet, während er mit seiner Assistentin gevögelt hat.«

Ein brennendes Gefühl machte sich in Kim breit, als ob eine alte Wunde erneut aufriss.

Dabei war Oliver nicht immer so gewesen.

Oder hatte er sich ihr gegenüber nur hinter einer Fassade versteckt?

Kim erinnerte sich an ihre erste Begegnung, an sein charmantes Lächeln und die geradezu magische Anziehungskraft seiner Augen. Oliver gehörte zu den Menschen, die anderen noch die Tür aufhielten und das Wort »Danke« kannten.

Er war das einzige Kind eines erfolgreichen Bankerehepaars, dem es nie an Geld gemangelt hatte. Trotzdem hatte er sich nicht auf den Lorbeeren seiner Eltern ausgeruht, sondern war seinen eigenen Weg gegangen. Die Familie stand für ihn dabei immer an erster Stelle. Er hatte im Kreißsaal Kims Hand gehalten, als Lilly zur Welt kam, ihr regelmäßig und ohne besonderen Anlass Dahlien mitgebracht, Kims Lieblingsblumen, und kein einziges Mal ihren Hochzeitstag vergessen, zu dem er sie immer in ihre Stammpizzeria einlud. Kim legte keinen Wert auf teure Restaurants, in denen die Atmosphäre so steif war wie die akkurat gefalteten Servietten neben dem noch akkurater ausgerichteten Besteck.

Sie konnte und wollte sich nicht vorstellen, dass er ihr all die Jahre nur etwas vorgespielt hatte. Andererseits hätte sie es auch nie für möglich gehalten, dass er eine Affäre hatte, ohne dass sie je etwas davon bemerkt hatte. Als sie dahintergekommen war, war für sie eine Welt zusammengebrochen. Das Gespräch war ihr noch so präsent, als hätte es erst gestern und nicht bereits vor einem Jahr stattgefunden.

Sie standen im Wohnzimmer, draußen war es bereits dunkel.

»Ich fasse es nicht!«

Kim war vollkommen aufgewühlt. Ihr Kopf fühlte sich dumpf und leer an. Es kam ihr so vor, als ob sich gerade der Boden unter ihren Füßen geöffnet hätte und sie in ein tiefes schwarzes Loch fiel.

»Es tut mir wirklich leid«, sagte Oliver und machte einen Schritt auf sie zu.

Augenblicklich wich sie zurück. »Was tut dir leid? Deine Affäre oder dass ich die SMS gesehen habe?«

»Bitte glaube mir, es war nur ein einmaliger Ausrutscher.«

Kim lachte höhnisch auf. »Ein einmaliger Ausrutscher?«

Grenzenlose Wut überkam sie, und am liebsten hätte sie ihm für diese Lüge sein Handy an den Kopf geworfen.

Bis vor wenigen Minuten war noch alles in Ordnung gewesen. Oliver hatte Lilly ins Bett gebracht und sein Handy auf dem Wohnzimmertisch liegen gelassen. Ein Klingelton signalisierte den Eingang einer neuen SMS, und Kim las eher zufällig, was auf dem Display aufpoppte. Entsetzt über die anzügliche Nachricht einer gewissen Susanne hatte sie schließlich seinen Nachrichtendienst geöffnet – sie kannte die Wischgeste zum Entsperren seines Handys – und Dutzende SMS zwischen den beiden gefunden.

»Eineinhalb Jahre nennst du einen einmaligen Ausrutscher?«

Sie stemmte die Hände in die Hüften und durchbohrte ihn förmlich mit ihrem Blick.

»Sie hat mir nichts bedeutet. Wirklich. Ich liebe nur dich.«

»Und warum betrügst du mich dann?«

»Ich weiß auch nicht. Das war eine Riesendummheit von mir. Ich wünschte, ich könnte es rückgängig machen.«

Sie fuhr sich über das Gesicht, versuchte, sich zu beruhigen und die Tränen zurückzuhalten. Er legte seine Hände auf ihre Schultern, doch sie stieß sie sofort wieder weg.

»Fass mich nicht an!«

»Nicht so laut«, sagte er und machte eine beschwichtigende Geste. »Lilly schläft schon.«

»Jetzt machst du dir Gedanken um Lilly?« Sie schrie noch lauter als zuvor. »Hast du auch an sie gedacht, als du dich mit Susi …« Sie betonte den Namen übermäßig spöttisch. »… im Bett vergnügt hast?«

»Ich denke immer an euch. Du und Lilly, ihr seid das Wichtigste für mich.«

»Aber sicher doch.«

»Jetzt hör mir doch mal zu. Ich hab doch bereits gesagt, dass sie mir nichts bedeutet. Das war nur …« Er stockte.

»Was? Was war es?«

»Eine dumme Gelegenheit.«

Sie zog die Stirn kraus.

»Es hat sich halt so ergeben. Du hast nur noch für deine Sendung gelebt. Kim undercover hier, Kim undercover dort. Ich hab mich einfach vernachlässigt gefühlt.«

»Jetzt bin auch noch ich daran schuld?«

Fassungslos starrte sie ihn an. Eine unsichtbare Hand schien sich um ihr Herz zu legen und es langsam zu zerquetschen.

Gab es außer Susi noch andere Frauen? War er wirklich immer auf Dienstreise gewesen, wie er behauptet hatte? Oliver flog jedes Jahr für zwei Wochen zu einem Fachkongress in die USA. Die Vorstellung, dass ihn Susi womöglich dorthin begleitet hatte, machte sie noch wütender.

»Leg doch nicht jedes Wort auf die Goldwaage. Sie hat mir nichts bedeutet, das musst du mir glauben.«

»Ich glaube dir gar nichts mehr. Es ist aus zwischen uns.«

Für die Boulevardpresse war es ein gefundenes Fressen gewesen, und die Affäre wurde – dank seiner Geliebten, die er abserviert hatte, nachdem Kim ihm auf die Schliche gekommen war, und deshalb auf Rache sann – in allen Details in der Öffentlichkeit ausgewalzt. Das war der Moment, in dem Oliver sich veränderte.

Oder sein wahres Gesicht zeigte.

»Die momentane Situation ist für ihn auch nicht einfach«, sagte Kim, und Julian schnaubte verächtlich auf.

»Hast du etwa Mitleid mit ihm?« Sein Blick verfinsterte sich. »Du empfindest doch nichts mehr für ihn, oder?«

»Nein«, antwortete sie und legte ihm beruhigend die Hand auf den Arm. Doch in seinen Augen las sie Zweifel.

»Ich würde dich niemals betrügen«, sagte er und ergriff ihre Hand. Sein Druck war ein wenig zu fest. »Und ich würde dir niemals so wehtun, wie Oliver es getan hat.«

Für einige Atemzüge saßen sie schweigend nebeneinander. Dann war der Wasserkocher fertig, und Julian stand auf. Er goss das heiße Wasser in die Tasse, hing einen Teebeutel mit Früchtetee hinein und stellte sie Kim hin. Dankbar umklammerte sie das Gefäß mit ihren kalten Fingern, in die langsam die Wärme zurückkehrte.

Die Eiseskälte in ihrem Inneren blieb.

Die nächste Stunde verbrachten sie in der Küche. Kim versuchte sich abzulenken und brachte ihr Gespräch auf

Julians Dreharbeiten für seinen neuen Kinofilm, der eigentlich in einem Monat hätte anlaufen sollen. Doch der Hauptdarsteller, ein über den deutschsprachigen Raum hinaus bekannter Schauspieler, war kürzlich an einer Überdosis Drogen gestorben.

»Dieser Vollidiot!«, schimpfte Julian. »Warum konnte er nicht die Finger von dem Zeug lassen? Jetzt dürfen wir den halben Film neu drehen, und der Ersatzschauspieler ist die absolute Pfeife. Es wäre eine Katastrophe, wenn der Film deswegen floppen würde. Die Story ist einfach nur gut.«

»Das wird er nicht«, meinte Kim und schielte zum wiederholten Mal auf die Küchenuhr. Hoffentlich meldete sich Lars bald. »Schließlich hast du die zweite Hauptrolle.«

Julian grinste und strich sich die Haare aus dem Gesicht.

»Ich liebe dich«, sagte er und gab ihr einen Kuss. Seine Lippen fühlten sich warm und weich an, und für einen kurzen Moment vergaß Kim tatsächlich alle ihre Probleme.

»Hast du heute eigentlich schon was gegessen?«, fragte er, und sie schüttelte den Kopf.

»Keinen Hunger«, sagte sie, und im selben Augenblick knurrte ihr Magen.

Julian legte den Kopf schief. »Spaghetti à la Julian?«

Sie zuckte mit den Achseln, konnte sich ein leichtes Schmunzeln aber nicht verkneifen.

»Der Chefkoch macht sich gleich ans Werk.« Er erhob sich. »Du siehst ziemlich fertig aus. Warum legst du dich nicht für eine Dreiviertelstunde hin, während ich koche?«

Dagegen hatte Kim nichts einzuwenden und legte sich im Wohnzimmer auf die Couch. Obwohl sie müde war, schaffte sie es nicht, die Augen zu schließen. Grübelnd starrte sie zur Decke.

Ob sich mittlerweile jemand bei der Polizei gemeldet hatte, der den Selbstmörder kannte?

Bitte beeilen Sie sich, Lars!

Noch immer hatte sie keine Idee, wie sie den Entführer von seinen Plänen abbringen sollte, falls sie ihn aufspürten.

Sie überquerte die Straße und lief auf das freistehende Haus zu. Das Gatter stand offen, er erwartete sie bereits.

Prüfend strich sie sich ein letztes Mal über ihre gestylten Haare. Eineinhalb Stunden lang hatte sie im Bad verbracht, geduscht und ein dezentes Make-up aufgelegt. Sie hatte sich Zeit lassen können, Oliver war für zwei Wochen auf seinem jährlichen Kongress in den USA.

Sie war bereit.

Kurz darauf wurde die Tür geöffnet, und der Mann, dessen Gesicht sie bis an ihr Lebensende verfolgen würde, warf ihr ein charmantes Lächeln zu.

»Hereinspaziert.«

»Hey.«

Jemand rüttelte sie sachte an der Schulter, und Kim öffnete die Augen. Julian stand über sie gebeugt.

»Essen ist fertig.«

Irritiert blinzelte sie. War sie eingeschlafen?

»Wie spät ist es?«

»Halb eins. Na los, komm. Sonst werden die Nudeln kalt.«

Kim folgte Julian in die Küche. Unterwegs zog sie das Handy aus ihrer Hosentasche. Lars hatte sich noch nicht gemeldet, ebenso wenig Neumann.

Auf dem Tisch standen zwei dampfende Teller, und Kim lief beim Anblick der Nudeln das Wasser im Mund zusammen. Appetit hatte sie zwar immer noch keinen, dafür aber Hunger.

Sie aßen und unterhielten sich über belanglose Sachen. Gerade als sie den letzten Bissen runtergeschluckt hatte, klingelte ihr Handy. Lars meldete sich am anderen Ende der Leitung.

»Ich hab den Namen.«

Kapitel 16

»Bist du sicher, dass ich dich nicht begleiten soll?«

Kim schlüpfte in ihre Jacke und zog den Reißverschluss bis oben zu. Sie hatte Julian gesagt, dass sie einen Privatdetektiv eingeschaltet hatte, um den Selbstmörder zu finden, jedoch nicht Lars' Namen erwähnt.

»Es ist besser, wenn ich mich allein mit ihm treffe.« Sie setzte ihre Mütze auf und tätschelte seinen Arm. »Leg dich hin und schlaf ein paar Stunden. Du bist mir keine Hilfe, wenn du vor Müdigkeit fast umkippst.«

Julian verzog widerwillig das Gesicht. »Na schön. Ich lass mein Handy an. Wenn irgendetwas ist, dann rufst du mich an.«

»Mach ich.«

»Okay. Bereit?«

Sie nickte, und zusammen verließen sie das Haus. Kaum waren sie auf die Straße hinausgetreten, wurden sie von den Reportern umringt. Stoisch standen die beiden da und ignorierten die Fragen, die von allen Seiten auf sie einprasselten.

Kurz darauf bog ein Taxi um die Ecke und hielt vor der Menschenmenge. Kim riss die Tür auf und sprang hinein.

»Hallo«, grüßte der Fahrer, wobei er nicht sie, sondern die Journalisten ansah. »Ganz schön was los hier.« Erst jetzt wandte er sich Kim zu. »Wo soll's denn hingehen?«

»Einfach geradeaus. Ich sag Ihnen gleich mehr.«

Der Fahrer, ein etwas dicklicher Mann mittleren Alters, aktivierte das Taxameter und fuhr los.

Kim drehte sich um. Wie erwartet liefen Anna und Manuel zu ihrem Auto. Julian stellte sich mit ausgestreckten Armen mitten auf die Straße und blockierte ihre Weiterfahrt. Selbst aus der Entfernung konnte sie noch deutlich erkennen, dass Anna wild gestikulierte und fluchte.

Kim konnte sich ein Grinsen nicht verkneifen.

»Sind Sie nicht Kim Jansen?«, wollte der Fahrer wissen und warf ihr einen Seitenblick zu. »Ich hab das mit Ihrer Tochter vorhin im Radio gehört. Das ist ja schrecklich.«

»Ja«, antwortete sie nur. »Biegen Sie dort vorn bitte ab und lassen Sie mich aussteigen. Anschließend fahren Sie weiter. Ein roter BMW wird Ihnen gleich folgen. Lotsen Sie ihn aus der Siedlung raus, dann können Sie Ihren nächsten Fahrgast aufnehmen.«

Der Fahrer runzelte irritiert die Stirn.

»Fragen Sie nicht«, kam Kim ihm zuvor und hielt ihm einen Fünfzigeuroschein hin. »Der Rest ist für Sie.«

Die Augen des Mannes begannen zu leuchten. Er fuhr um die Ecke und ließ Kim aussteigen.

»Ich hoffe, Ihre Tochter wird bald gefunden.«

»Danke.«

Das Taxi fuhr weiter, und Kim ging hinter den geparkten Autos am Straßenrand in Deckung. Vorsichtig lugte sie zwischen ihnen hindurch. Es dauerte keine zwanzig Sekunden, bis der rote BMW auftauchte und dem Taxi mit deutlich überhöhter Geschwindigkeit folgte.

Kim ballte triumphierend die Faust. Ihr Plan war aufgegangen.

Sie wartete, bis beide Autos außer Sichtweite waren, dann lief sie los und bog in die nächste Seitenstraße ab.

Kim erkannte Lars' Wagen sofort. Er fuhr noch immer den braunen Ford Taunus, der mittlerweile als Oldtimer durchgehen musste. An einigen Stellen war Rost zu sehen, und Kim bemerkte eine Schweißnaht am Kofferraum, die noch nicht lackiert worden war. Lars hatte das Auto damals schon geliebt, und es war, wie er immer betonte, die perfekte Tarnung für Observationen. Ein Wunder, dass diese Klapperkiste überhaupt noch fuhr.

Kim nahm auf der Beifahrerseite Platz.

»Sie sind spät dran«, sagte Lars, ohne sie eines Blickes zu würdigen.

»Musste erst noch die Presse abschütteln. Also, wer ist der Mann?«

»Sein Name ist Markus Köller, vierunddreißig Jahre alt, arbeitslos, Wohnsitz in Milbertshofen, direkt neben der Panzerwiese.«

Kim starrte ihn mit offenem Mund an. »Wie ist es möglich, dass Sie an diese Informationen innerhalb weniger Stunden rankommen, während die Polizei bis jetzt im Dunkeln tappt?«

Was ihr Glück war.

»Berufsgeheimnis«, antwortete er ausweichend.

So konnte man es vermutlich auch nennen.

»In der rechten Szene herrscht momentan großes Misstrauen«, fuhr Lars fort. »Seit die Polizei Anschlagpläne auf Flüchtlingsheime aufgedeckt und im Zuge dessen mehrere Personen verhaftet hat, vermuten die Rechten einen Spitzel in ihren eigenen Reihen. Jeder ist sehr vorsichtig, was er sagt, und gegenüber der Polizei gilt absolutes Redeverbot.«

»Und dieser Köller gehört auch der rechten Szene an?«

»Nicht wirklich. Er war eher ein Mitläufer als ein aktives Mitglied. Die Polizei scheint ihn bis jetzt zumindest noch nicht auf dem Radar gehabt zu haben. Von den Rechten wurde er geduldet, weil er der Cousin eines bekannten Rechtsradikalen war.«

»Von wem?«

»Keine Ahnung.« Lars sah sie zum ersten Mal, seit sie ins Auto gestiegen war, an. »Mein Informant wollte den Namen nicht rausrücken, aus Angst, er könnte als der Verräter gelten.«

»Verstehe.«

Sie überlegte. War die Entführung eine Racheaktion der Rechten? Aber woher sollten die von ihrer Vergangenheit wissen?

Sie schauderte bei dem Gedanken, dass Lilly sich in der Hand von gewaltbereiten Extremisten befand.

Halte durch, mein Engel. Ich finde dich.

»Was hat Ihr Informant noch über Köller erzählt?«

»Nichts. Wie gesagt, Köller war nur ein Mitläufer.«

Kim rief sich die gestrige Szene auf dem Hochhaus ins Gedächtnis. Der schmächtige Mann, der auf der Mauer stand, die viel zu große Jacke und das Gesicht mit den abstehenden Ohren. Er hatte wahrlich nicht wie ein typischer Rechtsradikaler gewirkt.

Aber waren das nicht die viel Gefährlicheren? Denen man ihr Gedankengut nicht gleich auf den ersten Blick ansah, sondern die im Verborgenen ihre Pläne schmiedeten.

Und sie für die Story ihres Lebens von zu Hause weglockten.

Lars startete den Motor. »Wir fahren erst mal zu Köllers Adresse und sehen uns dort um.«

Die Fahrt dorthin dauerte zwanzig Minuten, die beide weitestgehend schweigend verbrachten. Bis auf Lars' Kommentar, dass er ihr die Benzinkosten zusätzlich in Rechnung stellen würde.

Kim starrte aus dem Fenster, doch sie nahm die Umgebung kaum wahr. Ihre Gedanken drehten sich weiterhin um Markus Köller. Sie überlegte, ob sie seinen Namen nicht doch schon mal gehört hatte, vielleicht im Zusammenhang mit einer undercover-Sendung. Aber sie konnte sich nicht daran erinnern.

Plötzlich kamen Bilder aus der Vergangenheit hoch und verdrängten ihre Gedanken an Köller.

Er nahm ihr die Jacke ab, hängte sie im Flur an den Haken und bat sie ins Wohnzimmer.

Kim pfiff leise durch die Zähne, als sie den großen Raum betrat, der von einer schwarzen Ledercouch vor einem offenen Kamin dominiert wurde. Das Feuer knisterte leise, und eine wohlige Wärme lag in der Luft. An den Wänden hingen Gemälde, die Landschaften zeigten, und im hinteren Teil des Wohnzimmers stand ein alter Sekretär auf einem orientalischen Teppich.

Er bat sie, Platz zu nehmen.

Auf dem Tisch standen eine Weinflasche und zwei Gläser, daneben ein Baguette und verschiedene Sorten Käse.

Kim zwang sich, an etwas anderes zu denken.

Wenig später parkte Lars sein Auto vor einer langen, dreistöckigen Häuserzeile. Die Gebäude an der Ingolstädter Straße waren erst vor wenigen Jahren gebaut worden und grenzten an die Panzerwiese. Schräg gegenüber befand sich die Sanitätsakademie der Bundeswehr.

»Dort drüben wohnte er«, sagte Lars.

»Dann wollen wir uns mal umschauen.« Kim löste den Sicherheitsgurt. »Haben Sie ein Brecheisen im Kofferraum?«

Lars kniff die Augen zusammen. »Bitte?«

»Ein Brecheisen. Oder wie sollen wir sonst in seine Wohnung kommen?«

»Sind Sie jetzt vollkommen verrückt geworden? Sie wollen am helllichten Tag die Tür aufstemmen?«

»Haben Sie eine bessere Idee?«

Er verdrehte die Augen und murmelte: »Amateure.« Dann beugte er sich zu ihrer Seite, öffnete das Handschuhfach und holte ein handtellergroßes schwarzes Lederetui hervor.

»Was ist das?«, wollte sie wissen.

»Die professionelle Variante eines Brecheisens.«

Kapitel 17

Kim und Lars gingen auf das Haus zu. Sie erreichten den Eingang in dem Moment, als eine junge Frau mit einem Kinderwagen und einer großen Tasche über der Schulter nach draußen wollte. Fluchend zog sie mit einer Hand an dem Buggy, der sich an der Türkante verkeilt hatte. Lars eilte ihr zu Hilfe, was sie ihm mit einem Lächeln dankte.

Dem Klingelschild zufolge wohnte Köller im ersten Stock. Sie stiegen die Treppe hinauf, und Lars zog unterwegs aus seiner Jackentasche zwei Paar Latexhandschuhe, von denen er Kim eines reichte. Wortlos zog sie es an.

Kurz darauf standen sie vor Köllers Wohnung, die sich in der Mitte eines langen Flurs befand. Lars versicherte sich, dass niemand in der Nähe war, dann öffnete er das schwarze Lederetui, in dem mehrere silberne Werkzeuge steckten. Kim erkannte die Lockpicker sofort.

War ja eigentlich zu erwarten, dass er so was besaß.

Erneut blickte sich Lars nach beiden Seiten um, ehe er sich am Schloss zu schaffen machte. Es dauerte keine halbe Minute, dann ging die Tür auf. Kim sagte nichts, zog nur erstaunt darüber, wie schnell er das Schloss geöffnet hatte, die Augenbrauen hoch.

Rasch traten sie ein und schlossen leise die Tür hinter sich. Sie standen in einem schmalen Flur, von dem vier Türen abgingen.

Lars legte den Finger auf seine Lippen und lauschte ein paar Sekunden. Nichts war zu hören. Dann warf er einen kurzen Blick in die einzelnen Zimmer.

»Niemand da«, sagte er. »Dem Einzelbett nach zu urteilen, scheint er allein gewohnt zu haben. Wir sollten uns trotzdem beeilen. Wenn die Polizei in der Zwischenzeit Köllers Identität herausgefunden hat, dann will ich nicht von ihnen hier überrascht werden.«

Kim nickte.

»Nehmen Sie sich das Wohnzimmer vor, ich durchsuche das Schlafzimmer.«

»Okay«, antwortete sie und fragte sich, wonach sie eigentlich suchen sollte.

»Achten Sie darauf, alles so zu hinterlassen, wie Sie es vorgefunden haben«, ergänzte er und verschwand im Schlafzimmer.

Kim betrat das Wohnzimmer und ließ ihren Blick durch den etwa fünfundzwanzig Quadratmeter großen Raum schweifen, der vollkommen überladen wirkte. Der dunkelblaue Teppich tat sein Übriges. In der Mitte stand, flankiert von zwei Sesseln und einer Couch, ein Tisch, der anscheinend auch als Schreibtisch diente. Ein alter Desktop-PC stand darauf. Ein riesiger Schrank, vollgestopft mit zahlreichen Ordnern und Büchern, nahm eine komplette Wandseite ein. Auf dem Regal gegenüber thronten ein knappes Dutzend Modellflugzeuge, ein weiteres hing an einem Nylonfaden von der Decke. Kein Fernseher.

Das große Fenster zeigte zum Hinterhof hinaus. Auf der Balkonbrüstung saßen mehrere Tauben und sahen Kim erwartungsvoll an.

Kim ging zu dem Bücherregal und zog wahllos mehrere Ordner heraus: Anleitungen für Modellflugzeuge, Zeitungsausschnitte über Flugschauen, Versicherungssachen und Steuerunterlagen, bei denen Kim Mitleid mit Köller bekam. Die Bücher handelten mit wenigen Ausnahmen von Flugzeugen.

Als sie die Modellflugzeuge in dem Regal betrachtete, nickte sie anerkennend.

Nicht schlecht.

Als Nächstes nahm sie sich den PC vor und fuhr ihn hoch.

»Mist«, schimpfte sie, als die Maske für die Passworteingabe erschien.

Kim schaltete ihn wieder aus und studierte die Fotos, die an der Wand neben der Tür hingen.

Drei Bilder zeigten – wie hätte es anders sein sollen - Flugzeuge älteren Baujahrs, vermutlich aus dem Zweiten Weltkrieg. Auf dem nächsten Foto war Köller abgebildet, wie er stocksteif auf einem Berg stand, im Hintergrund eine Nebellandschaft. Er wirkte nicht ganz so abgemagert wie gestern auf dem Hochhaus, war aber trotzdem recht dünn.

Bei dem letzten Bild stutzte Kim. Köller und ein weiterer, athletisch gebauter Mann waren darauf abgebildet. Beide lachten, und der andere hatte seinen Arm um Köllers Schultern gelegt. Er war etwa im selben Alter, hatte kurze braune Haare und ein markantes Gesicht mit vollen Lippen und kräftigen Wangenknochen. Die Narbe, die seine linke Augenbraue teilte, fiel Kim sofort auf.

Ich kenne dich.

»Sieh mal einer an«, sagte plötzlich Lars hinter ihr, und sie zuckte erschrocken zusammen. Er ignorierte ihre Reaktion. »Sven Reuter.«

Kim verzog die Mundwinkel. Sie war Reuter vor drei Jahren während ihrer Recherchen über das EXIT-Programm begegnet. Als er bemerkte, dass er gefilmt wurde, war er auf sie und den Kameramann losgegangen und hatte ihn vor ihren Augen krankenhausreif geschlagen. Zum Glück waren die Mitarbeiter des Senders inklusive der Security nicht weit weg und konnten schließlich einschreiten. Reuter war wegen schwerer Körperverletzung zu vier Jahren Haft verurteilt worden und hatte noch im Gerichtssaal Rache geschworen.

War es möglich, dass er vorzeitig entlassen worden war?

»Köller ist also der Cousin von Sven Reuter«, stellte Lars fest. »Kein Wunder, dass mein Informant den Namen nicht rausrücken wollte. Wenn der Ihre Tochter entführt hat, dann gute Nacht.«

Kim schluckte schwer und erzählte ihm von ihrer Begegnung mit Reuter.

»Er hätte also ein Motiv. Vorausgesetzt, er ist schon wieder aus dem Knast draußen. Haben Sie außer dem Foto noch was gefunden, das uns weiterhelfen kann?«

Sie schüttelte den Kopf. »Nein.«

»Was ist mit dem PC dort drüben?«

»Passwortgeschützt. Haben Sie im Schlafzimmer etwas entdeckt?«

»Nichts außer seinem Geldbeutel und Personalausweis.«

Sie gingen in das kleine Bad, und Lars öffnete den Spiegelschrank, in dem sich zahlreiche Medikamentenschachteln stapelten. Er pfiff durch die Zähne.

»Das sind sehr starke Schmerzmittel. Morphium.«

Kim dachte an ihren ersten Eindruck von Köller zurück.

Er sieht krank aus.

»Krebs«, sagte sie tonlos.

Offenbar hatte Köller nichts mehr zu verlieren gehabt. Er hatte sie von zu Hause weggelockt und für die entsprechende Publicity gesorgt, als er sich vom Hochhaus stürzte. Mit seinem Selbstmord hatte er nicht nur ein langsames Dahinsiechen verhindert, sondern gleichzeitig jemandem einen großen Gefallen getan.

Die Frage war nur, wem.

Lars schien ähnliche Gedanken zu haben. »Ich würde auf Krebs im Endstadium tippen. Da scheint Köller mit seinem Selbstmord gleich zwei Fliegen mit einer Klappe geschlagen zu haben.« Nachdenklich strich er sich über seinen Dreitagebart. »Köller ist der Cousin von Reuter, der noch eine Rechnung mit Ihnen offen hat. Das kann doch kein Zufall sein.«

Zumindest wäre es eine erste Spur.

Als Letztes gingen sie in die Küche, doch außer ordentlich aufgeräumten Schränken fanden sie dort nichts.

Kim schob den Vorhang ein Stück zur Seite und lugte aus dem Fenster, das zur Straße rausging.

Im nächsten Moment riss sie erschrocken die Augen auf.

Direkt vor dem Haus hielt ein Streifenwagen.

Kapitel 18

»Die Polizei ist da«, sagte sie und machte einen Schritt vom Fenster weg.

»Raus hier«, rief Lars und lief zur Wohnungstür.

Kim eilte ihm nach und blieb im Flur ruckartig stehen.

Das Foto von Sven Reuter.

Wenn Neumann es entdeckte, würde er wahrscheinlich dieselben Schlüsse ziehen wie sie. Dass die Verbindung zwischen Köller und Reuter kein Zufall sein konnte. Es würde ihn dem Entführer näher bringen, und damit ihrem Geheimnis.

Sie musste die Spur verwischen.

Kim machte kehrt und lief ins Wohnzimmer zurück.

»Was machen Sie?«, rief Lars ihr hinterher. »Wir müssen schleunigst verschwinden.«

Sie nahm das Foto von der Wand.

»Was wollen Sie denn damit?«, blaffte er, nachdem sie wieder bei ihm war. »Ich sagte doch, Sie sollen nichts verändern.«

»Wir haben jetzt keine Zeit für Diskussionen«, entgegnete sie und trat in den Gang hinaus.

»Zum Aufzug«, sagte Lars und zog leise die Tür hinter sich zu.

Sie rannten zum Lift, und als Kim auf den Knopf hämmerte, hörte sie, wie unten die Eingangstür geöffnet wurde. Ihr Puls beschleunigte sich.

Neumann hatte Köllers Identität herausgefunden, daran bestand für sie kein Zweifel.

Er war zu schnell. Sie brauchte mehr Zeit.

Lars lugte durch das Glas ins Treppenhaus. Schritte erklangen.

Sie durften sie hier nicht erwischen, oder sie würde in Erklärungsnot kommen.

Der Aufzug erreichte den ersten Stock. Sie huschten hinein, und Lars drückte den Knopf fürs Erdgeschoss. Durch den sich schließenden Spalt sahen sie die Polizisten, die soeben den Flur betraten.

Als sie das Haus verließen, blickte Lars sie von der Seite an.

»Können Sie mir mal verraten, was das eben sollte?« Er deutete auf das Foto in ihren Händen.

»Ich dachte, wir könnten es vielleicht noch gebrauchen«, antwortete sie, woraufhin er nur die Augen verdrehte.

Sie stiegen ins Auto.

»Ich hätte mehr verlangen sollen«, murmelte Lars und fuhr los.

Kim ignorierte ihn. »Fahren Sie bitte zum TV4-Sender.«

»Und was wollen wir da? Im Fernsehen einen Aufruf an Sven Reuter starten? Vielleicht sogar mit dem Foto, das Sie haben mitgehen lassen?«

»Wissen Sie, wo er wohnt?«

»Nein.«

»Also fahren Sie einfach zum Sender.«

Kim zog ihr Handy aus der Tasche und wählte die Nummer ihrer Assistentin Kerstin Uhl.

»Hallo, Kim«, meldete diese sich, kaum dass es überhaupt geläutet hatte. »Ich wollte dich gerade anrufen.«

»Ist was passiert?«

»Äh … Deine Tochter ist entführt worden? Und ich bin in Sorge um dich?«

Kim ließ zwei Sekunden verstreichen, ehe sie antwortete: »Ich kann jetzt grad nicht reden, Kerstin, aber ich bin ohnehin auf dem Weg zu dir. Kannst du mir einen großen Gefallen tun?«

»Klar. Was soll ich tun?«

»Erinnerst du dich noch an die EXIT-Reportage?«

»Ja.«

»Such mir bitte alle Akten darüber raus, ganz speziell über Sven Reuter.«

»Sven Reuter?«, wiederholte sie verwundert. »War das nicht der, der unseren Kameramann verprügelt hat?«

»Ja.«

»Was willst du denn von dem? Hat er was mit Lillys Entführung zu tun?«

Kim ging nicht näher darauf ein. »Und du müsstest noch etwas für mich herausfinden. Ob Reuter vorzeitig entlassen worden ist und seine aktuelle Adresse.«

Lars warf ihr einen Seitenblick zu und runzelte die Stirn.

»Ich hoffe, das ist wirklich wichtig«, meinte Kerstin nach einer kurzen Pause. »Ich kann Paul nicht überstrapazieren.«

»Es ist wichtig.«

»Okay.«

»Danke. Ich bin in etwa einer halben Stunde da. Kriegst du das in der Zeit hin?«

»Logisch. Kennst mich doch.«

Kim konnte förmlich sehen, wie Kerstin grinste. Andere würden über das kurze Zeitfenster aufstöhnen, für Kerstin war es eine Herausforderung.

»Und bitte behandle das Ganze vertraulich. Kein Wort zu irgendjemandem. Ich erklär dir alles, wenn ich da bin.«

»Okay. Bis gleich«, sagte sie und legte auf.

»Wen haben Sie gerade angerufen?«, wollte Lars wissen.

»Meine Assistentin.«

»Aha. Und die soll jetzt mal schnell bei der Polizei anrufen und vertrauliche Daten über Reuter abfragen?«

»So ungefähr.«

Kim verschwieg ihm, dass Kerstins Bruder bei der Kripo arbeitete. Auch wenn es illegal war, diese Informationen herauszurücken, so würde er ihre Bitte nicht abschlagen – wie bereits einige Male in der Vergangenheit.

»Dass ich bei Reuter einbreche, können Sie sich aber abschminken. Für das Risiko sind mir zehntausend zu wenig.«

»Wir haben einen Deal.«

»Der aber nicht vorsah, dass ich mich auf illegale Sachen einlasse.«

Ach? Auf einmal?

Kim verkniff sich eine Antwort.

Fünfunddreißig Minuten später hatten sie den Sender erreicht, und Lars fuhr auf den firmeneigenen Parkplatz.

»Ich warte besser hier auf Sie.«

Kim nickte. Lars hatte Hausverbot und würde am Sicherheitsdienst gar nicht vorbeikommen.

Sie betrat das moderne achtstöckige Gebäude, dessen Glasfassade den dunklen Wolkenhimmel widerspiegelte. Die Eingangshalle war hell erleuchtet. Hinter dem Empfangstresen saßen zwei Mitarbeiter des Sicherheitsdienstes, die ihr freundlich zulächelten.

An der Schranke vor den Aufzügen zog Kim ihren Ausweis über das Lesegerät und fuhr in den siebten Stock hinauf. Der grasgrüne Teppich dämpfte ihre Schritte, als sie den langen Flur entlangging. Die meisten

Türen zu beiden Seiten standen offen, und hier und da waren Gespräche oder ein Telefonat zu hören.

Plötzlich ertönte eine vertraute Stimme hinter ihr.

»Kim.«

Sie fuhr herum und sah Volker Behrendt, der ihr entgegenkam. Der intensive Duft seines nach Zitronengras riechenden Rasierwassers erreichte sie, bevor er ihre Hand ergriff. Unter dem Ärmel seines maßgeschneiderten schwarzen Anzugs blitzte eine Breitling auf.

»Gibt es schon was Neues?«, erkundigte er sich mit besorgter Miene.

»Leider nicht.«

»Gehen wir in mein Büro.«

Kim zögerte kurz, dann folgte sie ihm. Als sie an Kerstins Büro vorbeikam, gab sie ihrer Assistentin ein Zeichen, dass sie gleich bei ihr war.

Behrendts Büro lag am Ende des Flurs auf der rechten Seite. Kim betrat den großzügig geschnittenen Raum mit der breiten Fensterfront und der kleinen Ledersitzecke. Der wuchtige Schreibtisch aus dunklem Teakholz auf der anderen Seite war bis auf den Laptop, eine ledergebundene Mappe und ein Foto, das Behrendt zusammen mit seiner Frau und seinen beiden erwachsenen Töchtern zeigte, leer. An den Wänden hingen mehrere Kunstdrucke von Franz Marc und eine krakelige Kinderzeichnung von seinen Töchtern. Kim hatte bis heute nicht herausgefunden, was sie darstellte.

»Was machst du hier? Du sollst zu Hause bleiben, bis alles überstanden ist.«

»Ich muss kurz mit Kerstin sprechen.«

»Vergiss das Berufliche, wir kümmern uns darum. Für dich zählt jetzt nur Lilly.«

»Genau darum geht es. Die Polizei braucht eine Information«, log sie.

130

Er sah sie mit einem warmherzigen Blick an.

Hoffentlich durchschaute er sie nicht. Er kannte sie besser als jeder andere.

»Du siehst ziemlich fertig aus«, sagte er.

»Ich hab schlecht geschlafen.«

Er legte die Hände auf ihre Schultern. »Mach dir keine Sorgen. Wir zeigen das Bild von Lilly und dem Selbstmörder in jeder Nachrichtensendung. Es ist nur eine Frage der Zeit, bis ihn jemand erkennt.«

Was offenbar bereits geschehen ist.

»Und dann finden sie auch Lilly.«

Sie rang sich ein Lächeln ab und schielte zur Tür. Die Zeit lief ihr allmählich davon.

Er schien ihren Blick zu bemerken.

»Ich will dich nicht länger aufhalten. Du bekommst von uns jede Unterstützung, die du brauchst. Sag einfach Bescheid.«

»Danke.«

Sie verabschiedeten sich, und Kim eilte in das Büro ihrer Assistentin. Kerstin, eine gut aussehende Frau Mitte dreißig mit rotbraunen Haaren, die sie zu einem Pferdeschwanz zusammengebunden hatte, erhob sich von ihrem Stuhl. Trotz der kühlen Temperaturen trug sie eine kurzärmlige, farbenfrohe Bluse.

Sie begrüßte Kim mit einer Umarmung.

»Das ist alles so furchtbar«, sagte sie. »Meine arme Lillyfee.«

Kerstin war seit der ersten undercover-Sendung Kims Assistentin, und im Laufe der Jahre hatte sich zwischen den beiden Frauen eine Freundschaft entwickelt. Kim bezeichnete sie gern als die gute Seele im undercover-Team. Sie war nicht nur ein wahres Organisationsgenie, sondern versorgte die Mitarbeiter in stressigen Zeiten zur Beruhigung immer mit Süßigkeiten. Auch jetzt stand eine Schale mit Gummibärchen auf ihrem Tisch. Lilly freute sich jedes Mal, wenn sie zu Besuch kam, und gab sie oftmals als ihre große Schwester aus.

»Hat die Polizei schon was rausgefunden?«

»Nein«, antwortete Kim und schloss die Tür. »Hast du die Informationen?«

Kerstin deutete auf zwei Akten, die auf ihrem Schreibtisch lagen.

»Danke. Was ist mit Reuter? Hast du etwas über ihn in Erfahrung bringen können?«

»Ja. Er ist vor fünf Monaten vorzeitig entlassen worden.«

Kim spürte, wie ihr Herz für einen Schlag aussetzte.

»Das hier ist seine aktuelle Adresse.«

Kerstin reichte ihr einen gelben Post-it, und Kim warf einen kurzen Blick darauf.

»Warum brauchst du die ganzen Informationen? Glaubst du, Reuter steckt hinter der Entführung?«

»Ich weiß es nicht, aber es könnte eine Spur sein.« Sie versuchte, so vage wie möglich zu antworten.

»Und wie kommst du ausgerechnet auf ihn?«

Kim stockte. Sie durfte jetzt nichts Falsches sagen. Andererseits wollte sie Kerstin auch nicht belügen.

»Ich hab einen Privatdetektiv eingeschaltet. Einer seiner Informanten hat ihm den Tipp mit Reuter gegeben.«

Kerstin sah sie mit geneigtem Kopf an. Für einen Moment schien ihr eine Frage auf den Lippen zu liegen, doch sie verkniff sie sich. Stattdessen meinte sie: »Ich hoffe, du weißt, was du tust.«

Das hoffe ich auch.

»Behalt das bitte für dich, okay?«

»Klar doch«, sagte sie und wechselte das Thema. »Die Auseinandersetzung zwischen Julian und deinem Ex ist übrigens schon das Thema in den Klatschnachrichten. Vor allem Tele1 schlachtet es genüsslich aus.«

»Na wunderbar.«

Ein gefundenes Fressen für Anna.

Kim griff nach den Akten und wollte sich gerade umdrehen, als ihr Blick an dem Foto hängen blieb, das auf dem Schreibtisch stand und Kerstin zusammen mit einem braun gebrannten Mann zeigte. Die beiden saßen eng umschlungen auf einem Felsen am Meer und lachten in die Kamera.

»Wolltest du das Foto nicht entsorgen?«

Kerstin verzog verlegen das Gesicht. »Ja. Eigentlich schon. Aber …«

»Er kommt nicht wieder zurück.«

»Ich weiß. Trotzdem …«

Kim stieß einen leisen Seufzer aus. Robert, Kerstins Freund, hatte vor knapp drei Monaten aus heiterem Himmel mit ihr Schluss gemacht. Fünf Jahre waren sie zusammen gewesen, ehe er seine Sachen gepackt hatte und aus ihrem Leben verschwunden war. Kerstin hatte sich eine Woche krankgemeldet und in den darauffolgenden Tagen immer noch vollkommen neben sich gestanden. Bis Kim eines Abends beschlossen hatte, sie aus ihrem Loch rauszuholen.

»Darf ich reinkommen?«, fragte Kim und hielt eine Flasche Rotwein sowie zwei Packungen von Kerstins Lieblingsschokokeksen in die Höhe.

Es war nicht zu übersehen, dass Kerstin geweint hatte. Ihre Schminke war verwischt. Sie zuckte mit den Schultern und trat zur Seite.

»Ich glaub, ich hätte lieber drei Flaschen mitbringen sollen, so wie du aussiehst.«

Augenblicklich brach Kerstins Fassade zusammen, und sie begann, heftig zu schluchzen. Kim stellte die Sachen ab und nahm sie in den Arm. Beruhigend strich sie ihr über den Rücken, während Kerstin ihren ganzen Kummer von der Seele weinte.

»Er hat gesagt, ich hätte zu wenig Zeit für ihn«, brachte sie unter Tränen hervor. »Ich würde zu viel Zeit im Sender verbringen und …«

Der Rest des Satzes ging in einem Weinkrampf unter. Ihr ganzer Körper bebte. Geduldig wartete Kim, bis sie sich wieder gefangen hatte, dann schob sie Kerstin ins Wohnzimmer, wo sie sich auf die Couch fallen ließen.

Kerstin wischte sich mit dem Ärmel die Tränen aus dem Gesicht. Kim zog eine Packung Taschentücher aus ihrer Jackentasche und reichte ihr eines. Lautstark schnäuzte sie sich und ließ das Taschentuch achtlos auf den Boden fallen.

»Er hat behauptet, ich wäre mehr mit dir zusammen als mit ihm«, sagte sie, und ihr Brustkorb hob und senkte sich im schnellen Rhythmus. »Ob ich mit dir verheiratet wäre, wollte er wissen. Dabei liebe ich doch nur ihn.«

Ihre Augen füllten sich mit Tränen. Schnell reichte ihr Kim ein weiteres Taschentuch, und Kerstin schluchzte hemmungslos.

»Warum tut er mir das an?« Ihre Worte kamen abgehackt und waren kaum zu verstehen. »Er ist doch meine große Liebe.«

Kim schwieg, legte nur ihren Arm auf Kerstins Schulter. Es hätte nichts gebracht, ihr zu sagen, dass Robert ein Vollidiot war, dafür stand sie noch zu sehr unter Schock. Stattdessen hörte sie ihr einfach zu.

Nach einer Weile schienen Kerstins Tränen versiegt zu sein. Zusammengesunken saß sie auf der Couch und starrte mit verquollenen Augen ins Nichts.

»Ich könnte jetzt einen Wein gebrauchen«, sagte sie unvermittelt. »Und Schokolade.«

Das war der Moment, auf den Kim gewartet hatte. Sie holte zwei Gläser aus dem Schrank und schenkte ein. Die Packung Kekse stellte sie zwischen ihnen auf die Couch.

»Auf die tollste Frau der Welt«, sagte sie und hielt Kerstin das Glas entgegen. »Dieser Idiot hat dich gar nicht verdient.«

Zaghaft lächelte Kerstin. »Danke, dass du hier bist.«

»Ich bin einfach noch nicht so weit«, sagte Kerstin und warf dem Foto einen sehnsüchtigen Blick zu.

»Wie lange willst du dich denn noch quälen? Du hast wirklich jemand Besseren verdient.«

»Das sagst du so einfach. Ich liebe ihn.«

»Er dich aber nicht. Oder hat er sich noch einmal bei dir gemeldet, nachdem er Schluss gemacht hat?«

Kerstin senkte den Kopf.

»Nein«, antwortete sie kaum hörbar.

Kim tätschelte ihren Arm. »Vergiss ihn endlich.«

Nun war es Kerstin, die seufzte. »Du hast ja recht.« Sie schnitt eine Grimasse. »Ich werde mir Mühe geben.«

»Das ist schon eher meine Kerstin.« Kim lächelte und sah auf die Uhr. Es war kurz vor halb vier.

»Ich muss los«, sagte sie wieder ernst.

»Wenn du noch was brauchst, funk einfach kurz durch, okay?«

»Mach ich. Danke für deine schnelle Hilfe.«

Kim steckte den Post-it in die Hosentasche, klemmte sich die Akten unter den Arm und verließ das Büro.

Sie war froh, dass sie eine erste Spur hatte und nicht länger tatenlos herumsitzen musste. Und doch fürchtete sie sich davor, dass Reuter tatsächlich mit der Entführung zu tun hatte.

Sie hatte noch keine fünf Meter zurückgelegt, als ihr eine der Akten rausrutschte und zu Boden fiel. Die Lasche ging auf, und mehrere Blätter fielen heraus.

Sie ging in die Knie und sortierte die Blätter wieder ein. Im Hintergrund klingelte ein Telefon, und kurz darauf vernahm sie Kerstins Stimme.

»Ja, sie war da. Wie du gesagt hast. Warte einen Moment, ich mach nur schnell die Tür zu.«

Kapitel 19

Kim hielt abrupt in ihrer Bewegung inne und runzelte die Stirn.

Sie war da. Wie du gesagt hast.

Bezog sich das auf sie? Und wer hatte gesagt, dass sie kommen würde?

Unsicher verharrte sie in der Hocke, während ihr verschiedene Möglichkeiten durch den Kopf gingen.

Sie hatte Kerstin um Stillschweigen gebeten, und sie konnte sich auf sie verlassen. Kerstin musste von einer anderen Frau gesprochen haben.

Aber warum hatte sie dann die Tür zugemacht?

Noch immer rührte sie sich nicht von der Stelle. Sie überlegte, ob sie zurückgehen und sie direkt darauf ansprechen sollte. Doch sie verwarf den Gedanken wieder. Wenn sie gar nicht gemeint war, dann würde sie sich nur lächerlich machen. Und falls doch, würde Kerstin sich mit Sicherheit eine Ausrede einfallen lassen.

Sie erhob sich und blickte zu Kerstins geschlossener Bürotür.

Kerstin würde nie ihr Vertrauen missbrauchen.

Oder doch?

Erneut geriet sie ins Grübeln.

Jetzt dreh nicht durch!

Kerstin und sie arbeiteten nicht nur zusammen, sondern waren auch befreundet. Bestimmt hatte sie jemand anderen gemeint.

Kim atmete tief durch. Die Entführung zehrte immer stärker an ihren Nerven. Und dabei musste sie einen kühlen Kopf bewahren. Es stand einfach zu viel auf dem Spiel.

Mit einem schlechten Gewissen, Kerstin verdächtigt zu haben, ging sie zum Aufzug und fuhr nach unten. Kurze Zeit später saß sie wieder neben Lars im Auto.

»Und?«, fragte er.

Sie reichte ihm den Zettel mit Reuters Adresse, was er wortlos zur Kenntnis nahm. Nur seine hochgezogenen Augenbrauen verrieten, dass es ihn überraschte.

»Was steht in den Akten?«

»Alles, was wir damals über das EXIT-Programm für unsere undercover-Sendung recherchiert haben.«

Er griff nach der obersten Akte und blätterte sie durch. Bei dem Foto von Sven Reuter hielt er inne, betrachtete es einige Zeit und las den Text zu ihm durch.

Kim erinnerte sich noch genau an den Vorfall. Sie hatte einen Schlag von ihm an der Schläfe abbekommen, und die Platzwunde musste mit drei Stichen genäht werden. Wesentlich schlimmer hatte es ihren Kameramann erwischt, der mit einer gebrochenen Nase, mehreren gebrochenen und geprellten Rippen und einer schweren Gehirnerschütterung zwei Wochen im Krankenhaus verbracht hatte.

Oliver war an dem Tag mit einem Geschäftspartner Golf spielen gewesen, als sie ihn angerufen hatte. Er hatte keine Sekunde gezögert und war sofort zu ihr ins Krankenhaus gefahren.

Sie hatten eine schöne Zeit gehabt, dachte Kim und wurde fast ein wenig wehmütig. Sie erinnerte sich an ihre gemütlichen Fernsehabende, wenn Lilly endlich eingeschlafen war. Keine Ahnung, wie oft sie *Bridget Jones* angeschaut hatten, Kims Lieblingsfilme. Oder *Bad Boys*, von denen Oliver nie genug kriegen konnte. Meistens saßen sie aneinandergekuschelt unter einer Decke auf der

Couch und mampften nebenbei selbst gemachte Pralinen. Auch die gemeinsamen Nachmittage mit Lilly im Schwimmbad würde sie nie vergessen. Wie gern hätte sie das mit Julian fortgesetzt, doch der konnte Schwimmen nichts abgewinnen.

»Ich bin mehr der Typ für Yoga und das Fitnessstudio«, antwortete er immer, wenn sie ihn dazu überreden wollte. Erst später gestand er ihr, dass er panische Angst vor Wasser hatte, nachdem er als Kind bei einem Bootsunfall beinahe ertrunken wäre.

Ob Julian auch Christkind gespielt hätte wie Oliver?

Während Lilly jedes Jahr an Heiligabend sehnsüchtig vor der verschlossenen Wohnzimmertür gestanden und gelauscht hatte, war Oliver über die Terrassentür ins Wohnzimmer geschlichen und hatte die Christbaumbeleuchtung und Weihnachtsmusik angestellt. Sobald Lilly Geräusche von innen hörte, hatte sie versucht, durch das Schlüsselloch einen Blick auf das Christkind zu erhaschen. Jedoch immer erfolglos.

Die Zeiten, in denen Lilly an das Christkind geglaubt hatte, waren längst vorbei, doch die Erinnerung daran war für Kim heute noch genauso lebendig wie damals.

Warum musstest du das alles zerstören, Oliver?

Im nächsten Moment klingelte ihr Handy und riss sie aus ihren Gedanken.

Neumann.

Sie gab Lars ein Zeichen, ruhig zu sein, und hob ab.

»Ich hab gute Neuigkeiten, Frau Jansen«, meldete er sich. »Wir haben die Identität des Selbstmörders geklärt. Seine Vermieterin hat ihn auf dem Foto erkannt.«

Kim spürte, wie sich ihr Herzschlag beschleunigte.

»Wer ist er?«

»Er heißt Markus Köller. Haben Sie den Namen schon mal gehört?«

Ihr Herz schlug so fest, dass sie Angst hatte, Neumann könnte es durchs Telefon hören.

»Nein«, log sie. »Der Name sagt mir gar nichts.«

»Wir durchleuchten ihn gerade und hoffen, dass wir so auf eine Spur des Entführers kommen.«

»Das klingt doch gut, oder?« Sie betete, dass er ihre brüchige Stimme nicht bemerkte.

»Es ist ein Anfang. Hat sich der Entführer in der Zwischenzeit bei Ihnen gemeldet?«

»Nein.«

»Dann spielt er auf Zeit und will Sie mürbemachen. Damit Sie aus Angst um Ihre Tochter seine Forderungen erfüllen.«

Was nicht passieren durfte, oder ihre beiden Leben wären zerstört.

»Ich melde mich wieder, wenn wir Genaueres wissen.«

»Neumann?«, wollte Lars wissen, nachdem sie aufgelegt hatte.

Kim nickte. »Sie haben Köller identifiziert.«

Neumann nahm das Leben von Köller jetzt ganz genau unter die Lupe. Vermutlich würde er auch ohne das Foto schnell herausfinden, dass er der Cousin von Sven Reuter war. Sie musste ihren Vorsprung nutzen.

»Lassen Sie uns keine Zeit verlieren. Machen wir uns auf den Weg.«

»Wäre es nicht besser, wenn wir mit der Polizei kooperieren und Informationen austauschen würden?«, wollte Lars wissen.

Auf gar keinen Fall!

»Wenn ich der Meinung wäre, dass die Polizei Lilly finden kann, hätte ich Sie nicht engagiert«, antwortete sie ausweichend.

Lars hakte nicht weiter nach und fuhr los. Unterwegs hielt er an einer Tankstelle. Er tankte, hängte anschließend den Hahn zurück an die Zapfsäule und nahm wieder im Auto Platz.

»Nummer drei«, sagte er.

»Wie, Nummer drei?«

»Die Nummer müssen Sie an der Kasse angeben, wenn Sie bezahlen.«

Sie starrte ihn entgeistert an.

»Was?«, blaffte er. »Spesen sind extra.«

Für ein paar Sekunden saß Kim reglos da. Dann stieg sie mit aufeinandergepressten Lippen aus und knallte die Tür so fest hinter sich zu, dass sie selbst zusammenzuckte.

Wütend marschierte sie in den Verkaufsraum und bezahlte die fünfzig Euro.

Zurück im Auto hielt sie ihm die Rechnung hin. »Hier, Ihre Quittung. Damit Sie es auch korrekt bei der Steuer angeben können.«

Er steckte den Zettel wortlos in die Jackentasche. Kim verschränkte die Arme und sah demonstrativ aus dem Fenster, während sie zu Reuters Adresse fuhren.

Ihre Gedanken schweiften ab.

Er lag auf ihr, drückte sie mit seinem ganzen Gewicht auf die Couch. Kim wollte schreien, doch sie brachte keinen Laut heraus. Sein keuchender Atem roch nach Alkohol, und er presste seinen Mund auf ihren. Angewidert wollte Kim den Kopf zur Seite drehen, doch sie wagte nicht, sich zu bewegen. Ihre Augen füllten sich mit Tränen.

Seine Hand tastete nach dem Knopf ihrer Hose und öffnete ihn. Mit einem Ruck zog er ihre Jeans nach unten und zerrte so fest an ihrem Slip, dass es ein reißendes Geräusch gab.

Nein!

Kim fuhr in ihrem Sitz zusammen, und Lars sah fragend zu ihr hinüber. Sie wich seinem Blick aus, er sollte nicht sehen, dass ihre Augen feucht waren.

Zwanzig Minuten später parkte Lars gegenüber einem zweistöckigen, in hellem Rotton gestrichenen Gebäudekomplex. Den Abständen der blauen Eingangstüren nach zu urteilen, waren die Wohnungen nicht sonderlich groß.

»Wie wollen wir vorgehen?«, fragte Kim.

»Wir klingeln«, antwortete Lars.

»Halten Sie das für eine gute Idee? Er wird Lilly ja wohl kaum hier versteckt halten.«

Vorausgesetzt, er hat sie überhaupt entführt.

Sie dachte an die schallisolierte Wandverkleidung, die auf dem Foto zu sehen gewesen war, und geriet ins Grübeln. Möglicherweise war sie doch hier.

»Das glaube ich auch nicht«, antwortete Lars. »Aber ich will ihn nervös machen.«

Er schaute aus dem Fenster und suchte die Umgebung ab. »Reuter ist jemand, der schnell die Nerven verliert, wenn er sich unter Druck gesetzt fühlt. Genau das will ich erreichen.«

»Sie hoffen, dass er zu Lillys Versteck fährt?«

»Entweder das, oder, falls er nicht der Drahtzieher ist, sich mit seinen Hintermännern trifft.«

Kim dachte einen Augenblick nach. Lars hatte recht. Als Reuter bemerkt hatte, dass er gefilmt wurde, war er regelrecht ausgerastet und sofort auf sie losgegangen.

»Und wenn Lilly dadurch erst recht in Gefahr gerät?«

»Unwahrscheinlich. Die wollen irgendetwas von Ihnen, auch wenn sie sich bis jetzt noch nicht bei Ihnen gemeldet haben. Köller hat sein Leben geopfert und damit die Entführung erst ermöglicht. Die treiben nicht so einen großen Aufwand, nur um Lilly ...«

Er sprach den Satz nicht zu Ende, doch Kim wusste auch so, was er meinte.

... nur um Lilly zu töten.

Aber er hatte recht. Wenn es darum gegangen wäre, Lilly umzubringen, dann wäre es bereits in Kims Haus passiert.

»Also gut«, sagte sie, wenngleich ihr etwas mulmig zumute war. Was, wenn Reuter auf sie losging? Andererseits war Lars ein ernst zu nehmender Gegner und wusste sich mit Sicherheit besser zu verteidigen als damals ihr Kameramann.

Kim wollte gerade aussteigen, als erneut ihr Handy klingelte.

»Hey«, meldete sich Julian. »Wollte mich nur kurz erkundigen, ob bei dir alles klar ist.«

»Ja, alles in Ordnung«, antwortete sie und lächelte. Es tat gut, seine Stimme zu hören, und es fühlte sich noch besser an zu wissen, dass sich jemand um sie sorgte.

»Hast du dich mit dem Privatdetektiv getroffen?«

Kim schielte zu Lars, der seinen Blick fest auf Reuters Wohnung gerichtet hielt.

»Ja.«

»Und?«, wollte Julian wissen.

»Wir fahren jetzt gleich zu einem weiteren Kontaktmann von ihm. Ich hoffe, dass der uns weiterhelfen kann.«

»Okay. Dann viel Erfolg. Wie lange bist du unterwegs?«

»Ehrlich gesagt weiß ich das nicht.«

»Wenn du meine Hilfe brauchst …«

»… dann ruf ich dich sofort an«, vervollständigte sie seinen Satz. »Konntest du etwas schlafen?«

»Ja. Zumindest zwei Stunden. Ich bin einfach zu aufgewühlt und mache mir Sorgen um dich und Lilly. Pass bitte auf dich auf.«

»Mach ich.«

Kim legte auf und stieg gemeinsam mit Lars aus. Sie liefen zu der blauen Tür, an der aus weißem Holz die Zahl

10 angebracht war, und postierten sich so, dass sie durch den Türspion nicht gleich zu sehen waren.

Lars klingelte.

Die Sekunden verstrichen, ohne dass jemand öffnete. Sie behielten die beiden Fenster neben dem Eingang im Auge, doch weder bewegte sich der Vorhang, noch war ein Schatten dahinter zu erkennen. Auch im ersten Stock blieb es ruhig.

Lars klingelte erneut.

»Er scheint nicht zu Hause zu sein«, stellte Kim enttäuscht fest.

Im nächsten Moment kam ein Mann Anfang fünfzig aus der Nachbarwohnung. In der Hand hielt er eine Aldi-Tüte, und die Mütze hatte er so tief ins Gesicht gezogen, dass sie ihm bis über die Augenbrauen reichte. Als er die beiden sah, blieb er stehen und musterte sie kritisch.

»Guten Tag«, sagte Lars. »Sie wissen nicht zufällig, wann Herr Reuter heute heimkommt?«

»Warum wollen Sie das wissen?«, knurrte der Mann.

»Wir sind Freunde von ihm und gerade auf der Durchreise. Da dachten wir, schauen wir unterwegs mal schnell bei Sven vorbei.«

»Wenn Sie ihn sehen, sagen Sie ihm einen schönen Gruß von mir«, sagte der Nachbar. »Wir waren verabredet. Er wollte mir helfen, einen Schrank aufzubauen.«

»Vielleicht ist er ja noch auf der Arbeit.«

»Nee. Er hat momentan keinen Job. Hat ihn vor zwei Wochen verloren.«

»Kann er bei seiner Freundin sein?«

»Wüsste nicht, dass er eine hat.«

Kim spürte Resignation. Es lag nahe, dass Reuter nach Köllers Selbstmord untergetaucht war, vor allem wenn er mit Lillys Entführung zu tun hatte. Er musste damit rechnen, dass die Polizei über kurz oder lang bei ihm auftauchte, und darauf war er mit Sicherheit nicht scharf.

Der Nachbar ging weiter, drehte sich nach ein paar Metern jedoch noch einmal zu ihnen um. »Sie können es ja mal im Kessel versuchen. Sven hält sich abends gerne in der Kneipe auf.«

»Danke für den Tipp«, sagte Lars. »Aber so lange können wir nicht warten. Wir haben noch eine lange Autofahrt vor uns.«

Der Mann zuckte mit den Schultern und überquerte die Straße.

Kim sah ihm nach, bis er verschwunden war, dann gingen sie zum Auto zurück.

»Scheint, als wäre unser Mann untergetaucht«, meinte Lars.

»Und nun?«

Er sperrte das Auto auf.

»Wir versuchen es heute Abend in der Kneipe.«

Kapitel 20

Es war kurz vor zwanzig Uhr, als Kim und Lars den Kessel betraten, der nicht weit von Reuters Wohnung entfernt war. Die Kneipe, die zwischen einem Fahrradgeschäft und einem Getränkemarkt lag, war ein kleines Gebäude mit einer Holzverkleidung, von der großflächig die Farbe abblätterte. Über der Tür stand mit Buchstaben aus Neonröhren das Wort »Kessel«, wobei die Beleuchtung des »l« defekt war.

Anders, als man es von draußen erwartet hätte, empfing sie innen eine gemütliche Kneipe. Dunkle Holzdielen, beige gestrichene Wände, an denen neben Pop-Art-Bildern Lampen mit einer roten Verglasung hingen, die den Raum in ein warmes Licht tauchten, und ein riesiger schwarzer Kessel in der Ecke, der der Kneipe vermutlich seinen Namen gegeben hatte. Hinter der Theke, an der ein Mann über einem Whiskey sinnierte, reihten sich Dutzende Flaschen auf vier Regalbrettern. Um den Billardtisch auf der linken Seite standen vier Männer und spielten eine Partie. Von den acht kleinen Tischen auf der anderen Seite des Raums waren nur zwei besetzt: ein Pärchen, das Händchen hielt und sich angeregt unterhielt, und ein Mann, der in die Abendzeitung vertieft war. Sven Reuter war nirgends zu sehen.

Der Barkeeper nickte ihnen beim Eintreten freundlich zu. Für einen Moment spannte sich Kim am ganzen Körper an. Auf der Fahrt zur Kneipe hatten sie an einem Fachgeschäft für Perücken haltgemacht. Obwohl sie nun eine blonde Langhaarperücke trug, fürchtete sie, erkannt zu werden. Lars hatte eine Mütze auf, die er auch jetzt nicht abnahm.

Sie steuerten auf den Tisch in der Ecke zu, und Kim nahm Platz.

»Was möchten Sie zu trinken?«, fragte Lars.

»Eine Apfelsaftschorle«, antwortete sie, und Lars drehte sich um.

»Wie jetzt?«, meinte sie. »Sie wollen doch nicht etwa zahlen?«

Lars beugte sich zu ihr herunter. »Keine Sorge, ich stell Ihnen das später in Rechnung.«

Er ging zur Bar und kam kurz darauf mit zwei Apfelsaftschorlen wieder.

Kim neigte den Kopf. »Ich hätte darauf gewettet, dass Sie sich ein Helles bestellen.«

»Ich trinke keinen Alkohol«, antwortete er.

»Tatsächlich?«

»Mein Vater war Alkoholiker, und ich habe keine schöne Erinnerung an ihn.«

»Tut mir leid. Das wusste ich nicht.«

»Sie wissen vieles nicht über mich.«

Er trank einen Schluck und sah zu den Männern am Billardtisch hinüber. Kim musterte ihn und musste zugeben, dass sie tatsächlich nicht viel über ihn wusste. Er war verheiratet gewesen und hatte eine Tochter, die er über alles liebte.

Seine Familie war der Grund, weshalb er in seinem Beruf sehr vorsichtig und anderen gegenüber zurückhaltend war. Kim hatte ihn nie mit einem Ehering gesehen, und in seinem ehemaligen Büro stand nirgendwo ein Foto von seiner Frau oder Tochter. Es musste für Lars ein Schock gewesen sein, als sich seine Frau nach seiner Verurteilung hatte scheiden lassen. Dass sie zudem noch das alleinige Sorgerecht erwirkt hatte, musste ihn mehr als alles andere getroffen haben.

Ob er überhaupt noch Kontakt zu ihnen hatte? Kim bezweifelte es, und auf einmal tat er ihr leid.

146

Er ist an seiner Situation selbst schuld, rief sie sich in Erinnerung.

Lars hatte sich von der rechten Szene bestechen lassen, wenngleich er vor Gericht seine Unschuld beteuert hatte. Wie die siebzigtausend Euro Bargeld und das auf seinen Namen zugelassene Handy mit eindeutigen Kontakten im Adressbuch und seinem Fingerabdruck darauf in den Firmentresor gekommen waren, konnte er jedoch nicht erklären. Weder seine damaligen drei Mitarbeiter noch seine Sekretärin kannten die Kombination für den Safe.

Nachdem bekannt geworden war, dass Lars für *Kim undercover* arbeitete, war Kim zu einer Stellungnahme genötigt gewesen, um einen Reputationsschaden für den Sender abzuwenden. Sie hatte sich öffentlich von ihm distanziert und TV4 jede Zusammenarbeit mit sofortiger Wirkung eingestellt. Der Sargnagel für Lars' berufliche Karriere.

»Ehrlich gesagt bin ich immer noch erstaunt, dass Sie eine Katze haben«, sagte sie. »Sie haben sich doch nie etwas aus Haustieren gemacht.«

Es war eines der wenigen Dinge, die sie über ihn wusste, nachdem er sich vor einigen Jahren während einer Observation über einen Hund aufgeregt hatte, der gegen sein Auto pinkelte.

»Menschen ändern sich«, entgegnete er.

Ja. Menschen ändern sich. Manchmal allerdings in die falsche Richtung.

»Und woher haben Sie Kamikatze?«

Lars lachte abfällig. »Jetzt tun Sie doch nicht so, als ob Sie das interessieren würde.«

»Wir können uns auch gerne anschweigen, wenn Ihnen das lieber ist. Ist bestimmt sehr unauffällig.«

»Na schön«, seufzte er. »Vor zwei Jahren hab ich Kamikatze vor meinem Haus aufgegabelt. Sie war total abgemagert und hinkte. Ich hatte einen anstrengenden Tag hinter mir und wollte nur noch auf die Couch, deswegen hab ich sie zuerst ignoriert. Aber sie lief mir einfach nach und miaute kläglich. Es war nicht zu übersehen, dass sie Schmerzen hatte. Also hab ich sie gepackt und zur nächsten Tierärztin gefahren.«

Kim nippte an ihrer Schorle und hörte ihm gebannt zu. Aus den Augenwinkeln sah sie den Barkeeper, der zu dem Pärchen ging und abkassierte.

»Die Tierärztin hat ihre Pfote verbunden und ihr ein Mittel gegen die Entzündung gespritzt«, fuhr Lars fort. »Ich fragte sie, was jetzt mit der Katze passiert, und sie sagte, dass sie sie ins Tierheim bringen würde.« Er verzog die Mundwinkel. »Irgendwie hab ich das nicht übers Herz gebracht. Ich meine, sie war so abgemagert. Ein kleines, hilfloses Bündel, das wahrscheinlich schon einiges durchgemacht hatte. Und nun sollte sie ins Tierheim.«

»Also haben Sie sie adoptiert?«

»Ja. Sie war nicht gechippt, und es hat sich auch keiner auf die Vermisstenmeldung hin gemeldet, die ich im Haus aufgehängt hatte. Das Geld reichte zwar schon kaum für mich allein, andererseits machte es dann keinen Unterschied mehr, ob noch ein Mäulchen mehr zu stopfen war.«

Kim bemerkte, dass sich seine Augen veränderten. Ein sanfter Glanz, der von tiefster Wärme und Zufriedenheit zeugte, legte sich über seine Pupillen.

Lars sah dem Pärchen nach, das die Kneipe verließ, dann wandte er sich wieder Kim zu.

»Ich hab sie aufgepäppelt, bis sie wieder Normalgewicht hatte. Die Pfote ist leider nicht vollständig verheilt, aber zumindest hat sie keine Schmerzen mehr.«

»Und wie sind Sie auf den Namen gekommen?«

Ein Lächeln huschte über sein Gesicht. »Sie hätten mal sehen sollen, wie sie sich anfangs auf ihr Futter gestürzt hat. Manchmal ist sie wirklich darauf zugesprungen.«

Bei der Vorstellung daran musste Kim unwillkürlich grinsen.

Lilly quengelte seit geraumer Zeit, dass sie sich ein Haustier wünschte. Bis jetzt hatte Kim abgelehnt, weil sie bezweifelte, dass Lilly schon genug Verantwortung für eine Katze, geschweige denn für einen Hund übernehmen konnte – ihre beiden Wunschkandidaten.

Wenn wir das hier heil überstehen, dann fahr ich mit dir ins Tierheim und du darfst dir eine Katze aussuchen.

»Und wie …?«, begann sie, brach jedoch abrupt ab, als Lars plötzlich die Stirn runzelte.

»Was ist los?«

»Sehen Sie mal unauffällig zu dem Tisch, an dem das Pärchen vorhin saß«, sagte er mit gedämpfter Stimme.

Kim schielte nach links. Auf dem Tisch standen zwei Cocktails, die die beiden kaum angerührt hatten.

Kim verstand, worauf er hinauswollte.

Ihr Blick wanderte zu dem Billardtisch. Drei der Männer standen noch immer dort, der Vierte hantierte an der Eingangstür.

Er schloss ab!

Kim spürte, wie sich ihre Nackenhaare aufstellten. Ihr ganzer Körper war auf einmal im Alarmzustand. Panisch sah sie zu Lars, und sein Gesichtsausdruck verriet ihr, dass er den Ernst der Lage erkannt hatte.

Es war eine Falle.

»Raus hier«, raunte er ihr zu und griff nach seiner Jacke. »Wir nehmen den Hinterausgang.«

Sie erhoben sich im selben Moment wie der Mann mit der Abendzeitung.

Rasch eilten sie auf den Hinterausgang zu, doch der Mann an der Theke stellte sich ihnen in den Weg. Von links näherten sich die Billardspieler. Der Barkeeper war spurlos verschwunden.

Kims Puls schoss in die Höhe. Hektisch sah sie sich um, doch die sechs Männer hatten sie umzingelt.

Lars packte sie am Arm und zog sie mit sich, als er sich an dem Whiskey-Mann vorbeidrängen wollte. Im nächsten Moment blitzte ein Messer auf, und Lars blieb abrupt stehen.

»Wohin so eilig?«, sagte der Mann und machte mit dem Messer ein paar horizontale imaginäre Schnitte in der Luft.

Lars schob Kim schützend hinter sich. »Wir wollen keinen Stress«, sagte er mit ruhiger Stimme und hob beschwichtigend die Hände. »Lassen Sie uns einfach gehen.«

»Sie gehen nirgendwohin«, ertönte eine scharfe Stimme aus dem hinteren Bereich der Kneipe. Als sich der Unbekannte aus dem Schatten schälte, hielt Kim vor Schreck den Atem an.

Vor ihnen stand Sven Reuter.

Kapitel 21

»Guten Abend, Frau Jansen«, sagte Reuter mit einem süffisanten Lächeln auf den Lippen. »So sieht man sich wieder.«

Jemand riss ihr von hinten die Perücke herunter. Sie wirbelte herum, wollte etwas erwidern, doch Lars gab ihr mit einem sanften Griff um den Oberarm zu verstehen, dass sie Ruhe bewahren sollte.

»Und wen haben wir denn da?«, fuhr Reuter fort und machte einen Schritt auf sie zu, bis er nur noch eine Armlänge von ihnen entfernt stand. »Lars Peters, der Privatschnüffler.« Er grinste übertrieben, und seine weißen Zähne wurden sichtbar.

»Hab gehört, Sie suchen nach mir.«

Einige seiner Kumpanen lachten.

Er breitete die Arme aus. »Hier bin ich.«

Dann ging alles so schnell, dass Kim es kaum begriff. Lars holte aus und schlug zu. Blitzschnell wich Reuter nach hinten aus, die Faust verfehlte ihn nur um Millimeter. Lars versuchte, an ihm vorbeizukommen, doch im nächsten Moment stürzten sich alle gleichzeitig auf sie.

Kim schrie auf, als sie an den Armen gepackt wurde. Panisch riss sie sich los und griff nach dem Cocktailglas auf dem Tisch neben ihr. Mit voller Wucht zog sie es dem Mann, der in der Zeitung gelesen hatte, über den Kopf. Das Glas zersplitterte, ein Schnitt zog sich quer über seine Wange. Er taumelte rückwärts und fasste sich an die blutende Wunde.

Zwei Männer packten sie und drehten ihr die Arme auf den Rücken, bis sie das Gefühl hatte, ihre Schulter würde auskugeln. Ihre Haare wurden gepackt und ihr Kopf zurückgerissen. Tränen schossen ihr in die Augen. Verzweifelt versuchte sie, sich aus dem Griff zu winden, doch sie wurde eisern umklammert. Schließlich gab sie es auf.

Lars kämpfte noch immer. Er rammte dem Mann neben sich den Ellenbogen ins Gesicht, bevor er einen Treffer in die Magengrube kassierte und zusammensackte. Zu dritt stürzten sie sich auf ihn und rangen ihn nieder.

Lars tobte, wand sich und versuchte, seine Kontrahenten abzuschütteln, die ihn am Boden fixierten und die Arme nach hinten drehten.

Reuter holte aus und trat mit voller Wucht gegen seine Rippen. Als ob er einen Fußball wegkicken würde.

Lars schrie schmerzerfüllt auf.

Reuter gab seinen Leuten ein Zeichen, woraufhin sie Lars auf die Beine zerrten. Der Whiskey-Mann trat hinter ihn und hielt ihm das Messer an die Kehle.

Kim und Lars standen sich gegenüber, und sie konnte in seinen Augen eine Mischung aus Angst und Wut lesen. Sein Atem ging genauso schnell wie ihrer.

»Das war jetzt aber gar nicht nett«, meinte Reuter und baute sich vor Lars auf. Missbilligend schnalzte er mit der Zunge. »Ich wollte mich mit Ihnen unterhalten, und Sie gehen auf einmal auf mich los.«

Er suchte den Blickkontakt mit seinen Leuten.

»Ihr habt das alle gesehen, oder? Ihr könnt bezeugen, dass er grundlos auf mich losgegangen ist.«

Sie lachten und nickten eifrig.

»Sehen Sie«, meinte er wieder an Lars gewandt.

Unvermittelt schnellte seine Faust vor und traf ihn an der Schläfe. Lars' Kopf wurde zurückgeschleudert. Blut floss aus der Platzwunde und lief ihm übers Gesicht.

Erneut schlug Reuter zu, und Kim schrie auf.

»Halt's Maul!«, brüllte der Mann, der sie an den Haaren festhielt.

Lars' linke Gesichtshälfte färbte sich rot, was Reuter noch weiter anzustacheln schien. Er versetzte ihm mehrere Schläge in den Bauch, bis Lars stöhnend zusammensackte. Die Männer hatten sichtlich Mühe, ihn auf den Beinen zu halten.

Kim wollte Lars helfen, doch sie hatte keine Chance. Es waren einfach zu viele, und sie waren zu stark.

Endlich ließ Reuter von ihm ab, und der Whiskey-Mann nahm das Messer von seinem Hals.

»Verdammter Scheißkerl!«, brüllte er und spuckte Lars ins Gesicht.

Lars rührte sich nicht.

Langsam drehte sich Reuter zu Kim um, und sie begann unwillkürlich zu zittern.

»Sie wissen gar nicht, wie lange ich auf diesen Moment gewartet habe.« Er lächelte und rieb seine rechte Faust mit der anderen Hand. »Drei verdammte lange Jahre.«

Kim erwiderte nichts, sah ihn nur schweigend an.

»Wie schön, dass wir nun Zeit für eine kleine Aussprache haben. Meinen Onkel haben Sie ja bereits kennengelernt.«

Reuters Nachbar, schoss es ihr durch den Kopf. Sie fluchte innerlich, dass sie sich so leicht hatten reinlegen lassen.

Immer noch lächelnd beugte er sich zu ihrem Ohr, bis seine Lippen es fast berührten, und flüsterte: »Vermissen Sie Ihre Tochter schon?«

Seine Worte schienen sie wie ein Eisdolch zu durchbohren. Eine Kälte breitete sich von innen heraus aus und verteilte sich im ganzen Körper.

»Was haben Sie mit ihr gemacht?«, keuchte sie.

Reuter antwortete nicht, grinste sie nur an.

»Wenn Sie ihr auch nur ein Haar krümmen, dann ...«

Ohne Vorwarnung schlug er zu und traf sie am Mund. Ihre Unterlippe platzte auf, und sie schmeckte Blut. Sein nächster Schlag war so hart, dass sie glaubte, das Bewusstsein zu verlieren. Sterne tanzten vor ihren Augen. Sie japste nach Luft und krümmte sich zusammen, als sich seine Faust in ihre Magengrube bohrte.

»Das war für Markus«, sagte er und versetzte ihr einen weiteren Schlag gegen die Rippen. »Einen Kameraden, der treu bis in den Tod war.«

Kim stöhnte. Ihr Atem ging schnell und flach, und in ihrem Kopf dröhnte es. Schweiß perlte von ihrer Stirn. Sie sah nur noch verschwommen und musste ein paar Mal blinzeln, bis sie wieder ein klares Bild hatte.

Reuter wartete geduldig.

»Wussten Sie, dass Markus Tauben liebte?«, fragte er und neigte den Kopf. »Er hat sie immer auf seinem Balkon gefüttert, obwohl er deshalb schon mehrmals Ärger mit den Nachbarn bekommen hat. Und er war regelrecht besessen von Flugzeugen. Hatte immer davon geträumt, Pilot zu werden. Diesen Traum hat er jetzt mit ins Grab genommen.«

Er fixierte sie mit einem stechenden Blick. Seine Kiefer mahlten.

Im Laufe ihrer Karriere war Kim schon in mehrere brenzlige Situationen geraten, doch immer war der Sicherheitsdienst in der Nähe gewesen. Hier würde ihnen niemand zu Hilfe kommen. Sie waren auf sich gestellt.

Kim schwitzte, während es sich in ihrem Inneren immer noch eiskalt anfühlte. Ihr T-Shirt klebte unangenehm am Rücken, und sie zitterte am ganzen Körper. Hätten die Männer sie nicht festgehalten, ihre Beine hätten vermutlich längst nachgegeben.

Erneut beugte sich Reuter zu ihr vor. »Wirklich schade um solch ein hübsches Ding«, sagte er und strich ihr sanft über die Wange, die von dem Schlag immer noch pochte.

Sein Blick fuhr an ihrem Hals entlang und weiter zu ihren Brüsten. Er schmunzelte.

»Was meint ihr?«, fragte er an seine Männer gerichtet. »Wollen wir vorher noch ein wenig Spaß mit ihr haben?«

Schallendes Gelächter brach aus, und einige riefen begeistert: »Ja!«

Es war, als würde in Kim ein Schalter umgelegt. Reflexartig riss sie ihr Knie hoch und trat Reuter mit voller Wucht in die Genitalien. Er sackte zusammen und blieb stöhnend auf dem Boden liegen.

Aus den Augenwinkeln bemerkte sie, dass Lars wieder zum Leben erwachte und dem Mann rechts von ihm auf den Fuß stampfte. Der schrie auf und ließ ihn los. Humpelnd bewegte er sich von ihm weg. Lars ballte die Faust und rammte sie dem anderen Mann ins Gesicht. Es knackte, als die Nase brach. In Strömen lief ihm das Blut übers Gesicht, und er taumelte rückwärts.

Mit einem Satz war Lars bei Reuter am Boden, schlang von hinten den Arm um seinen Hals und zog ihn in eine aufrechte Position. Gleichzeitig griff er nach einer der Glasscherben, die verstreut auf dem Boden lagen, und drückte sie gegen Reuters Halsschlagader.

»Niemand rührt sich!«, schrie er.

Der Whiskey-Mann machte mit dem Messer in der Hand einen Schritt auf ihn zu.

»Denk nicht mal dran, oder er ist tot«, warnte Lars ihn, woraufhin er stehen blieb.

Einer der Männer, die Kim festhielten, packte ihren Hals und drückte leicht zu. Kim röchelte.

»Lass sie sofort los«, befahl Lars.

»Leg die Scherbe weg, oder ich erwürg sie.«

»Dann ist er ebenfalls tot.«

Die beiden Männer lieferten sich förmlich ein Blick-
duell, und Kim bemerkte, dass Lars' Stirn vor Schweiß
glänzte. Seine linke Gesichtsseite war voll Blut, ebenso
sein Pullover.

Lars drückte Reuter noch enger an sich, der weiterhin nach Luft schnappte.

»Sag deinen Leuten, sie sollen sie loslassen, oder ich
schlitz dir den Hals auf.«

»Ihr kommt hier nicht lebend raus«, keuchte er.

»Es gibt nur zwei Möglichkeiten«, entgegnete Lars.
»Entweder ich verlasse mit ihr die Kneipe, und wir bleiben alle am Leben. Oder ihr tötet uns, aber ich werde
dich mitnehmen.«

Kim konnte deutlich erkennen, wie Reuter mit sich
haderte. Weiter hinten im Raum kauerte der Mann mit
der gebrochenen Nase wimmernd am Boden. Er bedeckte sein Gesicht, sein Oberkörper wippte hin und
her.

Die Zeit schien stillzustehen.

Erst nach einer gefühlten Ewigkeit sagte Reuter:
»Lasst sie los.«

Der Griff um Kims Hals löste sich, und sie gaben sie
frei.

»Alle hinter die Theke.«

Niemand rührte sich.

»Sofort!«, brüllte Lars so laut, dass Kim zusammenzuckte.

Widerwillig gehorchten sie, wobei sie Lars nicht aus
den Augen ließen.

Der erhob sich und zog Reuter ebenfalls auf die Beine. Noch immer war dessen Gesicht schmerzverzerrt.

»Den Schlüssel für die Tür.«

Einer der Männer kramte in seiner Tasche und warf den Schlüssel zu ihnen hinüber. Kim griff danach, packte ihre und Lars' Jacke und rannte zur Tür. Sie sperrte auf, während Lars mit Reuter rückwärtsging.

»Der Autoschlüssel ist in meiner linken Hosentasche«, sagte er zu ihr.

Kim fischte den Schlüssel raus und stieß die Tür ins Freie auf. Kalte Luft schlug ihr entgegen, und es fühlte sich an wie eine Wohltat.

Sie traten in die Nacht hinaus.

»Ich bring Sie um, wenn Sie mich nicht sofort loslassen«, hörte sie Reuter, der mittlerweile wieder fest auf beiden Beinen stehen konnte.

Seine Kumpane hatten den Bereich hinter der Theke verlassen und waren ihnen zur Tür gefolgt. Noch hielten sie Abstand.

»Jaja«, erwiderte Lars.

Sie hatten das Auto fast erreicht.

Plötzlich wischte Reuter mit beiden Händen über seine Schulter in Lars' Gesicht und traf ihn an den Augen. Lars wich automatisch nach hinten aus und lockerte dabei seinen Griff. Reuter packte die Hand mit der Glasscherbe und zog sie von seinem Hals weg. Blitzschnell wirbelte er herum und versetzte Lars einen derart heftigen Stoß, dass dieser gegen das Auto prallte.

Die anderen benötigten einen Moment zu begreifen, dass sich die Situation geändert hatte, dann rannten sie los.

Kim sprang auf den Fahrersitz und startete den Motor. Lars trat Reuter in den Bauch, riss die hintere Tür auf und hechtete auf die Rückbank.

»Fahren Sie los!«

Kim drehte sich zu ihm um und erschrak, als sie durch die Heckscheibe sah, wie einer der Männer mit dem Billardqueue ausholte.

Sie trat das Gaspedal bis zum Anschlag durch.

Es gab ein lautes Geräusch, als der Queue auf dem Heck aufschlug und zerbrach.

Reuter rannte neben dem Auto her und versuchte, die noch immer geöffnete Tür zu erreichen. Nach etwa dreißig Metern fiel er jedoch zurück. Der Abstand zu ihm vergrößerte sich.

Kim warf einen Blick in den Rückspiegel.

Reuter stand auf der Straße und schrie ihnen irgendetwas Unverständliches hinterher. Seine Kumpanen hatten mittlerweile zu ihm aufgeschlossen.

Mit quietschenden Reifen bog Kim um die Ecke und fuhr mit unveränderter Geschwindigkeit weiter.

Weg von der Kneipe.

Weg von ihrer einzigen Spur zu Lilly.

Kapitel 22

»Verdammte Scheiße!«, fluchte Lars.

Kim sah im Rückspiegel, dass er sich an die Schläfe fasste und anschließend seine blutende Hand betrachtete.

»Alles in Ordnung mit Ihnen?«

Er warf ihr einen scharfen Blick zu. »Seh ich aus, als wär ich in Ordnung?«

Nein, das tat er nicht.

»Halten Sie mal an.«

Kim fuhr rechts ran, und Lars stieg aus. Er ging zum Kofferraum und kam kurz darauf mit einem Erste-Hilfe-Kasten wieder. Ächzend ließ er sich auf den Beifahrersitz fallen.

Kim schaltete die Innenbeleuchtung an.

»Das muss genäht werden«, meinte sie.

»Wirklich?« Lars verdrehte die Augen. Er suchte nach einer Mullbinde und presste sie gegen die Schläfe.

Kim sah in den Spiegel und erschrak. Ihre linke Wange war geschwollen, die Lippe aufgeplatzt und Kinn und Hals voller Blut. Der Riss war so groß, dass die Blutung nicht nachließ.

»Hier«, sagte Lars und reichte ihr ebenfalls eine Mullbinde.

Für einen Moment saßen sie schweigend nebeneinander und versuchten, die Blutungen zu stillen.

»Eines sag ich Ihnen«, brach Lars nach einer Weile das Schweigen. »Wenn ich Ihnen weiterhin bei der Suche nach Lilly helfen soll, dann will ich meine zehntausend sofort und in bar haben.«

»Das war nicht abgemacht. Sie bekommen das Geld, wenn der Entführer gefasst und Lilly in Sicherheit ist.«

»Es war auch nicht abgemacht, dass ich verprügelt werde. Ganz zu schweigen davon, dass ich beinahe bei einem Einbruch von der Polizei überrascht worden wäre.«

Erneut legte sich Schweigen zwischen sie.

Würde er ihr wirklich noch helfen, sobald er das Geld hatte? Sie war auf ihn angewiesen, konnte es nicht riskieren, dass er verschwand, sobald er die zehntausend hatte.

Nicht auszudenken, was in der Kneipe hätte passieren können, wenn er nicht dabei gewesen wäre.

Was meint ihr? Wollen wir vorher noch ein wenig Spaß mit ihr haben?

Bei der Erinnerung daran wurde Kim schlecht. Sie würgte.

Er drang in sie ein, und Kim schrie auf. Noch immer wagte sie nicht, sich zu rühren. Vollkommen paralysiert lag sie da. Er keuchte, während er sich rhythmisch auf ihr bewegte.

Kim weinte. Sie schloss die Augen und betete, dass es bald vorbei war. Dass er von ihr abließ. Dass der Schmerz aufhörte. Rasch dachte sie an etwas anderes. An etwas Schönes.

Lilly. Julian.

Sie erinnerte sich an einen Reitausflug, den sie zusammen im Sommer unternommen hatten. Julian hatte Lilly so viele Ratschläge gegeben, dass der Reitlehrer bereits genervt das Gesicht verzogen hatte.

»Die Zügel musst du so halten. Und denk daran, dass du die Knie immer leicht zusammendrückst. Locker im Sattel sitzen, spür die Bewegungen des Ponys und geh leicht mit, sonst fliegst du runter.«

Am Ende war es Julian, der im hohen Bogen vom Pferd fiel, als dieses im Trab vor einem quer liegenden

Baumstamm abrupt abbremste. Er landete im Gras, sodass ihm außer ein paar leichten Abschürfungen nichts passiert war. Das schallende Gelächter von Lilly und dem Reitlehrer setzte ihm vermutlich mehr zu. Sie selbst konnte sich nur mit Mühe beherrschen, wollte seinen Stolz nicht noch weiter kränken.

»In Ordnung«, sagte Kim schließlich. »Sie bekommen die Hälfte als Vorschuss.«

Lars überlegte kurz, dann nickte er. »Wir fahren morgen früh zur Bank, und Sie heben das Geld ab.«

»Einverstanden.«

Er nahm die blutdurchtränkte Kompresse von der Schläfe und riss eine neue Packung auf.

»Ich fahr Sie jetzt besser ins nächste Krankenhaus«, sagte Kim.

»Sie müssen ebenfalls versorgt werden. Ihnen ist hoffentlich klar, dass Ihr Bild morgen in allen Zeitungen sein wird. Um die Uhrzeit ist in der Notaufnahme immer gut was los.«

Da hatte er recht.

Sie würde erkannt werden, und ein Foto mit dem Handy war schnell geschossen und für viel Geld verkauft.

Wenn Neumann davon erfuhr …

Sie schaltete die Innenbeleuchtung aus und startete den Motor.

»Ich hab eine bessere Idee.«

Kapitel 23

»Du liebe Güte, wie sehen Sie denn aus?«, fragte Claudia mit weit aufgerissenen Augen.

»Das ist eine lange Geschichte«, antwortete Kim. »Wir brauchen ärztliche Hilfe, wollen aber nicht ins Krankenhaus, wo mich wahrscheinlich jeder sofort erkennt.«

Claudias Blick wanderte von ihr zu Lars. Die Mullbinde, die er sich an die Schläfe drückte, war mittlerweile blutdurchtränkt, genau wie ihre, mit der sie die Blutung an der Lippe zu stoppen versuchte.

»Kommen Sie rein«, sagte Claudia und machte eine einladende Geste. »Ins Bad.«

Sie folgten ihr den Flur entlang. An den Wänden hingen Bilder einer längst vergangenen heilen Familienwelt – bevor Claudias Mann auf dem Weg zur Arbeit mit einem Kreislaufkollaps zusammengebrochen und wenig später im Krankenhaus gestorben war. Als Kim Claudia kennengelernt hatte, war ihr Mann schon einige Jahre tot, doch noch immer bekam sie feuchte Augen, wenn sie von ihm sprach.

Claudia schaltete das Badlicht an und holte aus dem untersten Regalfach einen größeren roten Kasten mit einem weißen Kreuz hervor.

»Ist Pia da?«, erkundigte sich Kim.

»Nein«, antwortete Claudia und streifte sich ein Paar Latexhandschuhe über. »Die ist noch bei einer Freundin. Sie wollten sich irgendeinen Film anschauen.«

Sie musterte beide.

»Wen von Ihnen hat es schlimmer erwischt?«

»Ihn«, antwortete Kim.

»Setzen Sie sich auf den Klodeckel«, wies Claudia Lars an. »Wie ist Ihr Name?«

»Lars Peters.«

»Okay, Herr Peters, dann lassen Sie mich mal sehen.« Er nahm die Mullbinde von der Schläfe, und Claudia beugte sich vor.

»Sieht übel aus«, sagte sie. »Die Platzwunde muss genäht werden.«

»Können Sie das?«, wollte Lars wissen.

»Sie werden's nicht glauben, ja. Ich hab das schon öfters gemacht.«

»Als Krankenschwester?«

»Nach meiner Ausbildung war ich drei Jahre lang in Somalia für die Ärzte ohne Grenzen tätig. Glauben Sie mir, dort lernt man einiges, denn die Ärzte sind hoffnungslos überfordert.«

Sie reinigte und desinfizierte seine Schläfe.

»Wollen Sie die schlechte Nachricht hören?«, fragte sie.

»Ich wusste, es gibt einen Haken.«

»Ich habe leider keine lokale Anästhesie da.«

Lars verzog das Gesicht. »Fangen Sie schon an.«

Claudia holte Nadel und Faden aus einer sterilen Verpackung und begann konzentriert mit der Arbeit. Mit unbewegter Miene starrte Lars auf die hellgrau gekachelte Wand, nur die weißen Knöchel seiner Faust zeigten seine Anspannung.

»So, fertig«, sagte Claudia und säuberte die zugenähte Wunde. »Vier Stiche.«

Sie wusch sein Gesicht und pinselte eine scharf riechende Tinktur auf seine aufgeschürfte Wange.

»Wo haben Sie noch was abbekommen?«

»Bauch und Rippen.«

»Ziehen Sie mal Ihren Pulli hoch.«

»Es ist nichts gebrochen, höchstens leicht geprellt.«

»Lassen Sie mich trotzdem mal kurz schauen.«

Sichtlich widerwillig ließ er sie gewähren.

Kim schluckte, als sie die blauen Flecken auf seinem Oberkörper sah.

»Puh«, meinte Claudia und tastete ihn vorsichtig ab. »Sie können froh sein, dass Sie so durchtrainiert sind, sonst hätte das schlimmer ausgehen können.«

Nachdem Lars versorgt war, nahm Kim auf dem Klodeckel Platz. Lars betrachtete sich im Spiegel, zog die Augenbrauen hoch und warf Kim einen scharfen Blick zu.

»Also, was ist passiert?«, wollte Claudia wissen und zog sich ein frisches Paar Handschuhe an.

Kim seufzte und überlegte, was sie ihr erzählen sollte.

»Wir sind an ein paar Leute geraten, die nicht gut auf mich zu sprechen waren.«

Claudia neigte den Kopf. »So wie die Sie zugerichtet haben, ist nicht gut aber noch stark untertrieben.« Sie begutachtete Kims Verletzungen. »Eine kleine Platzwunde, muss aber nicht genäht werden. Ihre Lippe sieht schlimmer aus.«

Sie kramte im Koffer.

»Was ist mit Lilly?«, erkundigte sie sich. »Hat die Polizei sie schon gefunden?«

»Nein. Sie suchen noch immer nach ihr. Aber Neumann hat mich vorhin angerufen, sie haben den Namen des Selbstmörders herausgefunden.«

»Das sind doch gute Neuigkeiten.« Sie packte ein Klammerpflaster aus, reinigte die Schläfe und klebte es über die Wunde.

Kim zuckte bei der Berührung zusammen.

»Es ist eine erste Spur«, antwortete sie, »aber Lilly ist nach wie vor wie vom Erdboden verschluckt.«

»Verstehe. Also haben Sie sich selber auf die Suche gemacht.«

Kim hob die Schultern. »Ich kann nicht einfach untätig rumsitzen.«

Claudia hielt für einen Moment inne. »Ich würde wahrscheinlich dasselbe tun, wenn jemand Pia entführt hätte.« Sie schielte zu Lars. »Ist er vom Sender?«

»Vom Sicherheitsdienst«, antwortete sie ausweichend.

»Dann suchen Sie sich einen besseren Bodyguard.«

Lars protestierte umgehend. »Erstens bin ich nicht ihr Bodyguard, und zweitens waren die in der Überzahl. Ohne mich wäre unser Superstar jetzt tot.«

Womit er nicht unrecht hatte.

Claudia wandte sich Kims Lippe zu, die immer noch blutete und sich geschwollen anfühlte.

»Die haben Sie wirklich übel zugerichtet. Ich hoffe, Sie erstatten zumindest Anzeige, wenn Sie schon nicht ins Krankenhaus fahren.«

»Können Sie vergessen«, antwortete Lars und sprach damit aus, was auch Kim dachte.

»Warum?« Claudia drückte Kim ein frisches, zusammengerolltes Tuch in die Hand, das sie gegen die Wunde presste.

»Die werden sich gegenseitig ein Alibi geben und beschwören, dass sie uns nie begegnet sind.«

»Aber …«

»Vergessen Sie es einfach.«

Kim konnte an Claudias Gesichtsausdruck deutlich erkennen, dass sie damit nicht einverstanden war, doch sie schwieg. Vermutlich war sie in ihrem Berufsleben schon mit schlimmeren Ungerechtigkeiten konfrontiert worden.

Anzeige zu erstatten kam für Kim nicht infrage, wenngleich es sie wütend machte, dass Reuter erneut jemanden zusammengeschlagen hatte. Gegenüber Neumann käme sie jedoch in Erklärungsnot, hatte sie ihn doch ein paar Stunden zuvor noch angelogen, dass sie Köller nicht kannte. Und dann suchte sie ausgerechnet seinen Cousin auf. Neumann würde nachhaken, und dann hätte sie ein ernsthaftes Problem.

»Dann tun Sie mir den Gefallen und passen in Zukunft besser auf sich auf«, bat Claudia.

Kim nickte mechanisch. Doch sie war bereit, sich in noch viel größere Gefahr zu begeben, wenn sie damit Lillys Leben retten konnte.

Claudia säuberte derweil Kims Gesicht. Es dauerte eine Viertelstunde, bis die Lippe endlich zu bluten aufhörte.

Kim erhob sich. »Vielen Dank für Ihre Hilfe, Frau Schäfer. Sie haben uns einen großen Gefallen getan.«

Sie verabschiedeten sich und gingen zu Lars' Auto. Mit zusammengepressten Lippen betrachtete er die Delle am Kofferraum, die der Billardqueue hinterlassen hatte.

»Den Schaden werden Sie mir ersetzen.«

Das schuldete sie ihm tatsächlich. Erschöpft ließ sie sich auf den Beifahrersitz fallen.

»Und nun?«, fragte sie.

»Ich fahr Sie nach Hause, und dann gehen Sie ins Bett.«

»Auf gar keinen Fall. Wir müssen Reuter finden.«

»Und wir werden ihn finden. Aber nicht mehr heute. Wir sind beide müde und brauchen Ruhe.«

Kim schloss die Augen. Sie fühlte sich ausgelaugt und sehnte sich nach Erholung. Doch die Angst um Lilly ließ sie zögern.

Vermissen Sie ihre Tochter schon?

Und wie sie sie vermisste! Sie war krank vor Sorge um sie.

Erneut kam ihr Bunny in den Sinn. Würde Lilly ohne ihn einschlafen können? Oder war sie genauso erschöpft wie sie und sank auch so in einen tiefen Schlaf?

In ihrer Vorstellung war Lilly in einem kalten Keller eingesperrt, mit nichts als ihrem dünnen Kleid an, und schrie vergeblich um Hilfe. Doch die schallisolierten Wände schluckten jedes Geräusch.

Am liebsten hätte Kim es hier und jetzt beendet, nur um Lilly von ihrer Angst zu erlösen. Doch die Vorstellung, die Forderung des Entführers zu erfüllen, trieb ihr den Schweiß auf die Stirn.

Ich kann nicht!

Sie rief sich die Frist in Erinnerung. Noch hatte sie zwei Tage Zeit.

»Vielleicht haben Sie recht«, sagte sie und vertrieb ihre Gedanken. »Ich bin wirklich müde.«

Lars startete den Motor.

»Ich ruf Sie morgen früh an. Und dann fahren wir als Erstes zur Bank.«

Sie nickte stumm, während sich ein Kloß in ihrem Hals festsetzte.

Reuter hatte die ganze Nacht Zeit zu verschwinden. Zusammen mit Lilly.

Kapitel 24

Angenehme Wärme empfing Kim, als sie die Haustür aufsperrte und eintrat. Es war still, im oberen Stockwerk brannte Licht. Sie hängte ihre Jacke an den Garderobenständer und wollte gerade nach Julian rufen, als ihr einfiel, dass sie die Akten über das EXIT-Programm in Lars' Auto liegen gelassen hatte.

Egal. Heute hätte ich sie mir eh nicht mehr durchgelesen.

Jede einzelne Faser ihres Körpers schrie nach Ruhe, Müdigkeit breitete sich in ihr aus. Sie gähnte.

Am liebsten hätte sie weiter nach Lilly gesucht, doch als ihr Blick den Spiegel streifte, akzeptierte sie, dass für heute genug passiert war.

Tief in Gedanken stieg sie die Treppe hinauf, wobei mit jedem Schritt ihre linken Rippen pochten.

Reuter würde dafür bezahlen, in welcher Form auch immer.

Sie ging am Arbeitszimmer vorbei und erspähte Julian, der mit dem Rücken zu ihr am Schreibtisch stand.

Wie sollte sie sich ihm gegenüber verhalten? Sollte sie ihm die Wahrheit erzählen oder ihn wie alle anderen belügen? Er würde eine Erklärung für ihre Verletzungen wollen und sich mit Sicherheit nicht mit einer einfachen Ausrede abspeisen lassen wie Claudia.

»Hey«, sagte sie und stützte sich am Türrahmen ab.

Julian fuhr erschrocken zusammen und wirbelte herum. Theatralisch griff er sich an die Brust. »Hast du mich erschreckt!«

»Entschuldige«, sagte sie. »Ich dachte, du hättest mich gehört.«

Er kam auf sie zu und stutzte. »Wie siehst du denn aus?«

Zerknirscht verzog sie das Gesicht. Zum Glück hatte er sie nicht gesehen, bevor Claudia sie verarztet hatte.

»Was ist passiert?«, wollte er wissen und starrte sie entsetzt an. »War das Oliver?«

»Was? Nein. Wie kommst du denn darauf?«

»Weil er … Ach, egal.« Er legte die Hände auf ihre Schultern und sah sie eindringlich an. »Wer war das?« Er betonte jedes Wort einzeln.

»Nicht so wichtig.«

»Nicht so wichtig?« Seine Augen verengten sich zu winzigen Schlitzen. »Sag mir, wer das war, und ich schwöre dir, dass er das nie wieder tun wird.«

»Vergiss es einfach, okay?« Sie ergriff seine Hand und spürte, wie angespannt er war. »Wir haben den Kontaktmann, von dem ich dir erzählt habe, aufgesucht und sind leider an den falschen geraten. Er ist sofort auf mich und den Privatdetektiv losgegangen.«

»Ich hätte mitkommen und auf dich aufpassen sollen.«

»Es ist nur eine kleine Platzwunde«, beschwichtigte sie ihn. »Nichts Ernstes.«

»Habt ihr was rausgefunden?«

»Nein. Aber Neumann hat den Namen des Selbstmörders. Er heißt Markus Köller, allerdings habe ich noch nie von ihm gehört.«

Sie sah an ihm vorbei.

»Was machst du hier eigentlich?«

»Nichts. Ich wollte nur den Rollladen runterlassen.«

Er schob sie mit sachtem Druck aus dem Arbeitszimmer. »Du siehst aus, als könntest du ein heißes Bad gebrauchen. Ich koche uns inzwischen was. Oder hast du schon gegessen?«

Sie schüttelte den Kopf.

Julian ließ ihr ein Schaumbad ein, und der Duft von Lavendel erfüllte den Raum. Anschließend ging er nach unten in die Küche. Kim zog sich aus und betrachtete ihren schlanken Körper. Dunkle Hämatome zeichneten sich am Bauch und den Rippen ab, wenngleich es nichts zu dem war, was Lars hatte einstecken müssen.

Sie stieg in die Badewanne und lehnte sich mit geschlossenen Augen zurück.

War es in Ordnung, dass sie ein Schaumbad nahm, während Lilly irgendwo eingesperrt war?

Kim rang mit sich, ob sie der Forderung des Entführers nicht doch nachkommen sollte, damit er Lilly freiließ. Aber der bloße Gedanke daran, öffentlich zu gestehen, ließ sie in Angstschweiß ausbrechen. Genau wie die Vorstellung, welche Folgen das für Lilly haben würde. Und wer garantierte, dass der Entführer sie wirklich freiließ?

Nein, es gab aus diesem Albtraum nur den einen Weg, Lilly zu finden.

Sie stieß einen tiefen Seufzer aus.

Unten hörte sie Julian mit Töpfen hantieren. Sie war froh, dass er da war, seine Nähe beruhigte sie.

Nach der Scheidung hatte sie beschlossen, nie wieder zu heiraten, doch sie begann, ihre Entscheidung zu überdenken. Dieser Blick, mit dem Julian sie vorhin angesehen hatte – eine Mischung aus Sorge, Angst und Liebe.

Als sie mit ihm zusammengekommen war, hatten sie mehrere aus ihrem Umfeld gewarnt, er würde ihren Ruhm für seine eigene Karriere ausnutzen, doch Kim hörte auf ihr Bauchgefühl. Die meisten sahen in Julian nur einen gut aussehenden, oberflächlichen Mann, doch es steckte so viel mehr in ihm. Er war sich nicht zu schade, bei einer Schulaufführung von Lilly am Kuchenverkaufsstand zu stehen, hatte »Die Physiker« von Friedrich Dürrenmatt bereits unzählige Male gelesen und liebte es, mit Kim im Garten zu liegen und die Sterne zu beobachten. Etwas, das mit Oliver unmöglich gewesen wäre.

Julian hatte seinen Eltern zuliebe BWL studiert, das Studium jedoch nach vier Semestern abgebrochen und sich stattdessen an der Münchner Schauspielschule beworben, wo er im ersten Anlauf angenommen wurde. Es folgten kleinere Rollen im Fernsehen, bis er schließlich der Publikumsliebling in einer Vorabendserie wurde. Vor ein paar Jahren wagte er dann den Sprung auf die große Leinwand. Sein Traum war ein Actionfilm an der Seite von Til Schweiger, und Kim war sich sicher, dass sich dieser Traum für ihn eines Tages erfüllen würde – anders als sein Wunsch nach einer Familie in der Größe einer halben Fußballmannschaft.

»Hey, nicht einschlafen«, ertönte plötzlich Julians Stimme neben ihr.

Kim öffnete die Augen und sah ihn verwundert an. Ein Blick auf die Baduhr verriet ihr, dass fast eine halbe Stunde vergangen war.

Julian hielt ihr lächelnd ein Handtuch entgegen.

»Raus mit dir, bevor du noch zum Fisch mutierst.«

Sie stieg aus dem Wasser, und er verzog kaum merklich das Gesicht, als er ihren Oberkörper sah. Doch er schwieg, wofür ihm Kim dankbar war.

»Essen ist in fünf Minuten fertig«, sagte er und verließ das Bad.

Kim trocknete sich ab, föhnte die Haare und zog sich frische Kleidung an. Auf dem Weg nach unten blieb sie an der Tür zum Arbeitszimmer stehen. Fahles Mondlicht schien durch das Fenster.

Wollte Julian nicht den Rollladen runterlassen?

Sie schaltete das Licht an, und ihr Blick fiel auf den Laptop, der einen Spalt geöffnet war.

Seltsam. Normalerweise klappte sie ihn immer zu.

Vergeblich versuchte sie, sich zu erinnern, ob sie es in der Hektik heute Morgen vergessen hatte.

Bestimmt ist es so gewesen, redete sie sich ein, weil sie zu müde war, sich weiter darüber Gedanken zu machen. Doch ein ungutes Gefühl blieb.

Kapitel 25

Kim krallte sich am Türstock fest und starrte auf das Grauen, das sich vor ihr bot. Ihre Knie waren so weich, dass sie sich kaum mehr auf den Beinen halten konnte. Sie zitterte am ganzen Körper.

Was hatte sie nur getan?

Sie würgte. In ihrem Kopf dröhnte es so laut, als stünde sie neben einem startenden Flugzeug.

Wie in Trance drehte sie sich um und stolperte den Flur entlang auf den Ausgang zu. Tränen liefen ihr über die Wangen. Noch nie in ihrem Leben hatte sie sich so furchtbar gefühlt.

Plötzlich erlosch die Deckenbeleuchtung. Nur schwach drang das Licht aus dem Raum hinter ihr in den Flur.

Kim blieb abrupt stehen.

Eine innere Stimme riet ihr, sofort von hier zu verschwinden. Sie wollte gerade loslaufen, als sie sah, dass sich die Wände dehnten. Wie Kaugummi zogen sie sich auseinander, bis Kim das Gefühl hatte, am Anfang eines dunklen, endlosen Tunnels zu stehen.

Sie musste hier raus! Musste die Tür erreichen.

Panisch rannte sie auf den Ausgang zu, der sich immer weiter entfernte, je schneller sie lief.

Kim stieß einen schrillen Schrei aus, der von den Wänden widerhallte und sich um ein Vielfaches verstärkte. Sie presste die Hände auf ihre Ohren, doch der Lärm war durchdringend. Völlige Finsternis legte sich über den Flur, der sich auf einmal drehte. Immer schneller und schneller. Kim keuchte und sah sich hektisch um. Schwindel erfasste sie.

Wo war der verdammte Ausgang?

Sie wirbelte um die eigene Achse, doch sie konnte nichts erkennen. Der Widerhall ihres Schreis war derart laut, dass sie glaubte, ihre Ohren würden platzen.

Sie verlor das Gleichgewicht und sackte auf die Knie. Der Lärm trieb sie an den Rand des Wahnsinns.

Oder war sie da bereits?

Was hast du getan?

Hilflos kniete sie auf dem Boden, um sie herum nur Schwärze und der widerhallende, nicht enden wollende Schrei. Ihre Augenlider flatterten, die Ohren schmerzten. Sie reckte die Arme in die Luft und kippte rückwärts. Doch dort, wo der Boden hätte sein sollen, war nichts. Kopfüber stürzte sie in ein dunkles Loch und fiel und fiel …

Kim fuhr senkrecht in die Höhe. Schweißgebadet saß sie da, während die Fragmente ihres Albtraums langsam verblassten. Sie zitterte und fror, hatte jegliche Orientierung verloren.

Schwaches Licht fiel durch die Ritzen der Jalousie, und es dauerte eine Weile, bis Kim begriff, dass sie in ihrem Schlafzimmer war.

Sie fuhr über ihr schweißnasses Gesicht. Ihr Nachthemd klebte unangenehm an ihrem Körper.

Oh Gott, es fängt wieder an!

Ihr Atem ging schwer, und in ihrem Inneren breitete sich lähmende Angst aus.

Beruhige dich!

Kim schloss die Augen und zählte langsam bis zehn. Das Zittern ließ nach.

Wieder ruhiger warf sie einen Blick auf den Wecker, der auf dem Nachttisch stand. Die roten Ziffern zeigten kurz vor acht Uhr morgens an.

Julian musste bereits aufgestanden sein, die Bettseite neben ihr war leer. Zum Glück – sonst hätte er ihren Albtraum mitbekommen.

Kim ließ sich aufs Kopfkissen zurückfallen. Es war lange her, dass sie diesen schrecklichen Traum gehabt hatte. Damals war sie Nacht für Nacht von ihm heimgesucht worden und jedes Mal schweißgebadet aufgewacht. Bis Oliver sie zu einem Arzt gebracht hatte.

»Ich weiß nicht, warum ich diese Träume habe«, hatte sie ihn zuvor wochenlang angelogen.

Der Arzt verschrieb ihr Schlaftabletten, nachdem die Untersuchungen ergebnislos geblieben waren. Körperlich hatte sie auch keine Probleme, die waren psychischer Natur. Aber davon durfte niemand erfahren.

Die Tabletten halfen, und Kim konnte endlich wieder durchschlafen. Zumindest erinnerte sie sich nach dem Aufwachen nicht mehr an ihre Träume.

Nach einiger Zeit setzte sie die Tabletten ab, und die Albträume kehrten zurück, wenngleich nicht mehr jede Nacht. Mit der Zeit wurden sie weniger und hörten schließlich ganz auf. Und Kim verbannte die Erinnerung an das, was damals geschehen war, hinter imaginären dicken Mauern.

Doch dann hatte das Erpresservideo die Mauern zum Einsturz gebracht, und der Schrecken war erneut zum Vorschein gekommen.

Kim starrte mit zusammengepressten Lippen an die Decke und dachte mit Schaudern an damals zurück.

Da war so viel Blut gewesen.

Kapitel 26

Nachdem sie sich aus dem Bett gequält hatte, ging Kim ins Bad. Die Rippen schmerzten, und sie erschrak beim Anblick ihres Spiegelbildes.

Ihre linke Wange war noch immer geschwollen und hatte eine tiefblaue Färbung angenommen. Die Lippe fühlte sich pelzig an, über dem Riss hatte sich Schorf gebildet. Bei der Behandlung der Platzwunde hatte Claudia gute Arbeit geleistet, sie hatte nicht erneut geblutet.

Kim duschte sich, zog sich an und überdeckte den blauen Fleck im Gesicht, so gut es ging, mit Puder.

»Hey«, sagte sie, als sie wenig später die Küche betrat.

Julian stand am Herd und rührte in einem Topf. Es roch nach Hirse und Apfelmus. Er legte den Löffel beiseite und kam auf sie zu.

»Guten Morgen. Wie geht's dir?«, fragte er und strich ihr sanft über das Gesicht.

Kim entging nicht, dass er sie gern geküsst hätte, sich aber vermutlich wegen ihrer Lippe zurückhielt.

»Ganz gut«, sagte sie, wenngleich sie sich anders fühlte. Der Albtraum steckte ihr nach wie vor in den Gliedern, und hinzu kam die Sorge um Lilly. Sie wollte sich gerade an den Tisch setzen, als ihr Handy klingelte.

Neumann.

»Kommissar Neumann, gibt es …?«, begann sie, wurde jedoch jäh von ihm unterbrochen.

»Machen Sie sofort auf«, sagte er mit schroffer Stimme, die sie zusammenzucken ließ. »Ich stehe draußen vor dem Tor.« Dann legte er auf.

»Was ist los?«, fragte Julian, der ihren verwunderten Gesichtsausdruck bemerkte.

»Neumann. Er ist vorm Haus.«

Kim ging zur Haustür und betätigte den Toröffner. Die Klingel hatte Julian gestern abgestellt, nachdem die Journalisten in ihrer Abwesenheit mehrmals geklingelt hatten.

Sie trat ins Freie und spähte an den Tannen vorbei auf die Straße. Ihre Befürchtungen bestätigten sich. Noch mehr Journalisten als gestern drängten sich am Zaun. Sämtliche Kameras waren auf den Kommissar gerichtet, der sie mit stoischer Miene ignorierte. Er betrat das Grundstück und warf das Eingangstor hinter sich ins Schloss.

»Da ist sie!«, schrie jemand, und augenblicklich schwenkten die Kameras zu Kim.

Rasch zog sie sich hinter dem Schutz der Tannenbäume und Büsche zurück. Die Reporter riefen wild durcheinander. Kim verstand nur zusammenhanglose Wortfetzen.

Währenddessen kam Neumann auf sie zu, und Kim runzelte die Stirn.

Er sieht wütend aus.

»Ins Haus«, sagte er mit einer Schärfe, die seinem durchdringenden Blick in nichts nachstand. Kim bekam sofort das Gefühl, innerlich einige Zentimeter zu schrumpfen.

»Was ist mit Ihrem Gesicht passiert?«, wollte er wissen, kaum dass er die Haustür hinter sich geschlossen hatte.

»Ich hatte gestern Abend einen Schwächeanfall im Bad und bin gegen das Waschbecken geprallt.«

Er antwortete nicht, sah sie nur mit hochgezogenen Brauen an.

Er wird mich durchschauen.

»Ist nicht so schlimm, wie es aussieht«, ergänzte sie hastig und ging voran in die Küche.

Neumann nickte Julian kurz zu, dann wandte er sich wieder Kim zu.

»Was zum Henker wird hier gespielt?«

»Was meinen Sie?«

Er durchbohrte sie förmlich mit seinem Blick, und Kim wurde nervös. Irgendetwas stimmte hier nicht.

Wortlos zog Neumann sein Handy aus der Tasche und knallte es auf den Küchentisch. Er drückte eine Taste, und ein Video spielte sich ab.

Kim stockte der Atem, als sie die vermummte Gestalt vor einer weißen Wand auf dem Bildschirm sah.

Das kann nicht sein!

Dann ertönte die metallisch verzerrte Stimme, und Kim spürte, wie ihr sämtliche Farbe aus dem Gesicht wich.

»Ihre Tochter ist in meiner Gewalt. Wenn Sie sie lebend wiedersehen wollen, dann tun Sie genau das, was ich Ihnen sage.«

Kim glaubte, ihren Augen nicht zu trauen.

Das kann unmöglich sein!

Fassungslos starrte sie auf das Handy. Dass Julian neben sie trat, nahm sie nur am Rande wahr.

Die folgenden Worte des Entführers, die sie sich gestern Vormittag so oft angehört hatte, bis sie sich unauslöschlich in ihr Gedächtnis gebrannt hatten, drangen aus schier unendlich weiter Entfernung wie durch einen Nebelschleier zu ihr durch.

»Ich kenne Ihr dunkles Geheimnis. Ich weiß, was Sie vor neun Jahren getan haben, und ich will, dass Sie das öffentlich gestehen. Sie haben genau drei Tage Zeit. Sollten Sie bis Freitag um Mitternacht meine Forderung nicht erfüllt haben, ist Ihre Tochter tot.«

Kapitel 27

Kim zitterte und fühlte eine Eiseskälte in ihrem Inneren. Gleichzeitig trat Schweiß auf ihre Stirn.

»Können Sie mir das erklären, Frau Jansen?«, fragte Neumann, und die Schärfe in seiner Stimme schnitt wie ein scharfes Messer durch ihre Eingeweide.

»Wer ist das?«, krächzte sie, zog sich einen Stuhl heran und ließ sich nieder.

»Der Entführer Ihrer Tochter«, antwortete Neumann.

»Oh Gott!«

Sie spürte, wie Julian seine Hand auf ihre Schultern legte.

»Sind Sie sicher?« Ihre Stimme bebte.

Woher hat er dieses Video?

»Ich bin mir sicher. Es gibt nämlich auch noch ein Foto Ihrer entführten Tochter.«

Kim wurde schlecht.

»Woher ... Woher haben Sie das Video?«

»Von der Presse. Tele1, um genauer zu sein.«

»Was?« Schockiert sah sie auf. »Tele1?«

Das musste ein Albtraum sein!

»Eine Anna Matuschek berichtete, dass dem Sender heute Morgen ein Video und ein Foto zugespielt worden sind.« Neumann schnaubte wütend auf. »Aber anstatt uns sofort zu informieren, haben sie es lieber in den Nachrichten gebracht.«

Kim schüttelte den Kopf. »Das Video ist ... öffentlich?«

»Ja.«

Sie schluckte schwer.

»Meine Kollegen sind gegenwärtig bei Frau Matuschek und befragen sie.« Er neigte den Kopf. »In ihrer Sendung hat sie außerdem behauptet, dass Sie dieses Video bereits gestern Vormittag erhalten haben.«

Seine Worte trafen sie mit solch einer Wucht, dass sie vor Schreck die Luft anhielt. Ein kalter Schauer lief ihr über den Rücken, und eine eisige Hand legte sich wie ein Schraubstock um ihren Hals.

»Was?«, war alles, das sie herausbrachte.

Neumann stützte sich am Tisch ab und beugte sich zu ihr vor.

»Was verschweigen Sie mir, Frau Jansen?«

Ihr Atem beschleunigte sich.

»Wovon redet der Erpresser? Was haben Sie vor neun Jahren getan?«

»Nichts«, presste sie mühsam hervor.

Neumanns Blick schien durch sie hindurchzugehen und bis in die hintersten Winkel ihrer Seele vorzudringen. Dorthin, wo sie ihr dunkelstes Geheimnis aufbewahrte.

»Es geht um das Leben Ihrer Tochter. Wenn Sie mir etwas verschweigen, das uns auf die Spur des Entführers bringen könnte …«

»Ich verschweige Ihnen nichts.«

Neumann wandte seinen Blick nicht von ihr ab.

»Von welchem Geheimnis redet der Entführer?«

»Woher soll ich das wissen?«

Sie hatte das Gefühl, sich gleich übergeben zu müssen.

»Ich glaube Ihnen nicht, Frau Jansen.«

Kim schluckte. Ihr ganzer Körper fühlte sich schwer wie Blei an. Am liebsten wäre sie in ein schwarzes Loch versunken. Wie in ihrem Albtraum, nur weg von Neumann.

Der Kommissar setzte sich ebenfalls, legte seine Unterarme auf den Tisch und seufzte.

»Jetzt hören Sie mir mal gut zu«, begann er mit ruhiger, aber betonter Stimme. »Bis auf das Video haben wir keinen Anhaltspunkt, wer Ihre Tochter entführt und wohin er sie verschleppt hat. Es gibt keine Lösegeldforderung, nur dass Sie öffentlich machen sollen, was Sie vor neun Jahren getan haben. Was immer das ist, es ist das Motiv des Täters und damit die beste Spur, die wir haben. Wollen Sie Ihre Tochter retten oder nicht?«

»Was soll das? Ich würde alles für Lilly tun.«

Und deshalb muss ich schweigen.

»Dann helfen Sie uns. Was will der Erpresser?«

»Ich weiß es nicht. Ich hab nichts getan.«

»Ist es Rache?«

»Sie haben doch gehört, was sie gesagt hat«, ging Julian dazwischen. »Sie weiß nicht, wovon er spricht.«

Neumann ignorierte ihn.

»Was ist an der Behauptung dran, dass Sie das Video bereits gestern bekommen haben?«

»Das ist eine Lüge.«

Sie musste all ihre Kraft aufbringen, um das zu sagen, aber sie hatte keine andere Wahl.

»Ich bin ganz krank vor Sorge um Lilly. Glauben Sie wirklich, ich hätte Sie nicht sofort informiert?«

Julian drückte sachte ihre Schulter.

»Es ist doch möglich, dass dieses Video eine Schmutzkampagne ist«, meinte er. »Eine falsche Behauptung, um den guten Ruf von Kim zu zerstören.«

Ein stummes »Danke« lag Kim auf den Lippen, und sie war froh, dass Julian bei ihr war.

»Selbstverständlich ziehen wir auch diese Möglichkeit in Betracht«, antwortete Neumann. Er lehnte sich zurück und verschränkte die Arme. »Allerdings glaube ich nicht daran. Ein Mann begeht Selbstmord, um Frau Jansen von zu Hause wegzulocken. Warum sollte der Entführer einen solchen Aufwand betreiben, nur um eine falsche Behauptung aufzustellen?«

Er wandte sich wieder Kim zu.

»Also, worum geht es hier?«

Kim schwieg.

»Mir geht es einzig und alleine darum, Ihre Tochter zu retten. Sie schwebt in akuter Lebensgefahr, und ich werde nicht zulassen, dass ein unschuldiges Kind stirbt. Wir werden Ihre Vergangenheit durchleuchten, und wenn es da etwas gibt, das Sie uns verschweigen, dann werden wir es herausfinden.«

Äußerlich ließ sich Kim nichts anmerken, doch innerlich sackte sie zusammen. Ihre schlimmste Befürchtung war wahr geworden.

Es zerriss Kim das Herz, Lilly in Lebensgefahr zu wissen, doch was sollte sie tun? Sie konnte die Forderung des Entführers erfüllen und darauf hoffen, dass er Lilly freiließ. Allerdings wären ihre beiden Leben für immer zerstört. Und was, wenn sie gestand und der Entführer nicht Wort hielt? Wenn er sie trotzdem tötete? Konnte sie dieses Risiko wirklich eingehen?

»Das Ultimatum des Entführers läuft in nicht einmal zwei Tagen ab, die Zeit drängt.«

Neumann machte eine kurze Pause, um seine Worte wirken zu lassen.

»Denken Sie darüber nach, was Ihnen wichtiger ist: das Leben Ihrer Tochter oder Ihr dunkles Geheimnis.«

Kim saß regungslos da. Sie würde, ohne zu zögern, ihr Leben geben, um das von Lilly zu retten. Aber hier konnte sie nichts tun, außer zu schweigen.

Wie konnte das nur passieren? Wie konnte das Video an die Öffentlichkeit geraten? Sie wagte gar nicht, sich auszumalen, was das noch für Folgen haben würde.

Die Zeit schien für eine Minute stillzustehen. Schweigend saßen sich Kim und Neumann gegenüber.

»Na schön«, meinte er schließlich und erhob sich. »Sie haben meine Handynummer. Wenn Sie sich doch dazu entschließen sollten, Ihrer Tochter zu helfen, dann rufen Sie mich an.«

Er drehte sich um und ging. Julian begleitete ihn hinaus.

Kaum waren sie außer Sichtweite, vergrub Kim das Gesicht in ihren Händen.

Neumann, der von seinen Kollegen »Dobermann« genannt wurde, hatte ihre Fährte aufgenommen, und er würde nicht eher ruhen, bis er alles herausgefunden hatte. Und damit würde er alles zerstören.

Nur mühsam konnte sie die Tränen unterdrücken.

Ihr blieb nur noch die winzige Chance, den Entführer vor ihm zu finden und ihn irgendwie zum Schweigen zu bringen. Sie musste darauf vertrauen, dass er Lilly bis zum Ablauf des Ultimatums am Leben ließ.

Kim betete, dass es die richtige Entscheidung war.

Kapitel 28

»Okay«, meinte Julian, nachdem er wieder in der Küche war. »Was geht hier vor?«

»Ich weiß es nicht.«

Er nahm neben ihr Platz und griff nach ihrer Hand.

»Wir wollten keine Geheimnisse voreinander haben.«

Kim schnitt eine gequälte Grimasse. »Ich weiß es wirklich nicht. Irgendjemand versucht, mich fertigzumachen, aber ich habe keine Ahnung, warum.«

Sie hielt seinem Blick stand und hoffte, dass er ihr glaubte.

»Du kannst mir vertrauen. Was immer du getan hast, ich helfe dir.«

Es tat ihr weh, ihn anlügen zu müssen, aber sie konnte nicht anders.

»Es ist bestimmt eine Schmutzkampagne. Genau, wie du gesagt hast.«

Er verzog keine Miene, und doch hatte sie das Gefühl, dass er enttäuscht war.

Im nächsten Moment klingelte ihr Handy.

»Kim«, meldete sich Kerstin. »Was um Himmels willen ist da bei dir los?«

Kim schloss die Augen. Das Video war öffentlich. Und so wie es aussah, verbreitete es sich bereits.

»Ich weiß es nicht«, antwortete sie.

»Die Forderung in dem Video ...«

»Es ist eine Lüge«, unterbrach Kim sie.

Für einen Augenblick war es still in der Leitung.

»Hör zu, Kim, ich weiß nicht, was du getan hast oder auch nicht. Es ist mir auch egal. Ich möchte nur, dass du weißt, dass ich jederzeit für dich da bin, wenn du jemanden zum Reden brauchst.«

Kim musste schwer schlucken und war erneut den Tränen nahe. »Danke.« Mehr brachte sie nicht heraus.

»Ruf mich einfach an, okay?«

Kim nickte, auch wenn ihr klar war, dass Kerstin es nicht sehen konnte. Kerstin verabschiedete sich, nicht ohne erneut zu betonen, dass sie jederzeit für sie da war, und legte auf.

»Wer war das?«, wollte Julian wissen.

»Kerstin«, antwortete Kim und starrte gedankenverloren an die Decke. »Ich muss etwas prüfen«, sagte sie und stand auf.

Julian folgte ihr in den ersten Stock ins Arbeitszimmer. Sie öffnete den Laptop und ging auf die Internetseite von Tele1.

Eilmeldung, prangte dort in Großbuchstaben und direkt darunter: *Das dunkle Geheimnis von* Kim undercover.

»Dieses Miststück«, sagte Julian, der ihr über die Schulter sah.

Kim überflog den Text.

Heute Morgen wurde Tele1 brisantes Material zugeschickt, das möglicherweise Licht in die mysteriöse Entführung der Tochter von Kim Jansen, Enthüllungsjournalistin bei TV4, bringen könnte: ein Foto, das die entführte Lilly, 8 Jahre, zeigt, sowie ein Video mit der Forderung des Entführers.

Sehen Sie hier das Video.

War Kim undercover *all die Jahre nichts anderes als eine Ablenkung von Kims eigener dunkler Seite? Welches Geheimnis verbirgt sie?*

Wir halten Sie auf dem Laufenden!

Sehen Sie die komplette Nachrichtensendung in der Mediathek.

Folgen Sie uns auch auf Facebook, Instagram und Twitter.

Kim klickte mit der Maus auf den Videolink. Auf dem Bildschirm erschien der maskierte Unbekannte, und die metallisch verzerrte Stimme ertönte: »Ihre Tochter ist in meiner Gewalt. Wenn Sie sie lebend wiedersehen wollen, dann tun Sie genau das, was ich Ihnen sage.«

»Oh Gott!«, murmelte sie und schloss das Video augenblicklich wieder. Sie ging auf die Facebook-Seite von Tele1. Ganz oben stand der Post mit dem Link zu dem Erpresservideo.

Über dreihundert Likes und hundert Mal geteilt.

Kim schlug die Hände vors Gesicht.

Nein. Bitte lass das nicht wahr sein!

Julian stand schweigend neben ihr. Nur an seinem Atem konnte sie hören, dass er genauso entsetzt schien wie sie.

Woher hatte Anna dieses Video?

Kim schielte zu dem Safe, der fest verschlossen war. Außer ihr kannte niemand die Kombination.

Es konnte nur der Entführer selbst gewesen sein.

Das Klingeln ihres Handys riss sie aus ihren Gedanken. Es war Volker Behrendt.

»Hallo, Volker, ich nehme an, du hast das Video bereits gesehen«, sagte sie etwas resigniert.

»Ja, hab ich. Wovon spricht der? Was hast du vor neun Jahren getan?«

»Nichts. Ich habe nichts getan. Das Ganze ist eine Lüge. Irgendjemand will mich fertigmachen.«

»Und warum willst du dann kündigen?«

»Was?« Sie sprach so laut in den Hörer, dass Julian neben ihr zusammenzuckte.

»Warum du kündigen willst?«

»Wie kommst du darauf?«

»Du hast mir doch heute Morgen eine Mail geschickt, dass du aufgrund deiner Vergangenheit nicht länger für den Sender arbeiten kannst und deshalb kündigst, bevor es an die Öffentlichkeit gerät.«

Kim öffnete den Mund, aber sie wusste nicht, was sie denken, geschweige denn antworten sollte.

»Bist du noch dran?«, fragte Volker.

»Ich … Ich hab dir keine Mail geschickt«, stotterte sie.

»Die Mail wurde um Viertel vor acht von deiner Privatadresse versendet.«

Um Viertel vor acht?

Sie runzelte die Stirn. Um diese Uhrzeit hatte sie noch geschlafen.

»Als ich vor zehn Minuten hier im Sender angekommen bin und deine Kündigung gelesen hab, dachte ich, mich trifft der Schlag. Und dann kam schon die nächste Schreckensmeldung, als ich das mit dem Video mitbekommen habe.«

Kim schüttelte irritiert den Kopf. »Ich hab dir keine Mail geschickt«, wiederholte sie, weil sie nicht wusste, was sie sonst sagen sollte.

Erst das Video und jetzt ihre angebliche Kündigung.

Irgendjemand spielte hier ein ganz mieses Spiel mit ihr.

»Du willst also nicht kündigen?«

»Natürlich nicht«, antwortete sie und wurde langsam wütend.

»Dann bin ich beruhigt. Ich hatte mir schon ernsthafte Sorgen um dich gemacht. Aber wenn du diese Mail nicht geschickt hast, wer dann?«

Gute Frage. Sie konnte sie ihm nicht beantworten.

»Und was ist jetzt mit dem Video? Wovon spricht der Kerl? Wenn es den Sender betrifft …«

»Es betrifft gar nichts, sondern ist eine falsche Behauptung.«

Allmählich hatte sie das Gefühl, gegen Windmühlen zu kämpfen. Wie lange konnte sie die Lüge noch aufrechterhalten? Ihr lief die Zeit davon.

»Was sagt die Polizei dazu?«

»Sie sind dran und befragen Anna. Mehr können sie noch nicht sagen.«

»Okay. Ab sofort herrscht nach außen hin absolutes Stillschweigen. Du redest mit niemandem darüber, schon gar nicht mit der Presse. Ich informiere inzwischen unsere Anwälte.«

Kim biss sich auf die Lippe.

»Kim?«

»Hm?«

»Hast du das verstanden? Kein Wort zu irgendjemandem.«

»Ja.«

»Keine Sorge, wir bekommen das alles wieder hin. Du hast meine volle Unterstützung.«

»Danke, Volker.«

Sie beendete das Gespräch und ließ das Handy sinken.

»Was ist los?«, erkundigte sich Julian.

»Wenn ich das wüsste«, antwortete sie. »Kannst du mir bitte ein Glas Wasser bringen?«

»Klar.«

Kaum hatte er den Raum verlassen, öffnete sie Outlook. Als sie zu dem Ordner »Gesendet« wechselte, stellte sie entsetzt fest, dass Volker die Wahrheit gesagt hatte. Ganz oben, gesendet um 7:46 Uhr, war die E-Mail mit dem Betreff »Kündigung«.

Wie war das möglich? Niemand hatte Zugang zu ihrem Mailaccount.

Plötzlich schoss ihr ein beängstigender Gedanke durch den Kopf. Julian war gestern Abend im Arbeitszimmer gewesen –angeblich um den Rollladen herunterzulassen.

Ein unangenehmes Prickeln machte sich in ihrem Nacken breit.

Nach ihrem Bad hatte der Laptop einen Spalt offen gestanden.

War es möglich, dass Julian an ihrem Rechner gewesen war und die E-Mail geschrieben hatte – entweder gestern Abend, versehen mit einer zeitlichen Sendeverzögerung, oder heute Morgen, als sie noch geschlafen hatte?

Sie liebte Julian, und doch ließ sie der Gedanke nicht mehr los.

Aber warum sollte er das tun?

Kapitel 29

»Das Taxi müsste gleich da sein«, sagte Julian, und Kim zog ihre Jacke an. In zehn Minuten war sie mit Lars verabredet.

»Ich möchte dir wirklich helfen. Auf keinen Fall werde ich zulassen, dass du noch mal zusammengeschlagen wirst.«

Kim legte ihre Hand auf seinen Arm. »Das weiß ich, und es ist wahnsinnig lieb von dir. Aber es geht leider nicht.«

Sie hatten bereits zuvor darüber diskutiert, beinahe sogar gestritten. Sosehr Kim ihn auch verstehen konnte, sie musste sich allein mit Lars treffen.

Julian musste für seinen Film nur noch ein paar Außenaufnahmen abdrehen, die jedoch aufgrund des Wetters um einige Tage verschoben worden waren. Er hatte Zeit für sie, und es war nicht zu übersehen, dass ihn ihre Abweisung kränkte.

»Ich brauche dich hier«, sagte sie und gab ihm einen Kuss. »Na los, machen wir uns fertig.«

Kim verließ das Haus auf demselben Weg wie gestern.

Sie stieg in das Taxi, während Julian sich auf die Straße stellte und den Weg für die Journalisten blockierte.

»Sie sind doch die Kim Jansen, oder?«, fragte der Taxifahrer, ein junger Mann mit einer großen Lücke zwischen den Vorderzähnen, kaum dass sie losgefahren waren. »Das ist ja ein Ding, was da gerade bei Ihnen abläuft.«

Kim hörte ihm gar nicht richtig zu, sondern nannte ihm eine Adresse, die ein paar Straßen entfernt lag. Sie warf einen Blick über die Schulter zurück. Die ersten Journalisten waren in ihr Auto gestiegen. Noch konnte Julian sie aufhalten, aber es würde nicht lange dauern, bis sie ihr nachjagten. Julian würde kurz darauf ein zweites Taxi rufen und ebenfalls wegfahren, um die Meute vom Haus wegzulocken. Wenn niemand mehr da war, den die Reporter interviewen konnten, war es für sie vertane Zeit.

»Irgendwie ist das paradox«, fuhr der Taxifahrer fort. »Ich meine, Sie decken in Ihrer Sendung Skandale und Geheimnisse auf, und dabei haben Sie selbst ein dunkles Geheimnis.«

Er kicherte leise, und Kim versuchte, ihn nicht weiter zu beachten.

Kurz darauf hielt er an und ließ sie aussteigen. Sie gab ihm fünfzig Euro und dieselben Anweisungen wie dem Fahrer gestern. Während er weiterfuhr, suchte sie Deckung hinter den geparkten Autos am Straßenrand und wartete, bis die Journalisten sie passiert hatten. Nach einer weiteren Minute machte sie sich schließlich auf den Weg.

Sie zog ihre Jacke zu und blickte in den grauen Vormittagshimmel. Schwarze Wolken zogen sich am Horizont zusammen. Der Wind frischte auf, und die Luft fühlte sich wie ein feuchtes Tuch an, das schwer über der Stadt hing. Es konnte nicht mehr lange dauern, bis der Himmel seine Schleusen öffnete.

Lars parkte drei Straßen weiter. Sie ließ sich auf den Beifahrersitz fallen und erschrak, als sie ihn sah. Seine linke Gesichtshälfte hatte sich grüngelb verfärbt und war noch immer leicht geschwollen. Sie bekam ein schlechtes Gewissen.

»Sie sehen furchtbar aus«, sagte sie.

»Ich sehe wie jemand aus, der jetzt gleich fünftausend Euro bar auf die Hand bekommt«, entgegnete er.

Ja, den Vorschuss hatte er sich nach seinem Einsatz gestern wahrlich verdient.

»Aber kommen wir doch erst mal auf Sie zu sprechen.«

Er hat das Video gesehen.

»Also schießen Sie mal los.«

»Da gibt's nichts zu sagen. Das Video ist eine Lüge. Und jetzt lassen Sie uns losfahren.«

Er lachte höhnisch auf und verschränkte die Arme. »Wer hätte es gedacht? Kim Jansen, Sauberfrau Nummer eins der Nation, hat tatsächlich ein dunkles Geheimnis.«

»Das Ganze ist eine Rufmordkampagne.«

»Aber sicher doch.« Er verzog spöttisch die Mundwinkel. »Worum geht es hier wirklich? Um ihre Tochter oder eher um Ihren guten Ruf?«

»Was fällt Ihnen ein? Lilly ist für mich das Wichtigste im Leben. Sie als Vater sollten das am besten wissen.«

»Und deshalb haben Sie verschwiegen, dass Sie das Video bereits gestern erhalten haben?«

»Ich habe das Video heute Morgen zum ersten Mal gesehen.«

Allmählich spitzte sich die Situation zu. Lars war nicht wie die anderen. In gewisser Weise ähnelte er Neumann, nur dass sie in seiner Gegenwart nicht sofort das Gefühl bekam, gestehen zu müssen.

Sie hielt seinem Blick stand, betete stumm, dass er ihr die Lüge abkaufte. Doch sie wurde enttäuscht.

»Warum glaube ich Ihnen nicht?«

Sie musste ihn irgendwie überzeugen. Nach wie vor war sie auf seine Hilfe angewiesen.

»War das der wahre Grund, warum Sie mich engagiert haben?«, fragte er. »Weil Sie den Entführer vor der Polizei finden müssen, um Ihr Geheimnis zu wahren?«

Kim lief ein kalter Schauer über den Nacken. Er zog die richtigen Schlüsse.

»Nein«, entgegnete sie mit betont fester Stimme. »Ich habe Sie engagiert, weil ich Sie trotz allem für einen der besten Privatdetektive halte.« Sie ließ einige Sekunden verstreichen, um ihre Worte wirken zu lassen. »Ich habe wirklich keine Ahnung, was der Entführer von mir will. Glauben Sie mir, ich würde alles tun, um Lillys Leben zu retten. Wenn es ein Geheimnis gäbe, ich wäre längst damit an die Öffentlichkeit gegangen, damit der Entführer Lilly freilässt.«

Lars zuckte mit den Schultern. »Was soll's? Kann mir auch egal sein, solange ich mein Geld bekomme.«

Normalerweise hätte seine Gleichgültigkeit Kim zum Explodieren gebracht, doch nun war sie froh, dass er so auf das Geld fixiert war.

Er startete den Motor.

»Wir fahren jetzt erst mal zur Bank. Bei welcher sind Sie?«

Kim nannte ihm den Namen und die Adresse der nächsten Filiale.

»Und dann?«, wollte sie wissen.

»Schnappen wir uns Reuter.«

»Wie wollen Sie ihn finden? Er ist doch bestimmt längst untergetaucht.«

»Davon gehe ich aus. Und genau da setzen wir an.«

Sie warf ihm einen fragenden Blick zu.

»Irgendwo muss er unterkommen. Ich habe gestern noch die beiden Akten durchgelesen, die Sie bei mir im Auto liegen gelassen haben. Ich hatte gehofft, einen Hinweis auf irgendwelche Verwandten oder engen Freunde von ihm zu finden, aber leider Fehlanzeige.«

Er hatte gestern nach der Schlägerei tatsächlich noch weiterrecherchiert? Sie verzog anerkennend das Gesicht.

»Ich habe mich gefragt, ob Reuter nicht doch eine Freundin hat, bei der er untergekommen sein könnte«, fuhr Lars fort. »Daher hab ich heute Morgen erneut meinen Kontaktmann aufgesucht und ihn ein wenig unter Druck gesetzt.«

»Und?«

»Seine Freundin heißt Martina Schmidt und wohnt in Haidhausen. Ich gehe jede Wette ein, dass Reuter sich bei ihr versteckt.«

Kim spürte, wie ihr Herz einen Freudensprung machte. Ein neuer Hoffnungsschimmer keimte auf. Vielleicht war doch noch nicht alles verloren.

Wenig später hielt Lars vor der Bankfiliale.

»Hier sind wir«, sagte er. »Jetzt sind Sie an der Reihe. Fünftausend Euro und keinen Cent weniger.«

»Keine Sorge. Sie dürfen es gern nachzählen.«

Sie stieg aus und spürte feine Tropfen auf ihrem Gesicht. Leichter Nieselregen setzte ein. Schnell überquerte sie den Vorplatz und betrat die Filiale.

Zwei Schalter waren geöffnet. An dem linken bediente ein junger Mann, der, dem Alter nach zu urteilen, noch ein Azubi sein musste, ein Rentnerehepaar und wurde dabei von einer Kollegin unterstützt. Als diese Kim erblickte, deutete sie auf den Bildschirm und sagte zu dem Azubi: »Jetzt musst du nur noch das Formblatt ausfüllen und auf Speichern gehen, anschließend ausdrucken und unterschreiben lassen. Das Original heftest du ab, die Kopie ist für die Kunden.« Sie setzte ein Lächeln auf und wandte sich Kim zu. »Guten Morgen. Wie kann ich Ihnen helfen?«

»Ich würde gerne eine größere Menge Bargeld abheben«, antwortete Kim und reichte ihr ihre EC-Karte.

»Sehr gerne, Frau ...« Sie warf einen Blick auf die Karte und stutzte. »Frau Jansen.«

Der Azubi hielt inne und sah zu ihr herüber, genau wie das ältere Paar.

So viel zur Diskretion.

Die Bankmitarbeiterin setzte sogleich wieder eine professionelle Miene auf.

»Wie viel möchten Sie denn abheben?«

»Fünftausend.«

»Sehr gerne.«

Sie nahm die EC-Karte und tippte etwas in ihren Computer.

Kim schielte zu den dreien am Nachbarschalter. Der Azubi hatte seine Arbeit wieder aufgenommen, die beiden Rentner tuschelten.

Die Bankmitarbeiterin legte die Stirn in Falten und kontrollierte die EC-Karte, bevor sie nach der Maus griff.

»Fünftausend sagten Sie?«

»Ja. Stimmt was nicht?«

»Nun ja«, antwortete die Frau zögerlich. »Sie haben Ihr Konto bis zum maximalen Limit überzogen. Bevor Sie wieder Geld abheben oder überweisen können, müssen Sie den Fehlbetrag ausgleichen.«

»Wie bitte?«

Der Azubi blickte aufgrund ihres Ausrufs auf. Augenblicklich senkte Kim ihre Stimme wieder.

»Was meinen Sie damit, ich hab mein Konto überzogen?«

»Sie haben eine sehr hohe Überweisung getätigt.«

»Wie hoch?«

»Fünfundziebzigtausend Euro.«

»Das kann nicht sein. Ich habe in letzter Zeit keine derart hohen Beträge überwiesen. Und außerdem habe ich ein Tageslimit von zehntausend Euro.«

»Welches gestern per Onlineauftrag angehoben wurde. Die Überweisung ist heute Morgen rausgegangen.«

»Das … Das ist unmöglich.«

Sie schüttelte irritiert den Kopf. Niemand außer ihr kannte die Zugangsdaten für ihr Bankkonto, zudem verwendete sie das mobile TAN-Verfahren, was bedeutete, dass der Bestätigungscode für eine Überweisung oder Änderung des Tageslimits auf ihr Handy gesendet wurde.

Fassungslos starrte sie die Mitarbeiterin an. Sie war zu perplex, um irgendetwas zu erwidern. Angst machte sich in ihr breit.

Wenn Lars die fünftausend nicht bekam …

Kalter Schweiß trat ihr auf die Stirn, als sie sich über die Konsequenzen bewusst wurde. Ohne das Geld würde er ihr nicht weiter bei der Suche nach Lilly helfen.

»Bitte prüfen Sie das noch mal«, bat Kim. »Da muss ein Missverständnis vorliegen.«

»Tut mir leid, ich habe es bereits mehrfach überprüft. Ihr Konto ist überzogen.«

»Aber ich habe definitiv keine Überweisung getätigt.«

»Der Überweisungsbeleg liegt vor mir. Das Geld ging an ein Konto auf den Kaimaninseln.«

Kaimaninseln?

Kim wurde stutzig. »Wer ist der Empfänger?«

Die Frau sah auf den Bildschirm und kniff die Augen zusammen, als könnte sie selbst nicht glauben, was dort stand.

»Der Empfänger sind Sie selbst.«

Kapitel 30

Völlig benommen verließ Kim die Filiale und trat ins Freie. In ihrem Kopf schwirrten so viele Fragen, dass ihr schwindelig wurde.

Wer hatte die Überweisung getätigt? Wie war derjenige an ihre Kontodaten gekommen? Und warum zum Teufel war das Konto auf den Kaimaninseln auf ihren Namen zugelassen?

Doch sosehr sie auch darüber grübelte, sie fand keine vernünftige Erklärung.

Zuerst die vermeintliche Kündigung und jetzt das.

Was geht hier vor?

Der Nieselregen war stärker geworden und benetzte ihr Gesicht. Ein kühler Wind blies ihr um die Ohren und half ihr, nicht komplett den Verstand zu verlieren.

Sie sah zu Lars' Auto hinüber. Die Windschutzscheibe war nass und Lars lediglich schemenhaft zu erkennen.

Wie sollte sie ihm nur beibringen, dass er das Geld nicht wie vereinbart bekam? Sie fürchtete sich vor seiner Reaktion, und so blieb sie noch für einen Augenblick vor der Bank stehen. Schließlich gab sie sich einen Ruck, sog tief die frische Luft ein und ging zum Auto zurück.

»Na endlich«, meinte Lars, als sie neben ihm Platz genommen hatte. »Hat ganz schön lange gedauert.«

Erwartungsvoll streckte er ihr die Hand entgegen.

»Mein Geld, bitte.«

»Es … gibt da ein kleines Problem.«

Schlagartig verfinsterte sich sein Gesichtsausdruck. »Was soll das heißen?«

»Ich kann kein Geld abheben.«

»Wie bitte?«

Sein Blick durchbohrte sie förmlich, und sie sank auf ihrem Sitz zusammen. Mit brüchiger Stimme berichtete sie ihm, was in der Bank vorgefallen war. Sie versuchte erst gar nicht, ihn anzulügen, dieses Mal hatte er die Wahrheit verdient.

»Wollen Sie mich verarschen? Das ist ja wirklich die dümmste Ausrede, die ich jemals gehört hab.«

Sie wünschte, es wäre eine Ausrede.

»Es tut mir leid. Es ist mir selber unbegreiflich.«

Lars schlug wütend aufs Lenkrad. »Ich bin so ein Idiot. Ich hätte es wissen müssen. Auf Ihr Wort ist einfach kein Verlass.«

»Ich kann doch nichts dafür.«

»Alles umsonst«, murmelte er, und Kim sah, wie seine Kiefer mahlten. »Verprügelt worden für nichts und wieder nichts.«

»Sie bekommen das Geld, das verspreche ich Ihnen.«

Er lachte auf. »Erwarten Sie ernsthaft, dass ich ein zweites Mal auf Ihre leeren Versprechungen hereinfalle? Hier ist Endstation. Ich bin draußen.«

Kim fuhr erschrocken zusammen. Wenn Lars ausstieg, war alles vorbei.

»Bitte«, flehte sie. »Sie kriegen Ihr Geld. Ich bestätige es Ihnen schriftlich, wenn Sie mir nicht vertrauen.«

»Vergessen Sie's.«

Ihre Kehle schnürte sich zu.

»Lilly schwebt in Lebensgefahr. Sie sind der Einzige, der sie finden kann.«

»Ich bin wohl eher der Einzige, der keine Fragen stellt«, entgegnete er und nickte in Richtung der Tür. »Und jetzt raus mit Ihnen.«

Kim blieb regungslos sitzen. Lähmende Angst machte sich in ihr breit. Vor ihrem geistigen Auge sah sie Neumann, der vor ihrer Tür stand und ihr schonend beizubringen versuchte, dass Lilly tot war.

»Fünfzehntausend«, sagte sie. »Ich gebe Ihnen fünfzehntausend Euro, wenn Sie mir weiter bei der Suche nach Lilly helfen.«

Lars legte den Kopf schief. Er schwieg, aber Kim konnte sehen, dass es hinter seiner Stirn arbeitete.

»Zwanzig«, antwortete er schließlich. »Und versuchen Sie nicht, mich runterzuhandeln.«

Kim fühlte Erleichterung.

»Abgemacht.«

Sie hielt ihm die Hand entgegen, doch er schlug nicht ein.

»Ich warne Sie, wenn ich das Geld nicht bekomme, dann lernen Sie mich kennen. Haben Sie das verstanden?«

Sein Blick verriet, dass er seine Drohung mehr als ernst meinte.

»Verstanden. Sobald das hier vorbei ist, kläre ich das Missverständnis mit der Bank und gleiche den Fehlbetrag aus. Dann bekommen Sie Ihr Geld.«

Zur Not würde sie sich den Betrag von Behrendt leihen.

»Ich muss verrückt sein, dass ich mich darauf einlasse«, brummte er und fuhr auf die Straße.

Kapitel 31

Seit zwei Stunden parkten sie in der Nähe des Rosenheimer Platzes und beobachteten das Haus gegenüber, in dem Martina Schmidt wohnte. Ein kleiner Laden befand sich im Erdgeschoss des mit weißen Erkern und Steinfiguren verzierten dreistöckigen Gebäudes. Es regnete, und der Wind blies die letzten noch verbliebenen Blätter von den Bäumen, die die Parkbucht säumten.

Sven Reuter war bis jetzt noch nicht aufgetaucht, und Kim wurde allmählich unruhig. Die Zeit spielte gegen sie.

Was, wenn er sich überhaupt nicht blicken ließ? Wenn er gar nicht bei seiner Freundin war?

»Glauben Sie, dass Reuter hinter der Entführung steckt?«, fragte sie und schob sich das letzte Stück des Sandwichs in den Mund, das sie vorhin beim Subway um die Ecke geholt hatte.

»Zumindest hängt er mit drinnen«, antwortete Lars. Er wischte sich mit der Serviette den Mund ab und stopfte sie in die Tüte, in der Kim das Essen gebracht hatte. »Köller war ein Außenseiter, ein Mitläufer, der sein Leben geopfert und damit jemandem einen großen Gefallen getan hat. Ich glaube nicht, dass er lediglich ein Dahinsiechen verhindern wollte. Wahrscheinlich wollte er wenigstens einmal der Held für seine rechten Freunde sein. Ich kann mir daher nicht vorstellen, dass er seinem Cousin gegenüber nichts gesagt hat. Er hat bestimmt versucht, sich im Vorfeld zu profilieren. Selbst wenn Reuter nicht der Drahtzieher ist, irgendetwas muss er wissen. Immerhin haben sie uns in der Kneipe bereits erwartet.«

Die nächste Viertelstunde saßen sie schweigend nebeneinander und starrten aus dem Fenster. Monoton prasselte der Regen gegen die Windschutzscheibe. Eine Trambahn fuhr vorbei und erfasste beinahe einen Radfahrer, der plötzlich quer über die Straße schoss.

Für einen kurzen Moment schloss Kim die Augen.

Sie hielt das Messer so fest umklammert, dass ihre Knöchel weiß hervortraten.

Lachend drehte er sich zu ihr um. Er sah die Waffe, und seine Mimik gefror.

Sie stieß mit voller Kraft zu.

Kim riss die Augen auf. Panik übermannte sie, und es kostete sie große Anstrengung, sich nichts anmerken zu lassen.

»Ich könnte einen Kaffee gebrauchen«, sagte sie. »Wollen Sie auch einen?«

»Mit viel Milch«, antwortete er.

Kim stieg aus, froh, der Enge des Autos für einen Moment entkommen zu sein. Geduckt lief sie zu dem Coffeeshop, der keine zwanzig Meter entfernt lag. Ihr Blick fiel auf den Zeitungsständer am Straßenrand.

Entführungsdrama bei Kim undercover, stand in großen Buchstaben auf der Titelseite der Bild-Zeitung. Und etwas kleiner darunter: *Vater prügelt sich mit bekanntem Schauspieler.* Das Foto, das eine Viertelseite einnahm, hatte den Moment festgehalten, als Julians Faust Olivers Nase traf.

Kim verdrehte die Augen.

Im nächsten Moment klingelte ihr Handy.

Wenn man vom Teufel liest.

»Hallo, Oliver«, meldete sie sich und suchte Schutz unter dem überdachten Eingang.

»Ich steh vor deinem Haus«, kam er ohne Umschweife zur Sache. »Mach mir bitte auf.«

»Tut mir leid, ich bin gerade unterwegs.«

»Aha. Was hat es mit diesem Video auf sich?«

Kim stieß hörbar die Luft aus. Allmählich hatte sie keine Lust mehr, sich zu rechtfertigen.

»Oliver, das Video ist eine Lüge.«

»Ach tatsächlich? Oder ist deine weiße Weste vielleicht doch nicht so weiß? Was hast du mir während unserer Ehe verschwiegen?«

»Nichts. Der Einzige, der etwas verschwiegen hat, warst du. Eineinhalb Jahre, wenn ich dich an deine Affäre erinnern darf.«

»Lenk jetzt nicht ab. Es geht um Lilly, also hör mit deinen Ausflüchten auf. Um welches Geheimnis geht es?«

»Es gibt kein Geheimnis. Das Ganze ist eine Schmutzkampagne.«

»Den Mist kannst du vielleicht deinem Milchbubi erzählen, aber nicht mir.«

Kim schwieg, und Oliver fuhr fort: »Ich sag dir was. Du wirst jetzt sofort an die Presse gehen und dein dunkles Geheimnis verraten. Genau, wie es der Entführer verlangt. Hast du das verstanden?«

»Ich werde nichts dergleichen tun.«

»Verdammt noch mal, Kim, es geht hier um unsere Tochter! Also tu gefälligst, was er verlangt, damit er sie endlich freilässt.«

Und was, wenn er das nicht tut? Wenn er sie trotzdem tötet oder Lilly längst tot ist?

»Ich muss jetzt Schluss machen«, sagte sie und legte ohne ein weiteres Wort auf. Sekunden später rief Oliver erneut an, doch sie drückte ihn weg und betrat den Coffeeshop. Kurz darauf war sie mit zwei dampfenden Bechern zurück im Auto und reichte Lars seinen Kaffee.

»Und?«, wollte er wissen. »Was ist das für ein Gefühl, wenn das Leben auf einmal den Bach runtergeht?« In seinen Augen lag pure Schadenfreude.

Kim erwiderte nichts, nippte stattdessen an ihrem Kaffee.

»Es ist ein Scheißgefühl, wenn die eigene Tochter weg ist, oder?«, fuhr er fort.

Es war ein schreckliches Gefühl, bestätigte sie in Gedanken, blieb ihm die Antwort jedoch schuldig. Sie wollte sich auf sein Spiel nicht einlassen.

Sein Blick verlor sich in der Ferne. »Lena will nichts mehr mit mir zu tun haben.«

»Das tut mir leid«, sagte Kim betreten. »Wie alt ist Ihre Tochter jetzt?«

»Sie wird im Dezember vierzehn.«

Er trank einen Schluck. »Warum haben Sie damals die Pressekonferenz gegeben und mich an den Pranger gestellt?«

»Was hätten wir denn sonst machen sollen? Schweigen und so tun, als wäre nichts geschehen?«

»Sie haben mir damit das Genick gebrochen.«

»Das haben Sie schon selbst zu verantworten. Hätten Sie nicht die Hand aufgehalten, würden wir heute noch mit Ihnen zusammenarbeiten. So mussten wir den Schaden begrenzen, den Sie angerichtet haben.«

»Ja natürlich.« Der Sarkasmus in seiner Stimme war nicht zu überhören. »Der gute Ruf der Kim Jansen. Bin gespannt, was davon noch übrig ist, wenn die Sache hier ausgestanden ist.«

Das hättest du wohl gerne, dachte sie im ersten Moment, doch sie wusste, dass er nicht unrecht hatte. Die Journalisten hatten Blut geleckt – allen voran Anna -, und sie würden so lange graben, bis sie endlich etwas gefunden hatten.

Anna war nicht zu unterschätzen. Sie kannte keine Skrupel und war nicht zimperlich, wenn es darum ging, die Konkurrenz auszuschalten. Das hatte Kim damals am eigenen Leib erfahren, bis Behrendt die Reißleine gezogen hatte.

Kim schob den Gedanken an die möglichen Auswirkungen auf ihren Ruf beiseite. Momentan ging es nur darum, Lilly zu finden.

Plötzlich richtete sich Lars auf.

»Es geht los«, sagte er und stellte den Kaffeebecher aufs Armaturenbrett. »Dort drüben ist Reuter.«

Kapitel 32

Sven Reuter stand am Hauseingang und sah sich nach beiden Seiten um. Er zog die Kapuze seines Anoraks über den Kopf, vergrub die Hände in den Hosentaschen und ging los.

Kim und Lars stiegen aus dem Auto und liefen geduckt auf die andere Straßenseite. Reuter war etwa dreißig Meter vor ihnen.

Kims Herz klopfte wie wild.

Wohin war er unterwegs? Zu Lillys Versteck?

Unauffällig folgten sie ihm einige Zeit, immer nahe den Geschäften, um Schutz suchen zu können, falls sich Reuter umdrehte. Doch er sah sich kein einziges Mal um.

Sie wurden etwas schneller und holten auf. Er war nun keine fünfzehn Meter mehr von ihnen entfernt.

Kim spürte das Kribbeln in ihrem Nacken, eine Mischung aus Aufregung, Hoffnung und Furcht. Die Erinnerung an die Schlägerei in der Kneipe war noch gegenwärtig. Doch dieses Mal hatten sie es nicht mit sieben Männern zu tun, sondern nur mit Reuter – der allerdings nicht zu unterschätzen war.

Auf der Straße war nicht viel los. Nur vereinzelt hetzten Menschen mit eingezogenem Kopf oder unter einem Schirm versteckt den Gehweg entlang. In dem Wartehäuschen der Trambahnhaltestelle, die sie soeben passierten, suchte eine Gruppe Schüler Schutz.

Reuter bog um die Ecke.

Lars stoppte Kim mit ausgestrecktem Arm. Vorsichtig lugte er um die Ecke, ehe er flüsterte: »Weiter.«

Sie waren in einer ruhigen Seitenstraße mit mehrstöckigen Wohngebäuden angelangt. Außer einer Bar, die noch geschlossen hatte, gab es hier keine Geschäfte.

Lars wurde auf einmal schneller. Er deutete nach vorn, und Kim verstand. Ein Stück vor ihnen tat sich ein überdachter Durchgang zwischen zwei Häusern auf.

Lars war bereit zu handeln.

Sie nickte, und beide rannten los.

Ihr Herz pochte so laut, dass sie das Gefühl hatte, selbst Reuter könnte es hören. Doch der ging seelenruhig weiter. Rasch holten sie auf.

Lars erreichte Reuter, als dieser an dem Durchgang vorbeiging. Er packte ihn an der Jacke und zog ihn ruckartig in die Passage, die zu einem Hinterhof führte.

Reuter stolperte und fiel rückwärts zu Boden. Mit einem Satz war Lars über ihm, setzte sich auf seine Brust und versetzte ihm zwei schnelle Faustschläge ins Gesicht.

Reuter gab nur ein leises Stöhnen von sich. Blut lief ihm aus der Nase, und erschrocken starrte er Lars an.

Als Lars erneut ausholte, ging Kim dazwischen.

»Wollen Sie ihn bewusstlos schlagen?«

»Dieses Schwein hätte es verdient.«

Für einen kurzen Moment war er abgelenkt, und Reuter bäumte sich auf. Lars fiel nach vorn, stützte sich mit den Händen am Boden ab und fand sein Gleichgewicht wieder. Reuter schlug von unten zu und traf Lars an den verletzten Rippen. Er schrie schmerzerfüllt auf.

Lars' Gesicht verzerrte sich zu einer wütenden Fratze, und er versetzte seinem Kontrahenten einen Ellenbogenschlag. Für einen Augenblick befürchtete Kim, Reuter würde das Bewusstsein verlieren.

»Halt still, oder ich prügel dich windelweich!«

Kim konnte ihn durchaus verstehen. Reuter und seine Männer hatten sie gestern töten und vorher noch mit ihr ihren Spaß haben wollen. Doch für Rache war jetzt keine Zeit. Sie mussten Lilly finden.

»Geh runter von mir, du Drecksack«, keuchte Reuter, doch er leistete keine Gegenwehr mehr. Er wirkte benommen.

Kim blickte sich verstohlen um. Der Hinterhof war leer, nur zwei Müllcontainer standen herum. Die Fenster der Wohnungen waren von hier aus nicht zu sehen.

»Jetzt hör mir genau zu«, sagte Lars und packte ihn am Kragen. »Ich hab ein paar Fragen, und ich will Antworten. Versuch nicht, mich zu verarschen. Ich hab den gestrigen Abend nicht vergessen und bin deswegen immer noch verdammt sauer.«

Er fixierte ihn mit einem Blick, der Kim das Blut in den Adern gefrieren ließ.

»Wo ist Lilly?«, wollte Lars wissen und betonte jedes Wort einzeln.

Ein Lächeln huschte über Reuters Gesicht. »Ihr werdet die Kleine niemals finden.«

Lars' Augen verengten sich zu winzigen Schlitzen. »Wo ist sie?«

Reuter schwieg, und Lars zog ihn kräftig am Kragen.

»Okay, okay.« Er hob abwehrend die Hände. »Ich sag dir, wo sie ist.«

Kim hielt unwillkürlich den Atem an. Ihr Blick traf den von Reuter, und sie fröstelte.

Reuter grinste und sagte: »Sie ist auf dem Weg zur Hölle!«

Kim stieß die Luft aus, und Lars ballte die Faust. Doch bevor er zuschlagen konnte, schlang Reuter die Arme um ihn, zog ihn zu sich heran und rollte sich blitzschnell mit ihm zur Seite. Als er oben war, schlug er zu. Lars hielt sich schützend die Hände vors Gesicht.

Reuter ließ von ihm ab und versetzte Kim einen Stoß. Sie prallte gegen die Wand, und Reuter rannte los.

»Hinterher!«, schrie Lars und sprang auf.

Sie liefen aus dem Durchgang in den Regen hinaus. Reuter überquerte die Straße und verschwand in einer Seitengasse. Ohne nach links oder rechts zu schauen, jagten sie ihm nach.

Ein Mann unter einem Regenschirm musste mit einem Satz zur Seite ausweichen, sonst hätte Reuter ihn umgerannt. Erneut wechselte er die Straßenseite und bog nach rechts in eine Einbahnstraße ab, dicht gefolgt von Lars, der immer weiter aufholte. Kim war eine gute Läuferin, aber bei dem Tempo, das Lars vorlegte, konnte sie nicht mithalten. Nur noch wenige Meter trennten die beiden Männer voneinander.

Gerade als Lars Reuter fast erreicht hatte, lief dieser an einem Fahrrad vorbei, das an einer Hauswand lehnte. Er griff danach und riss es um.

Lars versuchte auszuweichen, doch sein linker Fuß verhakte sich im Lenker, und er stürzte. Lachend drehte sich Reuter halb um und verlangsamte dabei das Tempo.

Kim erreichte Lars, der stöhnend am Boden lag.

»Er darf nicht entkommen!«, schrie er und rappelte sich auf. Sein Fuß schien verletzt zu sein, er humpelte und verzog schmerzverzerrt das Gesicht.

Kim sprang über das Fahrrad, das quer auf dem Gehweg lag, und lief weiter. Ihre Lunge brannte.

Sie musste Reuter einholen.

Sie ist auf dem Weg zur Hölle!

Ohnmächtige Wut überkam sie und verlieh ihr neue Kräfte.

Hinter sich hörte sie Lars fluchen.

Es lag nun allein bei ihr. Kim mobilisierte all ihre Reserven. Der Abstand zu Reuter verringerte sich.

Der hatte das Ende der Sackgasse erreicht und lief auf die Querstraße hinaus. Ohne anzuhalten, drehte er seinen Kopf und warf einen Blick zurück.

Im nächsten Moment schrie Kim auf. Bremsen quietschten. Das Auto, das von links herangeschossen kam, erfasste Reuter frontal. In hohem Bogen flog er durch die Luft und kam mit dem Rücken auf dem Asphalt auf. Der Fahrer riss das Steuer herum, versuchte, auf die Gegenfahrbahn auszuweichen. Doch er war zu langsam und fuhr über Reuter hinweg. Das Auto brach seitlich aus und krachte in einen geparkten Wagen.

Sven Reuter lag regungslos und mit verdrehten Gliedmaßen da. Eine Blutlache breitete sich um ihn herum aus.

Kapitel 33

Für einen Moment schien die Zeit stillzustehen.

Kim verharrte regungslos, konnte den Blick nicht von Reuter wenden. Sie musste nicht herangehen, um zu erkennen, dass er tot war.

Ihre Kehle war wie zugeschnürt, und sie fühlte sich so hilflos wie nie zuvor in ihrem Leben.

Es war vorbei.

Ihre einzige Spur zu Lilly lag mit zerschmettertem Körper auf dem nassen Asphalt.

Alles war unwichtig geworden, nichts hatte mehr eine Bedeutung. Es war wie ein Albtraum, aus dem es kein Entrinnen gab.

Das Prasseln des Regens klang in ihrem Kopf wie dumpfe Hammerschläge. Das Wasser vermischte sich mit Reuters Blut und zog es in bizarre Formen auseinander.

Es war so unwirklich.

Auf einmal stand Lars neben ihr. Sie hatte ihn nicht kommen gehört, erst als er seine Hand auf ihre Schulter legte, bemerkte sie ihn. Er musste nichts sagen, in seinem Blick spiegelte sich blankes Entsetzen wider.

In der nächsten Sekunde schrie jemand auf. Der Schrei holte Kim in die Realität zurück.

Auf der gegenüberliegenden Straßenseite stand eine Frau und starrte auf die Unfallstelle. Der Schirm entglitt ihren Händen und wurde von einer Windböe davongerissen.

Wenige Meter neben Kim taumelte der Fahrer aus seinem Wagen. Er stand sichtlich unter Schock. Fassungslos sah er zu Kim hinüber und schlug die Hände vors Gesicht.

»Ich hab ihn nicht gesehen«, wimmerte er. »Er war auf einmal da. Ich hab ihn wirklich nicht gesehen.«

Er sank auf die Knie und musste sich übergeben.

In der Ferne ertönte ein Martinshorn.

»Verschwinden Sie«, sagte Kim zu Lars.

»Was?«

»Sie sollen verschwinden. Ich will Sie nicht noch mehr in die Sache hineinziehen.«

Es hatte noch andere Gründe, aber die verschwieg sie ihm.

»Was ist mit Ihnen?«

»Ich werde auf die Polizei warten und meine Aussage machen. Es hat keinen Sinn abzuhauen. Die Frau und der Mann haben mich gesehen und bestimmt erkannt.«

Lars zögerte. »Sind Sie sicher?«

Nein, war sie nicht.

»Wir sprechen uns nachher«, bekräftigte sie.

Lars nickte. Dann drehte er sich um und ging. Er humpelte leicht.

Kim atmete tief durch und sah zur Unfallstelle.

Lilly schwebte in höchster Lebensgefahr. Wenn Reuter der alleinige Entführer gewesen war, dann hatte er ihren Aufenthaltsort mit ins Grab genommen.

Kapitel 34

Kim verließ das Polizeipräsidium und blieb unter dem überdachten Eingang stehen. Es war Nachmittag, und es regnete noch stärker als zuvor. In den Vertiefungen auf dem Gehsteig bildeten sich die ersten Pfützen.

Nachdem am Unfallort ihre Personalien aufgenommen worden waren, hatte der Polizist umgehend Neumann informiert, der sie abholen und hierherbringen ließ.

Kerstin hatte ihr auf der Herfahrt eine SMS geschrieben, ob alles in Ordnung sei.

Nein, nichts war in Ordnung.

Stattdessen hatte sie ihr geantwortet: *Kann grad nicht reden. Sitz im Streifenwagen und bin auf dem Weg zu Neumann.*

Kim hatte die Flucht nach vorn angetreten und bemühte sich um Schadensbegrenzung. Wäre sie einfach abgehauen, hätte sie sich erst recht verdächtig gemacht. Genauso, wenn bekannt würde, dass sie mit einem wegen Bestechung verurteilten Privatdetektiv zusammenarbeitete, von dem sie sich einige Jahre zuvor öffentlich distanziert hatte. Deshalb hatte sie Lars vorhin vom Unfallort fortgeschickt und Neumann nur das Notwendigste berichtet. Dass sie auf der eigenständigen Suche nach Lilly auf Köllers Cousin Sven Reuter gestoßen und ihn bei seiner Freundin aufgespürt hatte.

Obwohl sie lediglich als Zeugin vernommen worden war, hatte Neumann sie so stark unter Druck gesetzt, dass sie beinahe alles gestanden hätte.

Kim trat der kalte Schweiß auf die Stirn, als sie daran zurückdachte.

Das durfte ihr nicht noch mal passieren.

Sie wollte sich gerade ein Taxi rufen, als plötzlich ein Mann neben ihr auftauchte.

»Brauchst du jemanden, der dich heimfährt?«

Kim sah überrascht auf. »Volker? Was machst du denn hier?«

»Frau Uhl hat mir gesagt, dass du hier bist. Sie macht sich fürchterliche Sorgen um dich, also bin ich hergefahren.«

Er hielt ihr den Schirm entgegen.

»Na los, ich fahr dich heim.«

Kim nahm sein Angebot dankend an.

»Was ist passiert?«, wollte er wissen, während sie zu seinem Auto gingen, das um die Ecke parkte, und Kim erzählte ihm in knappen Worten dasselbe wie Neumann.

»Ich will dir nichts vormachen, Kim, aber die Situation ist ernst. Die Reputation des Senders steht auf dem Spiel. Ich hoffe, das Ganze ist tatsächlich nur eine Rufmordkampagne, aber wenn dem nicht so sein sollte, dann darf das niemals an die Öffentlichkeit geraten, oder du verlierst deine Glaubwürdigkeit. Und das wäre das Schlimmste, das *Kim undercover* passieren kann. Ich hoffe, das ist dir klar.«

Sie nickte mit zusammengepressten Lippen. Nach wie vor hatte Lillys Rettung oberste Priorität, aber dass TV4 nun ebenfalls in Mitleidenschaft gezogen wurde, machte die Situation für sie noch schlimmer.

»Wir sind gegenwärtig dabei, eine Strategie zu entwerfen, und werden wohl in einem ersten Schritt mit einem Dementi rausgehen, aber dafür muss sichergestellt sein, dass du schweigst.«

Das hab ich ohnehin vor.

Sie hatten sein Auto erreicht, und Volker hielt ihr die Tür auf.

»Keine Sorge, Kim, wir kriegen das alles wieder hin. Ich bin mir sicher, Lilly wird nichts geschehen.«

Es war als Aufmunterung gemeint, doch Kim musste bei seinen Worten schwer schlucken. Wenn Reuter Lilly nicht genug Wasser da gelassen hatte, würde es nicht lange dauern, bis sie verdurstete.

Volker setzte sie vor ihrem Haus ab. Es goss wie aus Kübeln, und die Journalisten hatten längst das Weite gesucht.

Hoffentlich ist Julian schon zurück.

Er wollte sich mit dem Regisseur treffen, um den weiteren Zeitplan zu besprechen. Nach der ganzen Aufregung brauchte Kim eine Schulter zum Anlehnen.

Sie betrat den Hausflur und wollte gerade nach ihm rufen, als sie seine Stimme hörte.

»Natürlich wird das Auswirkungen haben, was glaubst du denn?«

Kim runzelte die Stirn. Hatte er Besuch?

Im Wohnzimmer brannte Licht, doch Julian war nicht zu sehen.

»Das will ich hoffen«, fuhr er fort, und Kim vermutete, dass er telefonierte.

Sie hängte ihre nasse Jacke an den Garderobenhaken und legte ihren Schlüssel in die Schale auf dem Schuhschrank. Ihre Jeans war noch leicht feucht. Sie huschte die Treppe nach oben, um sich umzuziehen. Eigentlich wollte sie Julian bei seinem Telefonat nicht belauschen, blieb jedoch auf halbem Weg stehen, als er lauter wurde.

»Soll das ein Witz sein? Weißt du eigentlich, was hier gerade abgeht?«

Mit wem redet er?

»Das ist viel zu wenig. Die können ruhig noch erhöhen. Das Doppelte sollte ja wohl mindestens drin sein.«

Es entstand eine kleine Pause.

»Nein. Notier die Angebote, aber sag keinem zu. Die sollen nicht glauben, ich wäre so billig für ein Interview zu haben.«

Kim schlich wieder nach unten. Ihre Neugierde war geweckt. Oder war es Misstrauen? Von welchen Angeboten sprach er? Und was für ein Interview wollte er geben?

Ein schrecklicher Gedanke kam ihr.

War er gestern doch an ihrem Laptop gewesen und wollte nun Informationen aus erster Hand an die Presse weitergeben?

Julian lachte laut auf. »Wenn das hier alles vorbei ist, werde ich so bekannt sein, dass ich mir die Rollen aussuchen kann. Til Schweiger wird auf mich zukommen, nicht umgekehrt.«

Kim beschlich ein ungutes Gefühl.

»Alles klar, wir hören uns. Bis dann«, beendete er das Gespräch.

Kim eilte zur Garderobe zurück, nahm den Schlüssel aus der Schale und ließ ihn mit einem lauten Klirren wieder hineinfallen.

»Julian?«, rief sie. »Ich bin wieder da.«

Es dauerte keine Sekunde, bis er am Türstock erschien.

»Hey«, sagte er sichtlich überrascht. Oder war er erschrocken? »Du bist schon zurück?«

»Bin gerade zur Tür rein.« Sie deutete auf das Handy, das er noch immer in der Hand hielt. »Mit wem hast du telefoniert?«

»Ach, nur mit dem Regisseur«, winkte er ab und steckte das Handy in die Hosentasche. »Ging um meinen neuen Film. Die Promotion und so.«

Mit dem Regisseur? Wollte er den heute nicht persönlich treffen?

Bevor sie weiter nachhaken konnte, nahm er sie in die Arme. »Ich hab dich vermisst. Wie ist es gelaufen?«

»Nicht so gut. Die Spur ist in einer Sackgasse verlaufen.«

»Willst du darüber reden?«

»Vielleicht später«, antwortete sie, weil sie keine Lust hatte, die Geschichte erneut zu erzählen.

Sie ging in die Küche und schenkte sich ein Glas Leitungswasser ein. Durstig trank sie, und ließ sich erschöpft auf dem Küchenstuhl nieder. Sie war müde, frustriert und hatte so viel Angst wie nie zuvor in ihrem Leben. Und das Schlimmste war, dass sie mit niemandem offen darüber reden konnte. Auch nicht mit Julian.

Oder war das vielleicht sogar besser?

Sie biss sich auf ihre Unterlippe. Allmählich hatte sie das Gefühl, den Verstand zu verlieren. Julian liebte sie, und er war vernarrt in Lilly. Niemals würde er etwas tun, das ihr schaden würde. Und schon gar nicht würde er ein Interview zu ihrer Situation geben. Er musste von seinem Film gesprochen haben.

Oder doch nicht?

Zweifel nagten an ihr.

Konnte sie ihm wirklich noch trauen?

Kapitel 35

Obwohl Julian sie vorgewarnt hatte, saß Kim neben ihm auf der Couch und zappte durch die Fernsehprogramme. Es war bereits Abend, und Kim durchlebte mit jeder Berichterstattung ein Wechselbad der Gefühle: Wut, Entsetzen und Hilflosigkeit.

Sie war wütend, dass Lillys Entführung in den Hintergrund getreten war, entsetzt, dass sich alles nur noch um ihre dunkle Vergangenheit drehte, und hilflos, welch abstruse Theorien darüber aufgestellt wurden.

Lediglich TV4 berichtete neutral über die Entführung und ließ sich nicht zu Spekulationen hinreißen.

»Warum tust du dir das an?«, fragte Julian. »Schalt den Mist aus.«

»Ich muss das sehen«, antwortete sie, obwohl sie selbst nicht wusste, warum. Wahrscheinlich weil es sie ablenkte und sie nicht ständig daran denken musste, dass Reuter tot war und Lilly Gefahr lief, in ihrem Gefängnis zu sterben.

Sie schaltete weiter zu Tele1, wo ein Reporter gerade mit einer Frau in ihrem Alter sprach.

Manuela Schimmer.

Kim erkannte ihre Kommilitonin sofort wieder, obwohl seit dem Studium über fünfzehn Jahre vergangen waren. Sie waren befreundet gewesen, hatten zusammen gelernt und waren abends gern ausgegangen. Nach dem Studium hatten sie sich anfangs noch regelmäßig getroffen, bis Manuela schwanger wurde und immer weniger Zeit hatte. Irgendwann brach der Kontakt ganz ab.

»Ich wusste, dass sie etwas zu verbergen hat«, sprach sie in das Mikrofon, das ihr der Reporter entgegenstreckte. »Kim ist schon immer sehr ehrgeizig gewesen, aber ihre Karriere konnte nicht mit rechten Dingen zugehen. So perfekt kann doch niemand sein.«

»Haben Sie noch Kontakt zu ihr?«, wollte der Reporter wissen.

»Nein. Ich habe mir in den letzten Jahren häufig gedacht, dass es eigentlich schön wäre, sie mal wiederzusehen, aber jetzt … Na ja, ist wahrscheinlich besser so.«

Kim krallte sich an dem Kissen fest, das sie quer über ihren Schoß gelegt hatte.

Und dieser dummen Kuh hatte sie damals bei der Diplomvorprüfung geholfen, indem sie sie von ihr abschreiben ließ.

»Danke für Ihre Einschätzung. Wir schalten zurück ins Studio.«

Auf dem Bildschirm erschien Anna in Großaufnahme. Kim war kurz davor, das Kissen gegen den Fernseher zu werfen.

»Vielen Dank, Wolfgang«, sagte Anna. »Noch immer dementiert Kim Jansen und ist zu keiner Stellungnahme bereit, was den Verdacht erhärtet, dass sie tatsächlich etwas zu verbergen hat. Und die Beweise werden immer erdrückender.«

Es entstand eine kurze Pause, und Kim verfluchte Anna für diesen rhetorischen Kniff. Das Saatkorn des Zweifels war beim Zuschauer gesät.

»Was treibt eine Mutter dazu, in dieser Situation zu schweigen, obwohl sich ihre Tochter nach wie vor in der Hand des Entführers befindet?«, fuhr Anna schließlich fort. »Zählt ihre Karriere mehr als ihre Familie? Ist das Ganze womöglich sogar ein PR-Gag für die neuen Folgen von *Kim undercover*?«

218

»Spinnt die?«, entrüstete sich Kim.

Die Kamera zoomte heraus und erfasste den Mann, der neben Anna am Tisch stand. Kim stockte bei seinem Anblick der Atem.

Das kann nicht wahr sein!

»Im Studio begrüßen wir Oliver Jansen, Lillys Vater, der uns die gegenwärtige dramatische Situation aus seiner Sicht schildern wird. Erfahren Sie außerdem, was er von Kims Geheimnis weiß. Mehr nach einer kurzen Werbepause. Bleiben Sie dran.«

Kim spürte, wie ihr jegliche Farbe aus dem Gesicht wich.

Erfahren Sie außerdem, was er von Kims Geheimnis weiß.

Oliver konnte nichts davon wissen. Er war in den USA gewesen, und sie hatte ihm nie etwas davon gesagt.

Die Werbung wurde eingeblendet. Julian griff nach der Fernbedienung und stellte den Ton stumm.

»Tut mir leid«, sagte er. »Ich hätte dir das gerne erspart.«

Sie presste die Lippen zusammen. Wenigstens er hielt noch zu ihr.

Wenn das hier alles vorbei ist, werde ich so bekannt sein, dass ich mir die Rollen aussuchen kann.

»Wollte dich eigentlich noch niemand interviewen?«, fragte sie beiläufig.

Julian lachte auf. »Natürlich. Das Telefon meiner Agentin steht nicht mehr still.«

»Aber?«

»Aber was? Meinst du etwa, ich geh darauf ein?«

Die können ruhig noch erhöhen. Das Doppelte sollte ja wohl mindestens drin sein.

Kim wusste nicht mehr, was sie glauben sollte und was nicht, und so blieb sie ihm eine Antwort schuldig.

»Das ist jetzt nicht dein Ernst, oder?« Er verschränkte die Arme und starrte sie fassungslos an.

Hatte sie sein Telefonat vorhin möglicherweise doch fehlinterpretiert? Wollte er lediglich seinen Marktwert feststellen?

Kim geriet ins Grübeln. Sagte er die Wahrheit, oder versuchte er lediglich, sie in Sicherheit zu wiegen?

»Entschuldige bitte«, sagte sie und legte ihre Hand auf sein Knie. Sie durfte nicht zulassen, dass die Entführung sie auseinanderbrachte. »Ich bin mit den Nerven vollkommen am Ende.«

Augenblicklich entspannte er sich wieder und nahm sie in den Arm. »Schon gut. Ich bin für dich da.«

In seinen Worten lag so viel Wärme. Kim legte ihren Kopf auf seine Schulter und stieß einen tiefen Seufzer aus.

Ohne sich noch einmal umzudrehen, stürzte sie aus dem Haus. Tränen liefen ihr über die Wangen. Ihre Bluse war blutverschmiert, ebenso ihre Hände, mit denen sie ihre Jacke umklammert hielt. Die Sicht verschwamm hinter einem Tränenschleier, und beinahe wäre sie gegen ein am Straßenrand geparktes Auto gelaufen. Ohne nach links oder rechts zu schauen, überquerte sie die Straße und rannte auf ihren Wagen zu. Sie riss die Tür auf, warf die Jacke auf den Beifahrersitz und startete den Motor. In ihrer Panik vergaß sie, sich anzuschnallen.

Was, wenn sie jemand beobachtet hatte? Oder in diesem Moment ihr Kennzeichen notierte?

Sie trat das Gaspedal durch.

Ruckartig löste sich Kim aus der Umarmung.

»Was ist los?«, fragte Julian.

»Nichts«, log sie. »Ich musste nur gerade an Lilly denken.«

In der nächsten Sekunde schrillte die Türklingel, und Kim richtete sich kerzengerade auf.

»Hast du die Klingel wieder angestellt?«

»Ja. Die Reporter sind schließlich weg, und bei dem Wetter kommen die bestimmt nicht so schnell wieder.«

Kim stand auf und ging zur Gegensprechanlage.

»Ja bitte?«

»Ich bin's«, ertönte Lars' vertraute Stimme, und sie drückte den Öffner.

Kurz darauf stand er vor der Tür, schüttelte seinen Regenschirm aus und trat ein.

Sie hatten zuvor miteinander telefoniert. Nachdem die Journalisten die Belagerung aufgegeben hatten, hatte sie zugestimmt, dass er zu ihr kam. Vorher wollte er jedoch noch bei jemandem vorbeifahren, Kim vermutete, bei seinem Kontaktmann.

Julian trat neben sie und fragte: »Wer ist das?«

»Mein Name ist Thorsten Fischer«, antwortete Lars und streckte ihm die Hand entgegen. »Ich bin Privatdetektiv.«

Da Julian wusste, dass Kim bei der Suche nach Lilly einen Privatdetektiv engagiert hatte, musste Lars nicht lügen. Kim hatte ihn am Telefon lediglich gebeten, seinen wahren Namen zu verschweigen.

Julian rührte sich nicht vom Fleck. »Sie sind also derjenige, der zugelassen hat, dass Kim verprügelt wurde.«

»Und Sie müssen Julian Tiersch sein, der bekannte Schauspieler«, entgegnete Lars, wobei seine Stimme vor Sarkasmus triefte.

Julian schien es nicht zu bemerken. Seine Gesichtszüge erhellten sich, und er schüttelte Lars nun doch die Hand. »Ja, der bin ich. Sorry, Mann, wollte Sie nicht angreifen. Ich bin nur sehr um Kim besorgt.«

»Keine Ursache.« Lars wandte sich an Kim. »Können wir kurz unter vier Augen reden?«

Julian ging ins Wohnzimmer, und Kim und Lars ver-

schwanden in der Küche, wo sie ihm von der Verneh-
mung durch Neumann berichtete. Dass sie beinahe gestanden hätte, verschwieg sie.

»Ich bin in der Zwischenzeit noch etwas anderem
nachgegangen, von dem ich mir einen Hinweis erhofft
habe«, sagte er, und Kim sah erwartungsvoll auf.

»Leider Fehlanzeige.«

Ihre Schultern sackten nach unten.

»Ich fürchte, wir stehen wieder ganz am Anfang.«

Kapitel 36

»Das Interview geht los«, rief Julian in die Küche, und Kim eilte ins Wohnzimmer. Sie ließ sich neben ihm auf die Couch fallen, Lars nahm im Sessel Platz.

Julian ergriff ihre Hand und hielt sie fest. Sie fühlte sich warm an, während ihre eigene eiskalt war.

»Ich begrüße nun bei uns im Studio Oliver Jansen, den Vater von Lilly«, sagte Anna.

Oliver nickte zur Begrüßung kurz. Über seiner Nase klebte ein Pflaster.

»Herr Jansen, wie geht es Ihnen?«

»Sehr schlecht«, antwortete er mit ernster Miene. »Ich bin krank vor Sorge um meine Tochter.«

»Das glaube ich Ihnen. Ich danke Ihnen, dass Sie sich trotzdem die Zeit nehmen, mir ein paar Fragen zu beantworten.«

»Selbstverständlich. Ich hoffe, es trägt dazu bei, dass Lilly schnell gefunden wird.«

Indem du ein Interview gibst?

»Wie haben Sie von der Entführung erfahren?«, wollte Anna wissen.

»Ich war gerade mit dem Auto unterwegs, als mich die Polizei anrief und aufforderte, unverzüglich zur nächsten Polizeidienststelle zu fahren. Können Sie sich das vorstellen? Die haben mich verdächtigt, meine eigene Tochter entführt zu haben.«

Anna schüttelte verständnislos den Kopf.

»Die haben sogar mein Auto untersucht. Gefunden haben sie natürlich nichts.«

»Können Sie uns sagen, wie es überhaupt zu der Entführung kommen konnte?«

»Durch das unverantwortliche Verhalten meiner Ex-frau. Sie hat unsere gemeinsame Tochter allein zu Hause gelassen. Ein achtjähriges Kind! Und alles nur wegen einer Story, hinter der sie her war.«

»Hat sie das schön öfters gemacht?«, hakte Anna nach.

»Ständig.«

»Es war das erste Mal, dass ich Lilly allein gelassen habe«, empörte sich Kim. »Außerdem war Pia bereits unterwegs.«

Julian drückte sanft ihre Hand.

»Die Karriere stand für Kim schon immer an erster Stelle«, fuhr Oliver fort. »Sie war ständig bei irgendwelchen undercover-Einsätzen unterwegs, während ich auf Lilly aufpassen musste.«

Kim schnappte nach Luft. Es war gelogen, und doch konnte sie nichts dagegen tun.

»Unfassbar«, meinte Anna. »Und trotzdem hat sie nach der Scheidung das alleinige Sorgerecht zugesprochen bekommen?«

»Ja. Ich habe leider einen großen Fehler begangen, den ich im Nachhinein sehr bereue.«

»Sie sprechen von Ihrem Fehltritt?«

Betroffen senkte Oliver den Kopf. »Wir hatten eine betriebsinterne Weihnachtsfeier, und ich hatte an dem besagten Abend etwas zu viel getrunken. Das soll jetzt keine Entschuldigung für mein Fehlverhalten sein, aber es war eben nur ein einmaliger Ausrutscher.«

Ein einmaliger Ausrutscher?

Kim glaubte, ihren Ohren nicht zu trauen.

»Der Mistkerl hat mich eineinhalb Jahre mit seiner Mitarbeiterin betrogen.«

Erneut drückte Julian ihre Hand.

»Meine Familie war und ist für mich das Wichtigste auf der Welt, und ich habe Kim um Verzeihung angefleht, ihr versprochen, dass so etwas nie wieder passieren wird. Es ist nur ein einziger schwacher Moment gewesen.«

»Wie hat sie darauf reagiert?«, fragte Anna mit solch neutraler Miene, dass Kim ihr sofort an die Gurgel gesprungen wäre, hätte sie neben ihr gestanden. Sie wusste, dass Anna innerlich vor Schadenfreude grinste.

»Sie hat sofort die Scheidung eingereicht«, antwortete Oliver, und sein trauriger Gesichtsausdruck wurde für ein paar Sekunden in Großaufnahme festgehalten.

»Wissen Sie, was das Absurde daran ist?«, fragte er und fuhr fort, ohne eine Antwort abzuwarten. »Mithilfe der Presse hat sie damals die Öffentlichkeit auf ihre Seite gezogen und Lügengeschichten über mich verbreitet, sodass ihr das alleinige Sorgerecht für Lilly zugesprochen wurde. Und das, obwohl sie ganz offensichtlich selbst Dreck am Stecken hat.«

»Womit wir beim Stichwort wären«, nahm Anna geschickt den Ball auf, den Oliver ihr zugeworfen hatte. »Kennen Sie das dunkle Geheimnis, von dem der Entführer in seiner Videobotschaft gesprochen hat? Sie waren zum damaligen Zeitpunkt ja verheiratet.«

»Leider nicht. Sonst hätte ich es längst publik gemacht, damit Lilly endlich freigelassen wird.«

»Die Frist des Entführers läuft in neunundzwanzig Stunden ab. Können Sie sich vorstellen, weshalb Kim so beharrlich schweigt und damit das Leben Ihrer Tochter riskiert?«

»Nein. Es ist für mich ehrlich gesagt unvorstellbar, warum eine angeblich liebevolle Mutter so handelt.«

»Vielleicht, weil das Geheimnis ihre Karriere gefährden könnte?«

»Das ist gut möglich. Es ist jedoch fraglich, ob ihre Karriere nicht ohnehin zu Ende ist. Offensichtlich hat sie all die Jahre nicht nur mich belogen, sondern auch die Zuschauer von *Kim undercover*. Ob die ihr das verzeihen werden, wage ich stark zu bezweifeln.«

Kim versank in der Couch.

Mit seinen Worten goss er Annas Saatkorn, das mit Sicherheit bereits keimte.

Während Julian weiterhin ihre Hand festhielt, warf Lars ihr einen Seitenblick zu, und sie glaubte, in seinen Augen ein Aufblitzen zu erkennen.

»Was werden Sie nun tun?«, fragte Anna.

»Kim hat mich verlassen, weil ich einen einmaligen Fehler begangen habe, den ich sehr bereue. Wie es aussieht, hat sie jedoch viel mehr zu verheimlichen. Die Situation hat sich geändert. Meine Anwälte sind bereits informiert, und wir werden die nächsten Tage eine Klage vor Gericht einreichen. Ich werde um das Sorgerecht für Lilly kämpfen. Sie darf nie wieder einer solchen Gefahr ausgesetzt werden. Dafür werde ich sorgen.«

Erneut schielte Lars zu ihr hinüber. Sie wich seinem Blick aus.

Anna lächelte. »Aus Ihnen spricht ein treu sorgender Vater. Möchten Sie die Gelegenheit nutzen und sich direkt an den Entführer wenden? Ich bin überzeugt, er sieht uns in diesem Augenblick zu.«

Oliver drehte seinen Kopf und sah geradewegs in die Kamera. Seine Augen schimmerten feucht, als er sagte: »Ich bitte Sie, lassen Sie Lilly frei. Sie ist ein unschuldiges Mädchen, das nicht für die Fehler ihrer Mutter büßen darf. Sie können alles von mir haben, mein ganzes Vermögen, aber bitte tun Sie meiner Tochter nichts an. Lassen Sie sie gehen.«

Kim wurde nicht nur wegen Olivers Worten schlecht. Mehr denn je musste sie ihr Geheimnis bewahren, oder Oliver würde einen erneuten Sorgerechtsstreit gewinnen.

Kapitel 37

Das Interview war längst zu Ende, doch Kim saß weiterhin mit den Händen ins Kissen gekrallt da.

Anna hatte ihre Karten geschickt ausgespielt.

Sie sah zu Lars hinüber, der sich mit verschränkten Armen und einem süffisanten Lächeln im Sessel zurücklehnte.

»Was gibt's da zu grinsen?«, fuhr Julian ihn an und schaltete den Ton stumm.

»Nichts«, antwortete er an Kim gewandt. »Ist ein tolles Gefühl, wenn der Partner droht, einem die Tochter wegzunehmen, nicht wahr?«

Nur über meine Leiche!

»Was ist Ihr Problem, Mann?«, ging Julian dazwischen.

»Mein Problem ist«, sagte Lars, ohne seinen Blick von Kim zu wenden, »dass mir damals dasselbe passiert ist. Zuerst war der Ruf weg, dann die Tochter.«

Kim mahlte mit den Zähnen. Sie musste zugeben, dass die Parallele erschreckend war. Nur dass Lars' Tochter damals nicht in Lebensgefahr geschwebt hatte.

»Und mit so jemandem arbeitest du zusammen?« Julian sah sie verständnislos an. »Warum engagierst du keinen Privatdetektiv, der dir hilft, anstatt dich niederzumachen. Ich würde das niemals tun.«

Weil er der Einzige ist, der mir helfen kann.

»Lass gut sein«, bat sie ihn. »Ich …«

Das Klingeln ihres Handys unterbrach sie. Auf dem Display wurde eine unterdrückte Nummer angezeigt, und augenblicklich spürte sie Beklemmung.

War das der Entführer?

»Hallo?«, meldete sie sich mit leiser Stimme.

»Was sind Sie nur für eine Mutter?«

Kim kannte die Frau am anderen Ende der Leitung nicht.

»Wer sind Sie?«

Die Frau ignorierte ihre Frage und fuhr aufgebracht fort: »Ihnen gehört das Sorgerecht entzogen. Sagen Sie endlich die Wahrheit. Kaum zu glauben, dass ich Sie mal gut fand.«

Mit diesen Worten legte sie auf.

Kim runzelte die Stirn. Was war das denn eben?

In der nächsten Sekunde klingelte es erneut, wieder eine unterdrückte Nummer.

»Ja?«

»Früher hat man mit Leuten wie dir kurzen Prozess gemacht«, schrie eine männliche Stimme so laut in den Hörer, dass sie das Handy automatisch ein Stück vom Ohr weghielt. »Ich fasse es nicht, dass du das alleinige Sorgerecht bekommen hast. Ich hoffe, dein Ex fickt dich jetzt so richtig vor Gericht, du verdammte …«

Geschockt legte sie auf, doch schon kam der nächste Anruf.

Was ist hier los? Woher haben die meine Handynummer?

Kim lehnte den Anruf ab. Ein Ton signalisierte ihr den Eingang einer neuen Textnachricht. Im Bruchteil einer Sekunde folgte die nächste. Und die nächste.

Sie las nur die ersten beiden: *Sag endlich die Wahrheit! Verfluchte Schlampe!*

Kim wollte den Flugmodus aktivieren, benötigte jedoch fünf Anläufe, weil ständig ein neuer Anruf kam. Die Stille, die schließlich folgte, ließ sie erleichtert aufatmen.

Lars saß schweigend in seinem Sessel. Kim kam es so vor, als konnte er nur mit Mühe ein Grinsen unterdrücken.

Sie sah auf das Display.

56 Textnachrichten, 23 Anrufe in Abwesenheit.

»Schlechte Neuigkeiten?«, erkundigte sich Lars mit einem sarkastischen Unterton.

Kim spürte, wie Julian sich anspannte, und legte ihm die Hand auf den Arm. Sie hatte momentan genug Probleme, auch ohne dass die beiden Männer aufeinander losgingen.

Sie öffnete die Einstellungen ihres Handys und legte fest, dass nur im Telefonbuch gespeicherte Kontakte sie anrufen oder ihr Nachrichten schicken konnten. Anschließend deaktivierte sie den Flugmodus.

Sofort klingelte es, und sie hielt erschrocken den Atem an. Erst als der Name Kerstin Uhl auf dem Display erschien, beruhigte sie sich wieder.

»Bist du eigentlich vollkommen übergeschnappt?«, polterte diese sofort los. »Du kannst doch nicht einfach deine Handynummer auf Facebook veröffentlichen.«

»Was?«

»Ich habe den Post sofort wieder gelöscht, aber …«

»Moment, Moment«, unterbrach Kim sie. »Ich hab keinen blassen Schimmer, wovon du sprichst.«

»Du hast vor ein paar Minuten auf deiner Facebook-Seite gepostet, dass du die Hilfe deiner Follower brauchst. Wer Hinweise zu Lillys Aufenthaltsort geben kann, soll dich sofort anrufen. Und zwar unter deiner privaten Handynummer.«

Kim blieb der Mund offen stehen.

»Ich war zum Glück grad auf Facebook, als ich deinen Post gesehen habe, und hab ihn sofort gelöscht. Nichtsdestotrotz haben bereits einige einen Screenshot gemacht, und der verbreitet sich gerade viral.«

Kim schloss die Augen und atmete tief durch. Daher die ganzen Anrufe und Nachrichten. Aber wie konnte das passieren? Nur sie und Kerstin, die für ihre Facebook-Seite Administratorenrechte hatte, kannten das Passwort.

»Ich habe nichts gepostet«, sagte Kim nach einer Weile. »Schon gar nicht meine Handynummer.«

»Und wer soll es dann gewesen sein?«

Derjenige, der auch meine Kündigung geschrieben und die Überweisung auf das ominöse Konto auf den Kaimaninseln getätigt hat.

»Ich weiß es nicht«, antwortete sie.

»Hast du das Interview mit Oliver gesehen?«, wollte Kerstin wissen.

»Ja.«

»Was für ein Arschloch! Ein einmaliger Ausrutscher?« Sie schnaubte wütend auf. »Und du kannst dir nicht vorstellen, was den ganzen Tag über beim Sender abging! Dutzende Anrufer und teilweise so unverschämt, dass wir Anzeige erstattet haben.«

Kim konnte es sich nur allzu gut vorstellen, immerhin hatte sie es gerade selbst erlebt.

»Lass dich nicht unterkriegen, Kim. Ich glaube diese ganzen Lügen nicht, die Anna verbreitet. Es geht nach wie vor um Lilly, und die Polizei wird sie finden.«

Kim fühlte tiefe Dankbarkeit für Kerstins Unterstützung.

Kaum hatten sie sich voneinander verabschiedet, rief Volker an.

»Wo bist du?«, wollte er wissen.

»Zu Hause.«

»Gut, und dort bleibst du auch. Ich nehme an, du hast das Interview gesehen.«

»Ja, hab ich.«

»Ich kann mir vorstellen, dass du deswegen ziemlich sauer bist …«

Das ist noch stark untertrieben!

»… aber tu jetzt bitte nichts Unüberlegtes. Denk dran, dass der Ruf von *Kim undercover* und TV4 auf dem Spiel steht. Unsere Anwälte kümmern sich bereits drum. Das Interview wird nicht ohne Folgen bleiben, das garantiere ich dir, also verhalte dich bitte ruhig. Kein Wort zur Presse.«

»Natürlich«, antwortete sie, wenngleich sie am liebsten zu Anna gefahren wäre und sie und Oliver zur Rede gestellt hätte.

Sie beendete das Gespräch und sah zu Lars.

Er lächelte.

Kapitel 38

Kim starrte gedankenverloren zur Decke. Seit sie gestern früh das Video gesehen hatte, zermarterte sie sich den Kopf, woher der Entführer von ihrem Geheimnis wusste. Hatte es damals womöglich doch einen Zeugen gegeben? War noch jemand im Haus gewesen?

Sie schüttelte in Gedanken den Kopf. Es war unmöglich.

Und warum erst jetzt? Weshalb hatte der Erpresser so lange gewartet?

Kim hätte viel dafür gegeben, wenigstens für kurze Zeit diesem Albtraum zu entfliehen und nicht jede Sekunde auf schmerzhafte Weise daran erinnert zu werden, dass ihre Vergangenheit sie endgültig eingeholt hatte. Dass ihr ganzes Leben wie ein Kartenhaus einzustürzen drohte.

»Und nun?«, fragte sie und sah zu Lars hinüber, der sie offenbar beobachtet hatte. Sein Blick war auf sie gerichtet, sein Gesichtsausdruck undurchsichtig.

»Gute Frage«, entgegnete er und fuhr sich über seinen Dreitagebart. »Wir brauchen irgendeinen Anhaltspunkt.«

Eine halbe Stunde lang dachten sie nach und diskutierten verschiedene Möglichkeiten, doch es waren lediglich verzweifelte Vorschläge.

Kim verschwand zwischendurch in der Küche, um etwas zu trinken. Es war nur ein Vorwand, damit sie für einen Augenblick allein war. Weder Lars noch Julian sollten sehen, dass sie Tränen in den Augen hatte.

»Vielleicht sollten wir noch einmal ganz an den Anfang zurückgehen«, schlug Lars vor, als sie wieder ins Wohnzimmer zurückkehrte und auf der Couch Platz nahm. »Zu der Entführung.«

»Was wollen Sie damit erreichen?«, wollte Julian wissen. »Die Polizei hat alle befragt. Niemand hat etwas gesehen.«

»Ich weiß, aber manchmal braucht man einen gewissen Abstand, um sich zu erinnern. Möglicherweise hat doch jemand etwas beobachtet, was ihm anfangs nur nicht wichtig erschien.«

Er wandte sich Kim zu.

»Was ist mit Ihrer Babysitterin?«

»Pia? Sie hat nichts gesehen.«

»Wir sollten trotzdem noch mal mit ihr sprechen.«

»In Ordnung.« Kim sprang von der Couch auf. Sie hatte zwar keine große Hoffnung, dass Pia sich doch noch an was erinnerte, aber immerhin musste sie nicht länger untätig herumsitzen.

Sie zogen ihre Jacken an. Julian wollte sich ebenfalls fertig machen, doch Kim hielt ihn zurück.

»Es ist besser, wenn wir nicht zu dritt bei Pia auftauchen.«

Julian hielt in seiner Bewegung inne.

»Wir sind bald wieder zurück«, sagte Kim, die seine Enttäuschung spürte, und gab ihm einen Kuss. Sie wusste, dass er sie beschützen wollte, doch sie durften Pia nicht überfahren.

»Na schön«, murrte er und warf Lars einen eisigen Blick zu. »Aber wehe, er fällt dir noch mal in den Rücken. Dann bekommt er es mit mir zu tun.«

Kim war froh, dass Lars nicht auf die Provokation einging, und hauchte Julian ein »Danke« zu.

Lars spannte den Schirm auf, und gemeinsam suchten er und Kim darunter Schutz, während sie durch den Vorgarten gingen. Es schüttete noch immer, und der Wind peitschte den Regen von der Seite gegen sie.

»Heute ist Donnerstag, oder?«, meinte Kim plötzlich.

»Ja, warum?«

»Weil Pia da beim Sport ist. Um die Uhrzeit sollte sie zwar schon zurück sein, aber vielleicht ruf ich sie zur Sicherheit doch schnell an.«

»Das fällt Ihnen aber früh ein.«

Sie fischte ihr Handy aus der Hosentasche und wählte Pias Nummer, während sie mit der anderen Hand nach ihrem Schlüssel suchte, um das Tor aufzusperren.

»Verdammt«, fluchte sie. »Ich hab meinen Schlüssel im Haus liegen gelassen.«

In dem Moment hob Pia ab.

»Hallo?«

»Hey, Pia, ich bin's. Kim.«

»Wo ist der Schlüssel?«, flüsterte Lars ihr genervt ins Ohr.

Sie legte die Hand über das Mikrofon und antwortete mit ebenso leiser Stimme: »In der Schale auf dem Schuhschrank.«

Er drückte ihr den Schirm in die Hand und rannte zum Haus zurück.

»Was gibt's denn, Kim?«

»Ich wollte dich nur fragen, ob du schon zu Hause bist?«

»Ja, bin ich. Bin grad aus der Dusche raus.«

»Ah, sehr gut. Hast du was dagegen, wenn ich kurz bei dir vorbeikomme? Ich habe einen Privatdetektiv bei der Suche nach Lilly engagiert, und wir würden dir gerne ein paar Fragen stellen.«

»Klar. Jederzeit, wenn ich dabei helfen kann, dass Lilly gefunden wird.«

»Danke. Dann bis gleich.«

Sie legte auf und steckte das Handy wieder ein. Schweigend stand sie in der Dunkelheit im Regen, der unaufhörlich auf ihren Schirm niederprasselte. Die Kälte kroch ihr in die Glieder.

Wo blieb Lars?

In der nächsten Sekunde kam er aus dem Haus gelaufen und duckte sich unter den Schirm.

»Hier«, sagte er und reichte ihr den Schüssel.

Kim sperrte das Tor auf, und sie gingen zu Lars' Auto.

Wenig später hatten sie Pias Adresse erreicht, und Lars parkte hinter einem weinroten VW Käfer, der Claudia gehörte. Ihr Mann war Kfz-Mechaniker gewesen, und um ihr eine Freude zu machen, hatte er einen alten Käfer gekauft, ihr Lieblingsauto, ihn modernisiert und ihr zum Hochzeitstag geschenkt. Er war ihr ganzer Stolz.

Sie eilten durch den strömenden Regen zu dem Haus. Claudia öffnete ihnen und bat sie herein.

»Wie geht es Ihnen?«, erkundigte sie sich mit Blick auf das Pflaster an ihrer und Lars' Schläfe.

»Gut«, antwortete Kim. »Danke noch mal für Ihre Hilfe gestern.«

»Gern geschehen. Seien Sie in Zukunft trotzdem vorsichtiger.«

Pia kam ihnen entgegen und stutzte. »Was ist denn mit dir passiert?«

»Kleiner Unfall«, winkte Kim ab. »Das ist übrigens der Privatdetektiv, von dem ich dir am Telefon erzählt habe.«

Lars schüttelte ihr die Hand.

Sie gingen ins Wohnzimmer und setzten sich.

»Wir würden dir gerne ein paar Fragen stellen«, sagte Kim und gab Lars ein Zeichen, dass er übernehmen sollte.

»Erinnern Sie sich bitte an den Abend der Entführung. Sie waren gerade auf dem Rückweg vom Sport, als Kim Sie angerufen hat?«

Pia nickte. »Ja. Ich bin direkt zu ihr gefahren, aber niemand hat mir aufgemacht.«

»Ist Ihnen irgendetwas aufgefallen? Ein Auto vielleicht. Oder haben Sie jemanden gesehen?«

»Nein. Das habe ich der Polizei auch schon gesagt.«

Lars lächelte. »Ich weiß. Aber manchmal fällt einem mit etwas Abstand doch noch was ein.«

Sie zwirbelte an ihren Haaren. »Es tut mir leid, aber da war niemand. Das hätte ich doch bemerkt.«

»Kam Ihnen auf dem Weg zu Kims Haus ein Auto entgegen?«

Pia überlegte kurz, schüttelte dann aber den Kopf. »Die Straße war leer.«

»Sie glauben, Pia hat den Entführer derart knapp verpasst?«, fragte Claudia.

»Möglicherweise.«

Sie warf Kim einen scharfen Blick zu. »In was für eine Sache ziehen Sie meine Tochter da hinein? Was wäre passiert, wenn sie den Entführer überrascht hätte? Es reicht schon, dass ich meinen Mann verloren habe.«

Kim schwieg, weil sie Claudia insgeheim recht geben musste. Sie wagte gar nicht, daran zu denken, was in dem Fall geschehen wäre.

»Wie war das bei den letzten Malen, als Sie auf Lilly aufgepasst haben?«, fuhr Lars fort, und Kim war ihm dankbar, dass er das peinliche Schweigen beendete. »Ist Ihnen da mal jemand aufgefallen, der das Haus beobachtet hat?«

Pia dachte so angestrengt nach, dass sich eine Falte zwischen ihren Brauen bildete. »Nein, ich glaube nicht.«

Lars holte sein Handy aus der Tasche und hielt es ihr entgegen. »Kennen Sie diesen Mann?«

»Das ist doch der Mann, den sie im Fernsehen gezeigt haben. Der vom Hochhaus gesprungen ist.«

»Ja. Haben Sie ihn schon mal gesehen?«

»Nein.«

Lars wischte zum nächsten Bild. Sven Reuter. Er hatte dessen Bild aus den Akten über das EXIT-Programm abfotografiert.

»Und der hier? Kommt Ihnen der bekannt vor?«

Aufmerksam studierte sie das Foto. Schließlich sah sie mit einem verzweifelten Blick auf. »Tut mir leid.«

Kim versuchte, sich ihre Enttäuschung nicht anmerken zu lassen.

»Schon gut«, sagte sie und rang sich ein Lächeln ab.

Lars stellte ihr noch einige Fragen, doch keine der Antworten darauf brachten sie weiter. Sie steckten in einer Sackgasse.

Schließlich verabschiedeten sie sich und traten in die kalte Nacht hinaus. Kim hätte am liebsten geheult. Frust, Wut, Verzweiflung – die Emotionen hämmerten im Gleichtakt des Regens auf sie ein.

Irgendeine Spur zu Lilly musste es doch geben!

Die Rückfahrt verbrachten sie schweigend. Kim hatte das Gefühl, dass Lars genauso enttäuscht war wie sie. Auch wenn von vornherein nur eine winzige Hoffnung bestanden hatte, dass Pia sich an etwas erinnerte, das ihnen weiterhalf, so war es dennoch ein Strohhalm gewesen, an den sie sich verzweifelt geklammert hatte. Ein Strohhalm, der sich jetzt in Luft aufgelöst hatte.

Zu Hause sperrte Kim die Eingangstür auf und betrat den Flur, während Lars hinter ihr den Schirm ausschüttelte.

Im nächsten Moment blieb sie abrupt stehen. Sie benötigte einige Sekunden, bis sie das Bild, das sich ihr bot, erfasst hatte, dann stieß sie einen schrillen Schrei aus.

Julian lag regungslos am Boden – inmitten einer riesigen Blutlache und mit weit aufgerissenen Augen, der Blick leer.

Kapitel 39

Kim zitterte am ganzen Körper. Die Haustür fiel ins Schloss, und Lars trat neben sie.

»Verfluchte Scheiße!«, stieß er hervor und stürzte nach vorn, wobei er darauf achtete, nicht in die Blutlache um Julians Kopf zu treten. Er kniete sich nieder und beugte sich über ihn. Sekundenlang verharrte er mit seiner Wange über Julians Gesicht und prüfte, ob er noch atmete.

Kim beobachtete ihn, unfähig, sich zu rühren. Ihr ganzer Körper war wie gelähmt. Ein Dröhnen setzte in ihrem Kopf ein, und ein rasender Schmerz zog sich über ihren Nacken hinauf bis zu den Schläfen.

Das Blut. Das viele Blut.

Der metallische Geruch verursachte einen Würgereiz. Sie zitterte so stark, dass sie sich kaum mehr auf den Beinen halten konnte.

Genau wie damals.

Es kam ihr wie eine Ewigkeit vor, bis Lars sich wieder erhob und zu ihr umdrehte.

»Es tut mir leid«, sagte er mit belegter Stimme. »Er ist tot.«

Seine Worte drangen kaum zu ihr hindurch. Als ob sich eine Nebelwand um sie herum gelegt hatte, die sie von der Außenwelt abschirmte.

Apathisch stand sie da.

»Kim?«

»Nein«, stammelte sie. Das konnte nicht sein. Sie liebte Julian.

Sie schüttelte den Kopf. Das konnte nur ein Albtraum sein. Sie musste aufwachen, und alles wäre wieder wie vorher.

Ihre Augen füllten sich mit Tränen.

»Nein.«

Kraftlos sank sie auf die Knie und begann, hemmungslos zu weinen. Sie wusste nicht, wie lange sie schon am Boden kniete, als sich eine Hand auf ihre Schulter legte.

Wie in Trance erhob sie sich.

»Es tut mir leid«, wiederholte Lars.

Wie konnte das nur passieren?

Kim betrachtete die Leiche, und erst jetzt nahm sie Details wahr. Neben Julians Kopf lag die blutverschmierte Steingiraffe am Boden.

»Sieht aus, als wäre er damit erschlagen worden«, sagte Lars, als könnte er ihre Gedanken lesen.

Wie war der Mörder ins Haus gekommen? Hatte Julian ihm, genau wie Lilly, die Tür aufgemacht, oder hatte er einen Schlüssel?

Schuldgefühle übermannten sie, und erneut liefen ihr Tränen übers Gesicht. Warum hatte sie das Schloss immer noch nicht ausgetauscht? Spätestens nach Lillys Entführung hätte sie den Schlüsseldienst rufen müssen.

Lars riss sie aus ihren Gedanken. »Wir sollten die Polizei rufen.«

»Was?«

Augenblicklich geriet sie in Panik. Noch ein Verhör durch Neumann würde sie nicht überstehen, und wenn die Polizei von ihr eine DNA-Probe nahm, dann … Sie wagte gar nicht, den Gedanken zu Ende zu bringen.

»Nein.«

»Hier geht es um Mord, Kim.«

»Es geht immer noch um meine Tochter. Wenn wir jetzt die Polizei rufen, dann ist sie verloren. Uns läuft die Zeit davon.«

»Aber ...«

»Ist Ihnen nicht klar, was das bedeutet?« Sie suchte fieberhaft nach Argumenten, um ihn davon abzubringen, die Polizei einzuschalten. »Sie waren der Letzte, der Julian lebend gesehen hat. Damit sind Sie automatisch verdächtig.«

Sie stutzte.

Er hatte den Schlüssel aus dem Haus geholt, während sie vor dem Tor gestanden und mit Pia telefoniert hatte. Er hätte tatsächlich die Gelegenheit gehabt.

Wortlos starrte sie ihn an, während sich ihre Gedanken überschlugen.

Julian hatte ihn provoziert, weil er sich an Kims Misere geweidet hatte. Was, wenn Julian ihn erneut angegangen hatte? War es möglich, dass er ihn in einer Kurzschlussreaktion mit der Steinfigur erschlagen hatte?

Ihr Atem beschleunigte sich. In ihrem Inneren tobte ein Kampf widersprüchlicher Gefühle.

Konnte sie ihm überhaupt noch trauen?

Andererseits brauchte sie ihn. Er war der Einzige, der Lilly finden konnte.

Lars schwieg.

»Wissen Sie, was passiert, wenn bekannt wird, dass Sie ein Mordverdächtiger sind? Ihr Ruf wäre damit endgültig hinüber. Können Sie sich das als Privatdetektiv leisten?«

Kim konnte förmlich sehen, wie es hinter seiner Stirn arbeitete.

»Julian ist tot«, fuhr sie fort. »Aber Lilly hoffentlich noch nicht. Wir müssen sie retten. Wenn wir den Entführer haben, dann haben wir auch Julians Mörder.«

Oder er stand bereits vor ihr.

Noch bevor Lars etwas sagen konnte, schrillte die Türklingel. Sie fuhren erschrocken zusammen.

Kim wirbelte herum.

Wer konnte das sein?

»Erwarten Sie jemanden?«, fragte Lars.

Sie schüttelte den Kopf. »Ich schau nach.«

Vorsichtig stieg sie über Julians Leiche und die Blutlache hinweg, wobei sie sich zusammenreißen musste, sich nicht zu übergeben. Immer zwei Stufen auf einmal lief sie in den ersten Stock hinauf und betrat das dunkle Arbeitszimmer. Sie schlich zum Fenster, zog den Vorhang einen Spalt zur Seite und spähte auf die Straße.

Schemenhaft konnte sie eine Gestalt erkennen, die unter einem Regenschirm am Tor stand. Doch es war zu finster, um zu sehen, wer es war.

Regungslos verharrte sie. Dann blitzte blaues Licht in der Dunkelheit auf. Der Fremde hatte sein Telefon angeschaltet.

In der nächsten Sekunde klingelte ihr Handy, und vor Schreck hätte sie beinahe einen Schrei ausgestoßen.

Der Unbekannte rief sie an.

Mit zitternden Händen zog sie ihr Telefon aus der Hosentasche. Sie las den Namen auf dem Display und hatte das Gefühl, ihr Herz setzte einen Schlag aus.

Es war Kommissar Neumann, der draußen vor dem Haus stand.

Kapitel 40

Nein! Nicht jetzt!

Kim hielt das Handy in ihren zitternden Händen und überlegte, was sie tun sollte. Es einfach klingeln lassen? Das Gespräch abweisen? Aber dann würde Neumann vermutlich erst recht misstrauisch werden.

Nach einigen Sekunden verstummte das Handy.

Kim atmete erleichtert auf und lief nach unten.

»Neumann steht vor der Tür.«

»Was?« Nun stand Lars die Panik ins Gesicht geschrieben.

»Wir müssen sofort von hier verschwinden«, sagte Kim. »Er weiß nicht, dass wir hier sind. Wir können behaupten, dass wir von Pia aus einer Spur nachgegangen und deshalb nicht gleich zu mir zurückgefahren sind.«

Lars überlegte kurz. »Gibt es einen Hinterausgang?«

»Nein. Aber wir können über den Zaun im Garten klettern.«

Lars griff nach seinem Schirm, und sie verließen das Haus über das Wohnzimmer. Die automatische Außenbeleuchtung ging an, und Kim zog die Terrassentür hinter sich zu. Ein Weg aus Natursteinen führte über den Rasen zu einem Gartenhäuschen, das direkt an die Thujenhecke angrenzte. Davor stand eine mit einem Brett abgedeckte Regentonne.

Kim stieg darauf und kletterte aufs Dach. Lars folgte ihr.

»Können Sie kein Gartentor haben wie jeder normale Mensch?«, murrte er, als er über die Hecke nach unten blickte.

Es war ein Sprung aus etwa zwei Meter Höhe, der aufgrund des Regens und der Dunkelheit nicht ungefährlich war.

Im nächsten Moment ging im Nachbarhaus das Licht im ersten Stock an, und Petra Schrader erschien am Fenster.

Erschrocken zogen sie den Kopf ein.

»Ich glaube, sie hat uns gesehen.«

»Verdammt«, fluchte Lars. »Los, weg hier.«

Sie sprangen gleichzeitig. Lars stöhnte leise, als er aufkam. Kim erinnerte sich an seinen verletzten Fuß nach Reuters Verfolgung.

Sie rannten durch den strömenden Regen – Lars humpelte leicht – und erreichten kurz darauf die Seitenstraße, in der Kim am Vortag ihr Auto abgestellt hatte. Verstohlen sahen sie sich um, doch niemand war zu sehen. Sie stiegen ein.

»Schalten Sie Ihr Handy aus«, sagte Lars und drückte den Aus-Knopf an seinem Telefon.

Kim tat dasselbe. In ihrem Kopf dröhnte es, und sie war kaum mehr zu einem klaren Gedanken fähig.

Ihre Nachbarin hatte sie mit Sicherheit gesehen.

Kim haderte mit sich selbst. Im Haus brannte Licht, Neumann musste davon ausgehen, dass sie zu Hause war.

Ich hätte seinen Anruf doch annehmen sollen.

Wie lange es wohl dauerte, bis er nachsah und die Leiche entdeckte?

Natürlich durfte er nicht ohne Weiteres ein Privatgrundstück betreten, aber wenn er bei ihrer Nachbarin klingelte und erfuhr, dass zwei Personen fluchtartig durch den Garten verschwunden waren, dann hatte er einen Grund.

»Fahren Sie los.« Lars' Stimme klang klar und bestimmt, und sie tat, was er sagte.

Als sie den Langwieder Bach überquerten, öffnete er das Fenster und warf ihre Handys hinein.

»Fahren Sie auf die A99 und nehmen Sie die Ausfahrt München-Neuherberg. An der Dülferstraße steigen wir in die U-Bahn um.«

Kim nickte stumm und fuhr auf die Autobahn.

Lars schwieg die ganze Fahrt über und schien nachzudenken. Sie betete, dass er irgendeinen Plan hatte.

Eine knappe halbe Stunde später stellte Kim das Auto auf dem Parkplatz der U-Bahn-Station ab. Sie zog ihre Kapuze über den Kopf, als sie die Treppe zur U-Bahn hinuntergingen, und Lars setzte seine Mütze auf.

»Richten Sie Ihren Blick auf den Boden«, wies er sie an. »Sehen Sie ja nicht in die Überwachungskameras.«

Nach vier Minuten fuhr die U-Bahn ein. Kim vermied es, irgendjemanden anzuschauen. Sie stellte sich neben die Tür und starrte aus dem Fenster, während der Tunnel an ihr vorbeizog. Ein paar Stationen später stiegen sie wieder aus. Mit gesenktem Kopf liefen sie auf die Straße, und Lars spannte seinen Schirm auf. Sie bogen in eine kleine Straße ab und gelangten schließlich zu einem dreistöckigen Gebäude, über dessen Eingang in greller Leuchtschrift »Hotel Orter« stand.

»Halten Sie das für eine gute Idee?«, fragte Kim.

»Keine Sorge. Der Besitzer hasst die Polizei. Er würde selbst dann schweigen, wenn ein gesuchter Serienmörder bei ihm abstiege. Vorerst sind wir hier sicher.«

Sie betraten den kleinen Eingangsbereich mit einer abgewetzten Ledersitzecke und einem Ficus. Der Mann hinter der Rezeption war mit seinem Handy beschäftigt. Neben ihm stand ein Messingschild, auf dem neben zwei Sternen der Name »Hannes Orter« eingraviert war.

»Guten Abend«, sagte er, als er die beiden Gäste bemerkte, und legte das Handy weg.

Lars bestellte ein Doppelzimmer auf den Namen Walter und bezahlte bar für zwei Nächte im Voraus. Kim wunderte sich nur kurz darüber, dass er nach keinem Ausweis gefragt wurde, aber vermutlich hatte Lars aus diesem Grund dieses Hotel ausgewählt. Hier würde tatsächlich niemand Fragen stellen.

Der Mann gab ihnen einen Schlüssel.

»Zimmer 201. Zweiter Stock, am Ende des Flurs auf der rechten Seite. Die Treppe ist dort drüben. Frühstück gibt's zwischen sieben und zehn.«

»Danke«, antwortete Lars.

Ein leicht abgestandener Geruch empfing sie, als sie das Zimmer betraten. Der Raum war nicht sehr groß, und die spartanische Einrichtung passte zu dem ersten Eindruck, den Kim von dem Hotel hatte: ein Doppelbett, ein schmaler Kleiderschrank und eine alte Kommode, auf der ein ebenso alter Fernseher stand. Der graue Teppich wies dunkle Flecken auf, und Kim wollte gar nicht wissen, was hier bereits alles verschüttet worden war.

Lars sperrte die Tür hinter sich ab und drehte sich zu Kim um.

»Und jetzt raus mit der Sprache«, sagte er und fixierte sie mit einem stechenden Blick. »Was geht hier vor?«

»Was meinen Sie?« Ihre Alarmglocken schrillten.

»Schluss mit Ihren Spielchen! Ich will jetzt auf der Stelle wissen, was Sie damals getan haben.«

»Nichts. Das Ganze ist eine Schmutzkampagne.«

»Aber sicher doch.« Er lachte höhnisch auf. »Hören Sie endlich auf, mich zu verarschen!«

Die Schärfe in seiner Stimme ließ sie zusammenzucken.

Drohend machte er einen Schritt auf sie zu, und sie wich automatisch zurück.

»Ich habe Ihnen von Anfang an nicht geglaubt«, fuhr er fort. »Aber es war mir egal, weil Sie mich bezahlt haben. Der Job war klar, ich sollte Ihre Tochter finden. Doch jetzt geht es nicht mehr nur um eine Entführung. Es geht um Mord, verdammt noch mal. Um einen Mord!«

Er war so laut geworden, dass Kim befürchtete, er wäre noch im Nebenzimmer deutlich zu verstehen.

»Sie haben mein Leben schon einmal zerstört, und jetzt ziehen sie mich in so eine Scheiße hinein. Wenn Sie mir nicht sofort verraten, um was es hier wirklich geht, dann bin ich draußen.«

Kim starrte ihn erschrocken an. Sie durfte ihn nicht verlieren.

»Es geht um Lilly«, antwortete sie mit brüchiger Stimme. »Sie schwebt in Lebensgefahr, und sie wird sterben, wenn wir sie nicht finden.«

»Dann rücken Sie endlich mit der Wahrheit raus!«

Ich kann nicht!

»Ich habe nichts getan. Das ist die Wahrheit.«

»Blödsinn!«

Erneut zuckte sie zusammen.

»Sie haben eine Heidenangst, und das nicht nur wegen Ihrer Tochter.«

Kim begann zu schwitzen. Lars baute sich zu seiner vollen Größe vor ihr auf. Sie hatte das Gefühl, wie ein Kaninchen in der Falle zu sitzen. Schweißperlen bildeten sich auf ihrer Stirn, und die Luft wurde mit jedem Atemzug stickiger.

Schweigend standen sie sich gegenüber. Lars' Blick bohrte sich in sie, und ihr wurde kalt.

»Na schön«, meinte er nach einer Weile und ging zum Nachtkästchen, auf dem ein Telefon stand. Er griff nach dem Hörer.

»Entweder Sie sagen mir jetzt, was los ist, oder ich rufe die Polizei.«

»Was?« Ihr Puls schoss in die Höhe. »Das können Sie nicht tun.«

»Und ob. Ich werde wegen Ihnen ganz sicher nicht in den Knast gehen. Schon gar nicht für einen Mord, den ich nicht begangen habe.«

Kim taumelte rückwärts, bis sie gegen die Wand stieß. Sie zitterte am ganzen Körper.

Er blufft nur. Er hängt zu tief mit drin. Sein Ruf steht auf dem Spiel.

Doch seine Körperhaltung verriet ihr, dass er es ernst meinte.

Oh Gott, nein!

Und aus den Tiefen ihrer Seele stieg ein Schmerz auf, den sie all die Jahre weggesperrt hatte. Er traf sie mit einer solchen Wucht, dass sie sich zusammenkrümmte. Ihre Beine gaben nach, und sie rutschte mit dem Rücken an der Wand zu Boden.

Lars hob den Hörer ans Ohr. »Es ist Ihre letzte Chance. Was haben Sie vor neun Jahren getan?«

Es war vorbei. Kim hatte keine Kraft mehr. Ihr innerer Widerstand brach. Sie umklammerte ihre Knie und senkte den Blick. Mit kaum hörbarer Stimme antwortete sie: »Ich habe jemanden getötet.«

Kapitel 41

Neun Jahre zuvor …

Kim parkte ihr Auto unter den ausladenden Ästen einer Zierkirsche und stieg aus. Es war bereits dunkel. Ein kalter Aprilwind blies ihr um die Ohren, und in der Luft lag noch immer der Regen der letzten Tage. Nervös schaute sie sich um. Niemand war zu sehen.

Sie zog ihre Bluse zurecht und schlüpfte in ihre Jacke.

Für acht Uhr hatten sie sich verabredet. Ein Blick auf ihre Armbanduhr verriet ihr, dass sie fünf Minuten zu früh dran war, doch sie wollte nicht länger warten.

Sie überquerte die Straße und lief auf das frei stehende Haus zu. Das Gatter stand offen, er erwartete sie bereits.

Prüfend strich sie sich ein letztes Mal über ihre gestylten Haare. Eineinhalb Stunden lang hatte sie im Bad verbracht, geduscht und ein dezentes Make-up aufgelegt. Sie hatte sich Zeit lassen können, Oliver war für zwei Wochen auf seinem jährlichen Kongress in den USA.

Sie war bereit.

Kurz darauf wurde die Tür geöffnet, und der Mann, dessen Gesicht sie bis an ihr Lebensende verfolgen würde, warf ihr ein charmantes Lächeln zu.

»Hereinspaziert.«

Er nahm ihr die Jacke ab, hängte sie im Flur an den Haken und bat sie ins Wohnzimmer.

Kim pfiff leise durch die Zähne, als sie den großen Raum betrat, der von einer schwarzen Ledercouch vor einem offenen Kamin dominiert wurde. Das Feuer knisterte leise, und eine wohlige Wärme lag in der Luft. An den Wänden hingen Gemälde, die Landschaften zeigten, und im hinteren Teil des Wohnzimmers stand ein alter Sekretär auf einem orientalischen Teppich.

Er bat sie, Platz zu nehmen.

Auf dem Tisch standen eine Weinflasche und zwei Gläser, daneben ein Baguette und verschiedene Sorten Käse.

Kim wunderte sich ein wenig darüber, dann kam ihr der Gedanke, dass er bestimmt auf ihre zukünftige Karriere anstoßen wollte.

»Ich habe mich wirklich sehr über Ihren Anruf gefreut, Herr Ziegler«, sagte sie.

»Bitte nennen Sie mich Klaus.«

Sie fühlte sich geschmeichelt, dass sie den Programmdirektor von TV4 beim Vornamen nennen sollte.

Er setzte sich neben sie, so nahe, dass sie sich ein wenig unwohl fühlte.

»Ich verfolge Ihre Arbeit schon länger«, sagte Ziegler und strich über seinen grauen Haarkranz. Der Hauch eines herben Aftershaves umgab ihn und überdeckte einen leichten Alkoholgeruch. Offenbar hatte er sich bereits vor ihrer Ankunft ein Glas genehmigt. Er war Mitte fünfzig, aber sein Gesicht war nahezu faltenfrei, und so ging das Gerücht um, ein Schönheitschirurg hätte nachgeholfen. »Sie sind eine ausgezeichnete Journalistin. Aber wer bei TV4 arbeitet, muss auch gut sein, sonst hätten wir ihn nicht eingestellt.«

Kim lächelte. Seit fünf Jahren arbeitete sie nun schon als Außenreporterin für den Sender. Sie mochte ihren Job, und es war nicht selten, dass sie als Erste vor Ort war, wenn irgendwo was passierte. Das war mit Sicherheit auch Ziegler aufgefallen.

»Sie sind zielstrebig, das gefällt mir. Genau solch engagierte Mitarbeiter brauchen wir.«

Er warf ihr ein Lächeln zu. »Ich habe Sie heute hierhergebeten, weil ich etwas Vertrauliches mit Ihnen besprechen möchte.

Das Ganze ist noch streng geheim, daher darf niemand von unserem Gespräch erfahren.«

Kim neigte gespannt den Kopf. Geheimnisse hatten sie seit jeher gereizt.

»Wir planen ein neues Fernsehkonzept, eine Art Wissensmagazin, das unter der Woche täglich ausgestrahlt werden soll, und ich bin der Meinung, dass Sie eine hervorragende Moderatorin für diese Sendung abgeben würden.«

Kim stockte der Atem. Damit hatte sie nicht gerechnet. Als Ziegler sie heute Mittag angerufen und für abends zu sich nach Hause eingeladen hatte, hatte er nur sehr vage von einer Karrierechance gesprochen. Aber die Moderation für ein tägliches Magazin überstieg ihre kühnsten Erwartungen.

Oliver wird staunen, wenn ich ihm davon erzähle.

Er war den ganzen Tag auf Vorträgen mit anschließendem Abendessen unterwegs, aber morgen wollten sie telefonieren. Bestimmt würde er sich über die Neuigkeiten freuen.

»Das ... Ich meine ...«, stotterte sie. »Wow.«

Ziegler lachte. »Ich mag Ihre Art, Kim«, sagte er und legte seine Hand auf ihr Knie. »Sie werden bei den Zuschauern sehr gut ankommen.«

Augenblicklich versteifte sie sich. Es war ihr zu viel an Nähe, aber sie wusste nicht, wie sie reagieren sollte. Würde er wütend werden, wenn sie ihn bat, seine Hand von ihrem Knie zu nehmen? Oder gar seine Entscheidung, sie als Moderatorin einzusetzen, noch mal zu überdenken? Vor allem wenn es nur eine unbedachte Geste seinerseits war.

Er griff nach der Weinflasche, und Kim atmete erleichtert auf. Sie war froh, nichts gesagt zu haben.

»Wissen Sie«, meinte er und schenkte ein, »ich muss zwar erst noch den Projektleiter davon überzeugen, Sie als Moderatorin einzusetzen, aber das dürfte kein Problem sein. Schließlich bin ich der Chef, nicht wahr?« Er zwinkerte ihr belustigt zu.

»Ja«, lachte sie. »Das stimmt. Und ich würde mich wirklich sehr über diese Chance freuen.«

Schon während ihres Studiums hatte sie davon geträumt, eines Tages ihre eigene Sendung zu bekommen. Und wie aus dem Nichts schien ihr Traum auf einmal wahr zu werden.

Oliver wird so stolz auf mich sein.

Ziegler reichte ihr das Glas.

»Dann lassen Sie uns anstoßen, Kim. Auf Sie als unsere neue Moderatorin. Und auf den Beginn einer großartigen Karriere.«

Die Gläser klirrten leise, als sie sich berührten, und Kim trank einen Schluck. Der Rotwein schmeckte köstlich, ein mildes und gleichzeitig kräftiges Bukett mit einem fruchtigen Abgang.

»Erzählen Sie mir mehr«, bat Kim, und Ziegler begann, sie in Details einzuweihen. Immer wieder stieß er mit ihr an und schenkte nach.

Kim spürte, wie ihr der Alkohol langsam zu Kopf stieg.

Wie viel hatte sie bereits getrunken? Sie musste doch noch Auto fahren!

»Wann soll die Sendung denn starten?«, erkundigte sie sich.

»Das hängt von Ihnen ab«, antwortete Ziegler und legte erneut seine Hand auf ihr Knie.

Wieder wurde ihr mulmig, wenngleich der Alkohol das Gefühl dämpfte.

»Wie meinen Sie das?«, fragte sie verunsichert.

»Wie schnell möchten Sie Karriere machen?« Seine Hand wanderte ihren Oberschenkel hinauf, und er beugte sich zu ihr.

»Was machen Sie da?« Demonstrativ rutschte sie von ihm weg.

»Jetzt stell dich doch nicht so an.«

Du? Seit wann waren sie beim Du gelandet?

»Ich glaube, hier liegt ein Missverständnis vor«, sagte sie und wollte sich erheben. Doch auf einmal lag sein Arm auf ihren Schultern und drückte sie auf die Couch zurück. Er rutschte noch näher an sie heran.

»Ich verstehe«, sagte er und lächelte verschmitzt. Seine Augen wirkten glasig. War er beschwipst? »Du willst noch mehr rausholen. Bist 'ne harte Verhandlerin, nicht wahr? Das gefällt mir.«

Ehe sie sichs versah, küsste er sie.

Sie stieß ihn von sich. »Hören Sie damit auf!«

»Womit?«

»Sie haben mich geküsst.«

»Ja natürlich. Was dachtest du denn?«

Allmählich dämmerte Kim, was er von ihr wollte. Wie hatte sie nur so naiv und dumm sein können? Hatte sie wirklich geglaubt, er lud sie zu sich nach Hause ein, um ihre Karriere zu besprechen?

»Ich glaube, ich gehe jetzt besser.«

Zieglers Gesichtsausdruck verfinsterte sich bedrohlich.

»Du gehst nirgendwohin!«

Er griff nach dem Messer, das neben dem Baguette lag, und stieß Kim mit Gewalt rückwärts auf die Couch. Es ging alles so schnell, und als Kim endlich ihre Schrecksekunde überwunden hatte und sich wieder aufrichten wollte, spürte sie die kalte Klinge an ihrem Hals. Augenblicklich hielt sie in ihrer Bewegung inne. Ihre Augen wanderten hektisch zwischen Ziegler und dem Messer hin und her, ihr Atem ging nur noch stoßweise.

»Was tun Sie da?«, keuchte sie.

»Ich mag zwar Spielchen«, sagte Ziegler, »aber ich mag es nicht, wenn man mich für blöd verkauft.«

»Bitte«, flehte sie. »Ich hab Ihnen doch nichts getan.«

Ziegler lachte. »Meinst du wirklich, ich verhelfe dir ohne Gegenleistung zu einer Karriere?«

Ein dumpfes Pochen setzte in ihren Schläfen ein. Ihr Kopf fühlte sich wie Watte an.

Es ist deine eigene Schuld. Warum bist du nur so naiv gewesen?

Ziegler hielt ihr weiterhin das Messer an den Hals, während er mit der freien Hand seine Hose öffnete. Eine Stimme in ihr schrie, sie solle sich wehren, doch ihr Körper war wie gelähmt. Ihre Arme und Beine gehorchten ihr nicht mehr.

»Bitte nicht.«

Ihre Kehle brannte. Als ob das Messer ihr ins Fleisch schnitt.

»Halt still, oder ich schlitz dich auf!«

Zieglers Stimme war hart und fordernd und hatte nichts Freundliches mehr. Sein Gesicht hatte sich zu einer diabolischen Fratze verzerrt. In seinen Augen lag lüsterne Gier, und seine Halsschlagadern pulsierten so stark, dass sie hervortraten.

Er lag auf ihr, drückte sie mit seinem ganzen Gewicht auf die Couch. Kim wollte schreien, doch sie brachte keinen Laut heraus. Sein keuchender Atem roch nach Alkohol, und er presste seinen Mund auf ihren. Angewidert wollte Kim den Kopf zur Seite drehen, doch sie wagte nicht, sich zu bewegen. Ihre Augen füllten sich mit Tränen.

Seine Hand tastete nach dem Knopf ihrer Hose und öffnete ihn. Mit einem Ruck zog er ihre Jeans nach unten und zerrte so fest an ihrem Slip, dass es ein reißendes Geräusch gab.

Nein!

Er drang in sie ein, und Kim schrie auf. Noch immer wagte sie nicht, sich zu rühren. Vollkommen paralysiert lag sie da. Er keuchte, während er sich rhythmisch auf ihr bewegte. Die Klinge drückte er ihr weiterhin an den Hals.

Kim weinte. Sie schloss die Augen und betete, dass es bald vorbei war. Dass er von ihr abließ. Dass der Schmerz aufhörte.

Das Hämmern in ihrem Schädel wurde immer stärker.

Kim wusste nicht, wie viel Zeit vergangen war, als er endlich von ihr abließ und das Messer von ihrem Hals nahm. Ihr Körper lag schlaff da. Als gehörte er nicht mehr zu ihr.

Ziegler lachte und legte das Messer auf den Tisch, ehe er seine Hose wieder anzog. »Du warst wirklich gut.«

Er griff nach seinem Weinglas, trank es in einem Zug leer und stieß einen zufriedenen Seufzer aus.

»Jetzt fehlt nur noch eine gute Zigarre.«

Kim wurde von Tränen geschüttelt. Ihr Unterleib brannte wie Feuer, und noch immer hatte sie das Gefühl, er wäre in ihr.

Ziegler lehnte sich genüsslich zurück und betrachtete sie. Sein Blick wanderte von ihrer Scham hinauf zu ihren Brüsten und weiter zum Gesicht. Als ob er sie mit seinen Augen ein weiteres Mal missbrauchte.

»Das war eine einmalige Sache«, *sagte er, und sein Lächeln gefror.* »Also hak es ab, und vergiss es am besten gleich ganz. Solltest du irgendjemandem davon erzählen, dann mach ich dich so fertig, dass du danach nicht einmal mehr deinen eigenen Namen kennst. Hast du das verstanden?«

Kim starrte ihn wortlos an. Seine Worte klangen verzerrt, sie konnte ihm kaum folgen.

»Ob du mich verstanden hast?«, *brüllte er und griff, als sie immer noch nicht antwortete, nach dem Messer. Drohend hielt er es ihr entgegen.*

»Ja«, *keuchte sie, und noch nie war ihr ein Wort so schwer über die Lippen gekommen.*

Ziegler legte das Messer wieder weg. »Es würde dir eh keiner glauben. Du bist nur eine kleine, unbedeutende Journalistin. Ein Niemand, verstehst du? Ein absoluter Niemand. Ich hingegen bin der Programmdirektor von TV4, ein angesehener Mann, der auf eine erfolgreiche Karriere zurückblicken kann.«

Er fixierte sie mit seinen Augen, die jegliche Menschlichkeit verloren hatten.

»Schweig über das, was hier geschehen ist, und dir wird nichts passieren. Aber wenn du redest, bist du erledigt. Ich werde behaupten, du hättest versucht, dich hochzuschlafen. Und anschließend wolltest du mich erpressen. Jeder weiß, dass du weiterkommen willst und dass dir dafür jedes Mittel recht ist. Du bist nur eine billige Hure, die auf meine Kosten ihre Karriere ankurbeln wollte. Ich garantiere dir, ein Wort, und deine Karriere ist für alle Zeiten vorbei. Bei TV4 und auch bei jedem anderen Sender. Ist das klar?«

Mechanisch nickte sie.

»Gut. Dann zieh dich wieder an.«

Kim wusste nicht, wie sie es schaffte, sich aufzurichten. Es war, als wäre sie eine fremdgesteuerte Marionette. Sie zog ihren zerrissenen Slip und ihre Hose hoch und knöpfte sie zu.

»Ich könnte jetzt wirklich eine Zigarre gebrauchen«, murmelte Ziegler und beugte sich zu der Kommode neben der Couch.

Kims Blick fiel auf das Messer, das vor ihr auf dem Tisch lag.

Nimm es, flüsterte ihr eine innere Stimme zu.

Sie sah zu Ziegler, der in der Schublade wühlte.

Zögerte.

Sie hatte Angst. Unbeschreibliche Angst.

Nimm es!

Mit zitternden Händen griff sie danach.

»Mist, keine mehr da«, fluchte Ziegler und schloss die Schublade. »Ach, was soll's, dann wirst du eben meine Nachspeise sein.«

Kim hielt das Messer so fest umklammert, dass ihre Knöchel weiß hervortraten.

Lachend drehte er sich zu ihr um. Er sah die Waffe, und seine Mimik gefror.

Sie stieß mit voller Kraft zu.

Das Messer glitt mühelos durch sein Hemd und seine Haut, und ein Schwall Blut spritzte heraus. Kims Bluse färbte sich rot.

Spritzer trafen ihr Gesicht und ihre Arme, und sie wich ange-ekelt zurück.

Das Messer steckte in Zieglers Bauch. Er hob den Kopf. In seinem Blick lag eine Mischung aus Erstaunen und Entsetzen. Er versuchte aufzustehen, torkelte und fiel rückwärts auf die Couch zurück.

Schockiert starrte Kim auf das Blut, das aus seinem Bauch auf das Leder lief und zu Boden tropfte.

Was hab ich getan?

Der metallische Geruch stieg ihr in die Nase, und sie würgte. Sie sprang auf, stürmte in den Flur und griff nach ihrer Jacke.

Sie musste hier raus!

Ohne sich noch einmal umzudrehen, stürzte sie aus dem Haus. Tränen liefen ihr über die Wangen. Ihre Bluse war blutverschmiert, ebenso ihre Hände, mit denen sie ihre Jacke umklammert hielt. Die Sicht verschwamm hinter einem Tränenschleier, und beinahe wäre sie gegen ein am Straßenrand geparktes Auto gelaufen. Ohne nach links oder rechts zu schauen, überquerte sie die Straße und rannte auf ihren Wagen zu. Sie riss die Tür auf, warf die Jacke auf den Beifahrersitz und startete den Motor. In ihrer Panik vergaß sie, sich anzuschnallen.

Was, wenn sie jemand beobachtet hatte? Oder in diesem Moment ihr Kennzeichen notierte?

Sie trat das Gaspedal durch.

Zu Hause angekommen stellte sie das Auto in der Tiefgarage ab und lief weinend in ihre Wohnung. Sie ließ die Jacke achtlos zu Boden fallen und stürzte ins Bad.

Kim erbrach sich stoßweise. Ihr Schädel hämmerte und schien mit jedem Würgen zu explodieren. Jedes Mal, wenn sie versuchte aufzustehen, wurde ihr schwindelig, und sie sank kraftlos auf den Boden zurück.

Wie lange kauerte sie schon im Bad? Zwei Stunden? Drei?

Sie hatte jegliches Zeitgefühl verloren. Fühlte nur noch unsäglichen Schmerz und Leere.

Wie konnte das nur passieren?

Sie stand noch immer unter Schock und konnte nicht begreifen, was vorgefallen war. Wollte es nicht wahrhaben.

Erneut musste sie sich übergeben. Es kam nur noch Galle, die in ihrer Kehle brannte, und deren bitterer Geschmack die Übelkeit weiter verstärkte.

Kim schloss die Augen. Sofort tauchten die schrecklichen Bilder auf, und sie öffnete sie wieder. Tränen rannen ihr über die Wangen.

Warum?, fragte sie sich zum gefühlt tausendsten Mal. Warum?

Mühsam entkleidete sie sich. Zieglers Geruch schien sich in jeder Pore festgesetzt zu haben, und sein Sperma klebte an ihren Oberschenkeln. Arme, Bauch, Hals und Gesicht waren blutverschmiert. Noch nie zuvor hatte sie sich so geekelt.

Ihr war immer noch schwindelig, aber sie musste Ziegler loswerden.

Kim stieg in die Dusche und drehte das Wasser so heiß auf, als wollte sie alles wegbrennen. Sie griff nach dem Schwamm und rubbelte ihre Haut, bis sie rot und aufgescheuert war.

Kapitel 42

Lars hatte sich auf die Bettkante gesetzt. Er wirkte schockiert, doch er schwieg und ließ Kim, die noch immer an der Wand am Boden kauerte, erzählen.

»Am nächsten Tag erfuhr ich aus der Presse, dass Ziegler tot war«, fuhr Kim fort. »Den ganzen Tag hab ich darauf gewartet, dass die Polizei kommt und mich verhaftet.«

Sie wischte sich die Tränen aus dem Gesicht.

»Doch sie kamen nicht. Weder an dem Tag noch an den darauffolgenden.«

Sie stockte, atmete schwer.

»Oliver hat mich abends angerufen. Er war zum Glück für zwei Wochen in den USA. Ich hab das Gespräch kurz gehalten, behauptet, ich wäre krank. Ich meine, was hätte ich ihm denn erzählen sollen? Dass ich mich schlecht fühlte, weil ich eine Mörderin war?«

»Sie sind keine Mörderin«, sagte Lars. »Das war Notwehr.«

»War es das wirklich? Das Messer lag auf dem Tisch, Ziegler hatte mir den Rücken zugedreht. Und außerdem hab ich es doch geradezu provoziert. Er hat mich abends zu sich nach Hause eingeladen, und ich hab zugesagt. Hab ich wirklich gedacht, er wollte meine Karriere mit mir besprechen? Wie konnte ich nur so dumm und naiv sein? Ich hätte wissen müssen, was er von mir will, und seine Einladung gar nicht erst annehmen dürfen.«

»Nur weil er Sie einlädt, bedeutet das nicht automatisch, dass er sich an Ihnen vergehen darf«, widersprach Lars.

»Aber genau das ist es ja«, entgegnete sie viel zu laut. »Er hat seine Hand auf mein Knie gelegt, und ich habe nichts gesagt. Ich habe ihn gewähren lassen, und er muss es falsch verstanden haben. Ich …«

»Kim, es ist nicht Ihre Schuld. Kein Mann hat das Recht, gegen den Willen einer Frau mit ihr zu schlafen. Sie haben Nein gesagt, das war klar und deutlich. Und nur weil Sie beim ersten Mal, als er seine Hand auf Ihr Knie gelegt hat, nichts gesagt haben, war das noch lange kein Freifahrtschein für ihn.«

»Ich hätte mich stärker wehren müssen.«

»Mit einem Messer am Hals?« Er sah sie mitfühlend an. »Sie konnten in diesem Moment nichts mehr tun, ohne Gefahr zu laufen, getötet zu werden. Er hat Ihnen das Messer an den Hals gehalten, nicht Sie. Er hat Ihnen die Kleider heruntergerissen, Sie haben sich nicht freiwillig ausgezogen. Er ist in Sie …«

Er führte den Satz nicht zu Ende, doch sie verstand auch so, was er ihr sagen wollte.

»Warum sind Sie nicht sofort zur Polizei gegangen?«

»Die hätten mir doch nicht geglaubt«, antwortete sie mit hysterischer Stimme. »Ziegler hatte recht, jeder hätte sofort gedacht, dass ich mich hochschlafen wollte.«

Sie hielt inne und musste kurz Luft holen.

»Als ich bei TV4 anfing, wollte ich unbedingt Karriere machen. Ich war geradezu versessen darauf. Ich war immer als Erste vor Ort, wenn es etwas zu berichten gab – egal zu welcher Tages- oder Nachtzeit. Natürlich hätte es den Anschein gehabt, ich wollte Ziegler verführen, um meine Karriere anzukurbeln. Und als er nicht auf meine Forderung eingegangen ist, hab ich ihn kurzerhand umgebracht.«

»Das ist Blödsinn, Kim. Die Polizei hätte es beweisen können.«

»Ja wie denn?« Sie sah ihn mit solch einer Verzweiflung an, dass das Mitleid in seinen Augen noch größer
wurde. »Ich habe doch alle Spuren beseitigt. Ich bin unter die Dusche gegangen, weil ich den Ekel nicht mehr
ausgehalten habe. Ich habe meine Kleidung bei neunzig
Grad gewaschen und anschließend im Müll entsorgt. Ich
habe mir fast die Haut von meinem Körper geschrubbt,
weil er in jeder verdammten Pore von mir klebte und ich
es nicht mehr ertrug. Ich …«

»Ist schon gut«, unterbrach er sie. »Sie müssen sich
nicht rechtfertigen.«

Erneut brach Kim in Tränen aus. Sie vergrub das Gesicht in ihren Händen, und es dauerte eine Weile, bis sie
sich wieder einigermaßen beruhigt hatte.

»Im Nachhinein betrachtet habe ich vollkommen
falsch gehandelt«, fuhr sie mit zitternder Stimme fort.
»Aber ich stand unter Schock und habe mich so geschämt. Und je mehr Zeit verstrichen ist, umso unglaub-
würdiger wäre es gewesen, wenn ich doch noch zur Polizei gegangen wäre. Ohne Beweise, nur mit meiner
Version der Geschichte, die ich mir genauso gut hätte
ausdenken können.«

Sie atmete tief durch.

»Ich fühlte mich jeden Tag schuldiger. Einerseits, weil
ich so dämlich gewesen war, überhaupt zu Ziegler zu
fahren, andererseits, weil ich ihn erstochen habe und anschließend nicht sofort zur Polizei gefahren bin und dadurch alles noch viel schlimmer gemacht habe.«

Lars saß weiterhin auf dem Bett und hörte zu. Seine
Körperhaltung verriet seine Anspannung.

»Irgendwann wollte ich einfach nur noch vergessen.
Den Schmerz, die Scham, die Angst, Ziegler – einfach al-
les. Ich habe den Vorfall in den hintersten Winkel meines
Gedächtnisses verbannt und mir vorgestellt, ich würde

eine meterdicke Stahltür schließen. Ich habe ignoriert, was Ziegler mir angetan hat, und den Vorfall einfach aus meinem Gedächtnis gestrichen. Ich habe so getan, als wäre nie etwas passiert.«

»Und das haben Sie all die Jahre ausgehalten?«

Kim zögerte mit einer Antwort. Doch der Drang, sich endgültig von ihrer Last zu befreien, war zu stark.

»Nein«, sagte sie schließlich. »Nur drei Monate. Dann habe ich gemerkt, dass ich schwanger war.«

Lars benötigte einen Moment, dann begriff er, und die Gesichtszüge entgleisten ihm. »Oh mein Gott. Lilly?«

Kim nickte. »Lilly ist das Ergebnis der Vergewaltigung.«

Und in der Sekunde, als die Worte aus ihr heraus waren, als sie ihr dunkelstes Geheimnis jemandem anvertraut hatte, fiel die tonnenschwere Last von ihr ab, und sie fühlte trotz ihrer gegenwärtigen Situation unendliche Erleichterung.

»Weiß Oliver davon?«, fragte Lars sichtlich schockiert.

»Nein. Und er darf es auch niemals erfahren. Ich hatte damals die Pille abgesetzt, weil wir uns Nachwuchs wünschten, aber es hat nie geklappt. Dann war ich endlich schwanger, und Oliver hat sich so sehr darüber gefreut. Ich hatte Angst, dass er mich verlassen würde, wenn er herausfand, was geschehen war und dass das Kind nicht von ihm war.«

Ihr Blick verlor sich an der gegenüberliegenden Wandseite.

»Ich habe darüber nachgedacht«, sagte sie mit tonloser Stimme. »Zwar nur ganz kurz, aber ich habe darüber nachgedacht.«

»Sie abzutreiben?«

Kim spürte den Kloß in ihrem Hals und schluckte schwer.

»Ja«, antwortete sie kaum hörbar. »Aber ich habe es nicht übers Herz gebracht. Ich hatte bereits einen Menschen auf dem Gewissen, ich konnte keinen zweiten töten. Und Lilly konnte doch nichts dafür.«

Erneut atmete sie tief durch.

»Als Lilly zur Welt kam und ich sie in den Armen hielt, da weinte ich so sehr, dass mich die Ärzte ruhigstellen mussten. Die ersten Tage waren die schlimmsten. Ich war hin- und hergerissen zwischen der Freude, ein gesundes Mädchen zu haben, und der Erinnerung an Ziegler. Jedes Mal, wenn ich Lilly ansah, kam alles wieder hoch. Die Ärzte schoben mein Verhalten auf eine Wochenbettdepression, sie hatten keine Ahnung, was wirklich in mir vorging.«

»Was ist dann passiert?«

»Eines Morgens hielt ich Lilly im Arm. Sie strahlte mich an, und irgendetwas geschah in diesem Moment mit mir. Mein Herz öffnete sich, und endlich ließ ich meine Liebe zu ihr zu. Ich schwor, sie von jetzt an um jeden Preis zu beschützen.«

Sie ballte die Fäuste.

»Manchmal haben mich meine Schuldgefühle fast erdrückt, und ich spielte nicht nur einmal mit dem Gedanken, doch noch zur Polizei zu gehen. Doch jedes Mal erinnerte ich mich an meinen Schwur. Meine eigene Mutter ist leider sehr früh gestorben; ich weiß, was es bedeutet, ohne seine Mutter aufzuwachsen. Lilly soll nicht dasselbe Schicksal erleiden, aber genau das würde passieren, wenn ich ins Gefängnis müsste. Sie sollte nicht dafür büßen, was ich getan habe, und so schwieg ich.«

Sie drehte ihren Kopf in Lars' Richtung.

»Lilly ist ein unschuldiges achtjähriges Mädchen. Niemals, niemals darf sie erfahren, wer sie wirklich ist.

Dass ein brutaler Vergewaltiger ihr Erzeuger ist.« Sie schaffte es nicht, das Wort Vater zu benutzen. »Es würde ihre ganze Welt zerstören. Sie ist zu jung dafür, sie würde daran zerbrechen. Und das kann und werde ich nicht zulassen.«

Lars nickte mit betretener Miene.

»Ich verstehe«, sagte er. »Deshalb wollen Sie nicht an die Öffentlichkeit gehen.«

»Ich kann einfach nicht. Es würde alles zerstören. Meine einzige Chance besteht darin, den Erpresser zu finden und ihn irgendwie zum Schweigen zu bringen. Ansonsten werde ich die nächsten Jahre im Gefängnis verbringen.«

»Sie werden nicht ins Gefängnis gehen.«

Sie lachte höhnisch auf. »Wie soll ich denn jetzt, nach all den Jahren, noch meine Unschuld beweisen?«

»Ich gehe jede Wette ein, dass Sie nicht die Einzige waren, die Ziegler vergewaltigt hat. Würden Sie das öffentlich machen, ich bin mir sicher, es würden sich weitere Frauen melden, denen dasselbe widerfahren ist.«

»Und Lilly würde die Wahrheit erfahren. Nein. Außerdem geht es jetzt nicht mehr nur um Ziegler.«

Sie atmete schwer, und der Gedanke an Julian, der tot bei ihr im Flur lag, versetzte ihr einen stechenden Schmerz.

Ob Neumann die Leiche schon gefunden hat?

»Julian ist tot, und ich stehe mit beiden Morden in Verbindung. Die Polizei braucht nur einen DNA-Abgleich zu machen, und schon bin ich dran.«

»Darüber werden wir uns später Gedanken machen«, entgegnete Lars. »Verraten Sie mir eines noch. *Kim undercover ...*«

»... war meine Rettung«, vervollständigte sie seinen Satz. »Volker hat keine Ahnung, wie viel mir die Sendung wirklich bedeutet. Als ich nach meinem Studium bei TV4 angefangen hatte, leitete Volker den Nachrichtenteil, bevor er in die Serienssparte wechselte. Eine US-Serie hat ihn schließlich auf die Idee für das undercover-Format gebracht. Die Planung lief bereits auf Hochtouren, als er zu Zieglers Nachfolger ernannt wurde. Er sprach mich an, ob ich Interesse hätte, das Zugpferd für die Sendung zu werden, und ich sagte zu.«

»Weil es ein Ventil für Sie war«, meinte Lars, wobei es mehr nach einer Feststellung als nach einer Frage klang.

»Ja. Die Schuldgefühle wegen der Sache an sich und meines falschen Verhaltens haben mich fast um den Verstand gebracht. Doch plötzlich bot sich mir eine Möglichkeit der Wiedergutmachung, indem ich Skandale aufdeckte und Menschen half.«

»Es ging Ihnen also gar nicht rein um eine Karriere?«

»Nein. Meine Karriereambitionen waren zusammen mit Ziegler gestorben.« Sie biss sich auf die Unterlippe. »Es passierte jedoch genau das: Ich machte Karriere. Und was für eine! Als ich vor vier Jahren den Deutschen Fernsehpreis für die Aushebung des Drogenschmugglerrings entgegennahm, war ich einerseits stolz, weil ich schon so vielen Menschen geholfen und ihr Leben verbessert hatte. Und doch hätte ich auf der Bühne am liebsten geweint, weil es mich innerlich zerriss. Aber ohne *Kim undercover* wäre ich schon längst daran zerbrochen.«

Lars atmete hörbar aus.

»Der Vorfall von damals hängt seitdem wie ein Damoklesschwert über mir. Wenn man in der Öffentlichkeit steht, kann einem so etwas leicht das Genick brechen. Die Presse würde mit Sicherheit die Wahrheit verdrehen und behaupten, ich hätte versucht, mich hochzuschlafen. Genau wie Ziegler mir damals gedroht hatte. Und selbst wenn mir die Polizei wider Erwarten doch glauben würde, irgendetwas bleibt immer hängen. Mein Ruf wäre ruiniert, und das Ende von *Kim undercover* besiegelt. Am schlimmsten wäre es jedoch für Lilly, die das nicht verkraften würde. Stellen Sie sich nur vor, wie ihre Mitschüler reagieren würden. Es wäre die Hölle für sie.«

Lars nickte wortlos.

Kim gähnte. Ihrer Erleichterung folgte allmählich bleierne Müdigkeit, und sie konnte die Augen kaum mehr offen halten. Erschöpft ließ sie den Kopf an die Wand sinken. Sie wollte nur kurz durchatmen.

In der nächsten Sekunde war sie eingeschlafen.

Kapitel 43

Kim wachte aus einem wirren Traum auf. Sie öffnete die Augen und war im ersten Moment irritiert, dass sie im Bett lag. Das Letzte, woran sie sich erinnerte, war, dass sie auf dem Boden gesessen hatte und dort eingeschlafen war. War sie danach noch einmal aufgewacht und hatte sich ins Bett geschleppt, oder hatte Lars sie hierhergetragen?

Sie drehte den Kopf zur Seite. Lars stand mit verschränkten Armen am Fenster und sah in die Morgendämmerung hinaus. Sie blieb ruhig liegen und betrachtete ihn. Er wirkte nachdenklich, sein Gesicht kantiger als sonst.

Kim konnte nicht glauben, dass sie sich ausgerechnet ihm anvertraut hatte. Sie hoffte, die richtige Entscheidung getroffen zu haben, denn noch immer war sie sich nicht sicher, ob sie ihm wirklich trauen konnte.

Andererseits hatte er anders reagiert als erwartet. Er hatte nicht die Polizei gerufen, sondern war bei ihr geblieben.

Etwas hatte sich seitdem bei ihr verändert.

Das schwarze Loch in ihrem Inneren, das sie seit neun Jahren zu verschlingen drohte, war verschwunden und hatte einer gewissen Leichtigkeit Platz gemacht. Ihre erdrückenden Schuldgefühle hatten ihre Schwere verloren.

Kim, es ist nicht Ihre Schuld.

Kim fragte sich, ob Oliver damals doch etwas geahnt hatte. Sie hatte sich verändert, war verschlossener und härter geworden, auch wenn sie sich bemüht hatte, sich ihm gegenüber nichts anmerken zu lassen. Aus Angst, er könnte sie verlassen.

Dann kam Lilly, und Oliver war so glücklich wie nie zuvor. Und doch hatte er seine Familie aufs Spiel gesetzt und sie betrogen.

Wäre das auch passiert, wenn Ziegler sie nicht vergewaltigt hätte? Wären sie dann vielleicht immer noch verheiratet? Und Julian am Leben?

Ihre Kehle schnürte sich bei der Erinnerung an ihn zu. Sie atmete tief durch und fokussierte sich auf das, was jetzt wichtig war: Lilly.

»Guten Morgen«, hörte sie Lars sagen.

Sie hatte nicht bemerkt, dass er zu ihr ans Bett getreten war. Aus der Nähe wirkte er noch angespannter, doch in seinen Augen lag Wärme.

»Wie geht's dir?«, wollte er wissen. »Ich hoffe, es ist okay, wenn ich dich duze.«

Kim rang sich ein Lächeln ab. »Es ist okay. Und mir geht's besser.«

»Du siehst immer noch ziemlich fertig aus.«

Sie erwiderte nichts, weil er vermutlich recht hatte.

»Danke«, sagte sie.

»Wofür?«

»Für alles.«

Er setzte sich auf die Bettkante und ließ einen Augenblick verstreichen, ehe er fragte: »Willst du nicht doch zur Polizei gehen?«

»Ich kann nicht. Außerdem läuft uns die Zeit davon.« Sie starrte zur Decke. »Ich werde nicht zulassen, dass Lilly getötet wird. Wenn es sein muss, werde ich vor Ablauf des Ultimatums an die Öffentlichkeit gehen und alles gestehen. Aber zuvor will ich …«

»Dazu wird es nicht kommen«, unterbrach Lars sie. »Noch bleiben uns knapp sechzehn Stunden, um sie zu finden.«

Kim bemerkte, dass sich sein Tonfall geändert hatte. Er klang entschlossener als die letzten Tage, und Kim schöpfte neue Hoffnung, obwohl momentan alles gegen sie zu stehen schien.

»Okay, dann lass uns zuerst mal unsere Lage checken«, sagte er und griff nach der Fernbedienung auf dem Nachtkästchen. Er schaltete den Fernseher ein und zappte durch die Programme, bis er auf die Frühnachrichten stieß. Kim richtete sich auf und schob das Kissen in ihren Rücken.

»Im Fall der entführten Tochter von Kim Jansen gab es gestern eine dramatische Wendung, als am Abend eine Leiche im Haus von Kim entdeckt wurde«, sagte der Sprecher. »Laut Polizei handelt es sich bei dem Toten um den Schauspieler Julian Tiersch, mit dem Kim seit einigen Monaten liiert ist. Die Polizei gab noch am selben Abend eine Pressekonferenz.«

Das Bild wechselte. Kommissar Neumann stand hinter einem Rednerpult, Dutzende Kameras und Mikrofone auf ihn gerichtet.

»Nach dem gegenwärtigen Stand der Ermittlungen müssen wir davon ausgehen, dass Julian Tiersch einem gewaltsamen Tod zum Opfer gefallen ist. Unter dringendem Tatverdacht steht Kim Jansen, die dabei beobachtet worden ist, wie sie fluchtartig das Haus verlassen hat. Mit hoher Wahrscheinlichkeit ist sie in Begleitung von Lars Peters, einem Privatdetektiv. Beide sind seitdem spurlos verschwunden.«

Zwei Bilder wurden eingeblendet, das eine zeigte sie, das andere Lars.

»Sie sind vermutlich in einem schwarzen VW Golf mit dem amtlichen Kennzeichen M-KJ 1705 unterwegs. Wenn

270

jemand die beiden gesehen hat oder sachdienliche Hinweise geben kann, wenden Sie sich bitte an die nächste Polizeidienststelle oder rufen Sie die eingeblendete Telefonnummer an.«

»Lilly, die achtjährige Tochter von Kim Jansen, befindet sich nach wie vor in der Hand ihres Entführers«, fuhr der Nachrichtensprecher fort. »Das Ultimatum endet heute um Mitternacht. Die Polizei sucht weiterhin fieberhaft nach ihr.«

Erneut wechselte das Bild, und Kim zuckte unwillkürlich zusammen, als sie Volker Behrendt in Großaufnahme sah. Sein Gesicht wirkte eingefallen und fahl. Sie konnte sich nicht erinnern, ihn jemals in einem solchen Zustand gesehen zu haben.

»Wir bedauern die gegenwärtigen Ereignisse sehr und hoffen, dass die Polizei bald Licht ins Dunkel bringt«, sagte er mit belegter Stimme. »Die Polizei hat unsere volle Unterstützung, und wir werden alles in unserer Macht Stehende tun, damit Lilly unversehrt gefunden wird. Die Nachricht über den Tod von Julian Tiersch hat uns sehr getroffen, und noch mehr trifft es uns, dass Kim Jansen unter Tatverdacht steht.«

Er machte eine kurze Pause und blickte mit zusammengepressten Lippen zu Boden.

Ich will dir nichts vormachen, Kim, aber die Situation ist ernst. Die Reputation des Senders steht auf dem Spiel.

Kim bekam ein mulmiges Gefühl. Irgendetwas stimmte hier nicht.

Volker hob den Kopf und sah so ernst in die Kamera, als würde er gleich sein eigenes Todesurteil verkünden.

»Kim Jansen ist bis zur Klärung der Ereignisse beurlaubt und *Kim undercover* bis auf Weiteres eingestellt. Wir entschuldigen uns bei unseren Zuschauern und bitten um Ihr Verständnis.«

Kapitel 44

Kim saß regungslos und mit versteinerter Miene da. Hatte sie vorhin noch das Gefühl aufkeimender Hoffnung gehabt, schien es ihr jetzt den Boden unter den Füßen wegzuziehen.

Kim Jansen ist bis zur Klärung der Ereignisse beurlaubt und Kim undercover *bis auf Weiteres eingestellt.*

Die Worte hallten dumpf in ihrem Kopf wider.

Es kam einer öffentlichen Hinrichtung gleich. Volker hatte sie immer unterstützt. Wenn er sich zu so einer Stellungnahme genötigt fühlte, mussten die Beweise gegen sie erdrückend sein.

»Tut mir leid«, sagte Lars.

Kim schluckte schwer. Das Kartenhaus war endgültig über ihr zusammengestürzt. Eingeklemmt in den Trümmern konnte sie jetzt nur noch hilflos dabei zusehen, wie die Ereignisse ihren Lauf nahmen. Ihr eigener Sender hatte sich von ihr distanziert. Was für Konsequenzen allein das noch nach sich ziehen würde, konnte sie nur erahnen.

Der tiefe Fall der preisgekrönten Enthüllungsjournalistin zur gesuchten Mörderin.

Sie sah die Schlagzeilen bereits vor sich.

Anna hatte gewonnen. Ihr Vernichtungsfeldzug gegen sie hatte ihren Höhepunkt erreicht, und es war lediglich eine Frage der Zeit, bis sie ihr den endgültigen Todesstoß versetzte.

Lars schaltete den Fernseher aus.

»Wir sitzen ziemlich tief in der Scheiße.« Er stellte es so trocken und nüchtern fest, dass Kim fast in Lachen ausgebrochen wäre. »Aber wir haben noch eine Chance«, sagte er. »Wir müssen Lilly finden und den Erpresser zur Strecke bringen.«

»Und wie?« Ihre Stimme klang verzweifelter denn je.

»Indem wir anders an die Sache rangehen. Vergessen wir mal Markus Köller und Sven Reuter. Die Spur hat in eine Sackgasse geführt. Und da Julian tot ist, glaube ich, dass Reuter nicht allein gehandelt hat.«

Er legte die Fernbedienung auf das Nachtkästchen und sah Kim an.

»Woher weiß der Erpresser, dass du Ziegler getötet hast? *Das* ist die entscheidende Frage. Wenn wir die beantworten können, haben wir den Entführer deiner Tochter und den Mörder von Julian.«

Kim seufzte. »Diese Frage stelle ich mir, seit ich das Erpresservideo bekommen habe. Aber ich weiß es nicht.«

»Ist es möglich, dass dich jemand beobachtet hat?«

»Nein. Ziegler war Witwer und kinderlos. Er wohnte allein.«

»Und als du das Haus verlassen hast? Hat dich da jemand gesehen?«

»Ich glaube nicht. Es war bereits dunkel. Ich war zwar vollkommen neben mir, aber ich bin mir sicher, dass weit und breit niemand zu sehen war.«

»Ein Nachbar vielleicht?«

»Das nächste Haus stand viel zu weit weg.«

»Bist du direkt zu deinem Auto gelaufen?«

»Ja.«

»Wo hast du geparkt?«

»Auf der gegenüberliegenden Straßenseite. Ich bin auf die Straße rausgerannt und dabei fast gegen ein Auto gelaufen, das vor Zieglers Haus stand.«

»Was für ein Auto?«

Kim versuchte, sich an Einzelheiten zu erinnern. »Es war ein Sportwagen«, antwortete sie schließlich. »Ein Porsche, wenn ich mich richtig erinnere. Er war hell, weiß oder silbern würde ich sagen, und er hatte einen dunklen Streifen auf Motorhaube und Dach.«

»Saß jemand drinnen?«

Kim dachte so angestrengt nach, dass sie leichte Kopfschmerzen bekam. Sie sah das Auto nun klar vor sich. Aber es war nachts gewesen und sie vollkommen unter Schock gestanden.

»Ich weiß es nicht. Ich kann mich nicht erinnern.«

»Schon gut«, beruhigte Lars sie. »Was hast du dann gemacht?«

»Ich bin zu meinem Auto gelaufen und eingestiegen. Ich weiß noch, dass ich Angst hatte, jemand könnte mich beobachtet haben, und bin davongerast.«

»Weiter.«

»Zu Hause hab ich das Auto in der Tiefgarage abgestellt und bin in meine Wohnung. Unterwegs ist mir niemand begegnet.«

»Hast du dich irgendjemandem anvertraut? Und sei es, dass du nur eine Andeutung gemacht hast.«

»Nein.«

»Hast du es aufgeschrieben? Oder ein Tagebuch geführt?«

Sie schüttelte den Kopf. »Es gab keine Zeugen, und ich habe niemandem etwas gesagt oder es in irgendeiner Form schriftlich festgehalten.«

Lars kratzte sich am Kinn und überlegte. »Ich weiß, das fällt dir schwer, aber lass uns noch mal an den Zeitpunkt zurückgehen, als du Zieglers Wohnung betreten hast.«

»Okay.«

»Du hast gesagt, ihr seid ins Wohnzimmer gegangen. Ist dir da irgendetwas aufgefallen?«

»Was genau meinst du?«

»Zum Beispiel eine versteckte Kamera.«

Kim hatte das Gefühl, einen Schlag in die Magengrube zu bekommen.

Eine versteckte Kamera?

War es möglich, dass Ziegler die Vergewaltigung auch noch gefilmt hatte?

Ihr Atem ging schwer.

»Es ist möglich, oder?«, hakte Lars nach.

Sie nickte stumm.

»Stell dir das Wohnzimmer vor. Von wo aus war die Couch am besten zu sehen?«

»Der Kamin«, flüsterte sie und rief sich den Sims ins Gedächtnis. Auf ihm standen gerahmte Bilder, die Ziegler zusammen mit seiner Frau zeigten, eine Blumenvase und irgendeine löchrige Skulptur aus Stein. Es wäre ein Leichtes gewesen, eine Kamera dazwischen zu platzieren.

Oh Gott, wenn der Film in die falschen Hände geraten war!

»Aber die Polizei hätte die Kamera doch gefunden.«

»Nicht wenn sie vorher jemand an sich genommen hat. Wer hat Zieglers Leiche entdeckt?«

»Ich glaube, es war seine Haushälterin.« Sie legte den Kopf schief. »Oder sein Chauffeur? Ziegler fuhr nicht gern Auto. Er hatte einen Fahrer, der ihn morgens zur Arbeit brachte und am Abend wieder nach Hause fuhr.«

»Kennst du ihre Namen?«

»Nein. Aber ich weiß, wer es wissen könnte. Kerstin Uhl war damals Zieglers Assistentin.«

»Hast du ihre Telefonnummer?«

»Auf dem Handy, das jetzt am Grund des Langwieder Bachs liegt.« Sie zuckte entschuldigend mit den Schultern, und Lars verzog das Gesicht.

Kim sah auf die Uhr. »Kerstin kommt für gewöhnlich gegen halb neun zur Arbeit. Wenn wir uns beeilen, können wir sie auf dem Weg dorthin abfangen.«

»Kannst du ihr vertrauen?«

»Ja. Sie ist nicht nur meine Assistentin, wir sind auch befreundet.«

Lars erhob sich vom Bett.

»Machen wir uns auf den Weg.«

Kapitel 45

Sie verließen das Hotelzimmer und gingen in Richtung des Treppenhauses. Auf halbem Weg kamen sie an einem Zimmer vorbei, dessen Tür offen stand. Ein Putzwagen versperrte den Eingang, und aus dem Bad war die Klospülung zu hören. Doch es war nicht das Putzzeug, das Kims Aufmerksamkeit erregte, sondern das Smartphone, das auf der Ablage neben den Reinigungsmitteln lag.

Kurz zögerte Kim, kämpfte gegen ihr schlechtes Gewissen, aber die gegenwärtige Situation ließ ihr keine andere Wahl.

Ich gebe es Ihnen wieder zurück!

Sie nahm das Handy und ließ es in ihrer Hosentasche verschwinden.

Lars beobachtete sie stumm. Im Treppenhaus meinte er: »Wie viel Bargeld hast du bei dir?«

Sie schaute in ihrem Geldbeutel nach, während sie die Stufen nach unten gingen. »Zweihundert Euro.«

Er streckte die Hand nach dem Geld aus, und Kim blieb irritiert stehen.

Wollte er jetzt etwa noch mehr Geld?

»Wir brauchen ein Auto«, erklärte er, nachdem er ihren Gesichtsausdruck offenbar richtig gedeutet hatte. »Ich bin mir sicher, der Portier wird uns für zweihundert Euro seinen Wagen für einen Tag überlassen.«

»Ach so.« Sie reichte ihm die Scheine. Daran, dass ihr Auto auf dem Parkplatz der U-Bahn-Station Dülferstraße stand, hatte sie gar nicht mehr gedacht. »Und du bist sicher, dass er uns nicht an die Polizei verraten wird?«

»Glaub mir, das Letzte, das er will, ist die Polizei in seinem Hotel.«

Sie erreichten das Erdgeschoss.

»Ich regle das mit dem Auto«, sagte Lars. »Geh du ins Restaurant und hol was zu essen. Ich hab Hunger. Brezen, Semmeln, egal was. Und ein Kaffee wäre nicht schlecht. Aber unauffällig.«

Kim nickte und durchquerte die Lobby. Das Restaurant war bis auf einen Tisch leer. Ein älterer Mann war in seine Zeitung vertieft, während er sein Frühstücksei aß. Kim erschrak, als sie ihr Foto auf der Titelseite sah. *Unter Mordverdacht!* stand in Großbuchstaben darüber.

Sie eilte zum Buffet, das den Namen nicht wirklich verdiente, nahm den Brotkorb, in dem fünf Semmeln lagen, zwei Tassen und eine halbvolle Thermoskanne mit Kaffee und verließ das Restaurant wieder. Sie hatte Mühe, alles zu tragen, und machte sich bereits darauf gefasst, vom Portier aufgehalten zu werden. Doch der saß an der Rezeption und tippte auf seinem Handy.

Lars wartete am Eingang auf sie.

»Hat es geklappt?«, wollte sie mit leiser Stimme wissen, wenngleich ihr der zufriedene Gesichtsausdruck des Portiers nicht entgangen war.

Lars nickte und hielt den Autoschlüssel in die Luft.

Sie traten ins Freie.

Es hatte aufgehört zu regnen, die Luft war frisch und klar. Die dunklen Wolken hingen tief und schwer über der Stadt, und es war nur eine Frage der Zeit, bis der nächste Regenschauer hereinbrach. Der Wind blies ihnen scharf ins Gesicht und wehte die letzten Blätter von dem Baum, der etwas abseits des Hotels stand. In den abgesenkten Stellen auf dem Gehweg hatte sich Wasser gesammelt.

Sie gingen zu einem alten silberfarbenen Opel, der am Straßenrand parkte und dessen rechte Hintertür eingedellt war. Im Fußraum lagen benutzte Taschentücher und Schachteln von Fastfood, in denen teilweise noch Essensreste klebten. Die Stoffsitze waren verschlissen und fleckig. Angeekelt nahm Kim auf dem Beifahrersitz Platz und schob den Müll mit ihrer Fußspitze in die hinterste Ecke. Am Rückspiegel hing ein Duftbaum. Sie rümpfte die Nase, als sie den penetranten Geruch von Vanille wahrnahm, der sich mit dem abgestandenen Zigarettenrauch im Wageninneren vermischte.

Kein Wunder, dass er ihnen das Auto für zweihundert Euro überlassen hatte. So viel war diese Schrottkarre überhaupt nicht wert.

Lars fuhr los. Der Berufsverkehr hielt sich in Grenzen, dennoch zog Kim an jeder roten Ampel den Kopf ein, weil sie befürchtete, erkannt zu werden. Unterwegs verschlangen sie die Semmeln und tranken den Kaffee.

Als sie mit dem provisorischen Frühstück fertig war, nahm Kim das Handy, das sie der Putzfrau gestohlen hatte, scheiterte jedoch an der Entsperrmaske. Neun Punkte wurden angezeigt. Sie musste lediglich die richtige Wischgeste finden, was zumindest einfacher war als irgendein Zahlencode.

Sie hielt das Display ins Licht. Das Glas war übersät mit verschmierten Punkten, aber es war ebenfalls eine klare Linie erkennbar, die beim ersten Punkt startete und ein L bildete. Eine der einfachsten und vermutlich häufigsten Wischgesten.

Kim zog die Form nach, und das Handy war entsperrt. Sie grinste.

»Wer hätte gedacht, welch kriminelle Energie in dir steckt«, meinte Lars sarkastisch, doch seine hochgezogenen Augenbrauen verrieten, dass er beeindruckt war.

Eine halbe Stunde später hatten sie ihr Ziel erreicht. Das verspiegelte Gebäude von TV4 ragte etwa hundert

Meter vor ihnen in den wolkenverhangenen Himmel, und Kim wurde bei dem Anblick schmerzlich daran erinnert, dass sich der Sender von ihr distanziert hatte.

Lars wendete und stellte das Auto am Straßenrand im Halteverbot ab. Wenn Kerstin von der U-Bahn kam, würde sie direkt an ihnen vorbeilaufen.

Kim sah auf die Uhr. Es war Viertel nach acht.

Hoffentlich hat sie heute nicht früher angefangen, nach allem, was momentan beim Sender los sein musste.

Schweigend warteten sie. Die Anspannung im Auto war fast greifbar. Kim suchte mit ihrem Blick die Straße nach ihrer Assistentin ab und drehte sich immer wieder um, aus Angst, ein Streifenwagen könnte sich ihnen nähern, weil sie im Halteverbot standen. Aber ihnen blieb keine andere Möglichkeit, die Straße war zugeparkt.

Sie hatten die Sonnenblenden als notdürftigen Sichtschutz heruntergeklappt, doch die Menschen, die an ihnen vorbeieilten, waren zu sehr mit ihren Handys oder frühmorgendlichen Gedanken beschäftigt, als dass sie sie bemerkten.

Wie Kerstin wohl reagieren wird?

Sie waren befreundet, aber würde sie weiterhin zu ihr halten, nachdem Kim als Verdächtige in einem Mordfall gesucht wurde?

Kim kaute auf ihrer Unterlippe und knetete ihre kalten Finger.

Die Minuten verstrichen.

Kurz vor halb neun kam jemand auf sie zu, und Kim erkannte schon von Weitem den federnden Schritt.

»Da ist sie«, sagte sie und deutete nach vorn. »Die in dem grünen Mantel.«

Lars nickte und öffnete die Autotür. Als Kerstin auf Höhe der Motorhaube war, stieg er aus.

»Frau Uhl?«

Sie blieb stehen. »Ja?«

Kim ließ das Fenster auf der Beifahrerseite herunter. »Hey, Kerstin.«

Ihre Assistentin riss erstaunt die Augen auf.

»Kim?«

»Steig bitte ein«, bat Kim, als sich zwei Frauen näherten, die sich angeregt miteinander unterhielten.

Kerstin zögerte, sah von ihr zu Lars und wieder zurück. In ihren Augen lag eine Mischung aus Verwirrung und Skepsis. Kim konnte es ihr nicht verübeln.

»Bitte.«

Kerstin seufzte, dann öffnete sie die Tür und ließ sich auf die Rückbank fallen. Lars stieg ebenfalls wieder ein.

»Was zum Teufel machst du hier?«, sprudelte sie los. »Sag mir bitte, dass das nicht wahr ist. Du hast Julian nicht umgebracht, oder? Und Sie müssen dieser Privatdetektiv sein? Was geht hier vor? Im Sender ist …«

»Wir haben nicht viel Zeit, Kerstin«, unterbrach Kim sie. »Aber um dich zu beruhigen: Ich habe Julian nicht getötet. Er lag tot im Flur, als wir gestern Abend heimgekommen sind.«

»Warum bist du dann geflohen?«

»Das ist eine lange Geschichte. Ich erzähl sie dir, sobald alles vorbei ist. Jetzt brauchen wir deine Hilfe. Weißt du noch, wer damals Zieglers Leiche gefunden hat?«

»Ziegler? Was hat denn Ziegler damit zu tun?«

»Ich kann es dir jetzt nicht erklären. Weißt du, wer es war?«

»Maria Klinger, seine Haushälterin.«

»Bist du sicher, dass sie es war und nicht sein Chauffeur?«

»Ja. Sein Fahrer Roland Stockbauer wollte ihn in der Früh abholen, aber Ziegler hat nicht aufgemacht. Nachdem er ihn auch telefonisch nicht erreicht hat, ist er wieder gefahren. Eine halbe Stunde später hat die Klinger das Haus betreten und ihn tot aufgefunden.«

Kim kratzte sich nachdenklich am Kopf.

Die Haushälterin hätte also die Möglichkeit gehabt, das Video an sich zu nehmen. Aber was, wenn Stockbauer gelogen hatte? Wenn die Haustür nach Kims Flucht nicht wieder ins Schloss gefallen war und er einfach hatte reingehen können?

Irgendwas stimmte an der ganzen Sache nicht.

Sie stellte sich vor, wie einer von den beiden das Wohnzimmer betrat und die Leiche inmitten der Blutlache entdeckte. An deren Stelle wäre sie schockiert und würde sofort die Polizei rufen. Wie um alles in der Welt sollte man in solch einer Situation auf die Idee kommen, zuerst nach einer versteckten Kamera zu suchen?

Außer sie hegten bereits einen Verdacht.

Ich gehe jede Wette ein, dass Sie nicht die Einzige waren, die Ziegler vergewaltigt hat.

War es möglich, dass Ziegler gegenüber Stockbauer damit geprahlt hatte? Oder hatte seine Haushälterin irgendeinen Hinweis auf Zieglers Vergewaltigungen gefunden?

Sie warf Lars einen kurzen Blick zu und erkannte an seinem Gesichtsausdruck, dass er dieselben Gedanken wie sie hegte: dass es keine eindeutige Lösung gab.

»Wissen Sie, was aus den beiden geworden ist?«, fragte Lars.

Kerstin zögerte. Sah zu Kim.

»Es ist wirklich wichtig«, sagte diese.

»Beide sind mittlerweile im Ruhestand.«

»Hast du vielleicht ihre aktuelle Adresse?«

»Leider nein. Ihre Telefonnummer hatte ich mal, aber als Ziegler tot war und ich für dich gearbeitet habe, hab ich vor einigen Jahren gründlich ausgemistet.«

Kims Schultern sackten nach unten.

»Möglicherweise hat die Personalabteilung mehr Infos«, ergänzte Kerstin, »aber du kennst ja unsere Datenschutzrichtlinien.«

Kim sah sie schweigend an. Wenn jemand trotzdem da rankam, dann Kerstin.

Ihre Assistentin verzog die Mundwinkel.

»Weißt du eigentlich, was du da von mir verlangst? Du wirst wegen Mordes gesucht. Ich mache mich bereits strafbar, wenn ich mit dir rede und nicht sofort die Polizei rufe.«

Kim senkte betroffen den Blick.

»Tut mir leid, dass ich dich da mit reinziehe. Ich wünschte, ich müsste das nicht tun, aber es geht um Lillys Leben.«

Sie hob den Kopf wieder und sah ihrer Assistentin in die Augen.

»Ich schwöre dir bei Gott, dass ich nichts mit Julians Tod zu tun habe. Ich habe ihn geliebt.«

Kerstin hielt ihrem Blick wortlos stand.

»Das Ultimatum des Entführers läuft in fünfzehn Stunden ab. Wir müssen Lilly finden, oder sie ist tot. Und wenn wir ihren Entführer haben, dann haben wir auch Julians Mörder.«

Kim konnte erkennen, dass Kerstins Widerstand bröckelte.

»Ich hoffe, du weißt, was du tust.«

Nein, tat sie nicht. Aber sie hatte gar keine andere Möglichkeit mehr außer dieser Spur. Falls die erneut in eine Sackgasse führen sollte, war ohnehin alles vorbei.

»Ja«, log sie.

»Na schön. Ich werde schauen, was ich herausfinden kann. Gib mir aber ein bisschen Zeit, okay?«

Wir haben keine Zeit!

»In Ordnung«, antwortete sie stattdessen.

»Wie kann ich dich erreichen?«, wollte Kerstin wissen.

Kim zog das gestohlene Smartphone aus ihrer Tasche. »Gib mir mal deine Handynummer.«

Sie nannte sie ihr, und Kim wählte.

»Okay, hab sie«, sagte Kerstin, nachdem ihr Handy klingelte und auf dem Display eine Telefonnummer angezeigt wurde. »Ich melde mich, sobald ich was rausgefunden hab.«

»Bitte beeil dich«, bat Kim, als Kerstin ausstieg.

»Klar doch.«

Kim sah ihr durch die Heckscheibe nach, bis sie außer Sichtweite verschwunden war.

»Jetzt hängt alles von ihr ab«, sagte Lars. »Wenn sie die Polizei ruft und ihr die Handynummer gibt, sind wir geliefert.«

»Wir können ihr vertrauen«, entgegnete Kim.

Ein mulmiges Gefühl machte sich in ihr breit.

Hoffe ich zumindest.

Kapitel 46

Kim und Lars hatten beschlossen, ins Hotel zurückzufahren und sich dort zu verstecken, bis Kerstin etwas herausgefunden hatte. Sie saßen auf dem Bett und sahen die Nachrichten. Auf allen Kanälen waren sie Thema Nummer eins.

Kim unter Mordverdacht. Kim auf der Flucht. Kim undercover am Ende.

Kim presste die Lippen zusammen. In ihr brodelte es.

Wie die Hyänen stürzten sich alle auf sie und verurteilten sie für etwas, das sie gar nicht getan hatte. Sie hatte Julian nicht getötet.

»Tut mir leid, dass es so weit gekommen ist«, sagte Lars, der ihre Gefühle zu bemerken schien.

Verbittert nickte sie. Wenn einer verstehen konnte, was sie im Moment durchmachte, dann er. Immerhin war ihm vor drei Jahren dasselbe widerfahren. Damals war sie es gewesen, die sich von ihm distanziert und damit sein berufliches Schicksal besiegelt hatte. Nun hatte Volker ihres entschieden.

Zum gefühlt hundertsten Mal warf sie einen Blick auf ihre Uhr. Seit dem Treffen mit Kerstin waren fast zwei Stunden vergangen.

Lars zappte zum nächsten Sender, und Anna erschien in Großaufnahme.

»Noch immer gibt es keine Spur von Kim Jansen und Lars Peters, die seit gestern Abend nach dem Mord an dem bekannten Schauspieler Julian Tiersch auf der Flucht sind.«

Fotos der beiden Gesuchten wurden eingeblendet, bevor Kims Haus gezeigt wurde. Die Aufnahmen mussten zwei Tage alt sein. Es regnete nicht, und nirgendwo waren Kriminaltechniker zu sehen, die mit Sicherheit gegenwärtig ihr Haus durchsuchten.

»Welch dramatische Szenen sich hier wohl abgespielt haben?«, fuhr Anna fort. »Ist es möglich, dass Kim Jansen eine Affäre mit dem Privatdetektiv hat und Julian Tiersch deshalb sterben musste?«

Kim stockte der Atem. Sie sah zu Lars, der genauso perplex war wie sie.

Doch Anna war noch nicht fertig. »Lassen die letzten Entwicklungen möglicherweise sogar die Entführung in einem ganz neuen Licht erscheinen? Ging es Kim Jansen vielleicht von Anfang an darum, sich ein neues Leben mit ihrem Liebhaber aufzubauen? Ohne die Bürde eines Kindes?«

Sie legte eine kurze Pause ein, um ihre Worte wirken zu lassen, und Kim verspürte den Drang, irgendetwas gegen den Fernseher zu werfen, den Anna erneut bildschirmfüllend einnahm.

»Wie wir jetzt erfahren haben, ist Julian Tiersch nicht der erste Todesfall, in den Kim verwickelt ist.«

Kim merkte, wie ihr sämtliche Farbe aus dem Gesicht wich, und sie verkrampfte sich am ganzen Körper.

Hat Anna etwa mein Geheimnis herausgefunden?

»Am frühen Nachmittag des gestrigen Tages kam es in der Nähe des Rosenheimer Platzes zu einem Verkehrsunfall«, berichtete Anna. »Der vorbestrafte Rechtsradikale Sven Reuter wurde von einem Auto erfasst und erlag noch am Unfallort seinen schweren Verletzungen. Wie Zeugen berichteten, wurde er von Kim verfolgt und rannte, ohne zu schauen, auf die Straße.«

Kim starrte auf den Bildschirm.

Woher wusste Anna das? Neumann hatte keine offizielle Meldung herausgegeben. Es gab zwei Zeugen, die Frau mit dem Regenschirm und den Fahrer des Unfallwagens, doch beide hatten einen zu schockierten Eindruck gemacht, als dass sie sich aus einem Geltungsdrang heraus an die Presse gewandt hätten.

»Sven Reuter ist der Cousin von Markus Köller, jenem Selbstmörder, der sich vor drei Tagen vom Dach eines Hochhauses gestürzt und damit die Entführung von Kims Tochter erst ermöglich hat. Die Polizei war für keine Stellungnahme zu erreichen, aber wir bleiben für Sie dran.«

Kim schluckte schwer.

Das Bild wechselte und fing das Mehrfamilienhaus ein, in dem Claudia wohnte.

»Es ist uns jedoch gelungen, die Babysitterin von Kim ausfindig zu machen.«

Anna hielt Pia, die, dem Rucksack und dem Ordner nach zu urteilen, gerade auf dem Weg zur Schule war, das Mikrofon entgegen.

»Pia, schildern Sie unseren Zuschauern doch bitte kurz, was sich am Abend der Entführung zugetragen hat.«

Pia sah irritiert in die Kamera.

»Ist es richtig, dass Kim Jansen ihre Tochter früher auch schon allein gelassen hat?«, fuhr Anna fort, nachdem Pia eine Antwort schuldig geblieben war.

»Was?«, stammelte diese und blickte unruhig zwischen Anna und der Kamera hin und her. »Nein. Ich glaube nicht.«

Sie wollte gehen, doch Anna stellte sich ihr in den Weg. Das Mikrofon berührte beinahe Pias Gesicht.

Im nächsten Moment flog im Hintergrund die Eingangstür auf, und Claudia kam ins Freie gestürmt. Sie packte Pia und zog sie schützend hinter sich.

»Was fällt Ihnen ein?«, schrie sie. »Lassen Sie Pia in Ruhe!«

»Geben Sie Ihrer Tochter eine Mitschuld an den Ereignissen?«, fragte Anna.

»Verschwinden Sie. Halten Sie sich von uns fern, oder ich rufe die Polizei.«

Sie bugsierte Pia zurück zum Haus. Anna folgte ihnen.

»Haben Sie damit gerechnet, dass Kim zur Mörderin wird?«

»Sie sollen verschwinden!«

Doch Anna ließ sich nicht abschütteln.

»Pia, glauben Sie, dass Kim eine Affäre mit dem Privatdetektiv hat? Mussten Sie schon mal auf Lilly aufpassen, während sie sich mit ihm vergnügt hat?«

Claudia fuhr zu ihr herum. Ihr Gesicht war vor Wut verzerrt, und ihre Stimme überschlug sich. »Machen Sie, dass Sie fortkommen!«

Sie schob Pia in den Hauseingang und schloss die Tür hinter sich.

Anna sah ihnen nach, dann setzte sie ein Lächeln auf, und die Kamera zoomte sie heran.

»Wir versuchen, weitere Hintergrundinformationen herauszufinden, und halten Sie auf dem Laufenden.«

Lars schaltete den Ton stumm, und Kim schüttelte fassungslos den Kopf.

Wie viel schlimmer konnte es eigentlich noch werden?

Sie wagte gar nicht, daran zu denken, was für eine Hetzkampagne erst einsetzen würde, wenn bekannt würde, dass sie Ziegler getötet hatte.

Verzweifelt vergrub sie das Gesicht in den Händen.

Wie sollte sie aus diesem Schlamassel nur jemals wieder rauskommen?

»Das ist echt ein starkes Stück, was die Frau da abzieht«, meinte Lars. »Eine Affäre …«

In der nächsten Sekunde klingelte das Handy, und Kim fuhr senkrecht in die Höhe.

Kerstin!

»Hast du was rausgefunden?«, fragte sie sofort.

»Ja. Allerdings nur, dass die Haushälterin letztes Jahr gestorben ist.«

»Oh.«

Blieb also noch Roland Stockbauer.

»Was ist mit dem Chauffeur?«

»Von ihm versuche ich grad, die Adresse herauszufinden. Im öffentlichen Telefonbuch steht er leider nicht. Ich kenne eine aus der Personalabteilung, mit der ich mich ganz gut verstehe, aber die kommt heute etwas später ins Büro. Ich hab's bei jemand anderen versucht, aber keine Infos erhalten. Du weißt schon, wegen Datenschutz und so.«

Mist!

»Keine Sorge, ich krieg die Adresse schon. Mein Kontakt sollte bald da sein.«

»Okay.«

»Aber deswegen ruf ich eigentlich gar nicht an«, sagte Kerstin, und Kim bemerkte, dass sie ihre Stimme gesenkt hatte. »Kannst du frei reden?«

Kim schielte zu Lars, der sie beobachtete.

»Nein.«

»Kann er mithören?«

Kim stand vom Bett auf und ging im Zimmer auf und ab. Lars verfolgte sie mit kritischem Blick.

»Nein«, sagte sie schließlich.

»Gut. Pass auf. Du weißt doch, dass eine Freundin von mir bei Tele1 arbeitet.«

Davon hatte sie ihr irgendwann einmal erzählt. »Ja.«

»Diese Freundin rief mich vorhin an. Du glaubst nicht, wer sich gestern Nachmittag mit Anna im Sender getroffen hat.«

Kim runzelte die Stirn. »Wer?«

»Dein Privatdetektiv«, antwortete Kerstin. »Lars Peters.«

Kapitel 47

Kim stand vollkommen paralysiert da.

Lars hat sich mit Anna getroffen?

Sie ließ den Arm sinken und steckte das Handy in die Hosentasche. Ihre Gedanken überschlugen sich.

Hatte sie sich vorhin noch gefragt, woher Anna von der Verfolgung von Sven Reuter und seinem Unfalltod wusste, so hatte sie nun die Antwort. Nicht die beiden Zeugen hatten sie informiert, sondern Lars.

Kim atmete schwer.

War das seine Rache dafür, dass sie sich damals auf der Pressekonferenz von ihm distanziert hatte und er sie für seinen beruflichen Gau und den anschließenden Bruch mit seiner Familie verantwortlich machte?

Mein Gott, ich habe ihm mein Geheimnis anvertraut!

Was wäre passiert, wenn sie ihn schon früher eingeweiht hätte? Hätte Anna dann nicht nur von Reuter berichtet, sondern auch von Ziegler?

Ihr wurde schlecht.

»Was ist los?«, wollte Lars wissen. »Hast du die Adresse?«

Langsam drehte sie sich zu ihm um.

»Hast du dich gestern mit Anna getroffen?«, fragte sie.

Sein überraschter Gesichtsausdruck war Antwort genug. Tränen der Enttäuschung und Wut stiegen in ihr auf.

»Wie konntest du das nur tun?«, schrie sie und griff nach ihrer Jacke. »Ich habe dir vertraut!«

Sie stürmte aus dem Zimmer.

»Warte!«, rief Lars ihr hinterher. »Lass mich das erklären.«

Kim riss die Tür zum Treppenhaus auf, er eilte ihr nach. Sie rannte nach unten und am Portier vorbei ins Freie. Kalter Wind schlug ihr entgegen, und feine Regentropfen fielen vom Himmel.

Kim konnte kaum mehr klar denken.

Lars hatte sie verraten, ausgerechnet an Anna, die einen Vernichtungsfeldzug gegen sie führte. Wenn Lars ihr auch noch den Mord an Ziegler steckte, wäre es für Kim der endgültige Todesstoß.

Sie lief die Straße entlang und hörte, dass Lars ihr irgendetwas hinterherrief, doch sie blieb nicht stehen. Ein kurzer Blick über die Schulter verriet ihr, dass er ihr folgte. Er humpelte noch immer leicht von seinem Sturz während Reuters Verfolgung, und so vergrößerte sich der Abstand zwischen ihnen, je weiter sie sich vom Hotel entfernten.

Bittere Enttäuschung brach sich in ihr Bahn. Die einzige Möglichkeit für Kim, damit fertigzuwerden und nicht laut loszuschreien, war zu laufen, als ginge es um ihr Leben.

Was genau genommen ja auch der Fall war.

Ihr Leben. Lillys Leben.

Sollte Lilly sterben, gäbe es für sie keinen Grund mehr weiterzuleben.

Sie lief und lief, und der immer stärker werdende Regen vermischte sich mit ihren Tränen. Erst mehrere Straßen weiter wurde sie langsamer und blieb schließlich keuchend stehen.

Sie verharrte einige Sekunden, bis sich ihr Atem wieder beruhigt hatte und die Enttäuschung nicht mehr ihre Gedanken kontrollierte. Mit dem Ärmel wischte sie sich die Tränen aus dem Gesicht.

Du stehst noch immer unter Mordverdacht.

Rasch zog sie die Kapuze ihrer Jacke über den Kopf und sah sich verstohlen um. Nur wenige Menschen waren auf der Straße unterwegs, die jedoch keine Notiz von ihr nahmen.

Konzentrier dich! Du darfst jetzt nicht die Nerven verlieren.

Sie überlegte, wo sie hinsollte, und als einzig vernünftige Lösung erschien ihr das Auto. Sobald Kerstin die Adresse von Stockbauer herausgefunden hatte, musste sie dorthin fahren, und sie konnte nicht riskieren, ein Taxi oder die öffentlichen Verkehrsmittel zu nehmen.

Kim orientierte sich, dann ging sie zur nächsten U-Bahn-Station, die nur eine Querstraße entfernt lag. Die Rushhour war vorbei, kaum jemand stand am Bahnsteig. Kim behielt die Kapuze an und den Blick starr auf den Boden gerichtet. Es dauerte nicht lange, bis die U2 stadtauswärts kam, und kurz darauf hatte sie den Parkplatz an der Dülferstraße erreicht.

Was, wenn die Polizei ihr Auto bereits entdeckt hatte und ihr auflauerte?

Mit wachsamem Blick überquerte sie den Parkplatz. Der Kies knirschte unter ihren Schuhen, und ihre Angst wuchs mit jedem Schritt. Auf halbem Weg blieb sie abrupt stehen. In einem Auto saß jemand.

Waren das Polizisten in Zivil?

Durch die regennasse Windschutzscheibe konnte sie die Umrisse der beiden Personen nur schemenhaft erkennen.

Das Herz schlug ihr bis zum Hals. Jeden Moment erwartete sie, dass die Tür aufgerissen und sie mit den Worten »Sie sind verhaftet!« überwältigt wurde.

Doch dann heulte ein Motor auf, und das Auto fuhr auf die Straße hinaus.

Kim verlor keine Zeit. Sie lief zu ihrem VW Golf, stieg ein und drückte die Zentralverriegelung. Angespannt saß sie da, während der Regen auf die Scheibe prasselte und der Parkplatz nur noch verschwommen zu erkennen war.

Und nun?

Sie überlegte, ob sie im Auto oder woanders auf Kerstins Anruf warten sollte.

Die Entscheidung wurde ihr abgenommen, als das Handy klingelte.

»Kerstin?«, frage sie atemlos, obwohl die Nummer dieselbe war wie vorhin.

Die Verbindung wurde sogleich wieder getrennt, und Kim runzelte die Stirn. Unruhe machte sich in ihr breit, und kalter Schweiß trat ihr auf die Stirn.

Hatte Kerstin sie ebenfalls verraten, und der Anruf kam von der Polizei?

Reglos saß sie da und starrte auf das Handy. Sollte sie zurückrufen?

Wenige Sekunden später signalisierte ihr ein Signalton den Eingang einer neuen SMS.

»Sorry, bin nicht mehr allein. Hab die Adresse.«

Kim atmete erleichtert auf. Sie gab die Straße, die Kerstin ihr geschickt hatte, ins Navi ein und stellte verwundert fest, dass sie ganz in der Nähe ihres Wohnorts lag.

Kim startete den Motor und fuhr los.

In Lochhausen angekommen fuhr sie auf den Bahnübergang zu. Die Signallampen begannen zu blinken, und der Warnton ertönte. Kim gab Gas und überquerte die Gleise. Hinter ihr senkten sich die Schranken.

Nach etwa zweihundert Metern bog sie links ab und fuhr ins Gewerbegebiet. Kurz darauf hatte sie die Zieladresse erreicht und hielt an.

Hier soll Stockbauer wohnen?

Vor ihr lag ein Betriebsgelände, das von drei hohen Mauern umgeben war. Ein längliches Gebäude grenzte an einen kleinen quadratischen Flachbau. An der Einfahrt hing ein Schild mit der Aufschrift »Geber Kunststofftechnik GmbH«.

Kim verglich die Adresse aus der SMS mit der, wo sie stand. Sie stimmten überein.

Hatte Kerstin sich vielleicht geirrt?

Kim fuhr auf das Gelände und blieb vor dem quadratischen Gebäude stehen. Nirgendwo parkte ein Auto, Menschen waren keine zu sehen.

Sie lief durch den strömenden Regen auf das Haus zu und warf einen Blick durch das Fenster, das schon länger nicht mehr geputzt worden war. Zwei leere Schreibtische und ein Schrank in der hinteren Ecke waren die einzigen Möbelstücke. Es sah aus, als wäre das Gebäude verlassen.

Sie drückte die Klingel und wartete. Aber keiner machte auf.

Seltsam. Warum hat Stockbauer ein offensichtlich leer stehendes Haus als seine Kontaktadresse bei TV4 hinterlassen?

Kim eilte zu dem länglichen Gebäudekomplex, von dessen massiven Betonwänden stellenweise der Putz bröckelte. Die schmalen Fenster waren zu hoch angebracht, als dass sie einen Blick ins Innere hätte werfen können. Die Tür war nicht verschlossen, und Kim trat ein.

Das trübe Tageslicht, das durch die verdreckten Fenster fiel, beleuchtete die große Halle nur spärlich. Mehrere Holzpaletten stapelten sich auf der linken Seite neben leeren Regalen aus Metall, die bis zur Decke reichten. Auf der rechten Seite standen einige mit einer Staubschicht überzogene Großmaschinen. Aus einem Container ragte Sperrmüll, und in der Luft hing der intensive Geruch von Plastik und Benzin.

Kim betätigte den Lichtschalter neben der Tür, doch er funktionierte nicht.

»Hallo?«, rief sie. »Ist hier jemand? Herr Stockbauer?«

Sie lauschte. Außer dem Prasseln des Regens war kein Geräusch zu hören.

Frustriert verzog Kim das Gesicht. Die Adresse war falsch, und ihre einzige Spur zu Lilly hatte erneut in eine Sackgasse geführt.

Sie wollte sich gerade wieder umdrehen, als ihr Blick auf die gegenüberliegende Seite der Halle fiel, die im Halbdunkel lag. Schemenhaft konnte sie zwei Türen erkennen, davor lag irgendetwas am Boden.

War das ein Mensch?

Kim spürte, wie sich ein unangenehmes Kribbeln über ihren Nacken zog.

Sie steuerte darauf zu. Ihre Schritte hallten dumpf auf dem Betonboden wider.

Je näher sie dem hinteren Teil der Halle kam, desto klarer wurden die Umrisse, und Kim stellte mit Entsetzen fest, dass dort tatsächlich jemand auf dem Boden lag.

Stockbauer?

Das Kribbeln wurde stärker.

Sie ging schneller, blieb jedoch einige Meter vor dem Mann abrupt stehen, als sie die Blutlache um seinen Körper bemerkte.

Ein dumpfes Dröhnen setzte in ihrem Kopf ein.

Wie versteinert stand sie da und starrte in das ihr so vertraute Gesicht mit den eisblauen Augen, in die sie sich damals sofort verliebt hatte und die nun mit leerem Blick zur Decke sahen.

Vor ihr lag Oliver.

Kapitel 48

Kim würgte und schlug die Hände vor den Mund. Benommen taumelte sie rückwärts.

Plötzlich stand jemand hinter ihr. Der Unbekannte schlang seinen Arm um ihren Oberkörper und drückte ihr ein Messer an den Hals. Noch bevor er »Ganz ruhig!« sagte, roch Kim sein nach Zitronengras riechendes Rasierwasser.

»Volker«, keuchte sie.

Was hat das zu bedeuten?

Das Messer versetzte sie in lähmende Schockstarre. Erinnerungen an damals schossen ihr durch den Kopf, als Ziegler ihr die Klinge an die Kehle gedrückt hatte.

»Nimm die Hände auf den Rücken«, sagte Volker. Seine Stimme klang kalt und emotionslos.

Kim rührte sich nicht.

»Du sollst die Hände auf den Rücken nehmen«, wiederholte er und presste das Messer noch fester gegen ihren Hals.

Kim tat, was er verlangte.

»Ich verstehe nicht«, sagte sie und zitterte dabei so stark, dass ihre Füße nachzugeben drohten.

»Du wirst gleich alles verstehen.«

Mit einem schnellen Griff wickelte er etwas um ihre Handgelenke und zog es fest. Es fühlte sich wie ein Kabelbinder an, und das Plastik schnitt in ihre Haut. Anschließend griff er mit der freien Hand in ihre Hosentasche, holte das gestohlene Handy heraus und ließ es in seiner Tasche verschwinden.

Kim schluckte und schloss für einen Moment die Augen. Ihr Herz hämmerte wie wild. Sie konnte kaum mehr klar denken.

Warum bedrohte Volker sie? Der Mensch, dem sie nach Kerstin und Julian am meisten vertraute?

Die SMS, die sie hierhergelockt hatte, kam ihr in den Sinn.

Ist es möglich, dass ...?

»Du hast Lilly entführt?«, fragte sie irritiert und entsetzt zugleich.

Doch zu ihrer Verwunderung antwortete er: »Nein. Der Entführer deiner Tochter liegt dort drüben.«

Oliver?

In Kims Kopf herrschte ein wildes Durcheinander.

Oliver soll seine eigene Tochter entführt haben?

Auch wenn Ziegler der Erzeuger war, so war Oliver trotzdem Lillys Vater.

»Aber ...?«

Volker schlang seinen Arm wieder um ihren Oberkörper und hielt sie fest gegen ihn gedrückt.

»Ich erklär dir gleich alles. Aber zuerst rufst du deinen Privatdetektiv hierher.«

Lars?

Kim kniff die Augen zusammen und wollte den Kopf drehen, doch die rasiermesserscharfe Klinge ließ sie in ihrer Bewegung innehalten.

»Er ist nicht hier«, sagte sie.

»Erzähl mir keinen Blödsinn. Ihr seid zusammen geflohen. Wo ist er? Versteckt er sich draußen?«

Kim wünschte sich nichts sehnlicher, als dass dem so wäre, dass er ganz in der Nähe war und ihr zu Hilfe eilte. Doch stattdessen war er vermutlich ins Hotelzimmer zurückgekehrt, wo er vorerst in Sicherheit war.

Im Gegensatz zu ihr.

Volker verstärkte den Druck an ihrem Hals, und sie spürte einen feinen, brennenden Schnitt.

»Das ist deine letzte Chance, Kim. Ruf ihn, oder ich hole Lilly und töte sie vor deinen Augen.«

Kim versteifte sich am ganzen Körper. Angst durchflutete sie, während gleichzeitig Hoffnung in ihr aufkeimte.

»Lilly ist hier?«, krächzte sie. »Sie ist am Leben?«

»Sie ist in dem Raum dort drüben. Und ja, sie lebt. Wie lange, hängt allerdings von dir ab.«

Unendliche Erleichterung überkam sie.

Sie sah zu der Tür hinüber, hinter der Lilly seit fast drei Tagen eingesperrt war. Keine sechs Meter trennten sie voneinander, und das Bedürfnis, in den Raum zu stürmen und sie in den Arm zu nehmen, war fast übermächtig.

Kim schien zu lange gewartet zu haben, denn plötzlich sagte Volker: »Na schön. Du hast es nicht anders gewollt.«

Ohne sie loszulassen, schob er sie in Richtung von Olivers Leiche und auf Lillys Gefängnis zu.

»Nein!« Kim brach in Angstschweiß aus und stemmte sich mit aller Gewalt gegen den Boden. »Ich schwöre dir, ich sage die Wahrheit. Lars ist nicht hier. Wir waren zusammen in dem Hotel, aber ich bin vor ihm abgehauen, nachdem ich herausgefunden hab, dass er mich an Anna verraten hat. Ich habe keine Ahnung, wo er jetzt ist.«

Sie spürte sein Zögern.

»Was hast du ihm erzählt?«, wollte er wissen.

»Was meinst du?«

»Hast du ihm dein Geheimnis verraten?«

Es war, als würde ein Blitz durch ihren Körper schießen.

Weiß Volker etwa davon?

»Nein«, antwortete sie instinktiv und hoffte, dass sie glaubhaft klang.

»Was ist mit Kerstin Uhl?«

Kerstin?

»Weiß sie davon?«

»Nein.«

»Ich warne dich, Kim …«

Kims Angst schlug allmählich in Wut um. Noch immer verstand sie nicht, was hier vor sich ging. Sie wollte endlich Antworten.

»Verdammt, Volker, was soll das?«

Er packte sie an der Schulter und drehte sie zu sich herum. Wie immer trug er einen perfekt sitzenden Designeranzug, der in bizarrem Kontrast zu den weißen Latexhandschuhen stand. Die sanfte Wärme in seinen Augen war einer durchdringenden Kälte gewichen, und der grimmige Gesichtsausdruck verriet Kim, dass er nicht länger ihr väterlicher Freund war.

Der er vielleicht nie gewesen war.

Obwohl sie sich seit über einem Jahrzehnt kannten, hatte sie nun das Gefühl, einem Fremden gegenüberzustehen.

Kim atmete schwer. Sie versuchte, ihre Arme zu bewegen, doch die Fesseln saßen zu stramm.

»Ich denke, ich muss dir tatsächlich einiges erklären«, sagte Volker schließlich und drückte ihr das Messer gegen den Hals. »Verflucht! Warum musste es nur so weit kommen?«

»Wovon redest du?«

»Davon, was vor neun Jahren im Haus von Ziegler passiert ist.«

Kim spürte, wie sie kreidebleich wurde.

Er weiß davon.

»Du … Du weißt es?«

Er nickte.

»Wie? Ich meine … Woher?«

»Ich war da«, antwortete er, und Kim verstand nun gar nichts mehr.

»Ich saß an jenem Abend noch im Büro, weil ich eine Entscheidung aus den USA abwartete. Es ging um die Rechte für die damals angesagteste US-Sitcom, um die eine regelrechte Preisschlacht tobte. TV4 hat den Zuschlag schließlich erhalten, und ich bin auf dem Heimweg noch schnell bei Ziegler vorbeigefahren, um ihm die Neuigkeiten zu überbringen. Ich wollte damit nicht bis zum nächsten Morgen warten, der Deal war für den Sender und auch für mich einfach zu wichtig.« Er biss sich auf die Unterlippe. »Ich parkte am Straßenrand, als du panisch und mit blutverschmierter Bluse aus dem Haus gerannt und fast gegen mein Auto gelaufen bist.«

Oh Gott. Jemand hatte sie tatsächlich gesehen.

»Der Porsche«, murmelte sie.

»Ja. Ich saß dort im Dunkeln und legte mir gerade eine Strategie für Ziegler fest. Du warst derart durch den Wind, dass du mich wahrscheinlich gar nicht wahrgenommen hast.«

Nein, habe ich nicht.

»Nachdem du davongerast bist, bin ich ausgestiegen und zum Haus gegangen. Die Tür stand offen. Und im Wohnzimmer hab ich Ziegler gefunden. Ich wollte den Notarzt rufen, aber Ziegler hat mich davon abgehalten.«

Kim zuckte zusammen.

Er hat was?

Volker lächelte milde. »Du dachtest, du hättest ihn getötet, nicht wahr? Aber du irrst dich. Du hast ihn schwer verletzt, Kim, aber nicht tödlich. Das Messer steckte in seinem Bauch, und Ziegler war so geistesgegenwärtig, es nicht rauszuziehen.«

Kim glaubte, ihren Ohren nicht zu trauen.

Sie hatte Ziegler nicht getötet?

In ihrem Kopf begann sich alles zu drehen. Das Blut rauschte in ihren Ohren, und ihre Gedanken überschlugen sich.

»Als ich die Weinflasche und die beiden Gläser gesehen hab, ist mir klar geworden, was soeben passiert sein musste und warum Ziegler nicht wollte, dass ich den Notarzt rief. Die hätten nämlich sofort die Polizei verständigt. Ich hegte bereits länger den Verdacht, dass Ziegler seine Machtposition ausnutzte, und nun hatte ich den Beweis.«

»Du hast versucht, ihn damit zu erpressen«, stammelte sie fassungslos.

»Ja. Ich wollte mehr Geld und mehr Entscheidungsbefugnisse, aber dieser Sturkopf hat mich nur ausgelacht und mir gedroht, mich aus dem Sender zu werfen. Wir stritten uns, es kam zu einem Handgemenge, und plötzlich hatte ich das Messer in der Hand und stieß zu. Ich traf ihn in der Brust, und Ziegler brach tot zusammen.«

Kim stand mit offenem Mund da.

Neun Jahre lang hatte sie geglaubt, ein Menschenleben auf dem Gewissen zu haben. Sie hatte mit bitteren Schuldgefühlen gelebt, und die Angst, Lilly zu verlieren, hatte sie nicht nur einmal an den Rand des Abgrunds gebracht. Und nun erfuhr sie, dass sie Ziegler gar nicht getötet hatte.

»Du verdammter Mistkerl!«, platzte es aus ihr heraus. »Du hast ihn umgebracht und mich die ganze Zeit über in dem Glauben gelassen, ich sei es gewesen?«

Er zuckte mit den Schultern. »Was hätte ich denn sonst tun sollen? Etwa zur Polizei gehen? Meinst du, ich bin verrückt? Ich gebe doch nicht meine Karriere und mein Leben auf, nur weil dieses Arschloch nicht auf meine Forderung eingegangen ist.«

In Kim brodelte es. Sie ballte die Fäuste. Am liebsten hätte sie ihm all ihre Wut und ihren Zorn entgegengeschrien, doch er hielt noch immer das Messer an ihren Hals, und so schwieg sie zähneknirschend.

»Was hast du dann getan?«

»Ich habe die Weinflasche, die Gläser und das Essen entsorgt und ließ das Messer verschwinden. Anschließend hab ich die Schränke des Wohn- und Schlafzimmers durchwühlt, um es nach einem Raubmord aussehen zu lassen, nahm Bargeld und den Koffer mit seiner teuren Uhrensammlung mit und machte mich aus dem Staub.«

Er atmete tief durch.

»Ich kannte dich ja schon eine ganze Weile, Kim, und wusste, wie ehrgeizig du warst. Du wolltest unbedingt Karriere machen. Ich war mir sicher, dass du über den Vorfall schweigen würdest. Zum einen aus Scham und zum anderen, weil du dachtest, dass du Ziegler getötet hast, und nicht ins Gefängnis wolltest. Dein Leben und deine Karriere wären damit vorbei gewesen.«

Kims Brustkorb hob und senkte sich im schnellen Rhythmus.

»Mir war natürlich vollkommen klar, dass ich in Zieglers Haus Spuren hinterlassen hatte. Zwar keine Fingerabdrücke, die hab ich verwischt, aber mit Sicherheit meine DNA. Doch solange ich mich nicht verdächtig machte, musste ich mir keine Sorgen machen, und die Polizei hatte mich nie näher im Visier. Allerdings hing alles davon ab, dass du schweigst.«

Kim runzelte die Stirn. »Warum?«

»Wenn du zur Polizei gegangen wärst, dann hättest du erfahren, dass es zwei Stiche gegeben hat. Dann wären dir auf Nachfrage vielleicht auch wieder Details eingefallen. Zum Beispiel der Porsche. Und damit hätte eine Spur zu mir geführt. Wenn die Polizei dann einen DNA-Abgleich durchgeführt hätte, wäre ich in Erklärungsnot gekommen. Doch du hast geschwiegen, und ich habe den Porsche seitdem nie wieder in deiner Gegenwart gefahren.«

Kims Kiefer mahlten. Sie war so wütend, dass sie sich kaum mehr beherrschen konnte.

»Kurze Zeit später wurde ich zu Zieglers Nachfolger bestimmt und setzte das undercover-Format um. Ich habe dich ausgewählt, Kim, und dir zu einer beispiellosen Karriere verholfen, um es dir damit unmöglich zu machen, später doch noch zur Polizei zu gehen.«

Kim hatte das Gefühl, als ob er ihr gerade eine schallende Ohrfeige verpasst hätte.

Volker hatte sie ganz bewusst Anna vorgezogen. Nicht weil sie die Bessere von beiden war, sondern um sie zum Schweigen zu bringen. Er hatte sie schamlos ausgenutzt und manipuliert, und sie hatte nichts davon gemerkt. Die Sendung war ihr Rettungsanker gewesen, die einzige Möglichkeit, eine Schuld zu verdrängen, die nie existiert hatte.

Sie hatte genauso gehandelt, wie Volker es von ihr erwartet hatte.

Beschämt senkte sie den Blick.

Als sie damals mit Lilly schwanger gewesen war, hatte Volker sogar den Sendetermin verschoben. Er war immer für sie da gewesen, hatte stets ein offenes Ohr für ihre Sorgen und Probleme gehabt und war im Laufe der Zeit fast zu einem Ersatzvater für sie geworden. Doch er hatte ihre Nähe nur gesucht, um sie unter Kontrolle zu halten.

In ihrem Inneren tobte ein Kampf zwischen Enttäuschung und Wut. Sie war so naiv gewesen, überhaupt zu

Ziegler zu fahren, und anschließend im ebenso törichten Glauben gewesen, dass Volker sie mochte. Dabei war er lediglich einem berechnenden und skrupellosen Plan gefolgt.

»Es ist all die Jahre gut gegangen«, fuhr Volker fort, »bis dieses verdammte Erpresservideo aufgetaucht ist.«

Seine Hand krallte sich in ihre Schulter, und Kim krümmte sich.

»Offenbar hast du doch nicht geschwiegen, und plötzlich stand ich vor demselben Problem wie vor neun Jahren.«

Er fixierte sie mit einem stechenden Blick, und sie schauderte.

»Warum hast du das getan?«, schrie er. »Warum hast du nicht geschwiegen?«

Kim antwortete nicht. Sie hätte gar nicht gewusst, was sie hätte sagen sollen, denn sie hatte niemandem von ihrem Geheimnis erzählt.

»Ich konnte gar nicht so schnell handeln, wie sich das Video verbreitet hat. Diese gottverdammte Anna und ihre Sensationsgier! Wenn das hier alles vorbei ist, werde ich sie mit Klagen überziehen. Ich garantiere dir, diese Schlampe wird nie wieder einen Fuß ins Fernsehen setzen, nicht einmal bei einem Shoppingkanal.«

Er machte eine kurze Pause, um sich wieder zu beruhigen.

»Ich musste unbedingt dafür sorgen, dass du nicht auf die Erpressung eingehst und öffentlich gestehst.«

Ich will dir nichts vormachen, Kim, aber die Situation ist ernst. Die Reputation des Senders steht auf dem Spiel.

Volker hatte sie geschickt manipuliert. Er hatte ihr ein schlechtes Gewissen eingeredet und ihr gleichzeitig seine Unterstützung zugesagt, die nur seine eigene Haut retten sollte. Hatte sich Kim bis jetzt am meisten dafür geschämt, vergewaltigt worden zu sein, so war es nun das Gefühl der Naivität, mit der sie bisher durchs Leben gegangen war.

»Mein gesamtes Lebenswerk steht auf dem Spiel«, sagte Volker, und seine Stimme wurde lauter. »Ich habe so hart gearbeitet, um da hinzukommen, wo ich jetzt bin. Seit ich Programmdirektor bin, ist TV4 erfolgreicher denn je. Ich lasse nicht zu, dass das irgendjemand zerstört!«

Sein Gesicht verfinsterte sich bedrohlich.

»Und was würde meine Familie von mir denken? Ich liebe meine Frau und meine beiden Töchter. Deshalb muss das Geheimnis um jeden Preis gewahrt werden.«

Seine Augen funkelten gefährlich auf, und Kim lief ein kalter Schauer über den Rücken. Volker war bereit, über Leichen zu gehen, um sich und seinen Ruf zu retten.

War über Leichen gegangen.

»Hast du Julian getötet?« Ihre Stimme vibrierte.

»Das war ein Unfall«, entgegnete er. »Ich bin zu dir nach Hause gefahren, um dir unter vier Augen klarzumachen, dass du unbedingt schweigen musst. Doch du warst nicht da. Julian hat mir aufgemacht. Er warf mir vor, ich würde dich nicht genug unterstützen und dass ich keine Eier in der Hose hätte.« Er schnaubte verächtlich auf. »Er sagte, er wäre der Einzige, der wirklich hinter dir steht. Dass er zig Interviewanfragen ausgeschlagen hat, obwohl es ihm einen Haufen Geld eingebracht hätte.«

Und der vermutlich auf meinem Laptop nach Beweisen für meine Schuld gesucht hat, aber keine gefunden hat. Deshalb hat er geglaubt, dass eine Schmutzkampagne gegen mich in Gang war.

»Was ist passiert?«, fragte sie tonlos.

»Er ging plötzlich auf mich los. Er schubste mich, und ich stieß ihn von mir. Dabei ist er gestolpert und mit dem Hinterkopf so unglücklich auf diese Steingiraffe gefallen, dass er auf der Stelle tot war.«

Kim schloss für einen Moment die Augen, um ihre Tränen zu unterdrücken.

»Von da an hatte ich ein Riesenproblem, denn plötzlich stand meine DNA mit zwei Todesfällen in Verbindung. Zum Glück hat es an dem Abend geschüttet. Niemand stand mehr vor deinem Haus und hat mich gesehen. Aber ich musste mir schleunigst was einfallen lassen, denn du wurdest psychisch immer labiler und plötzlich auch noch wegen Mordes gesucht.«

Den du begangen hast!

»Die Zeit lief mir davon, doch du warst wie vom Erdboden verschluckt und nicht mehr auf deinem Handy erreichbar. Mir blieb gar nichts anderes übrig, als mich auf der Pressekonferenz von dir zu distanzieren. Der öffentliche Druck wurde einfach zu groß.«

Er verzog das Gesicht, und Kim erkannte, dass ihm das tatsächlich schwergefallen sein musste. Aber nicht wegen ihr, sondern aufgrund des Imageverlusts, den dieser Schritt bedeutete.

»Es tat mir in der Seele weh zu verkünden, dass *Kim undercover* eingestellt ist. Es war mein Baby, der größte Erfolg in der Geschichte von TV4. Aber es ging nicht anders.« Er stieß einen tiefen Seufzer aus.

»Wie hast du Lillys Versteck aufgespürt?«, wollte Kim wissen.

»Indem ich mir überlegt habe, wer von der ganzen Sache überhaupt wissen konnte und ein Motiv hatte. Und da kam eigentlich nur dein Exmann infrage. Er stand dir näher als jeder andere, und wie groß der Hass auf dich nach der Trennung und dem verlorenen Sorgerechtsstreit ist, wissen spätestens nach dem Interview alle. Zuerst fand ich es zwar abwegig, dass er seine eigene Tochter entführt haben soll, doch dann erschien es mir nur logisch. Es war für ihn der einzige Weg, sich an dir zu rächen und sein Kind zurückzubekommen. Also bin ich noch vor Morgengrauen zu ihm gefahren und habe gewartet. Ich war mir sicher, dass er nach Lilly schauen würde, und so kam es auch.«

Volker lächelte triumphierend.

»Er fuhr auf direktem Weg hierher, parkte am Straßenrand und holte den Schlüssel, der unter einem losen Kopfsteinpflaster neben dem Eingang versteckt war.«

Kim schüttelte ungläubig den Kopf.

Was hast du nur getan, Oliver?

»Ich hab ihn dort drüben vor der Tür zur Rede gestellt, wollte wissen, woher er von Ziegler wusste, doch er meinte, den Helden spielen zu müssen, und ist auf mich losgegangen.« Volker zuckte gleichgültig mit den Schultern. »Sein Pech. Andererseits musste er ohnehin sterben, denn auf einmal bot sich mir eine Lösung für alle meine Probleme.«

»Wie meinst du das?«

»Oliver hasste Julian, und er hat ihm vor zahlreichen Journalisten Rache geschworen. Er liebte Lilly über alles und konnte es nicht ertragen, dass du sie ihm weggenommen hast. Also hat er dich mit dem Video erpresst und wollte deinen Ruf zerstören, so wie du nach der Trennung seinen zerstört hast. Und er wollte Lilly für alle Ewigkeit bei sich haben.«

Kim stieß hörbar die Luft aus, als ihr klar wurde, worauf Volker hinauswollte.

»Zuerst hat er Julian umgebracht. Dann hat er dich hierhergelockt, dich getötet und anschließend einen erweiterten Suizid mit Lilly begangen.«

In Kim verkrampfte sich alles. Volker wäre aus dem Schneider und Oliver der Sündenbock. Und sie würde keine Möglichkeit mehr haben, der Polizei ihre Version der Geschichte von vor neun Jahren zu erzählen.

»Damit kommst du nicht durch«, keuchte sie. »Die Polizei kann feststellen, dass Oliver längst tot war, als du mich umgebracht hast.«

Volker lächelte milde. »Nicht wenn die Leichen bis zur Unendlichkeit verbrannt sind.«

Er deutete mit dem Messer in die Ecke, und Kim bemerkte mit Entsetzen drei Benzinkanister, die dort standen.

Daher der intensive Geruch. Offenbar hatte Volker bereits damit begonnen, den Brennstoff in der Halle zu verteilen.

Ihre Kehle schnürte sich zu.

»Wie hast du meine Handynummer herausgefunden?«, wollte sie mit bebender Stimme wissen.

»Über Kerstin Uhl. Du hast nicht viele Freunde, Kim, was vermutlich mit der Vergewaltigung zusammenhängt. Du misstraust Menschen, lässt dir nicht gerne helfen. Aber mit deiner Assistentin bist du befreundet. Ich war mir sicher, dass du mit ihr Kontakt aufnehmen würdest. Daher hab ich ein Mikro in ihrem Büro versteckt.« Er drückte ihr das Messer wieder gegen den Hals.

»Nachdem ich Oliver getötet und kontrolliert habe, dass Lilly wirklich dort drüben in der Kammer war, bin ich zurück ins Büro gefahren. Du hast Frau Uhl angerufen, und so hab ich erfahren, dass du eine Adresse suchst. Besser konnte es gar nicht laufen. Ich habe ihr heimlich das Handy entwendet und über die Wahlwiederholung herausgefunden, unter welcher Nummer du erreichbar bist. Zum Glück gehört Frau Uhl zu den Leuten, die ihr eigenes Geburtsdatum als PIN-Code verwenden.«

Der Anrufer, der sofort wieder aufgelegt und ihr anschließend per SMS die Adresse geschickt hatte. Es war nicht Kerstin gewesen, sondern Volker. Und Kerstin hatte sie nicht warnen können, da sie die Nummer des gestohlenen Handys nicht auswendig kannte.

Kim fluchte innerlich. Aus Angst um Lilly war sie blind in seine Falle getappt.

»Und nun hab ich nur noch eine Frage an dich«, sagte er, und der Tonfall in seiner Stimme jagte ihr eine Heidenangst ein. »Woher weiß Oliver von der ganzen Sache?«

Wenn ich das wüsste!

Sie hatte ihm nichts erzählt. Doch Volker musste sicherstellen, alle Zeugen und Beweise endgültig zu vernichten, ansonsten wäre die Gefahr für ihn nie gebannt.

»Woher weiß Oliver von der ganzen Sache?«, wiederholte er und betonte jedes Wort einzeln.

Sie schwieg, und Volker nahm das Messer in die andere Hand. Ohne Vorwarnung holte er aus und schlug ihr mit der Faust ins Gesicht.

Kim taumelte rückwärts, fand nur mit Mühe ihr Gleichgewicht wieder und starrte ihn erschrocken an.

»Woher?«

Erneut schlug er mit voller Wucht zu, als sie nicht antwortete. Kims Lippe platzte auf, und sie schmeckte Blut.

Der nächste Schlag traf sie in den Magen, und sie sackte stöhnend auf die Knie.

»Na los, rede, damit wir es hinter uns bringen können.«

Kim keuchte. Am ganzen Körper zitternd sah sie zu Volker hoch, der sich drohend vor ihr aufbaute. Sie erkannte ihn nicht wieder. In seinem Blick lag kein Funken Mitleid oder Fürsorge mehr, sondern brutale Entschlossenheit.

Wie konnte sie sich nur so in ihm getäuscht haben?

Seine Faust traf sie an der Schläfe, und Kim kippte seitlich um. Vergeblich versuchte sie, sich mit den Händen abzustützen, doch die Fesseln ließen keinen Bewegungsspielraum zu. Ungebremst knallte sie zuerst mit der Schulter und dann mit dem Kopf auf den harten Betonboden und glaubte, das Bewusstsein zu verlieren. Sterne tanzten vor ihren Augen, und rasende Kopfschmerzen setzten ein. Sie stöhnte und blieb auf dem Bauch liegen.

Volker trat ihr in die Rippen. Kim krümmte sich zusammen, spuckte Blut.

Er setzte sich auf ihren Rücken. Seine Finger krallten sich in ihre Haare und rissen ihren Kopf zurück.

»Hast du es Oliver erzählt, oder ist er anders drauf gekommen? Hast du ein Tagebuch geführt? Wissen vielleicht sogar noch mehr Leute davon?«

Kim hatte das Gefühl, ihr Schädel würde gleich platzen.

»Nun komm schon, Kim, mach es dir doch nicht so schwer. Sag mir, was ich wissen will, und ich beende es schnell.« Er beugte sich ganz nahe zu ihr hinunter. »Du willst doch nicht, dass Lilly leiden muss, oder?«

Tränen schossen ihr in die Augen. Die Vorstellung, dass er Lilly quälen und töten könnte, raubte ihr schier den Verstand. Vergeblich versuchte sie, sich aufzurichten, doch er war zu schwer. Sie konnte sich unter seinem Gewicht kaum rühren.

»Wer weiß noch davon? Und woher wusste es Oliver?«, wiederholte er, und der ungeduldige Unterton in seiner Stimme wurde stärker.

Er ließ ihre Haare los, und ihr Kopf sank kraftlos auf den kalten Boden. Sie lag neben Oliver, keine vier Meter von ihm entfernt. Der Anblick seiner Leiche versetzte sie in Panik, und sie roch den metallischen Geruch seines Bluts.

Sie wollte nicht sterben.

Volker legte seine Hand auf ihren Kopf und fixierte ihn am Boden. Dann schob er ihre Jacke nach oben.

Im nächsten Moment spürte Kim einen Schmerz, der wie ein elektrischer Schlag durch ihren ganzen Körper schoss. Sie konnte es nicht sehen, aber es fühlte sich an, als ob Volker ihr das Messer in den Rücken bohrte.

Der Schmerz schwoll an, jagte in Wellen durch sie hindurch und vereinnahmte jede einzelne Zelle ihres Körpers. Kim schrie.

Volker ließ von ihr ab, und Kim schloss stöhnend die Augen.

Am liebsten hätte sie ihm alles verraten. Dass sie niemandem von damals erzählt hatte, und dass sie nicht wusste, wie Oliver davon erfahren hatte. Aber sie musste Lilly um jeden Preis schützen. Und solange sie schwieg, blieben sie und ihre Tochter am Leben.

Erneut bohrte er ihr das Messer in den Rücken, und Kim glaubte, den Verstand zu verlieren. Sie versuchte, sich unter ihm rauszuwinden, doch seine Hand presste ihren Kopf unerbittlich auf den Boden, und das Gewicht seines Körpers machte jeden Befreiungsversuch unmöglich. Wie wild zerrte sie an ihren Fesseln, die sich nur noch tiefer in ihre Handgelenke schnitten. Ihre Beine zuckten unkontrolliert.

Es kam ihr wie eine Ewigkeit vor, bis er endlich aufhörte.

Kims Atem ging nur noch stoßweise. Ihr war so schlecht, dass sie sich beinahe übergeben musste. Sie wusste nicht, wie lange sie noch durchhalten konnte, bevor sie ihm alles sagte.

»Rede endlich!« Er drückte die Klinge gegen ihren Hals. »Oder soll ich mit Lilly weitermachen?«

»Das würde ich an Ihrer Stelle nicht machen«, rief plötzlich eine vertraute Stimme quer durch die Halle, und Kim war mit einem Schlag wieder voll bei Sinnen.

Lars!

Kapitel 49

Der Druck auf ihrem Kopf ließ nach, und Kim drehte ihn auf die andere Seite.

Am Eingang im Halbdunkel stand tatsächlich Lars.

Wie hat er mich gefunden?

Augenblicklich schöpfte sie neue Hoffnung. Sie hatte keine Ahnung, wie er sie aufgespürt hatte, aber seine Anwesenheit bedeutete, dass es noch nicht vorbei war.

Sie bemerkte, dass er irgendetwas in seinen Händen hielt.

War das ein Handy?

Volker verharrte regungslos.

»Ich habe alles aufgenommen«, rief Lars zu ihnen hinüber. »Ein Knopfdruck, und das Video geht per Mail an die Polizei.«

Ein Ruck ging durch Volkers Körper. »Dann ist sie tot«, schrie er und drückte die Klinge so fest an Kims Hals, dass die Haut aufriss und der Schnitt zu brennen begann.

»Und Sie wandern lebenslang ins Gefängnis«, entgegnete Lars. »Lassen Sie sie frei, und ich lösche das Video.«

Volker lachte höhnisch auf. »Halten Sie mich für so dumm?«

Er sprang auf und zerrte Kim auf die Beine. Mit dem linken Arm umschlang er ihren Oberkörper und drückte sie an sich, mit rechts hielt er ihr das Messer an die Kehle.

Kim zitterte. Volker würde sie niemals gehen lassen. Er hatte gar keine andere Wahl, als sie zu töten.

»Lassen Sie sie los«, wiederholte Lars seine Forderung.

»Geben Sie mir zuerst das Handy.«

»Vergessen Sie das. Sobald Sie das Handy haben, schneiden Sie ihr die Kehle durch.«

Erneut zögerte Volker. Kim kannte ihn lange genug, um zu wissen, dass er aus dem Konzept gebracht war. Er hatte sich mit seinem Plan in Sicherheit gewähnt, und die endgültige Lösung seiner Probleme war in greifbarer Nähe gewesen. Ihm hatte nur noch eine einzige Antwort gefehlt.

Und nun hatte Lars ihm einen Strich durch die Rechnung gemacht.

Für eine Weile standen sie sich in einer Pattsituation gegenüber. Lars auf der einen Seite, mit dem Handy in der Hand und bereit, auf den Sendeknopf zu drücken. Sie und Volker auf der anderen, mit dem Messer an ihrem Hals.

Volkers Anspannung war deutlich zu spüren. Er saß in der Falle, und Kim wusste, dass er nun zum Äußersten bereit war. Er würde ihr, ohne zu zögern, die Kehle aufschlitzen.

Und anschließend Lilly töten.

Im nächsten Moment schob Volker sie vorwärts.

»Legen Sie das Handy auf den Boden, und gehen Sie zurück.«

»Nein.«

Sie hatten die Halle zur Hälfte durchquert. Kims Herz pochte wie wild.

»Bleiben Sie, wo Sie sind«, rief Lars.

Volker blieb stehen, und Kim japste nach Luft, als sich der Druck an ihrem Hals verstärkte.

»Legen Sie das Handy weg!«, schrie er. »Oder ich töte sie auf der Stelle.«

»Dann sind Sie ebenfalls fällig.«

Volkers Stimme klang ruhig, aber bestimmt, als er antwortete: »Ich habe nichts mehr zu verlieren.«

Kim erschrak.

Er blufft nur. Oder?

Ihr kamen Zweifel. Wusste er, dass er verloren hatte, und wollte sie mit ins Grab nehmen?

»Volker, bitte«, flehte sie.

»Halt die Schnauze!«

»Kim, bitte bleib ruhig«, sagte Lars. »Ich möchte nicht, dass dir dasselbe passiert wie mir damals in der Kneipe. Verstanden?«

Verwundert runzelte sie die Stirn.

Was ihm damals in der Kneipe passiert war?

»Handy weg, oder sie ist tot. Das ist meine letzte Warnung.«

»Okay, okay«, sagte Lars und hob beschwichtigend die Hände. Er ging zu den Holzpaletten, die sich links von ihm stapelten. »Ich mache Ihnen einen Vorschlag.«

Was hat er vor?

Er legte das Handy in den Zwischenraum, ließ jedoch seine Hand darauf liegen.

»Ich lasse das Handy hier und werde ein paar Schritte zurückgehen. Sie können es sich holen und kontrollieren, dass ich das Video nicht abgeschickt habe. Danach können Sie es löschen.«

»Wenn Sie erwarten, dass ich Kim loslasse, irren Sie sich.«

»Dann nehmen Sie zumindest das Messer von ihrem Hals, okay? Nehmen Sie das Messer weg, und ich entferne mich von dem Handy.«

Nun war Kim vollkommen irritiert.

Lars wollte Volker tatsächlich das Handy überlassen, ohne dass er sie vorher freiließ? War er verrückt geworden? Es wäre ihr sicheres Todesurteil.

Ich möchte nicht, dass dir dasselbe passiert wie mir damals in der Kneipe. Verstanden?

Plötzlich begriff sie.

Das meint er nicht ernst?

Sie erinnerte sich an vorgestern, als sie und Lars im Kessel in einen Hinterhalt geraten waren. Reuter und seine Leute hatten sie überwältigt und Lars ein Messer gegen die Kehle gedrückt. Er war in einer ähnlichen Situation gewesen wie sie jetzt. Lars hatte sich ruhig verhalten, erst als das Messer nicht mehr an seinem Hals war, hatte er zurückgeschlagen.

Kims lief der Angstschweiß übers Gesicht.

Lars wollte, dass sie dasselbe tat.

Aber was? Wie hatte er reagiert?

Angestrengt versuchte sie, sich zu erinnern.

Es war alles so schnell gegangen.

Komm schon, denk nach!

Sie schloss die Augen und rief sich die Kneipe ins Gedächtnis. Reuter stand vor ihr, musterte ihren Körper.

Was meint ihr? Wollen wir vorher noch ein wenig Spaß mit ihr haben?

Kim erinnerte sich, dass ein Schalter in ihr umgelegt worden war und sie reflexartig das Knie zwischen seinen Beinen hochgerissen hatte. Lars hatte dem Mann links von ihm die Faust ins Gesicht gerammt und seine Nase gebrochen. Aber wie hatte er sich zuvor befreit?

Ihre hämmernden Kopfschmerzen erschwerten ihr das Denken.

Und dann sah sie es auf einmal klar vor sich. Lars war mit voller Wucht auf den Fuß des Mannes gestampft.

Oh Gott!

Kim wurde schlecht, als sie realisierte, wie hoch Lars pokerte. Er hatte wesentlich mehr Kraft als sie. Wenn sie Volker nicht stark genug auf den Fuß trat, war sie tot.

Die Konsequenzen wären verheerend. Lars hätte gegen einen Messerangriff nur geringe Chancen und Lilly gar keine.

Kim war eiskalt, während sie gleichzeitig schwitzte.

Sie öffnete die Augen und war einen Augenblick lang verwirrt. War Volker auf Lars' Vorschlag eingegangen? Sie hatte alles um sich herum ausgeblendet.

Volker schob sie wieder vorwärts. Lars stand regungslos da, die Hand noch immer auf dem Handy.

»Gehen Sie zurück«, forderte Volker ihn auf.

»Nehmen Sie zuerst das Messer von ihrem Hals.«

Kim spürte sein Zögern, dann nahm er die Klinge von ihrer Kehle und hielt sie ihr vor den Brustkorb.

Lars trat einen Schritt zurück und hob beide Hände in die Luft.

»Weiter weg«, sagte Volker, während er mit Kim auf die Paletten zusteuerte.

Sie musste handeln.

Doch was, wenn sie stolperte, während sie den Fuß hob? Oder daneben trat?

Die Angst, einen Fehler zu machen, war so groß, dass sie zu keiner Handlung fähig war. Das T-Shirt klebte ihr schweißnass auf der Haut, und ihr Atem ging schnell und keuchend.

Lars entfernte sich weiter von dem Handy und trat in das fahle Licht, das schräg durch die verdreckten Fenster fiel. Die Anspannung stand ihm ins Gesicht geschrieben. Er sah Kim an, und sie konnte in seinen Augen lesen: *Tu es!*

Sie versuchte, sich auf den Fußstampfer zu konzentrieren, was ihr in ihrer Angst kaum gelang.

In der nächsten Sekunde hatten sie die Holzpaletten erreicht, und Volker blieb abrupt stehen. Kim drehte den Kopf. Sie benötigte eine Sekunde, dann begriff sie, in welcher Gefahr sie schwebte.

318

In der Lücke zwischen den Paletten lag kein Handy. Es war ein Geldbeutel.

»Tu es!«, schrie Lars, und der schrille Ton seiner Stimme riss Kim aus ihrem Lähmungszustand.

Sie trat mit voller Kraft zu.

Volker brüllte schmerzerfüllt auf und krümmte sich zusammen. Der Griff um ihren Oberkörper löste sich.

Dann ging alles rasend schnell.

Lars rannte zu ihr, packte sie und riss sie von Volker weg. Aus den Augenwinkeln sah Kim, dass Volker sich wieder aufrichtete, das Gesicht zu einer grotesken Fratze verzerrt.

Lars schob Kim hinter sich und holte mit der Faust aus. Noch bevor er zuschlagen konnte, machte Volker einen Satz vorwärts und stach zu.

Lars stöhnte auf. Sein Körper erschlaffte wie ein Luftballon, aus dem schlagartig die Luft entwich, und er sank zu Boden.

Kim stieß einen Schrei aus.

Lars lag auf dem Rücken. Er griff sich an die linke Seite und starrte auf seine blutige Hand. Sein Blick suchte Kim.

»Nein!«

Sie sank neben ihm auf die Knie, zerrte wie ein Berserker an ihren Fesseln, um sich zu befreien und seine Blutung mit den Händen zu stoppen. Doch es war vergeblich. Sie konnte nur hilflos zusehen.

Blut durchtränkte Lars' Jacke und verteilte sich am Boden um die Stelle, wo sie kniete.

»Es tut mir leid«, stammelte er.

»Nein, nein, nein. Bleib bei mir, Lars. Bitte bleib bei mir.«

Er hustete.

»Ich … habe … Anna … nichts … verraten.«

Seine Stimme wurde immer leiser.

Kim wimmerte. Tränen liefen ihr über die Wangen, und sie wippte mit ihrem Oberkörper vor und zurück.

Oh Gott, nein!

Seine Lieder flackerten. Er versuchte, noch etwas zu sagen, doch er hatte keine Kraft mehr.

Ein letztes Mal sah er zu Kim, dann fielen ihm die Augen zu, und sein Kopf sank schlaff zur Seite.

Kapitel 50

Es war, als würde in Kim etwas absterben. Ihre Angst verschwand und machte einer nie gekannten Leere Platz.

Zuerst Julian, dann Oliver und nun Lars.

Und alles nur, weil sie so naiv gewesen war, Zieglers Einladung zu ihm nach Hause anzunehmen.

Wut stieg in ihr auf.

»Das Problem wäre damit wohl auch gelöst«, sagte Volker mit solch kalter Stimme, dass die Wut in Kim wie ein Feuerball explodierte. »Und nun wirst du mir verraten, woher Oliver von der ganzen Sache wusste. Ansonsten hole ich Lilly und schneide sie vor deinen Augen in Stücke.«

Genau wie damals in der Kneipe hatte Kim das Gefühl, ein Schalter würde in ihr umgelegt. Ihr Blick verengte sich zu einem Tunnel, und sie blendete alles um sich herum aus. Es gab nur noch Volker und sie.

Er machte einen Schritt auf sie zu.

Kim zögerte keine Sekunde länger. Sie ließ sich auf den Rücken fallen und trat mit voller Wucht von innen gegen Volkers Knie.

Es gab ein schnalzendes und knackendes Geräusch, als das Kreuzband riss und Knochen brachen. Volker schrie. Sein Knie knickte ein, und er stürzte zu Boden. Das Messer fiel ihm aus der Hand. Schreiend blieb er liegen und umklammerte mit beiden Händen das Knie.

Kim rappelte sich auf und schob das Messer mit dem Fuß einige Meter von Volker weg. Sie kniete sich auf den

Boden, griff nach der Waffe und schob sie zwischen ihre gefesselten Handgelenke. Die Klinge schnitt in ihren Handrücken. Ein brennender Schmerz durchfuhr Kim, doch er war nichts im Vergleich zu dem, was Volker ihr vorhin angetan hatte. Sie versuchte, den Kabelbinder durchzuschneiden.

Volker lag noch immer auf dem Boden. Sein Schreien war mittlerweile in ein Stöhnen übergegangen.

Kim zitterte, und das Messer rutschte ihr aus der schweißnassen Hand. Sie fluchte, zerrte an den Fesseln, aber sie saßen weiterhin fest.

Volker hatte sein Knie losgelassen. Er drehte den Kopf und fixierte sie mit einem hasserfüllten Blick.

Panisch tastete Kim nach dem Messer und schob es in die Position zurück. Erneut schnitt sie sich dabei, doch sie biss die Zähne zusammen und versuchte weiter, das Plastik zu durchtrennen.

Wie in Zeitlupe sah sie, dass Volker sich auf die Seite drehte, das Gesicht zu einer schmerzerfüllten Grimasse verzerrt. Langsam richtete er sich auf, wobei er das Gewicht auf sein gesundes Bein verlagerte.

Kim blieb vor Schreck fast das Herz stehen. Sie musste sich befreien. Sofort!

Weglaufen kam für sie nicht infrage. Sie würde die Halle nicht ohne Lilly verlassen.

Volker humpelte auf sie zu. Eigentlich hüpfte er mehr auf einem Fuß, denn sein linker Unterschenkel war unnatürlich verdreht.

Mach schon!

Kim bewegte das Messer noch schneller auf und ab.

Volker kam immer näher. Der Abstand betrug keine zwei Meter mehr.

»Ich bring dich um!«, keuchte er. In seinen Augen stand purer Wahnsinn. Sie erkannte, dass ihn nur noch der Gedanke an Rache antrieb.

Warum geht der verdammte Kabelbinder nicht auf?
Er hatte sie fast erreicht.

Kim arbeitete weiter, obwohl sie am ganzen Körper unkontrolliert zitterte. Der Schweiß klebte an ihr wie eine zweite Haut, und die Kopfschmerzen hämmerten im Stakkato auf sie ein.

Plötzlich stand Volker direkt vor ihr.

Nein!

Im Angesicht des Todes mobilisierte sie ihre letzten Kraftreserven. Es gab einen Ruck, als der Kabelbinder riss, und ihre Arme waren frei.

Volker bückte sich und streckte seine Hände nach Kims Hals aus. Mit voller Kraft drückte er zu.

Kim wusste, dass ihr nur zwei oder drei Sekunden blieben, bevor sie das Bewusstsein verlieren würde. Sie ließ sich auf den Rücken fallen und hielt das Messer vor sich. Volker verlor das Gleichgewicht. Er stürzte auf sie und begrub sie unter sich. Das Messer bohrte sich in seinen Hals, und das Blut spritzte aus den pulsierenden Adern. Regungslos und mit weit aufgerissenen Augen blieb er auf Kim liegen. Der Griff um ihren Hals lockerte sich.

Kim verharrte mit angehaltenem Atem, während ihr warmes Blut über Gesicht und Hals lief. Erst nach einer Weile japste sie nach Luft und schob Volkers leblosen Körper von sich runter.

Kim würgte. Sie stützte sich auf allen vieren ab und erbrach sich, bis sie nur noch bittere Galle schmeckte.

Es war vorbei.

Schwerfällig erhob sie sich und sah zu den drei Leichen. Sie ballte die Fäuste, legte den Kopf in den Nacken und schrie ihren ganzen Schmerz hinaus.

Dann zog sie die blutdurchtränkte Jacke aus, riss sich den Pullover vom Leib und wischte sich voller Ekel das Blut von Gesicht und Hals.

Wie betäubt ging sie zu Volker und holte das Handy der Putzfrau aus seinem Sakko. Während sie wählte, wankte sie auf die Tür zu, hinter der Lilly gefangen war.

»Sie haben den Notruf gewählt«, meldete sich eine männliche Stimme am anderen Ende der Leitung.

»Mein Name ist Kim Jansen, und ich brauche Hilfe«, sagte sie und wunderte sich, wie ruhig sie sprach. »Es gibt hier drei Tote.«

»Von wo aus rufen Sie an?«, erkundigte sich die Stimme, und Kim gab ihr die Adresse durch.

»Informieren Sie Kommissar Neumann. Er soll sofort hierherkommen.«

Sie beendete das Gespräch und ließ das Telefon achtlos zu Boden fallen. Mit zitternden Händen drehte sie den Schlüssel, der im Schloss steckte, und stieß die Tür auf.

Lilly saß mit angezogenen Knien auf der Matratze am Boden und hatte den Kopf auf ihre verschränkten Arme gelegt. Als die Tür geöffnet wurde, sah sie auf. Schlagartig erhellte sich ihr Gesichtsausdruck, und sie sprang auf.

»Mami!«

Kim lief ihr entgegen. Sie sank auf die Knie und schloss ihre Tochter in die Arme. Das Gefühl der Erleichterung, das sie in diesem Moment durchströmte, war nicht in Worte zu fassen.

»Oh Gott, Lilly. Mein kleiner Engel. Ich bin so froh, dich zu sehen.«

Lilly begann zu schluchzen, und ihr Körper bebte. Auch Kim konnte die Tränen nicht länger zurückhalten, doch dieses Mal weinte sie vor Freude und Glück.

Fast drei Tage lang hatte sie um das Leben ihrer Tochter gebangt, und als sie sie nun in den Armen hielt, schien es der schönste Augenblick in ihrem Leben zu sein. Sie hielt sie so fest, als wollte sie sie nie wieder loslassen.

Lilly versuchte, etwas zu sagen, doch sie brachte unter Tränen keinen Ton heraus.

»Du bist in Sicherheit«, flüsterte Kim. »Niemand kann dir mehr etwas antun. Ich bin bei dir. Es wird alles gut werden.«

Sie hielt Lillys Kopf an ihre Brust gepresst, damit sie das Blutbad in der Halle nicht sah. Beruhigend strich sie ihr über den Rücken, doch sie wusste, dass Lilly sich nicht beruhigen würde. Auch wenn die Erleichterung gerade überwog, sie war mit Sicherheit traumatisiert.

Kim ließ ihren Blick durch den etwa zehn Quadratmeter großen Raum schweifen, dessen Wände vollständig mit schallisolierendem Schaumstoff bezogen waren. Es roch nach Kot und Urin, und Kim vermutete, dass der Eimer in der Ecke als Klo fungierte.

Eine batteriebetriebene Lampe stand neben der Matratze und beleuchtete den Raum nur spärlich. Mehrere Comichefte, Bücher und ein MP3-Player lagen auf dem Boden verstreut, dazwischen Wasserflaschen, einige von ihnen leer, sowie in Plastik verschweißte Sandwiches und leere Essensverpackungen.

Kim schluckte schwer.

In der Ferne ertönte eine Polizeisirene.

Oliver, du mieses Schwein!

Kapitel 51

Drei Tage später …

Kim eilte den Krankenhausflur entlang. Ihre Schritte hallten auf dem frisch geputzten Linoleumboden wider, und in der Luft hing der scharfe Geruch von Putz- und Desinfektionsmitteln.

Vor dem Zimmer mit der Nummer S1 3.200 blieb sie stehen und atmete ein Mal tief durch, bevor sie zaghaft klopfte und die Tür öffnete. Sie betrat das Einzelzimmer, und ein Lächeln huschte ihr übers Gesicht.

Lars saß, gestützt von der hochgeklappten Rückenlehne, im Bett und sah fern. Als er Kim erblickte, erhellte sich seine Miene.

»Hey«, sagte er und schaltete das Gerät aus.

»Hey«, antwortete Kim und lachte. Sie holte sich einen Stuhl und setzte sich zu ihm ans Bett. »Gott, bin ich froh, dich zu sehen.«

Er sah erschöpft aus und war blass im Gesicht, aber das Leuchten in seinen Augen war zurückgekehrt. In seinem linken Handrücken steckte ein Infusionsschlauch.

»Wem sagst du das?« Er wollte ein Stück im Bett hochrutschen, verzog bei dem Versuch jedoch schmerzverzerrt das Gesicht und griff sich an die Seite. »Die Ärzte meinten, eine Minute länger, und ich wäre verblutet.«

Kim stieß erleichtert die Luft aus. Sie hatte ihn für tot gehalten, bis der Rettungsdienst, der kurz nach der Polizei eingetroffen war, festgestellt hatte, dass er noch lebte. Er war bewusstlos gewesen und hatte viel Blut verloren.

Die Sanitäter hatten ihm einen Druckverband angelegt und mit Medikamenten versorgt und ihn anschließend mit Blaulicht ins nächste Krankenhaus gefahren, wo er notoperiert worden war. Das Messer war kurz unterhalb seiner linken Rippen eingedrungen und hatte die Lunge nur um Millimeter verfehlt. Die Milz musste entfernt werden, ansonsten waren keine lebenswichtigen Organe verletzt worden.

Kim war bereits gestern hier gewesen, doch die Ärzte hatten sie nicht zu ihm gelassen, da er noch zu sehr unter starken Betäubungsmitteln gestanden hatte.

»Wie geht's dir?«, wollte sie wissen.

»Ich lebe, das ist alles, was zählt.« Er sah ihr in die Augen. »Und dir?«

»Ehrlich gesagt, ich weiß es nicht. Es ist einfach zu viel passiert.«

Einerseits war sie heilfroh, dass sie, Lilly und Lars überlebt hatten, andererseits stand sie noch immer unter Schock, dass zwei der wichtigsten Menschen in ihrem Leben hinter der Entführung und den Morden standen und Julian tot war. Volker hatte sein wahres Gesicht gezeigt, und Kim war es unbegreiflich, wie er sie all die Jahre über derart hatte manipulieren können.

Sie stieß einen tiefen Seufzer aus. »War die Polizei schon bei dir?«

»Heute Vormittag. Ich weiß über alles Bescheid.«

Kim nickte und senkte den Blick.

»Ich weiß gar nicht, wie ich dir danken soll, Lars. Was du für mich und Lilly getan hast …« Sie stockte, suchte nach Worten für etwas, das sich nicht in Worte fassen ließ.

Er berührte ihren Arm. »Schon gut. Hauptsache, ihr beide seid in Sicherheit. Wie geht es Lilly?«

»Den Umständen entsprechend. Rein körperlich hat sie die drei Tage ihrer Gefangenschaft gut überstanden, aber wie es psychisch bei ihr aussieht, wird sich erst noch zeigen. Sie hält sich tapfer, hat aber immer wieder mit Panikattacken zu kämpfen. Vor allem nachts, dann kommen die Albträume.«

Kim dachte an ihre eigenen nach der Vergewaltigung und dem vermeintlichen Mord an Ziegler zurück, und ihr wurde schwer ums Herz. Es würde für Lilly ein langer Weg werden, um alles aufzuarbeiten. Kim hatte ihr gesagt, dass Oliver tot war, aber noch kannte sie nicht die ganze Wahrheit.

»Ist sie zu Hause?«, erkundigte sich Lars.

»Ja. Kerstin passt auf sie auf. Auf sie und Kamikatze.«

»Sie ist bei dir? Gott sei Dank. Ich habe mir schon Sorgen um sie gemacht und die Ärzte gebeten, jemanden zu ihr zu schicken und sie zu füttern.«

»Kommissar Neumann hat den Vermieter angerufen und ihm die Lage geschildert. Er hat uns daraufhin aufgesperrt, sodass wir sie holen konnten. Ich hoffe, du bist mir nicht böse, dass wir einfach so in deine Wohnung rein sind.«

»Ich wäre dir böse, wenn du es nicht getan hättest.«

»Lilly tut es gut, sie bei sich zu haben. In der ersten Nacht hat sie noch bei mir im Bett geschlafen, mittlerweile ist sie wieder in ihrem eigenen, zusammen mit ihrem Stoffhasen Bunny und Kamikatze. Bei nächster Gelegenheit werde ich mit ihr ins Tierheim fahren, damit sie ihre eigene Katze bekommt.«

Sie lächelte und wurde im nächsten Moment wieder ernst.

»Wie hast du mich eigentlich gefunden?«, wollte sie wissen. »Woher wusstest du, wo ich war?«

»Ich bin dir nachgefahren«, antwortete er zu ihrer Überraschung. »Nachdem du weggelaufen bist, bin ich ins Auto gesprungen und zur Dülferstraße gerast, in der Hoffnung, dass du deinen Wagen holst. Du bist in dem Moment vom Parkplatz gefahren, als ich angekommen bin. Leider hast du mich am Bahnübergang wieder abgehängt. Ich habe noch gesehen, dass du ins Gewerbegebiet abgebogen bist, dann warst du verschwunden.«

Er presste die Lippen zusammen.

»Diese verdammte Bahnschranke war sage und schreibe sechs Minuten unten. Ich hatte die Hoffnung bereits aufgegeben, bin aber trotzdem die Straßen abgefahren und hab schließlich dein Auto auf dem Betriebsgelände entdeckt. Das Büro war abgesperrt und wirkte verlassen, also habe ich in der Halle nachgeschaut.«

»Gerade noch rechtzeitig.«

»Ja.« Er warf ihr einen mitfühlenden Blick zu. »Oliver hat wirklich seine eigene Tochter entführt?«

Kim verzog das Gesicht zu einer gequälten Grimasse. »Kaum zu glauben, oder? Offensichtlich ist er nie über die Trennung von Lilly hinweggekommen und wollte sie wieder bei sich haben.«

Lars schüttelte fassungslos den Kopf.

»Die Polizei steht mit der Aufarbeitung noch ganz am Anfang«, fuhr Kim fort. »Sie haben auf dem USB-Stick mit dem Erpresservideo einen Trojaner gefunden. Mein Handy synchronisiert sich automatisch mit meinem Laptop, sobald beide im WLAN-Netz eingeloggt sind. So ist der Trojaner vermutlich auch auf mein Handy gekommen. Die Polizei hat es mittlerweile aus dem Bach gefischt und versucht, die Daten wiederherzustellen und zu analysieren. Jedenfalls hatte Oliver mithilfe des Trojaners Zugriff auf meinen Rechner und hat die E-Mail mit meiner angeblichen Kündigung verschickt und meine Handynummer auf Facebook gepostet. Und er konnte die TAN abfangen, die mir per SMS aufs Handy geschickt wurde, und die Überweisung auf mein angebliches Konto auf den Kaimaninseln tätigen.«

Lars nickte anerkennend. »Clever.«

»Er ist IT-Spezialist«, ergänzte Kim. »Gegenwärtig durchleuchtet die Kripo sein Leben und versucht, die letzten Monate zu rekonstruieren. Angefangen damit, wo und wie er mit Köller in Kontakt gekommen ist, wann er Lillys Gefängnis schalldicht ausgebaut hat, bis hin zum genauen zeitlichen Ablauf der Entführung.«

»Und woher wusste er von Ziegler?«

Kim drehte die Handflächen zur Decke. »Darüber lässt sich nur noch spekulieren. Wer weiß, vielleicht habe ich im Schlaf geredet. Am wahrscheinlichsten ist jedoch, dass Oliver einfach einen Schuss ins Blaue gewagt hat. Ich hatte mich nach der Vergewaltigung verändert, bin verschlossener geworden und hatte auf einmal furchtbare Albträume. Oliver muss geahnt haben, dass damals während seiner Abwesenheit irgendetwas vorgefallen war. Genau werden wir es wohl nie mehr erfahren, denn dieses Geheimnis hat er mit ins Grab genommen.«

»Und Neumann?«

»Ich habe ihm alles erzählt, und er glaubt mir. Sie wussten von Anfang an, dass es zwei Personen waren, die auf Ziegler eingestochen haben, das hat die Obduktion seiner Leiche ergeben. Jedoch haben sie diese Information aus ermittlungstaktischen Gründen bisher geheim gehalten.«

Neumann hatte Kim bestätigt, dass sie Ziegler nicht getötet hatte, und zum ersten Mal seit neun Jahren verspürte sie inneren Frieden.

Am Morgen hatte Neumann auf einer Pressekonferenz Details zu der Entführung bekannt gegeben, ohne dabei Kims Vergewaltigung zu erwähnen. Er überließ es ihr, ob sie damit an die Öffentlichkeit gehen wollte oder nicht. Stattdessen sprach er von einem Missverständnis, dem Oliver aufgesessen sei, und dass die Erpressung nach aktuellem Stand der Ermittlungen eine Rufmordkampagne von ihm gegen Kim gewesen war, um bessere Karten in einem erneuten Sorgerechtsstreit zu haben. Er erwähnte, dass es eine Verbindung zu dem Mordfall Ziegler vor neun Jahren gab und Volker Behrendt der mutmaßliche Mörder war. Kim hatte sich nichts zuschulden kommen lassen, demzufolge konnte sie auch nicht gestehen, wie es der Erpresser gefordert hatte. Weitere Details wollte er nach Abschluss der Ermittlungen bekannt geben.

»Neumann geht übrigens genau wie du davon aus, dass ich nicht die Einzige war, die Ziegler vergewaltigt hat. Er will jetzt weitere Mitarbeiterinnen von TV4 ausfindig machen, denen dasselbe widerfahren ist.«

Ein Grund, warum Kim überlegte, ihre Geschichte öffentlich zu machen und damit anderen Frauen Mut zu machen. Doch noch war sie nicht so weit und musste außerdem zuerst mit Lilly darüber sprechen.

Kim hatte ein langes Gespräch mit Neumann gehabt, und ihr war klar geworden, dass sie Lilly die Wahrheit über ihre Herkunft nicht verschweigen konnte und durfte. Neumann hatte ihr versichert, dass Lilly stärker war, als sie glaubte, und ihr die Adresse eines Psychologen gegeben, der auf derartige Fälle spezialisiert war. Kim hatte ihn gleich in der Früh angerufen und für den folgenden Mittwoch einen Termin ausgemacht. Sie fürchtete sich davor und hoffte gleichzeitig, danach endgültig mit der ganzen Sache abschließen zu können.

»Ich glaube, ich muss dir noch was wegen Anna erklären«, sagte Lars. »Nachdem Reuter bei dem Unfall ums Leben gekommen ist und du anschließend von Neumann vernommen worden bist, bin ich zu ihr gefahren. Ich wollte von ihr wissen, woher sie das Video hatte, weil ich mir davon eine Spur zu dem Entführer erhofft habe. Leider hat sie mir nichts gesagt, und ich bin wieder gefahren. Natürlich hat sie versucht, mich auszufragen, aber ich habe ihr nichts verraten.«

Kim nickte mit betretener Miene. »Tut mir leid, dass ich dich verdächtigt habe.«

»An deiner Stelle hätte ich vermutlich genauso gedacht. Ich hätte es dir sagen sollen, aber du warst ohnehin schon so wütend auf sie, dass ich nicht noch mehr Öl ins Feuer gießen wollte.« Er kratzte sich an seinem Bart, der mittlerweile dichter geworden war. »Ich frage mich nur, woher sie von Reuter wusste. Ob sie einen Informanten bei der Polizei hat?«

»Vermutlich«, antwortete Kim und dachte an Kerstin, die ihren Bruder auch hin und wieder um interne Informationen bat.

Kim hatte mittlerweile mit Kerstin über alles gesprochen, auch über das Telefonat, das sie belauscht hatte.

Sie war da. Wie du gesagt hast.

Es war gar nicht um sie gegangen, sondern um Anna. Kerstins Freundin, die bei Tele1 arbeitete, hatte sie vorgewarnt, dass Anna bei ihr auftauchen und sie zu Kim und der Entführung ausfragen könnte. Und sie hatte recht behalten, als Anna sie abends zu Hause aufgesucht hatte.

»Im Fernsehen berichten sie immer noch ausführlich über deinen Fall«, meinte Lars.

»Ich weiß. Die Journalisten belagern ununterbrochen mein Haus, wenngleich die Hetze gegen mich allmählich nachlässt. Neumann hat diesbezüglich auf der Pressekonferenz einiges klargestellt.«

»Ich hab sie gesehen. In einigen Punkten hat er jedoch etwas übertrieben.«

»Warum?«, entgegnete Kim. »Weil er dich als Held dargestellt hat? Du bist einer. Immerhin hast du Lilly und mir das Leben gerettet.«

Lars lächelte verlegen.

»Lena hat mich vorhin angerufen«, sagte er.

»Wirklich?«

»Ja. Sie hat die Nachrichten gesehen und erfahren, dass ich … nun ja, dass ich vielleicht gar nicht so schlecht bin, wie sie immer dachte. Sie will mich morgen nach der Schule im Krankenhaus besuchen.«

Kim freute sich aufrichtig für ihn, denn seine Tochter bedeutete ihm alles.

»Sogar meine Exfrau hat kurz mit mir telefoniert«, fuhr er fort. »Ich weiß, dass wir nie wieder eine Familie werden, aber wenn wir in Zukunft zumindest wieder normal miteinander reden könnten …«

»Das werdet ihr«, versicherte ihm Kim. »Dafür werde ich sorgen.«

Sie hatte ohnehin bereits vorgehabt, Kontakt mit seiner Familie aufzunehmen und ihnen persönlich von seinem selbstlosen Einsatz zu erzählen.

»Ich würde dich gerne etwas fragen, Lars. Und ich möchte, dass du mir eine ehrliche Antwort gibst.«

»Schieß los.«

Sie sah ihm direkt in die Augen. »Hast du dich damals bestechen lassen?«

Er hielt ihrem Blick stand und schüttelte den Kopf. »Nein. Ich wurde reingelegt.«

»Weißt du, von wem?«

Abermals schüttelte er den Kopf. »Es kann eigentlich nur einer meiner Mitarbeiter gewesen sein, aber ich habe keine Beweise.«

»Aber wie ist derjenige an die Kombination deines Safes gekommen, die nur du kanntest? Und was war mit dem Fingerabdruck auf dem Handy, das dort lag?«

»Ich kann nur Vermutungen anstellen«, antwortete er mit ruhiger Stimme. »Ich gehe stark davon aus, dass der- oder diejenige eine Kamera in meinem Büro installiert und so die Safe-Kombination herausgefunden und der Polizei den anonymen Hinweis gegeben hat. Und was den Fingerabdruck betrifft …« Er verzog die Mundwinkel. »Wenn man weiß, wie, und mit dem entsprechenden technischen Equipment ist es überhaupt kein Problem, von jemandem einen Fingerabdruck zu nehmen und ihn woanders zu platzieren. In meinem Büro gab es von mir mehr als genügend Abdrücke. Seltsamerweise war auf dem besagten Handy lediglich ein einziger Fingerab- druck, der Rest war quasi klinisch sauber.«

Kim ließ seine Worte sacken. Wenn er die Wahrheit sagte – und sie glaubte ihm – war ihm furchtbares Un- recht widerfahren. Nicht nur aus rechtlicher Sicht, son- dern auch was die familiären und beruflichen Konse- quenzen betraf. Und sie hatte ebenfalls ihren Teil dazu beigetragen.

Sie verstand nun, warum er so ein Zyniker geworden war.

»Es tut mir leid, dass ich mich damals öffentlich von dir distanziert habe«, sagte sie.

»Entschuldigung angenommen.«

»Wirklich? Einfach so?«

»Ja.«

Er lächelte, und Kim erwiderte es.

»Ich stehe wirklich tief in deiner Schuld, Lars. Ich weiß, dass ich diese Schuld nie abbezahlen kann, aber ich werde alles dafür tun, um dir beruflich wieder auf die Beine zu helfen.«

»Das ist nett von dir, aber wie willst du das schaf- fen?«

»Ich habe schon ein paar Ideen«, entgegnete sie geheimnisvoll. »Werd erst mal gesund, dann lad ich dich zum Abendessen ein, und wir besprechen alles Weitere.«

»Zum Abendessen?« Er hob die Augenbrauen und grinste. »Willst du mich etwa ins Bett kriegen?«

»Um Gottes willen! Eher geh ich ins Kloster!«

Sie mussten beide lachen. Lars verzog das Gesicht und griff sich an seine verletzte Seite.

»Dein Geld bekommst du natürlich auch noch«, meinte Kim, nachdem sie sich wieder beruhigt hatte. »Wenn du mir deine Kontodaten gibst, überweis ich es dir.«

»Ich will dein Geld nicht mehr. Nicht nach allem, was passiert ist.«

»Es steht dir zu. Und du kannst es gebrauchen.«

Er biss sich auf die Lippe. »Ich müsste lügen, wenn ich dem widersprechen würde, aber …«

»Ich mache dir einen Vorschlag«, unterbrach sie ihn. »Du bekommst wie ursprünglich vereinbart zehntausend Euro. Und die anderen zehntausend spendest du. Was hältst du davon?«

Lars dachte kurz über ihren Vorschlag nach. Schließlich nickte er. »Okay, damit kann ich leben.«

Er atmete tief durch, ehe er mit ernster Miene sagte: »Eigentlich stehe ich ja in deiner Schuld.«

»Bitte? Du wärst meinetwegen fast gestorben.«

»Ich weiß. Aber du hast meinem Leben wieder einen Sinn gegeben.«

Kapitel 52

Es war später Nachmittag, als Kim das Krankenhaus verließ und weiter zu Pia und Claudia fuhr.

Claudia öffnete ihr die Tür.

»Frau Jansen«, sagte sie sichtlich überrascht.

»Hallo, Frau Schäfer. Stör ich gerade?«

»Aber nein.« Sie trat einen Schritt zur Seite. »Kommen Sie doch herein.«

»Ist Pia da?«, wollte Kim wissen.

»Leider nicht. Sie ist mit ihrer Freundin ins Kino gegangen, um sich nach der ganzen Aufregung etwas abzulenken.«

»Schade. Ich hatte gehofft, Sie beide anzutreffen, weil ich mich für die Unannehmlichkeiten in den letzten Tagen entschuldigen wollte. Es tut mir leid, dass Sie meinetwegen so einen Stress hatten und dass Anna Sie belästigt hat.«

Claudia verzog bei der Erwähnung von Annas Namen das Gesicht. »Eine derart unverschämte Person ist mir selten untergekommen.«

Sie gingen ins Wohnzimmer und setzten sich.

»Wie geht es Ihnen und Lilly?«

»Den Umständen entsprechend.«

Claudia nickte mitfühlend. »Ich hoffe, sie kommt darüber hinweg.«

»Sie ist ein starkes Mädchen, und wir werden die Hilfe eines Psychologen in Anspruch nehmen.«

»Das ist eine gute Idee«, sagte sie. »Darf ich Ihnen was zu trinken anbieten? Einen Kaffee oder Tee vielleicht? Dann können wir uns in Ruhe unterhalten.«

Eigentlich hatte Kim nicht vorgehabt, so lange zu bleiben, aber es wäre unhöflich gewesen abzulehnen.

»Ein Kaffee wäre nicht schlecht.«

Claudia verschwand in der Küche, und Kim hörte das Mahlwerk der Kaffeemaschine. Sie ließ sich auf der Couch zurückfallen, und ihr Blick fiel auf den Tisch, auf dem eine Schere und mehrere Frauenzeitschriften lagen, aus denen Claudia Rezepte ausgeschnitten hatte.

Nachdenklich sah sie durchs Fenster nach draußen. Es war ein trüber Tag – zwar hatte es aufgehört, zu regnen, aber die dunklen Wolken hingen weiterhin schwer über der Stadt.

»So, bitte sehr«, sagte Claudia und stellte das Tablett mit den beiden Tassen sowie Milch und Zucker auf den Tisch.

»Vielen Dank.« Kim nippte an dem Kaffee, der noch zu heiß war.

»Wie geht's Pia?«, erkundigte sie sich.

»Sie ist froh, dass alles vorbei und Lilly in Sicherheit ist. Die letzten Tage waren der reine Horror für sie. Nicht nur diese Anna hat sie belästigt, sondern auch ihre Klassenkameraden, die von ihr Neuigkeiten über Sie aus erster Hand haben wollten.«

»Tut mir leid, das hab ich nicht gewollt.«

Sie blies in den Kaffee, damit er schneller abkühlte.

»Für Sie ist die Sache ja glimpflich ausgegangen«, fuhr Claudia fort. »Und die Presse schwenkt plötzlich auch wieder um. Abgesehen von Anna.«

Die vermutlich nie Ruhe geben wird.

Erneut pustete sie in ihren Kaffee, der allmählich eine trinkbare Temperatur annahm.

»Wie geht es bei Ihnen nun weiter?«, wollte Claudia wissen.

»Gute Frage«, antwortete Kim und wollte gerade einen Schluck trinken, als ihr Handy klingelte.

Sie las Kerstins Namen auf dem Display und erschrak.

Ist etwas passiert?

»Hi, Kerstin«, meldete sie sich. »Ist alles in Ordnung bei euch?«

»Wo bist du gerade?«

»Bei Pias Mutter.«

»Kannst du bitte heimkommen? Lilly hat eine Panikattacke, und ich kann sie nicht beruhigen. Sie weint und ruft die ganze Zeit nach dir.«

»Ich bin unterwegs«, sagte Kim und legte auf. »Ich muss leider los, Frau Schäfer. Lilly geht's nicht gut.«

Claudia lächelte. »Kein Thema. Aber trinken Sie doch zuerst Ihren Kaffee aus.«

»Tut mir leid, ein anderes Mal gerne.«

Sie erhob sich von der Couch.

»Trinken Sie Ihren Kaffee«, wiederholte Claudia, und etwas in ihrer Stimme ließ Kim aufhorchen.

»Bitte nehmen Sie es mir nicht übel, aber ich muss wirklich los.«

Sie machte einen Schritt auf die Wohnzimmertür zu, als Claudia aufsprang und schrie: »Sie sollen Ihren gottverdammten Kaffee trinken!«

Abrupt blieb Kim stehen. Ihr Blick wanderte irritiert zwischen Claudia und der Tasse hin und her.

Was war in dem Kaffee?

Im nächsten Moment packte Claudia die Schere, holte aus und stürzte auf Kim zu. Reflexartig griff Kim nach der Tasse und schüttete Claudia den Kaffee ins Gesicht. Diese schrie auf, als die warme Flüssigkeit sie traf, und ließ die Schere fallen. Sie taumelte rückwärts und schlug die Hände vor ihr gerötetes Gesicht.

Kim hob die Schere vom Boden auf.

»Was zum Teufel ist in Sie gefahren? Sind Sie verrückt geworden?«

Ihr Herz hämmerte wie wild. Wollte Claudia sie töten?

Claudia nahm die Hände von ihrem Gesicht. Ihr Blick sprühte vor Zorn.

»Ich hasse Sie!«, brüllte sie, sodass Kim erschrocken einen Schritt zurückwich. »Ich hasse Sie! Ich hasse Sie!«

Kim stand vollkommen aus der Fassung gebracht da.

Was war hier los?

»Beruhigen Sie sich, Frau Schäfer. Ich wollte nicht unhöflich sein, aber meine Tochter braucht mich. Bitte haben Sie Verständnis.«

»Verständnis?« Ihre Stimme überschlug sich. »Sie haben meinen Mann getötet, und ich soll für Sie Verständnis haben?«

Kim runzelte die Stirn.

Ich habe was?

»Wovon reden Sie? Ihr Mann ist an einem Kreislaufversagen gestorben. Das haben Sie mir selbst erzählt.«

»Das habe ich allen erzählt, um Pia zu schützen. Sie sollte nicht erfahren, dass ihr Papa sich im Gefängnis das Leben genommen hat, weil er es nicht ertragen hat. Und ich wollte nicht, dass sie deswegen in der Schule gemobbt wird.«

»Ihr Mann war im Gefängnis?«

»Ja, und Sie haben ihn dorthin gebracht.«

Kim blieb vor Staunen der Mund offen stehen.

»Sie haben keine Ahnung, wovon ich rede, nicht wahr?«, fragte Claudia mit keuchender Stimme, wobei es mehr nach einer Feststellung klang. »Sie nehmen Pia ihren geliebten Papa und mir meinen geliebten Mann weg und haben noch nicht einmal eine Ahnung, wovon ich rede!«

Sie ballte die Fäuste.

»Robert ist tot, und Sie sind dafür auch noch mit dem Deutschen Fernsehpreis ausgezeichnet worden. Eine Auszeichnung für einen Mord.«

Kims Gedanken überschlugen sich. Und dann allmählich dämmerte es ihr.

Sie hatte die Auszeichnung für die Sendung über den Drogenschmugglerring bekommen, der sich in ganz Bayern ein Vertriebsnetz aufgebaut hatte. Schulen, Essenslieferanten und Autowerkstätten.

Claudias Mann war Automechaniker gewesen.

War es möglich, dass er …?

»Ihr Mann war ein Dealer?«

»Er war kein Dealer«, entrüstete sich Claudia. »Er war Automechaniker. Er hat nur hin und wieder seinem Chef einen kleinen Gefallen getan und das Zeug an ein paar Kunden ausgeliefert. Meine Güte, er hat niemandem geschadet, aber trotzdem hat ihn die Polizei auf dem Weg zur Arbeit verhaftet. Sie haben meine Familie zerstört!«

Ihr Brustkorb hob und senkte sich im schnellen Rhythmus.

»Haben Sie eigentlich eine Ahnung, wie viel Kraft es mich jedes Mal gekostet hat, freundlich zu Ihnen zu sein, obwohl ich Ihnen am liebsten an die Gurgel gesprungen wäre?«

Sie machte einen Schritt auf Kim zu, die ihr drohend die Schere entgegenhielt.

»Bleiben Sie, wo Sie sind.«

Kim musste ihre Gedanken ordnen. Claudias Wutausbruch hatte sie kalt erwischt, und sie ahnte, dass es nur die Spitze des Eisberges war.

»Ich begreife das nicht. Wenn Sie mich so sehr hassen, warum haben Sie mich dann nicht einfach gemieden?«

»Weil ich alles über Sie herausfinden musste. Zuerst habe ich Sie heimlich beobachtet, bis uns ein Zufall zusammengeführt hat.«

Kim dachte an ihre erste Begegnung vor zwei Jahren zurück. Oliver musste am Meniskus operiert werden, und Claudia war die diensthabende Krankenschwester gewesen. Im Rahmen einer undercover-Sendung sowie einer Blutspendeaktion waren sie einige Monate später erneut in Kontakt gekommen, und als Kim ihr von den Problemen mit ihren Babysittern erzählte, hatte Claudia ihre Tochter empfohlen.

Mein Gott, Claudia hat mir Pia nicht einfach so empfohlen. Sie hat sich damit Zugang zu meinem Leben verschafft.

Ein schrecklicher Gedanke kam ihr. »Stecken Sie etwa hinter der Entführung?«

Claudia antwortete nicht, aber das Zucken ihrer Mundwinkel verriet Kim genug.

»Warum?«, fragte sie fassungslos.

»Rache. Ich wollte Rache. Sie haben mein Leben zerstört, nun wollte ich Ihres zerstören!« Claudia kniff die Augen zusammen, bis nur noch winzige Schlitze zu sehen waren. »Sie sollten erfahren, was es bedeutet, einen Menschen zu verlieren. Wenn er einem von einer Sekunde auf die andere entrissen wird.«

»Lilly ist ein unschuldiges achtjähriges Mädchen!«

»Glauben Sie etwa, ich würde ein Kind töten? Ich wollte sie lediglich für drei Tage einsperren, bis Sie gestanden haben.«

Kim glaubte, ihren Ohren nicht zu trauen.

»War Oliver Ihr Komplize?«

»Was? Nein.« Sie schüttelte entrüstet den Kopf, und ihre Stimme nahm einen weinerlichen Tonfall an. »Oliver hat nichts damit zu tun. Ich wollte nicht, dass er stirbt. Das hat er nicht verdient.«

In der nächsten Sekunde verzerrte sich ihr Gesicht wieder zu einer zornigen Fratze.

»Aber Sie, Sie haben es verdient!«

Kim war zu verwirrt, um auf ihre Drohung einzugehen.

»Wenn Oliver nicht Ihr Komplize gewesen ist, woher wussten Sie dann von Ziegler?«

»Von Ziegler?« Nun war es Claudia, die sie verwundert ansah. »Ziegler war der Vater? Sie haben Oliver mit Ziegler betrogen?«

Betrogen?

»Ja«, lachte Claudia. »Ich weiß, dass Oliver nicht Lillys Vater ist. Jahrelang hab ich nach Beweisen dafür gesucht, dass Sie nicht die perfekte Kim Jansen sind, die Sie so gerne im Fernsehen vorgeben. Und dann, im Krankenhaus, bekam ich endlich den entscheidenden Hinweis.«

Kim legte die Stirn in Falten.

Wovon redet sie?

»Ihre Augen«, beantwortete Claudia ihre nicht ausgesprochene Frage. »Sie haben grüne Augen und Oliver blaue. Demnach müsste Lilly ebenfalls eine dieser Farben haben, doch stattdessen hat sie braune Augen.«

»Ich verstehe Sie nicht.«

»Braun ist bei der Vererbung eine dominante Farbe«, erklärte Claudia, wobei in ihrer Stimme ein ungeduldiger Unterton mitschwang. »Natürlich bestand eine geringe Wahrscheinlichkeit, dass ich mich irrte, aber viel größer war die Wahrscheinlichkeit, dass Sie Oliver betrogen haben und das Kind nicht von ihm war.«

Sondern von jemandem, der braune Augen hatte. Ziegler.

»Als Sie und Lilly Oliver im Krankenhaus besucht haben, habe ich Lilly herumgeführt und zum Spaß einige Untersuchungen an ihr durchgeführt. Ich habe einen Mundabstrich von ihr gemacht, den ich später unter einem Vorwand auch von Oliver genommen hab.«

»Sie haben einen Vaterschaftstest gemacht?«

»Ja, und er war negativ. Oliver war nicht Lillys Vater. Und endlich hatte ich etwas gegen Sie in der Hand.«

»Warum haben Sie mich nicht einfach damit konfrontiert?«

»Damit Sie alles leugnen? Außerdem war der Vaterschaftstest illegal, und ich wollte nicht nur Ihr Geständnis unter vier Augen, sondern ich wollte Sie in aller Öffentlichkeit bloßstellen. Ich wusste nur noch nicht, wie ich das anpacken sollte.«

Kim stand regungslos da und hielt die Schere so fest umklammert, dass ihre Knöchel weiß hervortraten.

»Ein Jahr später haben Sie sich wegen Olivers Affäre von ihm getrennt und das alleinige Sorgerecht zugesprochen bekommen. Sie haben ihn in einer öffentlichen Schlammschlacht fertiggemacht, obwohl Sie denselben Dreck am Stecken hatten. Sie verlogenes Miststück!«

Kim war sprachlos.

»Wo haben Sie Köller getroffen?«, fragte sie nach einem Augenblick des Schweigens.

»Im Krankenhaus. Vor ein paar Monaten. Er hatte sich eine Sehne im Arm gerissen. Schon damals sah er ausgemergelt aus, und ich habe ihn direkt auf Krebs angesprochen. Er sagte mir, dass er unheilbar krank war und nicht mehr lange zu leben hätte. Wir kamen ins Reden, und er erzählte mir seine ganze Lebensgeschichte. Ich glaube, er wollte sie einfach mal loswerden. Ich habe ihm zugehört und dabei sehr interessante Dinge erfahren.«

»Welche?«

»Köller war ein typischer Außenseiter, der nur in der rechten Szene um seinen Cousin Sven Reuter Freunde gefunden hat. Er war nicht wirklich einer von ihnen, eher ein Mitläufer, aber zum ersten Mal in seinem Leben wurde er akzeptiert. Bis Reuter und seine Kumpanen nach einer Ihrer undercover-Aktionen ins Gefängnis mussten und Köller wieder allein war.«

Sie schnaubte verächtlich auf.

»Sie können sich gar nicht vorstellen, wie groß sein Hass auf Sie war. Genau wie meiner.«

»Also haben Sie sich zusammengetan«, stellte Kim nüchtern fest.

»Ja. Wir fassten einen Plan, wie wir uns an Ihnen rächen konnten. Köller musste ohnehin sterben, aber er wollte nicht elendig zugrunde gehen, schon gar nicht vor seinen Freunden. Vielmehr wollte er als Held sterben, als jemand, der sich an ihrem gemeinsamen Feind gerächt hat. An Ihnen!«

Sie spie die letzten beiden Worte förmlich aus.

Allmählich begriff Kim. Köller hatte sie von zu Hause weggelockt. Mit ihrer eigenen Tochter als Babysitterin wusste Claudia, wann der beste Zeitpunkt zum Zuschlagen gekommen war: Als Pia auf dem Heimweg vom Sport war und es ein Zeitfenster von fünfzehn Minuten gab, in dem Kim Lilly allein lassen musste.

»Köller war also der Lockvogel, und Sie haben Lilly entführt?«

Claudia nickte. »Ich war maskiert und habe Lilly betäubt. Sie hat mich nicht erkannt, daher gab es auch keinen Grund, sie zu töten. Sie musste lediglich drei Tage überstehen. Ein Preis, der mir für den Mord an meinem Mann durchaus angemessen erschien. Ich hätte ihr nie etwas angetan.«

Kim erinnerte sich an die Bücher, den MP3-Player sowie das Essen und Trinken in ihrer Zelle und glaubte ihr.

»Wie sind Sie auf das Versteck in der Halle gekommen?«

»Der Betrieb gehörte einem Bekannten von mir, der vor einigen Monaten Insolvenz anmelden musste. Ich habe ihm heimlich den Schlüssel entwendet. Es war der perfekte Ort. Etwas abseits gelegen und doch so nah, dass ich zurück war, bevor Pia heimkam.«

»Dann haben Sie auch den Umschlag mit dem USB-Stick und dem Foto bei mir auf die Terrasse gelegt?«

»Ja. Die Tatortsicherung war abgeschlossen und Sie noch bei der Polizei. Das Tor hatten Sie nicht abgeschlossen, damit Pia reinkonnte. Köller hat über einen seiner rechten Freunde den Trojaner besorgt und auf den USB-Stick gespielt. Er hat mir erklärt, wie es funktioniert, es war wirklich kinderleicht.«

Kim biss sich auf die Unterlippe. Die Puzzleteile fügten sich langsam zusammen.

»War Reuter eingeweiht?«

»Nein, aber ich vermute, dass Köller ihm gegenüber eine Andeutung gemacht hat, dass er sich an Ihnen rächen würde.«

»Sie wollten also, dass ich öffentlich gestehe, Oliver betrogen zu haben?«

»Es wäre ein Skandal gewesen, nachdem Sie sich kurz zuvor genau aus diesem Grund von ihm getrennt hatten. Ich wusste, dass Sie nicht sofort darauf eingehen würden, daher hab ich dieser Anna eine Kopie des Videos zugeschickt, um Sie weiter unter Druck zu setzen. Jetzt, wo die Öffentlichkeit davon wusste, hoffte ich, sie würden sich wie die Hyänen auf Sie stürzen und noch weitere Skandale aufdecken. Einen Steuerbetrug oder dergleichen.«

Da hätten sie lange suchen können.

»Aber dann ist etwas passiert, nicht wahr?«, hakte Kim weiter nach.

»Die Sache ist außer Kontrolle geraten. Anna wurde immer aggressiver und Julian Tiersch ermordet.«

Claudias Zorn schlug schlagartig in Trauer um, und Tränen liefen ihr über die Wangen.

»Gott, ich wollte das nicht. Ich wollte nie, dass jemand stirbt. Außer Ihnen natürlich!« Kurz trat Wut in ihre Augen, bevor sie erneut zu wimmern begann. »Julian sollte nicht sterben. Er hat doch niemandem etwas getan.«

Kim schüttelte sich innerlich. Claudia war psychisch krank, das war nicht zu übersehen. Sie musste sich in den letzten Jahren in einen regelrechten Wahn hineingesteigert haben. Der Hass auf sie war offenbar so groß, dass er sich nun explosionsartig entlud. Doch der Hass galt nur ihr, und Kim war sich sicher, dass Claudia im Grunde ihres Herzens Menschen helfen wollte. Nicht umsonst war sie Krankenschwester und hatte nach ihrer Ausbildung sogar einige Zeit in Somalia verbracht.

Claudia wollte, dass Kim öffentlich ihren vermeintlichen Fehltritt gestand, und hatte mit der Erpressung eine Kettenreaktion in Gang gesetzt, die sie irgendwann nicht mehr kontrollieren konnte. Sie wusste nichts von der Vergewaltigung und dem Mord an Ziegler und hatte mit der Veröffentlichung des Videos ungewollt Volker in Zugzwang gebracht.

Claudia umschlang ihren Oberkörper mit den Armen und wippte vor und zurück, während sie weinte.

»Ich wollte nicht, dass er stirbt«, schluchzte sie.

Kim begann zu begreifen. Julian war ermordet und Pia immer mehr bedrängt worden. Claudia hatte schließlich die Reißleine gezogen.

»Sie haben Oliver angerufen und ihm das Versteck von Lilly verraten, nicht wahr? Sie haben ihm gesagt, wo Sie den Schlüssel hinterlegt haben, und er ist dort hingefahren.«

»Ja«, antwortete sie unter Tränen. »Ich wollte ihm damit einen Gefallen tun. Er liebte Lilly doch so sehr. Er sollte sie retten. Ich hoffte, es würde ihm helfen, wenn er, wie im Fernsehen angekündigt, das Urteil in Ihrem Sorgerechtsstreit anfechtet.«

Kims Kiefer mahlten. Oliver war unschuldig. Er war nach dem Anruf sofort zu Lillys Versteck gefahren, nicht ahnend, dass Volker ihn beschattete.

Sie spürte große Erleichterung, dass er Lilly nicht entführt hatte, und war gleichzeitig zutiefst traurig, dass zwei unschuldige Menschen sterben mussten, weil Claudia in ihrem Wahn einen Rachefeldzug gestartet hatte, der vollkommen außer Kontrolle geraten war.

Ihr Plan wäre trotzdem beinahe aufgegangen. Sie hatte die Bevölkerung gegen Kim aufgebracht, und die Presse hatte angefangen, ihr Leben auseinanderzunehmen. Bis Neumann an diesem Morgen öffentlich verkündet hatte, dass Kim unschuldig war. Für Claudia musste in diesem Moment eine Welt zusammengestürzt sein. Alles war umsonst gewesen und zwei Menschen tot. Als Kim vorhin zu ihr gefahren war, hatte sie es vermutlich als ihre letzte Chance gesehen, sich doch noch an ihr zu rächen.

»Was war in dem Kaffee?«, fragte Kim.

Claudia antwortete nicht, wippte stattdessen wimmernd vor und zurück.

»Frau Schäfer, was war in dem Kaffee?«

»Gift«, antwortete sie und schien mit einem Schlag wieder in der Realität zu sein. Sie ballte die Fäuste, und in ihrem Blick lag Hass. »Ein langsam wirkendes Gift. Es hätte zwei Tage gedauert, dann wären Sie elendig krepiert. Genau so, wie Sie es verdient haben.«

»So wie Julian und Oliver es verdient haben?« Nun war es Kim, die ihr die Worte förmlich entgegenspie, und Claudia umklammerte erneut ihren Oberkörper.

»Sie sind krank und brauchen dringend Hilfe.«

»Ich bin nicht krank«, murmelte sie.

Für eine Weile stand sie in sich zusammengesunken da, dann hob sie den Kopf. Die Trauer in ihren Augen verflog, ihre Pupillen funkelten zornig. »Ich hasse Sie!«

Kim wusste nicht mehr, ob sie genauso fühlen oder Mitleid mit ihr haben sollte.

»Ich habe Oliver nicht betrogen«, sagte sie schließlich mit ruhiger Stimme.

»Blödsinn! Ich habe den Test. Lilly ist nicht seine Tochter.«

»Nein, das ist sie nicht«, antwortete Kim. »Ich wurde vor neun Jahren vergewaltigt.«

Für einen Moment entgleisten Claudia die Gesichtszüge. Dann schrie sie: »Sie lügen!«

Kim schüttelte den Kopf. »Nein, ich lüge nicht. Ziegler hat mich damals vergewaltigt, und Lilly ist das Ergebnis.«

Claudia starrte sie regungslos an, und Kim konnte förmlich sehen, wie sie innerlich mit sich kämpfte.

»Das ist nicht wahr!«

Claudia sank auf die Knie. Sie bedeckte das Gesicht mit den Händen und begann, hemmungslos zu weinen.

Kim zog ihr Handy aus der Tasche und wählte Neumanns Nummer.

Kapitel 53

Zusammen mit Kommissar Neumann trat Kim in die Abenddämmerung hinaus. Ein frischer Wind kam auf, und sie zog ihre Jacke bis oben hin zu.

Tief sog sie die kühle Luft ein.

Was für ein Irrsinn!

Claudia war verhaftet und vor einer Viertelstunde weggebracht worden, nachdem ihr ein Arzt zuvor ein Beruhigungsmittel gegeben hatte. Pia war von ihrem Kinobesuch noch nicht wieder zurückgekehrt, aber eine Frau vom Jugendamt sowie ein Psychologe warteten bereits zu Hause auf sie.

»Soll ich Sie heimfahren?«, fragte Neumann, doch Kim schüttelte den Kopf.

»Ich werde zu Fuß gehen. Ich brauche jetzt frische Luft.«

»Was dagegen, wenn ich Sie begleite?«

»Nein.«

Kim vergrub die Hände in ihren Hosentaschen und ging los. Ihr Auto würde sie morgen holen. Kerstin hatte sie vorhin kurz Bescheid gegeben, dass etwas passiert war und sie erst später heimkäme.

»Das ist wirklich der verrückteste Fall in meiner ganzen Laufbahn«, sagte Neumann und holte eine Zigarre aus der Innentasche seiner Jacke. »Stört es Sie?«

Sie verneinte. »Ich wusste gar nicht, dass Sie rauchen.«

»Tu ich auch nicht«, antwortete er. »Nur nach einem gelösten Fall genehmige ich mir eine.« Er zündete die Zigarre an und nahm einen Zug. »In diesem Fall habe ich definitiv zu früh eine geraucht.«

»Ich fasse es noch immer nicht, was Frau Schäfer getan hat«, sagte Kim. »Wie kann man sich nur in solch einen Hass reinsteigern und einen derartigen Wahnsinn anrichten?«

»Unterschätzen Sie die Liebe nicht. Obwohl sie rational nicht zu erklären ist, ist es das, was die Menschen antreibt. Und zwischen Liebe und Hass liegt meist nur ein schmaler Grad.«

Erneut nahm er einen Zug und blies den Rauch in den grauen Abendhimmel.

»Frau Schäfer muss ihren Mann so sehr geliebt haben, dass sie seinen Tod nicht akzeptieren wollte und verzweifelt einen Schuldigen gesucht hat. Sie haben mit Ihrer undercover-Aktion damals die Ermittlungen angestoßen, infolgedessen er verhaftet worden ist, also hat sie ihren ganzen Hass auf Sie projiziert. Dass Sie für die Sendung dann auch noch mit dem Deutschen Fernsehpreis ausgezeichnet worden sind, hat das Fass bei ihr endgültig zum Überlaufen gebracht.«

»Und am Ende sind es immer die Kinder, die darunter leiden müssen«, seufzte Kim. »Lilly wird für ihr Leben lang traumatisiert sein, und Pia steht ebenfalls eine harte Zeit bevor.«

»Das stimmt leider.«

Nachdenklich betrachtete er die rote Glut am Ende seiner Zigarre.

»Was haben Sie nun vor?«

»Ich weiß es nicht. Ich werde mir erst mal eine längere Auszeit nehmen und mich vorrangig um Lilly kümmern, danach sehen wir weiter. Vielleicht schreibe ich irgendwann ein Buch über das, was passiert ist.«

»Was ist mit *Kim undercover*?«

Kim verspürte einen Stich in ihrem Inneren. In diesem Punkt hatte Volker recht gehabt. Die Sendung war Geschichte.

»Damit ist es leider vorbei. Auch wenn ich unschuldig bin, mein Ruf hat trotzdem darunter gelitten. Und Sie wissen ja, wie das ist. Irgendetwas bleibt immer in den Köpfen der Leute hängen.«

»Tut mir leid«, sagte er, und Kim wunderte sich über seine Antwort.

»Müssten Sie nicht froh darüber sein? Die Sendung war Ihnen doch immer ein Dorn im Auge.«

Er lächelte milde. »Das schon. Aber jetzt, wo ich weiß, was Sie wirklich angetrieben hat, tut es mir leid für Sie.«

Für eine Weile gingen sie schweigend nebeneinanderher. Dunkelheit legte sich über die Häuser, und eine beklemmende Stille machte sich breit.

»Ich habe vorhin übrigens eine Entscheidung getroffen«, sagte Kim.

»Was für eine?«

»Ich werde mit meiner Vergewaltigung an die Öffentlichkeit gehen. Sie hatten recht, ich bin nicht die Einzige, der so etwas passiert, und ich möchte anderen Frauen Mut machen, nicht länger zu schweigen.«

Neumann nickte anerkennend. »Das ist ein sehr mutiger Schritt von Ihnen.«

»Ich hoffe, der Mut verlässt mich nicht noch.«

»Dann bin ich für Sie da. Sie können jederzeit auf mich zählen.«

Kim warf ihm ein dankbares Lächeln zu.

Jahrelang hatte sie Angst vor ihm gehabt und in den drei Tagen des Wahnsinns jede Sekunde damit gerechnet, dass er ihr dunkles Geheimnis aufdecken und sie ins Gefängnis sperren könnte. Dabei hatten sie immer auf derselben Seite gestanden.

Kim fragte sich, wie alles wohl ausgegangen wäre, hätte sie ihm damals nach Reuters Tod den Vorfall gebeichtet. Ob Julian und Oliver dann noch am Leben wären?

Sie zwang sich, an etwas anderes zu denken, um nicht daran zu zerbrechen. Die Frage würde wohl für alle Ewigkeit unbeantwortet bleiben.

Kim wollte ihre Auszeit auch dafür nutzen, um endlich die Vergewaltigung aufzuarbeiten, die sie bis jetzt lediglich verdrängt hatte. Es war an der Zeit, dass sie sich den Dämonen ihrer Vergangenheit stellte.

Für sich selbst und für Lilly.